W0470119

Zwart zand

Cristina Cassar Scalia

ZWART ZAND

Thriller

Vertaald uit het Italiaans door Rianne Aarts en Annemart Pilon

uitgeverij marmer

Voor oma Livia

‘Het misdrijf is niet de kwestie waar het op aankomt...
Dat is wat er omgaat,
of omgegaan is, in degene die het gepleegd heeft.’

GEORGES SIMENON

I

DE MUNTAGNA WAS DIE OCHTEND ONTWAAKT. EEN ENORME ZWARTE wolk hing over de stad en hulde hem in as. Op stille momenten was het gedreun zelfs op zee te horen, het klonk half als donderslagen, half als vuurwerkknallen in de verte.

Het zand bleef maar naar beneden komen; het vormde een knisperend laagje op straat en gleed naar beneden over opengeklapte paraplu's, tevoorschijn getoverd door straatverkopers die plotseling her en der opdoken, net als op dagen dat het ineens begint te regenen.

Alfio Burrano sproeide zijn voorruit meerdere keren voordat hij de ruitenwissers aan durfde te zetten. De motorkap van de gloednieuwe witte Range Rover was even antracietgrijs van kleur geweest maar leek inmiddels bijna matzwart. Alfio vloekte in zichzelf bij de gedachte aan de verschrikkelijke lakschade die het schurende zand, dat krassen maakte op ieder oppervlak en zelfs in je ogen prikte, aan de auto zou veroorzaken.

Hij haalde een halve sigaar uit het voorvakje van zijn rugzak en stak hem op.

Het bord WELKOM IN SCIARA, DORP AAN DE ETNA stond ongeveer vijfhonderd meter voor de hoofdingang van Villa Burrano en daartussen, op de plek waar vroeger een park had gelegen dat bij het herenhuis hoorde, stonden allerlei verschillende gebouwen.

Terwijl hij het dorpsplein achter zich liet en richting de zijpoort reed, ging de telefoon die aan het dashboard was bevestigd. Alfio wierp een blik op het scherm om te kijken of het niet opnieuw de vrouw met de blauwe ogen was die hij liever uit zijn hoofd zette en die hem de hele middag had lastiggevallen met berichtjes en telefoontjes, waar hij had besloten niet op te reageren.

Toen hij de stem van Valentina hoorde – zijn oenologe, onder andere – fleurde hij op.

'Hé baas, hoe is de situatie daar?'

'Vreselijk natuurlijk. Het luchtruim van Catania blijft tot morgenochtend gesloten, als alles goed gaat. De vluchten zijn omgeleid naar Palermo en Comiso of geannuleerd, zoals in mijn geval. Oftewel, het is weer een puinhoop. Ik hoop dat ik op z'n laatst morgen kan vertrekken, anders komt er van mijn plannen niks terecht.'

Toen hij eerder op de dag had gezien dat de incheckbalie in de Bellini-zaal werd belegerd door een stuk of twintig frequent-flyer-kaarthouders, die net als hij gefrustreerd waren dat de situatie niet op te lossen viel met Alitalia-miles en priority-voordelen, had Alfio de telefoon gegrepen. Tevergeefs had hij alle sleutelfiguren op de luchthaven van Catania, onder wie een paar van zijn vrienden, aan het werk gezet om te proberen hem op het enige vliegtuig naar Milaan te krijgen dat die middag zou vertrekken.

'Ik weet zeker dat ze je linksom of rechtsom hiervandaan krijgen. Zullen we vanavond ergens gaan eten om je een beetje op te vrolijken?' stelde Valentina voor.

Op een ander moment zou hij er geen seconde over hebben nagedacht, maar na die rampzalige middag leek een hele avond romantisch doen bij kaarslicht om een wip te scoren hem te veel moeite.

'Nee, Vale, als je het niet erg vindt, blijf ik vanavond liever in Sciara.'

Het bleef stil. Ze vond het niet leuk.

'Ja, dit is natuurlijk de ideale avond om je terug te trekken in een dorpje op de helling van de vulkaan. Waarom ga je anders niet gelijk in de krater liggen?'

Ze vond het helemaal niet leuk. Het minste wat hij nu kon doen om het goed te maken was haar uitnodigen. Ze zou er toch niet op ingaan.

Hij vergiste zich.

'Je bent een klootzak, Burrano. Je weet dat ik die half vervallen villa van jou griezelig vind!' Ze zuchtte gelaten en zei toen: 'Goed dan. Ik neem wel eten mee.'

Alfio opende het hek en reed over de oprijlaan omhoog. Hij zette de Range Rover onder een boom die genoeg takken en bladeren had om de auto te beschutten en tegelijkertijd sterk genoeg was om niet onder het gewicht van al het zand te bezwijken. Hij liep richting het enige deel van de villa waar licht brandde: vier kamers en een tuintje van een paar vierkante meter, waar hij ook nog een fatsoenlijk zwembad in had weten te proppen. De kamers hadden ieder een eigen ingang en waren noch met de hoofdvleugel noch met de toren verbonden.

Dit had 'het ouwe mens' hem in al haar vrijgevigheid geschonken en daar moest hij het mee doen. Meer had hij ook niet kunnen verwachten.

Het ouwe mens, oftewel zijn tante Teresa Burrano, steenrijk maar zo gierig als de pest, was Alfio's enige familie en zijn enige inkomstenbron. Ze behandelde hem als een onderdaan en stak haar ergernis over het feit dat hij de enige erfgenaam van het familiefortuin was, niet onder stoelen of banken.

Chadi, het manusje-van-alles uit Tunesië, kwam uit een apart huisje tevoorschijn en liep hem tegemoet, verbaasd dat Alfio er was. Hij volgde hem door het huis naar de achtertuin.

'Goed dat je eraan hebt gedacht het zwembad af te dekken, Chadi. Met al dat stof zou het anders in een smerige poel zijn veranderd', zei hij. Het zeil dat het bad beschermde, zat net als de rand en het omliggende gras helemaal onder het zwarte zand en was zo zwaar geworden dat het doorzakte en op het water drukte. Chadi ging in een afwachtende houding onder de overkapping staan.

Alfio begreep dat hij hem iets moest vertellen.

'Meneer, daar in het huis is muur afgebrokkeld. Er is water binnen', zei Chadi, wijzend naar de donkere kant van het huis.

'Water, hoe bedoel je? Is het vochtig of zo?'

'Nee, echt water.'

Alfio keek hem verbijsterd aan. 'Waarom ben je daar geweest?'

Zonder met zijn tante te overleggen, die er anders ongetwijfeld tegenin was gegaan, had hij de jongen aangenomen om op de villa te passen en hij had hem ook de sleutels van de oude dienstingang van de toren gegeven, voor het geval dat. Maar dat was nog niet alles. Naast de twee videocamera's die zijn terrein moesten bewaken, had hij nog een derde laten installeren op de hoek, die de ruimte voor het huis tot aan de grote tuin vastlegde. Inbraken hadden ze al genoeg gehad, hij wilde absoluut niet het risico lopen dat er nog een keer ingebroken werd. Het ging hier nota bene om de waarde van het huis. En als die hysterische oude vrouw dat niet wilde begrijpen, dan was dat maar zo.

'Ik hard geluid horen. Dus ik daar lamp aandoen en kijken. In alle kamers. Toen naar kamer onder toren gaan, met die kasten, en ik zien dat muur afgebrokkeld is. Toen ik aanraken en mijn hand helemaal nat.'

'Gloeiende, dat moest er nog bij komen!' barstte Alfio uit.

'Wilt u zien?'

'Heb ik dan een keus? Natuurlijk wil ik het zien.'

Ja, natuurlijk, maar dan? Zelfs als het een lekkage was, zou hij toch niets kunnen doen. Geld uitgeven aan het huis was voor de ouwe tante onbespreekbaar, daar wilde ze niets over horen...

Alfio vloekte in zichzelf en zette in het elektriciteitskastje de schakelaar om waarmee de toren van stroom werd voorzien. Hij pakte de sleutels en een zaklamp en ging de Tunesiër voor naar de buitengang die naar de hoofdingang leidde.

Dat was de snelste manier om bij de kamer in kwestie te komen zonder het hele huis door te moeten.

Toen de grote deur openging, klonk er een griezelig geluid waar je haren van overeind gingen staan. Alfio zette het knopje van een zwarte schakelaar uit het jaar nul omhoog en slaakte een zucht van verlichting dat hij wederom aan een stroomschok was ontsnapt. De paar lampjes die het nog deden, verlichtten de marmeren trap die Chadi en hij namen naar de plek waar het om ging: een soort woonkamer die nogal weelderig was ingericht – net als de rest van het huis, overigens – en toegang gaf tot de slaapkamers.

Het was er ondraaglijk warm en het stof in de lucht prikte in je neus. Alfio zei tegen Chadi dat hij een raam open moest zetten, wat moeizaam ging door de versleten luiken.

'Schuif eerst dat gordijn eens opzij, het zit onder het stof. We krijgen nu al amper lucht; als er nog vijftig jaar aan stof bij komt kunnen we wel stikken. Die verrekte vrouw ook, met al haar obsessies. Je kunt een huis toch niet in deze staat achterlaten?' tierde hij.

De muur was vlak bij de open haard half afgebrokkeld en ook de lege boekenkast ernaast was beschadigd. Uit de muur kwam zoveel vocht dat er een soort mos op was gegroeid. In de hoek kwamen zelfs paddenstoelen uit de vloer.

'Wie weet hoelang het er al zo bij staat', mompelde hij. Hij leunde met zijn hand tegen de muur en trok die met een vies gezicht terug. 'Er is waarschijnlijk een leiding gaan lekken. Maar zie er maar eens achter te komen welke. Het hele huis staat op instorten.'

Hij scheen met de zaklamp op de muurschilderingen tegenover de wand die droop van het vocht. De kleuren, de onderwerpen, in alles zag je de stijl terug waarin de hele villa was ingericht, een mengeling van jugendstil en Moorse architectuur. Er stond een borstbeeld dat deed denken aan de beelden langs de lanen van de Villa Bellini, het openbare park in Catania. Het moest Ignazio Maria Burrano, zijn opa, voorstellen. Waarom er in hemelsnaam zo'n beeld in een privévertrek stond, wisten alleen zijn voorouders.

Toen hij langer dan gewoonlijk naar de muur keek, zag Alfio, geholpen door de 3000 lumen van de ledzaklamp die Chadi had meegebracht, dat de kleuren achter het beeld helderder waren dan op de rest van de wand. Sterker nog: het leek wel of die schilderingen op een ander materiaal waren aangebracht.

Hij steunde met zijn elleboog op het beeld en voelde dat het bewoog.

'Het kan niet zwaar zijn als het zo wiebelt', constateerde hij.

Nieuwsgierig probeerde hij het in beweging te krijgen en hij merkte dat hij het moeiteloos kon verplaatsen: het moest van gips zijn, of in ieder geval hol. Hij schoof het opzij, waardoor je de muur goed kon zien.

De kleurverschillen waren niet te missen.

Zonder op de viezigheid te letten, waaronder iets wat op muizenkeutels leek, ging Chadi door zijn knieën en strekte zijn hand naar de hoek tussen de muur en de vloer.

''t Tocht hier', zei hij in zijn Siciliaans-Tunesische tongval, waarbij hij naar een scheur wees van ongeveer anderhalve meter lang. Hij klopte op de muur en hoorde een hol geluid. Hout, dacht Alfio terwijl hij dichterbij kwam. Hij richtte de zaklamp op de linkerkant en vervolgens op de hoek, waarbij hij zijn vinger langs een heel dunne spleet liet glijden – het leek wel een barst – totdat hij op iets ronds van metaal stuitte: een soort deurknop, bijna op ooghoogte. Hij probeerde er beweging in te krijgen, maar dat lukte niet.

'Chadi, help me even om dit ding los te krijgen.'

Ze trokken er allebei aan. De knop bewoog eerst een paar millimeter opzij en toen schoot hij ineens door; er bleek een ijzeren staaf aan te zitten die iets vergrendelde. De wand bewoog alsof het een deur was.

Alfio trok er hard aan, net zo lang tot de deur helemaal openging.

'Kijk nou 's...' fluisterde hij vol verbazing.

Voor hem was een gapend gat waar twee dikke kabels doorheen liepen. Als hij ook maar één stap naar voren had gezet, had hij nu op de bodem gelegen van – eh, ja, waarvan eigenlijk? Op het eerste gezicht leek het op de schacht van een lift. Een goederenlift, waarschijnlijk.

Hij hield zich goed aan de muur vast en stak zijn hoofd erin. Hij scheen met de zaklamp naar boven en vervolgens naar beneden.

'Die man had echt de meest belachelijke dingen...' mopperde hij, terwijl hij dacht aan alle bizarre installaties die hij zo nu en dan in de villa ontdekte en die zijn opa blijkbaar had laten plaatsen.

Maar dit sloeg echt alles.

Hij maakte een vlugge inschatting. Vanuit deze kamer gezien moest op de begane grond de keuken zijn, of misschien de voorraadkamer. Op die plekken was hij hoogstens een paar keer in zijn leven geweest.

'Laten we naar beneden gaan', zei hij.

Hij nam de trap, gevolgd door Chadi, en liep een gang in die naar de keuken leidde. Hij wilde het licht aandoen, maar er was daar helemaal geen lamp te bekennen. Ook in de keuken was het donker. Het meest logisch zou zijn om een andere keer op verkenning uit te gaan, vooral omdat Valentina er ieder moment kon zijn en hij haar vanaf daar niet zou kunnen horen, maar hij kon zijn nieuwsgierigheid niet bedwingen tot na zijn terugkomst uit Milaan.

Hij richtte de felle zaklamp op de betegelde wanden van wat vroeger de keuken was, waar verroeste koperen pannen aan haken hingen en nog een koelkast stond die bij *The Flintstones* niet zou misstaan. Voor de muur waar de goederenlift achter moest zitten, stond een buffetkast die ooit bleekgroen was gelakt.

'Kom eens, Chadi, dan verplaatsen we dit ding.'

'Nu?'

'Nee, overmorgen.'

Op het voorhoofd van de jongen, boven de grote, donkere ogen die hij opzette, stond een vraagteken.

'Nu', zei Alfio.

Zoals verwacht bevond de deur zich daarachter. Tevreden pakte Burrano zijn zaklamp weer en ging recht op de deurknop af. Hij opende de deur zonder al te veel kracht te hoeven zetten en richtte de lamp in de goederenlift.

Hij deinsde achteruit.

'Krijg nou wat!' schreeuwde hij en smeet de zaklamp op de grond.

Half strompelend en steun zoekend met zijn handen, vluchtte hij weg in de richting van de uitgang en slaagde hij erin de gang te bereiken. Hij rende een paar meter, totdat het donker nog donkerder werd en hij door zijn benen zakte. Hij voelde zich zo vreselijk misselijk dat alles eruit kwam.

2

COMMISSARIS GIOVANNA GUARRASI LAG LANGUIT IN HAAR HANGMAT, onder een zeil dat haar tegen de regen van vulkanisch zand moest beschermen, en genoot van de natuurlijke vuurwerkshow die inmiddels al uren aan de gang was. Zo nu en dan strekte ze haar arm naar achteren, naar een van de twee Canarische dadelpalmen waar de hangmat aan was vastgeknoopt, en gaf ze zichzelf een zetje om de hangmat te laten wiegen.

Zoiets als dit had ze nog nooit gezien.

De top van de Etna leek wel een vuurpot waar de vlammen vanaf sloegen, met daarboven een kolom van as en puin. De lava leek ook deze keer richting de Valle del Bove te stromen, een onbebouwde vallei op de oostelijke flank, die als een soort opvangbekken fungeerde en de redding was voor alle dorpen aan de voet van de vulkaan.

Ze knoopte haar jas dicht en reikte naar de tuinstoel waarop ze de spullen had neergelegd waar ze niet zonder kon: haar iPhone, een zakje gepofte kastanjes, een pakje Gauloises blauw, een asbak en muggenspray. Ze tikte een sigaret uit het pakje, stak hem op en inhaleerde diep.

Giovanna Guarrasi, negenendertig jaar, uit Palermo. Sinds twaalf jaar zat ze bij de politie, waarvan de eerste zes jaar in het teken van de maffiabestrijding stonden, en ze had vele briljant opgeloste zaken op haar naam staan. Na drie jaar als hoofdcommissaris bij de recherche aan de Via Fatebenefratelli in Milaan te hebben gewerkt, leidde commissaris Giovanna Guarrasi, voor vrienden Vanina, sinds elf maanden de afdeling Zware Misdrijven bij de recherche van Catania.

Ze was net een uur terug uit Palermo en was moe en terneergeslagen, zoals iedere keer wanneer ze die dag opnieuw beleefde. 18 september was een dag vol herinneringen. Pijnlijke herinneringen, die je altijd bijblijven en op je gemoed drukken als een verdriet waar je mee hebt leren leven.

Drie jaar lang had ze het volgehouden, ver weg van Sicilië. Drie lange winters waarin haar stemming overeenkwam met het sombere weer en ze zelfs had leren skiën, en drie zomers waarin ze zodra ze vrij was – wat bijna nooit gebeurde – urenlang in de file had gestaan om bij het dichtstbijzijnde stukje kust te komen.

Niet dat iemand haar verplicht had om te gaan. Het was haar eigen beslissing geweest. Sterker nog: eigenlijk was iedereen het erover eens dat Milaan niets voor haar was. Maar een omwenteling kan alleen iets veranderen als die radicaal is, en in die periode, die voor haar zo moeilijk was na alles wat er was gebeurd, was dat precies waar ze behoefte aan had.

De bijnaam Vanina had ze van haar moeder gekregen, die haar van kleins af aan die naam had opgeplakt en daarbij pochte dat het uit Stendhals verhaal *Vanina Vanini* kwam, terwijl ze het plot niet eens kende. Het was een ongebruikelijke bijnaam en de meesten verbasterden het tot het minder poëtische maar meer Siciliaanse 'Vannina'.

Een paar weken na haar aankomst in Catania had Vanina bij toeval het dorpje Santo Stefano ontdekt. Een oase van rust aan de voet van de Etna, waar orde leek te heersen. De lieflijkheid van het dorpje had haar gegrepen, en toen ze had ontdekt dat ze vanuit het dorp in minder dan een kwartier rechtstreeks naar zee kon rijden, had ze besloten om van Santo Stefano haar thuis te maken. Ze vond het niet erg om haar woonplaats dicht bij kantoor op te geven in ruil voor meer rust.

Het was een goede keuze geweest.

Een pas opgeknapt oud boerderijtje dat bij een herenhuis hoorde midden in het dorp met een binnentuin vol citrusbomen – een dergelijk onderkomen had ze in het centrum van Catania onmogelijk kunnen vinden, en sowieso niet kunnen betalen.

Door die paar uurtjes luieren in de hangmat voelde commissaris Guarrasi alle vermoeidheid eruit komen die zich de afgelopen elf maanden had opgebouwd. Ook al werd het met het vallen van de avond steeds vochtiger, ze kon zich er moeilijk toe zetten om weer naar binnen te gaan.

Haar humeur, dat door die pijnlijke dag sowieso al verpest was, leek evenmin te verbeteren, en het vooruitzicht een avond alleen door te moeten brengen was weinig opbeurend. Ze had misschien beter in kunnen gaan op de uitnodiging van haar vriendin Giuli – in het dagelijks leven Maria Giulia De Rosa – die haar die dag meerdere keren had gebeld, waar Vanina niet op had gereageerd, en haar ook allerlei berichtjes had gestuurd waarin ze vroeg of ze zin had om mee te gaan naar een nieuw eettentje in het centrum, dat streekgerechten, pizza's van langzaam gerezen deeg en ambachtelijk gebrouwen bier serveerde. Het soort eetgelegenheid waar Vanina normaal gesproken graag kwam. Maar Giuli ging altijd met een groepje van minimaal zes of zeven mensen op stap en ze had die avond geen zin om allerlei mensen te zien.

Ze bedacht dat een avondje zwart-witfilms bingewatchen op de bank helemaal geen slecht idee was op een rotdag als deze. Dat zou haar in ieder geval afleiden van haar sombere gedachten.

Ze zette een voet op de grond en probeerde ervoor te zorgen dat de hangmat niet uit balans raakte, maar die kantelde, zoals gewoonlijk, en ze viel er bijna uit. Vloekend wist Vanina zichzelf overeind te houden. Het was een kwestie van tijd voordat ze een keer met haar billen op het gras zou belanden. Haar zere rug herinnerde haar eraan dat het op haar leeftijd niet normaal was dat haar spieren zo stram waren na een autoritje en een paar uur in de vochtige avondlucht doorbrengen. Maar dat was haar eigen schuld, want al jarenlang weigerde ze systematisch om een voet te zetten in sportscholen, zwembaden, clubs of andere plekken waar je kon sporten.

Ze stak het gazon over dat haar woning van het hoofdgebouw scheidde, liep drie traptreden van vulkanisch gesteente op en duwde de deur van haar huis open, die ze op een kiertje had gelaten. Ze hing haar jas op en legde verschillende spullen in de piepkleine hal, waar ze een oude ladekast in had weten te proppen uit het huis in Castelbuono dat haar moeder jaren eerder had verkocht. Zelf zou ze dat nooit gedaan hebben. Maar ze was toen veertien en haar mening telde nauwelijks.

Ze liep de woonkamer in, die door een schuifdeur van de keuken werd gescheiden. Er stond een ronde tafel – die je uit kon schuiven als het nodig was, maar dat kwam zelden voor –, een boekenkast met twee rijen boeken waar allerlei voorwerpen tussen stonden en die één grote chaos was, en een grotere boekenkast die uitpuilde van de videobanden en dvd's, op een haast obsessieve volgorde gerangschikt, en die als omlijsting diende voor een 42 inch-flatscreentelevisie. Een van de muren hing vol met oude filmposters van allemaal Italiaanse films die zich afspeelden op Sicilië. In een hoek stond een leren fauteuil met een poef ervoor die als voetenbankje diende, en daarnaast een tafeltje.

Commissaris Guarrasi had een grote passie voor oude Italiaanse films, met name auteursfilms. Maar met films die op Sicilië waren opgenomen had ze haast een obsessie. Die verzamelde ze al jaren, liefst in de oorspronkelijke, integrale versie – ook de meest zeldzame films die bijna nergens te vinden waren, en zelfs de films waarin slechts een enkele scène zich op Sicilië afspeelde. Ze had er inmiddels al honderdzevenentwintig verzameld en dat was niet eenvoudig geweest, zeker vóór het digitale tijdperk. Van de films van Angelo Musco uit de jaren dertig tot die van Pietro Germi en de nieuwste: ze had ze allemaal.

Vanina trok een lade open en pakte de catalogus met alle filmtitels, die iemand voor haar had gemaakt en waar ze iedere keer nieuwe films bij schreef. Ze plofte neer op haar moderne, lichtgrijze bank, die nogal vloekte bij de rest van het huis, zoals een barokke baldakijn in een loftwoning in New York, maar al zouden ze haar martelen, die bank zou ze nooit wegdoen, omdat ze er zoveel belangrijke momenten op had beleefd. Mooie én moeilijke momenten.

Een vrolijke, lichte film die geen nare gedachten in haar losmaakte, dat was wat ze nodig had. Haar oog viel juist op *The Seduction of Mimi* toen ze het lachende gezicht van hoofdinspecteur Carmelo Spanò op het scherm van haar trillende telefoon zag verschijnen. Telkens als ze die foto zag, wat gemiddeld zo'n tien tot twintig keer per dag gebeurde, dacht Vanina onwillekeurig dat het opgewekte gezicht van haar gewaardeerde collega totaal niet paste bij de aard van de berichten die hij met zijn telefoontjes overbracht.

'Zeg het maar, Spanò.'

'Sorry dat ik u zo laat nog stoor, chef, maar het kan niet wachten. U moet naar me toe komen.'

'Wat is er aan de hand?'

'Er is een lichaam gevonden. In een villa in Sciara.'

'Een moord?'

'Zou kunnen.'

'Spanò, hoe bedoel je: zou kunnen?' vroeg Vanina ongeduldig.

'Het is moeilijk te zeggen... Ik denk dat u het ook moet zien.'

Ze zei niets en keek naar de muur vol filmposters. Haar oog viel op Giancarlo Giannini, die haar gelaten aankeek. Die moest ze voor een andere keer bewaren.

Ze deed haar oortjes in en stond op van de bank.

Ze ging haar slaapkamer binnen.

'Chef?' zei Spanò, die de stilte verbrak.

'Waarom hebben ze de carabinieri niet gebeld?' vroeg ze, waarmee ze de vraag die ze zichzelf net had gesteld hardop uitsprak. Normaal gesproken werd alles wat er aan de voet van de Etna gebeurde automatisch toevertrouwd aan de carabinieri, die daar in de dorpjes verschillende bureaus hadden.

'De eigenaar van de villa is een bekende van me, vandaar dat hij rechtstreeks naar mij heeft gebeld, en ik had toevallig ook bereikbaarheidsdienst. Maar dit is echt iets wat u...'

'Wat ik moet zien, ja, Spanò, dat is duidelijk', zei ze, terwijl ze haar broek aantrok en een paar beige, zomerse veterschoenen onder het bed vandaan haalde, die inmiddels al bijna vanzelf liepen als je bedacht bij hoeveel onderzoeken ze wel niet waren geweest.

'Wie is er op dit moment bij je?'

'Bonazzoli en Lo Faro.'

'En Fragapane?'

'Die kan er elk moment zijn; zal ik hem vragen of hij u komt ophalen?'

'Nee, bedankt. Fragapane rijdt net zo hard als mijn oma in haar Cinquecento op de kustweg van Palermo naar Mondello.'

De inspecteur slaagde er amper in zijn lach in te houden.

'Zoals u wilt.'

Ze stopte het Beretta 92FS-dienstpistool in haar okselholster en trok haar bruine leren jasje eroverheen. Van de naarste ervaringen in haar leven had ze geleerd om nooit ongewapend op pad te gaan.

Toen ze de sleutels van haar Mini uit een bakje vol rommel griste, zag ze op het aanrecht een ovenschaal staan die haar bekend voorkwam. Ze tilde de katoenen doek op die eroverheen lag en zag dat er twee nog warme *scaccia*'s in lagen, gevulde Siciliaanse focaccia's waar ze maar wat graag haar tanden in zou zetten.

Spanò belde nooit zomaar, zeker niet op zondag. Dat hij de telefoon had gepakt, betekende dat er een ernstige of in ieder geval moeilijke zaak was. Het feit dat ook inspecteur Bonazzoli ter plaatse was, bevestigde haar vermoeden. Dus de komende drie à vier uur, zo ongeveer, zou ze waarschijnlijk amper de kans krijgen om iets te eten, en dat zou ook niet bovenaan haar prioriteitenlijstje staan. Zonder er veel over na te denken, sneed ze van beide scaccia's een stukje af en nam een hap. Ze had ze maar wat graag allebei opgegeten, bijvoorbeeld bij de film die ze had uitgekozen, maar het lijk dat deze avond was gevonden had haar aan de plicht herinnerd. Om zich op te peppen dronk ze een paar slokken cola uit het flesje dat ze die middag had geopend.

Ze klopte op de openslaande deur van Bettina, de eigenaresse die op de onderste verdieping van het herenhuis woonde.

De vrouw kwam meteen naar de deur terwijl ze haar handen aan haar schort afdroogde, met om haar heen de geuren uit de keuken waarin ze altijd bezig was. Ze was weduwe, één meter zestig lang, negentig kilo zwaar en ongeveer zeventig jaar oud, een opgewekte vrouw. Een kruising tussen de actrices Tina Pica en Elena Fabrizi.

'Vannina! Welkom terug.' De dubbele 'n' hoorde er voor haar bij, net als voor een flink aantal anderen uit dezelfde regio.

'Wat is dat nou? Laten ze ons tegenwoordig ook op zondagavond niet met rust?' vroeg ze geërgerd, waarbij ze naar de holster knikte die ze in een fractie van een seconde had gezien toen de commissaris haar jasje rechttrok.

Vanina glimlachte toen ze hoorde dat de vrouw het over 'ons' had, wat ze regelmatig deed.

'Tja, wat we doen we eraan, Bettina: moordenaars hebben blijkbaar nog niet begrepen dat het onfatsoenlijk is om mensen op zondag te vermoorden.'

'Heb je de scaccia's gevonden?'

'Jazeker! Ik heb van allebei al een stukje geproefd. U verwent me veel te veel.'

Bettina kwam uit Ragusa, in het zuiden van Sicilië, en haar scaccia's waren onovertroffen.

'Je kan moeilijk werken op een lege maag! Wie weet hoe laat ze vanavond pas klaar met je zijn', zei ze, blij dat ze iets voor haar had kunnen doen.

Vanina zwaaide haar gedag en liep de trap af. Toen ze in de auto stapte, deed ze de knoop van haar broek los, onder haar shirt, dat lang genoeg was om datgene te bedekken waar ze eigenlijk iets aan zou moeten doen. Het hielp niet bepaald mee dat ze 's avonds regelmatig gerechten van Bettina in haar keuken aantrof. Vroeg of laat moest ze een manier vinden om dat tegen haar te zeggen, zij het met tegenzin. Met de enorme stress die haar werk met zich meebracht en haar borderline-achtige humeur was het voor haar überhaupt al niet makkelijk om zich aan een gezond dieet te houden waar de dingen die zij op kritieke momenten nodig had om op de been te blijven, níét in zaten. Als daar ook nog de lekkernijen bij kwamen die haar buurvrouw maakte, was het bij voorbaat al een verloren zaak.

Ze zocht het adres op waarvan ze een notitie had gemaakt in haar iPhone en voerde het in op Google Maps. Voor de tigste keer bedankte ze de grote geest die satellietnavigatie had uitgevonden. Op het eerste stuk, waar ze de weg nog kende, belde ze Spanò terug.

'Spanò, breng alsjeblieft de technische recherche en de officier van justitie op de hoogte. Welke magistraat heeft momenteel dienst?'

'Vassalli.'

Vanina trok haar neus op. Die man sprak hoogdravend en was tot op het pietluttige af beheerst. Maar wanneer hij dienst had, was de forensisch arts bijna altijd Adriano Calí: de beste die je kon hebben, en bovendien een vriend van haar. Het idee dat ze hem straks zou zien, haalde haar uit de verlammende toestand waar ze die avond in terecht was gekomen. Anders dan gewoonlijk vond ze nu zelfs het telefoongesprek met Spanò vervelend. Het was trouwens niet eerlijk om haar inspecteur daar de schuld van te geven. Al was het natuurlijk wel zo dat als Spanò niet zo bekend was en niet zoveel connecties had in Catania, dit probleem op dit tijdstip linea recta op het bordje van de carabinieri zou zijn terechtgekomen, aangezien hun bureau in Sciara zich op een steenworp afstand van de villa bevond. En als dit een interessante zaak bleek te zijn, zou ze zichzelf voor de kop slaan als ze die liet schieten. Want commissaris Guarrasi hield eigenlijk wel van problemen. Heel erg zelfs. En hoe moeilijker de zaken waren, hoe meer ze haar wakker hielden, en hoe meer ze haar vrije dagen en zondagen opslokten, hoe meer zij erin dook. Met hart en ziel.

3

BIJ DE VILLA, WAAR EEN DONKERE TUIN VOOR LAG MET DAAROMHEEN een hek met twee sloten, was het van buiten niet te zien of er mensen in het gebouw waren.

Op het plein ontbrak van de dienstauto's ieder spoor.

Commissaris Guarrasi greep geïrriteerd haar iPhone en precies op dat moment verscheen het nummer van inspecteur Bonazzoli op het scherm.

'Marta, er klopt geen fu... fluit van dit adres!' tierde ze.

'Wij waren eerst ook verkeerd gereden. Je moet om de villa heen rijden tot je bij de zij-ingang bent. Het is blijkbaar nogal lastig om het grote toegangshek open te krijgen.'

'Lastig? Ja hoor! Met een lijk in huis zeggen die mensen dat het lastig is en jullie nemen daar nog genoegen mee ook!' antwoordde Vanina, terwijl ze het portier van de auto dichtsloeg en een zijstraatje in liep. Vijftig meter verderop zag ze agent Lo Faro rechtop naast de dienstauto staan. Hij groette haar zoals altijd met een stoere blik.

'Goeieavond, commissaris.'

Zijn glimlach verdween toen Vanina hem een ijzige blik toewierp.

'Ben je helemaal hiernaartoe gekomen om naast de dienstauto te staan? Waar is Spanò?'

'Ik was eigenlijk... op u aan het wachten.'

'Maar aan de verkeerde kant, want ik ben naar het plein gereden en daar was niemand.'

Inspecteur Bonazzoli kwam met een zaklamp van achter het hek tevoorschijn.

'Hier ben ik, chef', zei ze bij wijze van groet.

Vanina liep haar tegemoet. In haar ooghoek zag ze dat Lo Faro meteen achter hen aan kwam.

'Wat doe je, Lo Faro? Jij blijft hier en je wacht op de schouwarts en de technische recherche. En stuur Fragapane onze kant op, die kunnen we nog weleens nodig hebben.' Ze sloeg geen acht op het teleurgestelde gezicht van de agent en volgde Marta door het hek. 'Als hij tenminste op tijd is', zei ze zacht.

Bonazzoli gniffelde. De rijkunsten van Fragapane waren bij het hele rechercheteam bekend, zelfs op het hoofdkantoor wisten ze ervan.

Ze liepen om de villa heen tot ze bij een donker terras kwamen dat toegang gaf tot het huis. Ze kwamen door een entree met in het midden een marmeren trap, bezaaid met beelden en hoogreliëfs die door het schemerduister moeilijk te zien waren. Nadat ze door twee bizar ingerichte kamers waren gelopen, met in spinnenwebben gehulde lampen waarvan eén op de drie het deed, kwamen ze bij een smalle en donkere gang waar een nare lucht hing.

'Het lijk moet hier vlakbij liggen', stelde Vanina vast terwijl ze haar neus ophaalde.

'Nee hoor, dit is gewoon hoe het gaat ruiken als mensen een lijk vinden', zei Marta en ze scheen op het hoekje waar iemand van ontsteltenis had gespuugd.

In de keuken troffen ze een haast surrealistisch tafereel aan. Twee mensen, een man en een vrouw, zaten aan een tafel met marmeren blad waar zo ongeveer een centimeter grauw stof op lag. De man zat met zijn hoofd tussen zijn handen en de vrouw hield krampachtig de hengsels vast van een wit plastic zakje dat ze op haar schoot hield.

Het witte licht van een tuinlamp, die op een plank was neergezet, maakte het geheel nog somberder.

Inspecteur Spanò zat in een hoek gehurkt bij een half verscholen deurtje, naast een kast die dwars was gezet. Achter hem hield een jongen met Noord-Afrikaans uiterlijk een zaklamp vast en verlichtte de opening.

De man die aan tafel zat, kwam overeind en liep op haar af.

'Ik ben Alfio Burrano', zei hij.

Hij was rond de vijfenveertig, lang, blond met hier en daar een grijze haar, en droeg een verkreukeld jasje. Zijn verbijsterde blik deed niets af aan zijn interessante gezicht. De Siciliaanse versie van Simon Baker.

Ze schudde hem de hand. 'Commissaris Giovanna Guarrasi.'

Spanò wenkte haar om dichterbij te komen zonder van zijn plek te gaan.

'Dit moet u zien, chef.'

Vanina kwam bij hem staan.

'Ik neem aan dat het lijk daar binnen is.'

'Als we het zo kunnen noemen...' mompelde de inspecteur terwijl hij opzijging. 'Kijk uit voor het afstapje', waarschuwde hij.

Commissaris Giovanna Guarrasi had in haar carrière een hoop huiveringwekkende taferelen gezien: met touwen omwikkelde, levend verbrande mannen, lijken die in een cementen pilaar waren gegoten, mensen die waren neergeschoten, doodgestoken of gewurgd en ga zo maar door. Maar wat ze die avond te zien kreeg, kon je maar met één woord omschrijven, een woord dat ze verachtte en dat volgens haar bij een *gothic novel* paste: macaber. Op de vloer van een keukenlift van anderhalve bij anderhalve meter lag scheef het gemummificeerde lichaam van een vrouw. Het hoofd, waar nog restanten van een zijden sjaaltje op zaten, rustte in een hoek van negentig graden op een bontjas, met daaronder een mantelpakje in een vage kleur, en om de nek hingen drie kettingen van verschillende lengtes. Verspreid rond het lijk lagen een tasje, een harde beautycase, zo eentje die mensen vroeger gebruikten, een flesje eau de cologne zonder dop, en een metalen kistje dat heel sterk aan een kluis deed denken.

'Wie heeft het lichaam gevonden?'

'Alfio Burrano, samen met de Tunesiër.'

Vanina deed de deur dicht en sloot hem af met de ijzeren grendel die als slot dienstdeed. Van binnen kon je de deur onmogelijk openkrijgen.

Ze opende de deur weer en stak haar hoofd in de ruimte om de voorwerpen van dichtbij te bekijken. De stank was ondraaglijk, er hing een walgelijke pestlucht. Ze overwon haar neiging om haar hoofd terug te trekken en ook de vage misselijkheid, die ze in al die jaren nog altijd niet helemaal de baas was geworden, en wurmde zich iets meer in de ruimte, waarbij ze erop lette dat ze nergens op ging staan.

‘Woont er iemand in dit huis?’ vroeg ze toen ze er weer uit kwam.

‘Alleen Alfio, voor zover ik begrepen heb. Maar niet in deze kamers.’

‘Dus hier is waarschijnlijk al heel lang niemand geweest.’

‘Alfio zegt dat hij er nooit langer dan een paar minuten kwam.’

Spanò draaide zich om en keek naar Alfio Burrano, die weer naast zijn vriendin was gaan zitten. Toen vervolgde hij: ‘Zeg, chef, zullen wij gauw dat tasje en die beautycase openmaken voordat die lui van de technische recherche ze van ons afpakken? Dan krijgen we in ieder geval een indruk.’

Vanina knikte.

Toen de inspecteur een paar handschoenen uit zijn zak haalde, galmde de krassende stem van Cesare Manenti, de onderdirecteur van de technische recherche, door de gang.

‘Te laat’, zei Vanina.

Ze zouden alle informatie volgens Manenti’s procedures en in zijn tempo krijgen, en vlug kon je hem helaas niet noemen.

‘Dag Guarrasi’, zei haar collega, die met een geïrriteerde blik om zich heen keek. Hij was een man van weinig woorden en meestal was hij onaanspreekbaar.

‘Dag Manenti.’

‘En? Waar is dat lijk, waarvoor ik bij een heerlijk etentje bij vrienden thuis weg moest?’

Hoezo, heeft zo iemand vrienden dan?, dacht Vanina.

‘Daar ligt het’, zei ze terwijl ze naar de plek wees. ‘Maar kijk uit: het is er heel erg krap.’

Manenti stak zijn hoofd in de keukenlift en met een knikje maakte hij plaats voor een agent in een witte overall met overschoenen, handschoenen en een mondkapje.

‘Hebben jullie iets van zijn plek gehaald?’ vroeg hij, op de toon van iemand die een bevestigend antwoord verwacht.

Spanò stapte beledigd naar voren. ‘Als u het zo nodig moet vragen: we hebben er geen voet binnen gezet.’

Bij wijze van antwoord kreeg hij een blik van het soort ‘je hebt het tegen een van je meerderen’.

Vanina kapte hen af. 'Manenti, sta niet zoveel tijd te verdoen en geef me informatie waar ik iets aan heb. Laten we uit de context proberen te achterhalen uit welk tijdperk dit lijk stamt, want ik geloof niet dat de sectie veel zal opleveren.'

'Uit de prehistorie', zei de forensisch-technisch rechercheur, die een soort ruimtepak aan had.

Vanina liet Bonazzoli de wacht houden, en in haar bijzijn liet Cesare Manenti zijn zelfingenomenheid varen en deed hij plotseling poeslief. Ze liep weg en liet Manenti verdrinken in de grote, groene ogen van de inspecteur, die qua charme niet onderdeed voor Heidi Klum. Ze ging op zoek naar Burrano te midden van het kluitje mensen dat zich in een paar luttele minuten had verzameld. Ze zag hem bij de tafel staan, waar een andere man in ruimtepak een lamp in elkaar zette om mee in de opening te schijnen. Met zijn ene hand in zijn zak en in de andere een sigaar, liep hij bezorgd om een agent heen die met een stopcontact uit het jaar nul zat te rommelen.

Ze keek met een schuin oog naar de vrouw, die nog altijd met het zakje op haar schoot aan de tafel zat. Met een bleek gezicht gaf ze afwezig antwoord op de vragen van inspecteur Spanò. Ze was jong, net geen meisje meer, en de manier waarop ze continu naar Burrano keek, liet geen enkele twijfel over de aard van hun relatie.

'Meneer Burrano, ik moet u een paar vragen stellen', zei Vanina terwijl ze hem tegemoetliep.

'Natuurlijk. Maar als het kan, zou ik dat wel graag in een andere kamer doen. Ik wil liever niet nog een keer dat... eh... nou ja, dat lijk zien.'

Ze verplaatsten zich naar de eetkamer en Burrano en zijn vriendin gingen aan dezelfde kant zitten van een lange tafel in een mengeling van jugendstil en Moorse stijl. De vrouw met het witte zakje verplaatste haar stoel zodat die tegen die van Burrano aan stond en ging vlak bij hem zitten, waarbij ze het bundeltje zorgvuldig op haar schoot hield. Vanina begon zich af te vragen wat er in hemelsnaam voor kostbaars in zat.

Burrano stelde de vrouw aan haar voor: Valentina Vozza, oenoloog van beroep. Ze was achtentwintig lentes jong en had een perfect lichaam, gehuld in een spijkerbroek die maar weinig vrouwen aan kunnen, en had steil, donker haar in een bob, waarmee ze erg deed denken aan haar naamgenoot uit de Crepax-strips.

'Meneer Burrano, hoelang woont u al in dit huis?' begon Vanina, terwijl ze tegenover hen aan de andere kant van de tafel ging zitten en een pakje sigaretten uit haar zak haalde.

'Ik kom hier eigenlijk zelden. Af en toe breng ik er het weekend door, maar soms slaap ik hier niet eens. De kamers die ik gebruik bevinden zich aan de andere kant, in het enige gedeelte van het huis dat gerenoveerd is.'

'Is de villa van u?'

'Nee, van mijn tante.'

'Woont zij hier niet ook?'

'Ze heeft hier nooit gewoond.'

Vanina keek om zich heen. Versieringen, bas-reliëfs van palmen en verschillende bomen en planten. En niet te vergeten de roedes, waar de Berberse gordijnen aan hingen, van houten speren nota bene. De bedwelmende oudelijkenstank van de keukenlift en het stof dat door al die mensen omhoogkwam, prikten al in haar keel en daarom had ze bedankt voor de aansteker die Burrano haar met een vlugge beweging had aangeboden zodra ze haar pakje opende. Het was commissaris Guarrasi met haar oplettende blik niet ontgaan dat de ogen van Valentina Vozza even opvlamden toen hij dat deed. Eén plus één is twee: ze verhielden zich waarschijnlijk tot elkaar als jager en haas. Je kon wedden wie de haas was.

'Wie heeft er voor het laatst in deze kamers gewoond?' vroeg ze, terwijl ze de onaangestoken sigaret door haar vingers liet gaan.

'U kunt hem gerust opsteken, commissaris', zei Burrano.

'Dank u. Voorlopig liever niet. En?'

'Voor zover ik weet, was dat mijn oom Gaetano. Ik heb het over jaren geleden.'

'En die is er niet meer?'

'Wie?'

'Uw oom.'

Even was Burrano verbaasd. 'Nee', zei hij, alsof het de meest logische zaak van de wereld was.

Vanina keek hem met haar staalgrijze ogen strak aan in een poging hem te intimideren. Er lag iets verscholen in zijn korte antwoord.

'Meneer Burrano, wist u dat er een keukenlift was?'

De man herpakte zich. 'Ik had geen flauw idee, commissaris! Maar het verbaast me niet. Dit huis heeft nogal wat, laten we zeggen, eigenaardigheden. Poeh, het was bepaald geen pretje om daar een lijk aan te treffen.'

'Wat bedoelt u met eigenaardigheden?'

'Het ontwerp, de bizarre inrichting, de toren, en al die rare dingen die mijn opa heeft laten plaatsen.'

'Inspecteur Spanò vertelde me dat u een vergelijkbare deur op de verdieping hierboven had gezien voordat u het gat in de keukenmuur ontdekte. Die zou ik graag willen zien.'

Alfio Burrano stond op. 'Natuurlijk', zei hij met een knikje.

Valentina hees zich overeind op haar twaalf centimeter hoge hakken, klaar om hen naar boven te volgen. Het witte tasje kiepte om en er vielen twee bakjes met het logo van het populairste Japanse restaurant van Catania op de vloer. Een tiental sushirolletjes tuimelden over de vloer in een brij van eeuwenoud stof en sojasaus, met daardoorheen plakjes gember en een paar groene boontjes die Vanina, die weinig van de Japanse keuken wist, niet kon thuisbrengen.

'Jemig, Vale!' viel Burrano geërgerd uit.

Het meisje wierp hem een dodelijke blik toe, maar hij was zo druk bezig met allerlei excuses maken aan Vanina dat hij dat niet eens doorhad.

'Loopt u maar mee, commissaris, dan laat ik u de kamer hierboven zien', zei hij weer welgemanierd.

Valentina stond op en ging achter hem aan.

'Er is voor jou geen reden om mee te gaan. Ga jij maar weer lekker zitten', zei hij, en met een strenge blik maande hij haar daar te blijven. 'Weet je wat: ga Chadi maar zoeken en zeg hem dat hij deze rotzooi moet opruimen.'

Vanina dacht bij zichzelf dat als een man tegen haar deze toon had aangeslagen, zij binnen een paar seconden 'je kan de schijt krijgen' zou hebben gezegd. Maar Vozza ging weer zitten en hield zich gedeisd. Met een blik op onweer, dat wel, maar gedeisd.

Burrano ging haar voor op de marmeren trap en liep een kamer in die qua absurde inrichting niet onderdeed voor de eetkamer of het overige meubilair. Hij liet haar de opening zien, die moeilijk zichtbaar was door de wandversieringen, en wees op het beeld dat het zicht op de spleet ontnam.

'Dat lijkt sprekend op het borstbeeld van Giuseppe Verdi uit de tuin van het Teatro Massimo van Palermo', zei Vanina.

Burrano lachte. Die man, zo legde hij uit, was zijn stamvader: de trotse bedenker van het landhuis.

'Vandaar dat ook deze opening verborgen zat', constateerde Vanina.

'Precies. En juist dat vreemde gegeven maakte me nieuwsgierig. Toen ik zag dat er in de keuken op precies dezelfde plek een kast stond, kwam ik op het idee de kast te verplaatsen om te zien of mijn vermoedens klopten. En door die nieuwsgierigheid zitten we nu hiermee opgezadeld.'

'Denkt u dat er nog een andere opening is? Op de verdieping hierboven bijvoorbeeld?'

'Zou kunnen. Maar ik betwijfel het. Voor zover ik weet, werden deze kamers bewoond, dus het is niet gek dat er hier een keukenlift was, maar daarboven zit je al in de toren...'

Vanina deed de deur weer dicht en vergrendelde hem. Ook deze deur kon alleen van buitenaf worden geopend. Maar wat was het nut van een grendel op een keukenlift? Ze ging door haar knieën en richtte de zaklamp van haar iPhone op de spleet tussen de vloer en de deur. Hij was maar een paar millimeter breed en nauwelijks te zien.

Ze kwam overeind en klopte het stof van haar handen. Haar ogen gleden over de rest van de kamer, de half afgebrokkelde muur, de meubels die de overgang naar het slaapgedeelte markeerden en tot slot vielen haar ogen weer op Burrano, die met de armen over elkaar geslagen naast het standbeeld stond en naar Vanina keek. Hij leek al veel meer op zijn gemak dan daarnet. Hij was beslist minder timide.

'Ik geloof dat ik hier voorlopig genoeg gezien heb. We kunnen weer terug naar beneden', verklaarde ze en ze nodigde hem uit om haar voor te gaan. 'U moet weten dat dit gedeelte van het huis, ook de toren, volledig zal worden afgezet. Dus niemand, ook u niet, zal het huis nog mogen betreden zonder een van ons erbij', zei ze toen ze de trap afdaalden.

'Dat is geen probleem, commissaris. Ik was al heel lang niet meer in de keuken geweest en ben er ook nooit langer dan drie minuten gebleven.'

'Waarom is dat?'

Burrano keek haar aarzelend aan.

'Deze kamers waren van mijn oom Gaetano.'

Vanina wachtte op nadere uitleg.

'Hij is meer dan vijftig jaar geleden overleden. Ik heb hem nooit gekend.'

'Hoe wist u dan dat de muur half was afgebrokkeld, aangezien u hier nooit komt?'

'Chadi heeft het ontdekt. Hij hoorde een doffe dreun aan deze kant van het huis en is naar de lege kamers gegaan om te zien wat er gebeurd was. De rest is u al bekend, geloof ik. Commissaris, sorry dat ik het vraag, maar... kunt u ervoor zorgen dat de journalisten hier geen lucht van krijgen? Je weet immers nooit wat ze zullen schrijven en mijn tante komt liever niet op de voorpagina van de *Gazzetta Siciliana*.'

'We gaan ons best doen, voor zover dat gaat.'

Toen ze bij de laatste trede waren, kwam Adriano Calí, de forensisch arts, de voordeur binnen met brigadier Fragapane in zijn kielzog.

Vanina liet Burrano achter bij zijn vriendin, die in de deuropening stond te wachten, en liep op de twee mannen af. Ze stuurde Fragapane naar de keuken des gruwels om Spanò te helpen en groette de schouwarts met een spottend lachje.

'Ik wist dat je ieder moment kon opduiken; hoe zou dat toch komen.'

Calí trok een gezicht en deed de nauwsluitende, lichtblauwe jas uit die hij boven zijn strakke spijkerbroek met omgeslagen pijpen droeg.

'Vassalli is dol op me. Hij zadelt me altijd met de gekste zaken op', zei hij toen ze bij de keuken kwamen, waar hij om zich heen keek.

Hij haalde een paar latex handschoenen uit een leren tas, die hij op de grond neerzette.

'Ik begrijp dat mijn patiënt van vanavond al een beetje over de houdbaarheidsdatum heen is.'

'Patiënte, zul je bedoelen. Het is een vrouw', zei Vanina.

'Een soort mummie, volgens Vassalli', zei Adriano terwijl hij de handschoenen aantrok en Manenti en zijn team opzijgingen, zodat hij erbij kon. 'Over hem gesproken: hij vond dat hij vanavond aanwezig moest zijn, dus hij kan ieder moment komen.'

In Catania werkte het oproepsysteem voor schouwartsen anders dan in de meeste andere steden. In plaats van het Forensisch Instituut in te schakelen, riep de magistraat rechtstreeks een arts op die op een lijst stond. De gekozen arts, die op het moment dat hij het telefoontje aannam feitelijk niet kon weigeren, behalve vanwege aantoonbare gezondheidsproblemen of om ernstige persoonlijke redenen, was om die reden altijd het best op de hoogte van het tijdpad en de plannen van de dienstdoende officier van justitie.

Calí wurmde zich de keukenlift in.

'Hé, Adriano...' begon Vanina.

'Jij wilt natuurlijk weten wat het tijdstip van overlijden is', zei hij grijnzend.

'Doe niet zo flauw en doe gewoon je werk. Denk je dat het mogelijk is om te achterhalen hoelang het ongeveer geleden is dat ze overleed?'

'Bedoel je of het tien, twintig of anders veertig jaar geleden is gebeurd?'

'Oké, duidelijk. Het kan niet.'

'Om eerlijk te zijn geloof ik niet dat ik deze keer veel voor je kan doen. Na een bepaald aantal jaren valt niet meer te achterhalen wanneer het precies gebeurd is. In dit geval kan ik je nu al vertellen dat er vele jaren verstreken zijn', zei hij terwijl hij naar het stoffelijk overschot voor hem keek. Hij pakte een van de kettingen vast. Hij bekeek de schoenen: pumps met hoge hakken. Haar rok tilde hij een stukje op en er werd een versleten, kanten kledingstuk zichtbaar dat om haar ingevallen bekken slobberde en naar alle waarschijnlijkheid een torselet was.

'Het moet een elegante vrouw zijn geweest', zei hij. 'Zo op het eerste gezicht zou ik zeggen dat ze niet in het nabije verleden gestorven is.'

'Echt waar, joh?' zei Vanina spottend, waarbij ze opzettelijk haar Palermitaanse accent extra aanzette omdat ze wist dat Adriano, een Catanees in hart en nieren, daar een hekel aan had.

Manenti stond met zijn handen in de zakken van zijn muisgrijze jas uit het jaar nul naast de arts en werd met de minuut chagrijniger. Hij stak nogal af tegen Adriano, die er altijd volgens de laatste mode bij liep, wat de gelegenheid ook was.

'Het komt voornamelijk door deze ijzeren kooi dat het lichaam zo kon mummificeren. Door het ijzer werd het lichaamsvocht snel afgevoerd, en de niet al te hoge temperatuur en een beetje frisse lucht deden de rest. Anders hadden hier alleen nog botten gelegen', zo legde de lijkschouwer uit.

'Hebben wij even geluk!' zei Vanina spottend.

Officier van justitie Vassalli kwam met zware tred de kamer in, gevolgd door agent Lo Faro, die hem graag van dienst wilde zijn. Aan zijn boze gezicht te zien vond hij het heel vervelend dat hij die avond voor een inspectie moest komen opdraven.

'Goedenavond commissaris, dag Calí. Hebben jullie enig idee wie het slachtoffer is?' vroeg hij, met een sceptische blik waarmee hij de vraag feitelijk al beantwoordde nog voor hij hem stelde.

'Het enige duidelijke bewijs dat we hebben, is dat het een vrouw is en dat ze daar al heel lang moet liggen.'

'Hoelang is heel lang?'

'Dat kan ik zo een-twee-drie niet zeggen, en ik vrees dat het onmogelijk is om te achterhalen hoelang precies. In ieder geval al tien jaar, op z'n minst, al suggereren de omliggende voorwerpen dat ze er al veel en veel langer ligt.'

'Kunnen we er misschien wel achter komen of het om een moord gaat?'

Adriano twijfelde even. 'Uit de lijkschouwing, bedoelt u? Alleen als het moordwapen herkenbare sporen heeft achtergelaten. Anders moeten we op de intuïtie van commissaris Guarrasi afgaan.' Hij wisselde een blik met Vanina.

'Wat zegt u ervan, commissaris?' vroeg de officier.

'Tja, wat zal ik ervan zeggen! We hebben tot nu toe weinig sporen om mee te werken. Maar één ding is zeker, officier: de deur van de keukenlift was van buitenaf vergrendeld. Wie die vrouw ook was en hoe ze ook overleden is, in haar eentje kan ze zich niet hebben opgesloten. Dus...'

Vassalli dacht daar even over na en knikte instemmend. Hij liep naar het lijk, dat Calí in de tussentijd voorzichtig naar buiten had gedragen met Spanò en Lo Faro, die maar een paar minuten had kunnen helpen voordat hij half van zijn stokje ging en zich afzonderde.

Nu het lijk midden in de kamer lag en het licht erop scheen, zag het er nog weerzinwekkender uit.

Burrano trok wit weg en ging achter Vozza aan, die snel naar buiten rende.

'Arme man. Hij heeft vast een flinke klap gehad toen hij dit halve graf aantrof', zei de officier terwijl hij hen kort nakeek.

Als die mausoleumachtige villa geen eigendom was geweest van mevrouw Teresa Burrano, met wie zijn vrouw regelmatig een potje canasta speelde op de sociëteit, had Vassalli het onderzoek graag uitgesteld tot de volgende ochtend. Maar dan hield hij even geen rekening met het feit dat die zaak naar alle waarschijnlijk heel wat hoofdbrekens zou kosten en dus precies het soort zaak was waar Guarrasi zich graag in vastbeet, wat betekende dat hij zich er niet makkelijk van af zou kunnen maken.

De officier van justitie liet duidelijk merken dat hij niet te spreken was over de snelle manier waarop Guarrasi het onderzoek liet uitvoeren en het hoge tempo dat zij aanhield, dat hijzelf nauwelijks kon bijbenen.

Giovanna Guarrasi was een smeris in hart en nieren, zo iemand van wie je zegt dat ze voor politiewerk gemaakt is. Ze omringde zich enkel met betrouwbare mensen, die ze beloonde met haar vertrouwen. Mannen en vrouwen die haar inmiddels adoreerden en met wie ze onophoudelijk samenwerkte als een trein die almaar doordenderde en pas tot stilstand kwam als ze de verdachte voor zo lang mogelijk achter de tralies had gekregen.

Vanina keek naar het grote plaatje. De eerste inspectie van de plaats delict was altijd de belangrijkste. Tussen de aanwijzingen die daaruit naar voren kwamen, zaten er steevast een paar die op dat moment weliswaar onbelangrijk leken maar die uiteindelijk, wanneer ze ze op een andere manier bekeek of samen met de andere aanwijzingen bestudeerde die ze in de loop van de tijd zou verzamelen, van het grootste belang bleken te zijn.

Maar ze was er vrijwel zeker van dat het deze keer anders zou lopen. Door alle tijd die was verstreken viel het amper te reconstrueren, en de kans was groot dat de enige mogelijke getuige het geheim mee het graf in had genomen.

Terwijl Vassalli zich bezighield met Burrano, die inmiddels weer terug was maar op gepaste afstand bleef, boog Vanina zich over het lijk, trok een handschoen aan en pakte een schoen die Adriano apart had gelegd. Die verspreidde een misselijkmakende lucht, maar daar was ze wel aan gewend. De vorm van de hak kon helpen om de periode waarin het overlijden had plaatsgevonden, enigszins af te bakenen.

'Ik krijg echt een beetje de kriebels van deze plek. Het ziet er zo duister uit en de toren lijkt wel door geesten bewoond. En dan die kamers: alsof ze van de ene op de andere dag zo achtergelaten zijn. Als dit een film was, zou dit volgens mij precies de juiste locatie zijn om het lijk te vinden, een mummie nota bene', zei Adriano.

Hij was misschien de enige die haar kon verslaan als het om filmkennis ging. En ook hij was helemaal weg van oude films, wat behoorlijk had bijgedragen aan hun pas ontstane vriendschap.

'Bedoel je een scène à la Dario Argento?'

'Niet helemaal. Eerder iets als *Neapolitan Mystery*. Die heb je vast gezien. Met Mastroianni, een nog piepjonge Ornella Muti... die ontbreekt vast niet in jouw verzameling.'

'Nou, die heb ik dus niet, gek genoeg. En ik weet ook niet zeker of ik hem wel gezien heb.'

Dat was al de tweede keer dat Adriano Calí haar aftroefde met een film. De eerste nederlaag was zo sensationeel geweest dat ze die nooit zou vergeten. Het ging om *Indian Summer*. Een dramafilm uit de jaren zeventig waarin Alain Delon, die de sterren van de hemel speelde, met verzen van Dante een meisje genaamd Vanina veroverde. Dat had haar in één klap duidelijk gemaakt wat voor haar moeder de werkelijke inspiratiebron voor haar bijnaam was geweest.

'Een identiteitsbewijs ligt er natuurlijk niet bij', onderbrak Manenti hen, terwijl hij naar de schoen keek die Vanina in haar hand hield.

'Hoe bedoel je, Manenti, had je dat dan verwacht?'

'Eh, ziet ze er soms niet uit alsof ze ieder moment kon inchecken op het vliegveld?'

'Om op reis te gaan, bedoel je zeker, Manenti. Ik heb zo'n donkerbruin vermoeden dat mensen in de tijd waarin ze overleed niet vaak per vliegtuig reisden.'

Inspecteur Spanò, die dichterbij was gekomen, was ineens een en al oor.

'Wat wilt u daarmee zeggen, chef?'

Vanina boog zich over het lijk en tilde de rok op, waardoor de onderrok en het torselet te zien waren. Ze richtte zich tot inspecteur Bonazzoli, die al een uur met de mummie bezig was en haar nog met geen vinger had aangeraakt.

'Marta, heb jij in de trein of in het vliegtuig ooit weleens een vrouw gezien die zo gekleed ging?'

De inspecteur kwam verder naar voren en keek aandachtig naar wat haar baas onder haar neus duwde.

'Wat is er met die schoen?' vroeg ze.

'Kijk eens naar de vorm: een ronde neus en een hak die bovenaan breed is en schuin naar binnen loopt. Die dragen vrouwen al decennia niet meer. En dan die kleren: ze zijn weliswaar half vergaan, maar je kunt wel zien dat het chique kleding was. Vrouwen reizen al heel lang niet meer in dat soort kleding', zei Vanina.

Ze fatsoeneerde de rok weer, alsof ze het laatste beetje waardigheid van deze onbekende vrouw wilde behouden.

'Begin jaren zestig op z'n laatst', zei ze uiteindelijk, zonder Calí, die haar met grote ogen aankeek, verdere uitleg te geven.

Ze liep weg en wenkte inspecteur Spanò om haar te volgen.

'Ofwel degene die het lijk daar heeft neergelegd, was op de hoogte van het feit dat er achter de voorraadkast een mogelijke schuilplaats zat, ofwel hij of zij heeft die zelf gemaakt, door de kast te verplaatsen en de keukenlift te verbergen. In beide gevallen moet het iemand zijn geweest die regelmatig in de villa kwam en het huis goed kende', zei Spanò.

'Ik neig naar het tweede scenario, inspecteur, aangezien de opening op de bovenverdieping ook verborgen zat. Achter een beeld, nota bene.'

Spanò kreeg een afwezige blik, die hij altijd had als hij iets moest vertellen.

'Commissaris, deze villa wordt al jaren niet meer bewoond. Wat zeg ik, decennia. De enige kamers die Alfio gebruikt, en bovendien pas sinds kort, liggen aan de andere kant en zijn afgesloten van de rest van het huis. De oude mevrouw Burrano komt hier nooit. Maar één ding heeft Alfio u waarschijnlijk nog niet verteld: Gaetano Burrano is niet aan een ziekte gestorven. Hij is vermoord.' Vanina kon haar oren niet geloven.

'Hoelang wilde je nog wachten voordat je me dit ging vertellen, Spanò?'

Adriano onderbrak hen. 'Vanina, ik ben klaar voor vanavond. Morgen ga ik hiermee aan de slag en dan hoor je van me. Maar nogmaals, verwacht niets spectaculairs, want ik denk niet dat ik veel zal kunnen achterhalen.'

'Ik spreek je morgen', zei ze afwezig.

'Laat in de ochtend, eerder niet', liet de arts weten.

Ze knikte ten teken dat ze de boodschap begrepen had. Ze zag dat Manenti ook op het punt stond ervandoor te gaan.

'Ik wil er graag meer van weten, Spanò. Gaetano Burrano is dus vermoord. Door wie?' vroeg ze.

De inspecteur schudde weifelend zijn hoofd. 'Ik was toen nog een jochie, commissaris. Ik weet er nog wel iets van, want mijn familie zag de Burrano's vaak. Om er meer over te kunnen zeggen zou ik op onderzoek uit moeten. Voor zover...'

Vanina onderbrak hem met een handgebaar. 'Ik wil alles weten wat er te weten valt.'

Ze keek weer naar Burrano, die met Vassalli in gesprek was. De officier schudde meelevend zijn hoofd. Vanina kende de man inmiddels. Hij werkte heel nauwgezet, maar je kon niet zeggen dat hij zijn roeping had gevonden, want hij was irritant sloom in zijn werk. Daarom botsten ze regelmatig met elkaar.

'Morgen wil ik mevrouw Burrano ondervragen en haar neef nog een keer spreken. En ik wil hier nog een keer heen, in alle rust', zei Vanina tot slot.

Spanò knikte, weinig overtuigd. 'Commissaris, begrijp me niet verkeerd, maar denkt u echt dat u nog iets kunt ontdekken? Er is al meer dan vijftig jaar verstreken sinds de moord op Burrano. Het kan best dat de moordenaar inmiddels al overleden is. En in al die tijd is het huis onbeheerd geweest. Alfio zegt nota bene dat er van alles gestolen is. Iedereen kan die keukenlift ontdekt hebben en gedacht hebben dat het een goede plek is om er een lijk in te verstoppen.'

'Spanò, ik wil weten wie Burrano heeft vermoord, wanneer, waar en waarom. En we moeten erachter zien te komen hoeveel mensen in dit huis kwamen toen hij nog leefde – bedienden, beheerders, vertrouwelingen, en we moeten vooral weten wie van hen kon weten dat er een keukenlift was.'

'Morgen probeer ik alle informatie te achterhalen', zei de inspecteur.

Vanina liep van hem weg en ging naar Vassalli.

'We zullen proberen om mevrouw Teresa zo min mogelijk lastig te vallen', zei de officier tegen Alfio Burrano, die werktuiglijk knikte met zijn vriendin aan de arm.

Vanina grinnikte en dacht bij zichzelf: ik zal de officier maar niet vertellen dat ik de oude mevrouw morgenochtend als eerste wil 'lastigvallen'. En hoe meer ze hem eerbiedig over haar hoorde spreken, hoe meer Vanina's beslissing vaststond.

Ze moest ergens beginnen, en dat kon alleen maar daar zijn.

4

HOOFDINSPECTEUR CARMELO SPANÒ DRONK ZIJN KOFFIE OP EN NAM DE laatste hap van zijn *raviola*. Hij genoot met volle teugen van de ricotta die erin zat: niet overdreven zoet en met precies genoeg kaneel. Hij pakte de krant en legde die op het aluminium tafeltje, waar matte krassen op zaten van iemand die te enthousiast met de schuurspons had geboend. Hij las hem van voor tot achter, hij pluisde de krant helemaal uit om er zeker van te zijn dat er nog geen letter in stond over het lijk dat ze gevonden hadden. Het was eigenlijk nog te vroeg, maar je wist maar nooit. De vorige avond in Villa Burrano had hij gezien dat er tussen alle agenten van de technische recherche ook iemand rondliep die graag nieuwtjes rondbazuinde. En de ontdekking was zo sensationeel dat die ongetwijfeld opgemerkt zou worden door een journalist die op zoek was naar afschuwelijke gebeurtenissen om de kost mee te verdienen.

Hij veegde zijn mond af met een servetje en legde zoals altijd één euro zeventig op het tafeltje. Met een knikje groette hij de eigenaar van het café, waar hij elke ochtend ontbeet nu hij thuis niemand meer had die het voor hem klaarmaakte.

Het stukje lopen van huis naar het bureau was voor hem het fijnste moment van de dag, en op een dag als vandaag zou dat ook het enige rustige moment zijn. Commissaris Guarrasi leek de zaak van dat lijk van voor de oorlog te hebben omarmd en dat betekende dat ze zich er net zo lang in zou vastbijten totdat de zaak opgelost was. Feitelijk had hijzelf ook altijd dat principe aangehangen, en dat had hem geholpen om veel ingewikkeldere problemen op te lossen dan wat zich nu binnen de muren van Villa Burrano ontvouwde. Vanwege datzelfde principe zat hij nu iedere ochtend moederziel alleen te ontbijten, en lagen de scheidingspapieren al klaar in het kantoor van die zakkenwasser van een advocaat met wie zijn vrouw inmiddels al ruim een jaar samenwoonde.

Maar deze keer had hij wel wat twijfels over het nut van de onderzoeken waarmee hij zich ging bezighouden, die bovendien onduidelijk en ingewikkeld waren. Om de waarheid te zeggen: door die twijfels had hij zelfs de halve nacht wakker gelegen.

Op de gang van het bureau kwam brigadier Fragapane hem tegemoet met een bruin plastic bekertje in zijn hand, waar een zwart drankje in zat dat hij zachtjes liet ronddraaien en dat een vage koffiegeur verspreidde. Overduidelijk slootwater uit de koffieautomaat bij de ingang.

'Vanochtend ben ik even in het archief gedoken en heb ik wat documenten over de zaak-Burrano opgeduikeld.'

Spanò keek op zijn horloge: klokslag acht uur.

'Vanóchtend, Fragapane? Het is pas acht uur!'

'Ik slaap slecht, zoals je weet. Om halfzes ga ik uit bed en dan heb ik niks te doen. Dus in plaats van als een idioot door het huis te scharrelen en Finuzza te storen, die vandaag dienst heeft in het ziekenhuis, dacht ik dat ik mijn tijd wel beter kon besteden.'

Salvatore Fragapane was de andere 'ouwe' van de recherche. Hij en Spanò waren wat zij met trots 'de oude garde' noemden.

Spanò opende de deur van het kantoor dat hij met de brigadier deelde. Op het bureau van Fragapane lag een stoffige archiefmap met vergeelde papieren, naast een oude kartonnen doos die de motten te pakken hadden gekregen.

'Nou, kom op, laten we eens kijken wat we hierin kunnen vinden.'

Om kwart voor negen klonken de voetstappen van commissaris Guarrasi in de hal.

Het was haar nog geen enkele ochtend gelukt om eerder op kantoor te komen, behalve dan die paar keren dat ze er de hele nacht bleef, wat eigenlijk regelmatig voorkwam.

Het was geen kwestie van luiheid, uiteraard: vanaf tien uur 's ochtends kon Vanina onvermoeid tot diep in de nacht doorwerken. Sterker nog: hoe later het werd, hoe beter haar brein functioneerde. Slapeloosheid, dachten mensen die haar niet goed kenden, maar dat was niet het geval: wanneer ze in bed lag, rustte Vanina juist uitstekend uit, en ze sliep ook door. Ze sliep zelfs door de wekker heen. Het probleem was juist haar slaapritme. Als ze haar natuurlijke ritme wilde volgen en tenminste een deel van het slaaptekort dat ze gedurende de week opbouwde wilde inhalen, zou ze van twee uur 's nachts tot tien uur 's ochtends moeten slapen. Dat kon alleen op zondag en in rustige periodes.

De avond daarvoor was ze thuisgekomen met het gevoel dat dit zo'n zaak werd die ze nooit zou vergeten. Het soort bijzondere gebeurtenis waar mensen nog jaren over praten. Burrano zou zich erbij neer moeten leggen: dit soort verhalen lieten krantenredacties over het algemeen niet aan zich voorbijgaan.

Nadat ze de scaccia's van Bettina naar binnen had gewerkt, had ze geprobeerd om in haar laatste wakkere uren online informatie op te zoeken over de villa. Dat was een van haar manieren om tot laat door te gaan, in de hoop dat ze dan makkelijk in slaap zou vallen zonder eerst door de moeilijke fase te moeten waarin hele nare gedachten in haar hoofd opdoken. Maar het was tevergeefs. Ze had vijf minuten gezocht – de gebeurtenissen van Villa Burrano stamden uit een tijd waarin internet nog niet eens bij Gods plannen hoorde – en toen kwam ze weer in de droevige stemming van die 18 september die net achter de rug was. Met de televisie aan staarde ze naar de enige foto die ingelijst op de boekenplank prijkte. Haar humeur zonk weer naar het bekende dieptepunt. En ze voelde zich wees. Voor de vijfentwintigste keer.

Het vergde flinke inspanning om de derde wekker uit te zetten, die ze expres ver van haar bed had neergezet. Haar benen waren loodzwaar, ze was licht in haar hoofd en had het gevoel dat ze haar ogen niet open kon houden. Pas na twee espresso's, een douche en een sigaretje in de buitenlucht was ze een beetje wakker.

Ze was erg laat.

Zoals wel vaker had ze haar ontbijt van café Santo Stefano moeten meenemen.

Voordat ze naar haar kantoor ging, liep ze naar de kamer die inspecteur Bonazzoli deelde met inspecteur Nunnari, de enige die er de avond daarvoor niet bij was geweest, en met agent Lo Faro. In die kamer kwam het team aan het begin van iedere nieuwe zaak samen en wisselden ze eerste indrukken uit in afwachting van Vanina.

Marta zat achter haar bureau, met in de ene hand een dampende mok en in de andere een koekje, meergranen welteverstaan, zonder dierlijke eiwitten. Terwijl ze van haar kruidenthee nipte zodat ze die al op zou hebben voordat de commissaris die kon ruiken en haar neus ervoor zou ophalen, luisterde ze in stilte naar Spanò en Fragapane, die aan een nieuwsgierige Nunnari vertelden wat ze hadden gezien.

De commissaris klopte een paar keer op de halfopen deur en kwam het kantoor binnen.

'Goedemorgen allemaal', zei ze, terwijl ze Spanò, die als eerste opsprong, met een handgebaar maande om weer te gaan zitten en naar de werkplek van inspecteur Bonazzoli liep.

'Hoi chef', zei Marta en maakte de plek achter het bureau vrij waarvan ze wist dat zij er zou gaan zitten. Omdat ze een vrouw was, uit een andere streek nota bene, en het voorrecht had om een deel van haar schaarse vrije tijd met Vanina door te brengen, was ze de enige van het hele team die haar tutoyeerde.

Een gloednieuwe zaak en een onderzoek dat nog helemaal moest worden uitgedacht, nog vrij van welke externe beïnvloeding dan ook: voor Vanina, wier humeur recht evenredig was aan de hoeveelheid creativiteit die ze nodig had bij het onderzoek, was dat een wondermiddel.

'Goed, jongens...' begon Vanina, terwijl ze met één been op de hoek van het bureau van de inspecteur ging zitten en er een zakje op zette met daarnaast een beker waar een heerlijke koffiegeur uit kwam.

'Laten we even kijken hoe we ervoor staan. We hebben sinds gisteravond te maken met een... eh... niet bepaald alledaagse zaak. We weten al dat de sectie ons weinig verder zal helpen. En het onderzoek van de TR zal evenmin bruikbare informatie opleveren. Van hen zullen we alleen vage aanwijzingen krijgen, waarmee we er in het beste geval een idee van kunnen krijgen om welke tijd het gaat.'

Hoofdinspecteur Spanò lachte spottend, wat hem een afkeurende blik van Vanina opleverde.

'Dat betekent', vervolgde ze op andere toon om het sarcastische gemompel te stoppen, 'dat we deze keer in het duister tasten. Niks geen vingerafdrukken, geen aanwijzingen over het moordwapen, geen relevante sporen. Wat voor aanwijzing we ook zullen vinden, we moeten minstens een paar decennia terug in de tijd. En voor hetzelfde geld leidt dat nergens toe.'

Nunnari hief zijn hand op.

'Maar, chef, als de zaken er zo voor staan... waarom hebben we dan zo'n haast?'

'Daar hebben we die luiwammes weer!' zei Spanò bits.

Vanina keek Nunnari met een kalme blik aan.

'Waarschijnlijk is er ook geen haast bij. Maar weet je, Nunnari, tijd verliezen is nooit goed. Zodra dit nieuws naar buiten komt, en ik ben er vrij zeker van dat dat niet lang meer gaat duren, zal er veel over gepraat worden. De Burrano's zijn een bekende familie, en dan hebben ze ook nog een vermoord familielid in de stamboom. En Catania is een groot dorp. Met zo'n sappig verhaal barst de hel los. Dus we kunnen maar beter proberen zoveel mogelijk informatie te verzamelen, zodat we niet onvoorbereid zijn.'

'Chef,' begon Fragapane, die naar voren kwam met een dossier in zijn hand, 'de documenten over de moord op Burrano hebben we al. Destijds was dat onze zaak... van onze opsporingsdienst, bedoel ik. Ik heb ze vanochtend uit het bureau-archief gehaald. Gelukkig lagen ze in een opgeruimde kast, anders zat ik daar nu nog steeds te zoeken.'

Vanina stak tevreden haar hand uit en greep het dossier dat de inspecteur haar aanreikte. Ze bekeek de eerste bladzijde, uit 1959.

'Goed werk, Fragapane. Jij en Spanò gaan nu proberen informatie te achterhalen over de moord. Hoe het gebeurde, waar het gebeurde, of de dader is gevonden en wie dat was. En kijk vooral of er tussen alle namen die jullie tegenkomen – getuigen, verdachten of andere betrokkenen – ook vrouwen zitten.'

Vanina las een zekere scepsis in de ogen van de mannen, die instemmend knikten.

'Hoor eens, het kan best dat de informatie uit deze map van vijftig jaar oud niets oplevert, maar we moeten toch ergens beginnen. Het lijk van die vrouw lag nu eenmaal in Villa Burrano en dat was allesbehalve vers. De moord op Gaetano Burrano lijkt tot nu toe de enige relevante gebeurtenis in de geschiedenis van die familie, en toevallig gebeurde dat behoorlijk lang geleden. Voorlopig moeten we er daarom achter zien te komen wat er wel en niet gebeurd is. Oké?'

'We gaan meteen aan de slag', verzekerde Spanò haar.

Vanina kwam van het bureau van inspecteur Bonazzoli af.

'En Bonazzoli en ik gaan naar het huis van mevrouw Burrano zodra het kan, voordat er iemand dwars gaat liggen en daar een stokje voor steekt. Haar hiernaartoe halen lijkt me niet zinvol, althans voorlopig. Weet je wat, Marta, geef me haar telefoonnummer maar, dan bel ik haar persoonlijk. Nu ga ik naar mijn kantoor om te ontbijten, voordat mijn koffie straks helemaal koud is.'

Ze pakte haar ontbijt dat ze op de tafel had gezet weer op, deed haar best om de koffie recht te houden en liep naar de deur.

'O ja, voordat ik het vergeet: Nunnari, neem contact op met de mensen van de TR en vraag wanneer we de inhoud kunnen krijgen van de tassen die bij de mummie lagen. Dat gaat ons zeker weten een beetje helpen, al was het maar om te bepalen in welke tijd ze leefde.'

De inspecteur bracht een gestrekte hand naar zijn slaap, in de houding.

'Op de plaats rust', antwoordde Vanina met een glimlach.

Nunnari was een groot fan van Amerikaanse films, van het type waar om de haverklap 'sir, yes sir' wordt geschreeuwd tegen een meedogenloze drilsergeant. Dat had hij haar de enige keer dat ze samen surveillancedienst hadden, toevertrouwd en daarmee had hij de sympathie van filmliefhebster Vanina gewonnen. Jammer alleen dat hij in plaats van op luitenant Mayo uit *An Officer and a Gentleman* eerder leek op spekkie Gomer Pyle uit *Full Metal Jacket*.

Ze liep haar kantoor in en kwam bij haar bureau, dat ze zelf onder een raam op het oosten had gezet en dat al vol in het licht stond terwijl het niet eens hartje zomer was. Ze liet het rolluik precies ver genoeg zakken om op haar bureaustoel te kunnen zitten zonder haar

Persol-zonnebril uit het zijvak van haar tas te hoeven halen, maar wel zo dat er nog een streep zonlicht op de vloer viel. Dat herinnerde haar aan het feit dat ze weer terug was op Sicilië en daar had ze ontzettend naar verlangd.

Ze pakte haar caffè latte, haalde de deksel eraf en deed er een half zakje suiker in – rietsuiker, wat eigenlijk lachwekkend was – terwijl ze haar tanden in een met room gevulde koek zette die ze in Catania *panzerotto* noemen.

Ze was halverwege haar ontbijt toen Marta met twee keer kloppen haar kamer binnenkwam.

'Chef... O, sorry. Ik dacht dat je het al op zou hebben.'

Ze gebaarde naar haar dat ze kon gaan zitten.

'Wat is er?' vroeg ze, toen ze zag hoe de inspecteur naar haar beker keek. 'O ja, dat is ook zo. Melk is voor jullie net gif. Je kan haast beter een sigaret roken.'

Marta was wel gewend aan dat spottende 'jullie', waarmee Vanina iedereen bedoelde die er andere eetgewoontes op na hield dan de meesten. Maar ze bedoelde vooral de veganisten.

'Ik zei helemaal niets', zei Marta. Want ze wist ondertussen wel dat het zonde van haar tijd was om voor de zoveelste keer te gaan verdedigen waarom ze ontbeet met sojayoghurt en lijnzaad.

'Heb je het nummer van mevrouw Burrano kunnen achterhalen?'

Marta knikte. Ze haalde haar Samsung tevoorschijn en liet het scherm zien.

'Ik zie dat je ook het nummer van haar neef hebt genoteerd. Heel goed, dat lijkt me een interessante man', zei Vanina plagend, terwijl ze de telefoon pakte en het nummer intoetste.

'Weet je trouwens wat hij tegen me zei, toen hij me zijn nummer gaf? "Ik zou het waarderen als u dat aan commissaris Guarrasi gaf."'

Vanina fronste haar voorhoofd en maakte een gebaar waarmee ze duidelijk maakte dat dat een belachelijke toespeling was.

Mevrouw Burrano kwam een goede vijf minuten later aan de telefoon, nadat Vanina eerst met een buitenlands meisje met de naam Mioara had gepraat, die hoogstwaarschijnlijk haar verzorger was, en vervolgens geduldig in de wacht had gestaan.

'Commissaris Guarrasi, ik had al zo'n vermoeden dat ik u zeer binnenkort zou spreken', begon de vrouw.

'Goedemorgen, mevrouw Burrano. Het spijt me dat ik u stoor, maar gezien de omstandigheden is dat helaas onvermijdelijk. Ik wil u graag een paar vragen stellen. Een informeel gesprek. Persoonlijk.'

Ze gebaarde naar Marta dat ze de deur moest opendoen voor Spanò, die al twee keer op de deur had geklopt en nooit de vrijheid zou nemen om zonder toestemming haar kantoor binnen te komen.

'Ja. Dat verwachtte ik al', antwoordde mevrouw Burrano.

'Als het uitkomt, zou ik graag vandaag nog langskomen, aan het einde van de middag.'

'U bent een vrouw die geen tijd verspilt, dat weet ik. U bent uiteraard welkom. Zolang het niet tussen twee en vier is, als het even kan. U weet hoe het is, op mijn leeftijd zijn gewoontes heel belangrijk, zeker als het om middagrust gaat.'

'Ik ben er over een paar uur.'

Toen ze ophing, gingen Spanò en Marta door met smoezen.

'En? Mag ik het ook weten, of hebben jullie soms een geheim?'

'Sorry, chef. U was aan de telefoon en...'

'Oké. En? Wat hebben jullie gevonden in de documenten die Fragapane had meegenomen?'

Spanò ging er goed voor zitten.

'We hebben er alleen nog maar een vlugge blik op geworpen. Het enige wat we hebben, is dossier MI, over de moord. Fragapane is het helemaal aan het uitpluizen en we weten natuurlijk allemaal dat hij daar tijd voor nodig heeft. Het lijkt erop dat Gaetano Burrano op 5 februari 1959 vermoord is door een kogel in zijn hoofd. In zijn nek, om precies te zijn. Het wapen was een Beretta 7.65 mm, maar die is nooit gevonden. Zijn lichaam werd aan zijn bureau in zijn werkkamer aangetroffen...' hij pauzeerde even en keek de commissaris aan, 'in de villa in Sciara.'

Vanina kwam naar voren, leunde op haar ellebogen en wachtte tot hij verderging.

'Tommaso Di Stefano werd van de moord beschuldigd, de man die al zijn vastgoed en zaken beheerde.'

‘Wie leidde het onderzoek?’

‘Commissaris Agatino Torrisi, die destijds hoofd van de recherche was.’

‘Het motief?’

‘Burrano gaf geen toestemming voor de aanleg van een waterleidingnet op zijn grond. Een gigantisch project, waar de maffiafamilie Zinna, waar Di Stefano nauwe banden mee had en die bovendien familie van zijn vrouw was, veel belang bij had.’ Alleen al bij het horen van sommige familienamen, waarvan ze vroeger de stambomen in haar hoofd had geprent, voelde ze zich misselijk.

‘Heb je dit allemaal kunnen achterhalen door tien minuutjes door het dossier te bladeren?’

‘Nee. In het dossier zag ik alleen dat Tommaso Di Stefano veroordeeld werd voor de moord op Burrano, en wiens zaak dat toen was. Ik geloof dat de maffia niet genoemd wordt, ook omdat in ’59 het woord maffia zoals wij dat nu gebruiken nog helemaal niet bestond. Gaspare Zinna, de zwager van Di Stefano, werd nagetrokken voor verdenking van medeplichtigheid, maar daar werd geen bewijs voor gevonden.’

Nogal wiedes.

‘En waar heb je dat over het waterleidingnet gelezen?’

‘Nergens, commissaris. Ik heb gewoon een telefoontje gepleegd. Mijn vader is achtentachtig, maar met zijn hersens is niets mis. Binnen vijf minuten vertelde hij me meer dan ik in tien dossiers had kunnen vinden.’

Vanina glimlachte. De familie Spanò was altijd een geweldige bron van informatie.

‘Hoe liep het af met het waterleidingnet?’

‘Als u bij u thuis in Santo Stefano de kraan opendraait, komt er dan water uit?’

‘Natuurlijk.’

De inspecteur trok zijn schouders op en spreidde zijn handen. ‘Voilà!’

‘Aha’, zei de commissaris, terwijl Marta van haar naar Spanò keek in een poging te begrijpen wat er zojuist gezegd was.

Inspecteur Bonazzoli kwam uit Brescia, in Noord-Italië. Ze was iets meer dan een jaar geleden naar Sicilië gekomen. Aan heel veel dingen was ze inmiddels gewend: dat het tijdstip van een afspraak ruim werd opgevat en dat dingen slecht geregeld waren; ze had geleerd om altijd een zonnebril te dragen, ook midden in de winter, ze had geleerd om een praatje met de buren te maken en om nooit te weigeren wanneer anderen haar iets aanboden – behalve natuurlijk als het om vlees of andere dierlijke producten ging – want dat gold als een vreselijke belediging. Maar ze slaagde er nog altijd niet in om de verborgen boodschappen te ontcijferen wanneer haar collega's maar een paar woorden wisselden of soms zelfs alleen naar elkaar gebaarden. En het leek alsof iedereen meteen begreep waar het over ging. Iedereen, behalve zij dus.

'Laat maar, Bonazzoli. Ik leg het je later wel uit', zei een geamuseerde Spanò plagend.

De jonge vrouw keek hem schuin aan. 'Goed, Burrano is dus vermoord in precies hetzelfde huis als waar zijn neef gisteren het lijk heeft gevonden', vatte ze samen om het gesprek weer naar de kern terug te leiden.

'Inderdaad', zei Vanina. 'Spanò, hoelang is het al geleden dat je met je vader hebt geluncht?'

Spanò glimlachte. 'Heel lang, hoezo?'

'Ga vandaag maar bij je ouders lunchen en neem gerust alle tijd. Ik wil graag meer weten over Gaetano Burrano. Wat was dat voor iemand, hoe zagen mensen hem. Ook de roddels. Ik denk niet dat we veel mensen kunnen vinden die zich hem weten te herinneren.'

Spanò knikte.

'En Marta, jij neemt contact op met de jonge Burrano, en zeg hem dat hij vanmiddag vroeg naar ons toe moet komen in Sciara.'

'Oké, chef.'

Ze riep inspecteur Nunnari bij zich, die hoofdschuddend binnenkwam.

'Geen bericht van de TR?' raadde Vanina.

'Nog niets, chef. Misschien is het nog te vroeg.'

Of misschien lag het aan Manenti, die vuile rat die zich niet belangrijk genoeg voelde als hij niet door commissaris Guarrasi zelf werd gebeld.

Vanina boog zich naar de telefoon en tikte het nummer in.

'Guarrasi. Ik wil graag meneer Manenti spreken.'

'Hallo Guarrasi', klonk het na een paar minuten.

'Goedemorgen Manenti. Hoever zijn jullie?'

'Mijn mannen zijn op dit moment alles wat in de twee tassen zat aan het veiligstellen, en jij kan vast niet wachten tot je dat in je handen hebt. Of niet soms?'

'Ik stuur iemand jouw kant op om... wanneer? Over een paar uur?'

Aan de andere kant van de lijn hoorde ze hem luidruchtig puffen.

'Als jij zegt dat het binnen twee uur klaar moet zijn... Maar goed, het zijn allemaal prullaria. Vrouwenspul. Kammetjes, lippenstiften, spiegeltjes, een zijden zakdoekje. En sieraden, heel veel sieraden. Een pakje sigaretten. Eén ding is misschien nuttig: een boekje.'

'Uit welk jaar?'

'Geen enkel. Het is een telefoonboekje.'

'En de andere spullen die we gevonden hebben?'

'Welke andere spullen?' Hij was even stil en zei toen: 'O ja! De kluis. Ik moet van jou zo gehaast aan de slag dat ik het enige belangrijke bijna was vergeten. Dat ding zat stampvol bankbiljetten, allemaal briefjes van tienduizend lire.'

'Uit welk jaar?'

'Wil je niet eerst weten hoeveel het er waren?'

'Dat lijkt me niet de meest relevante informatie. Ik wil liever weten uit welke tijd ze komen.'

De man leek even na te denken. 'Guarrasi, je bent niet de domste, weet je dat?' zei hij toen, op een licht sarcastische toon die haar irriteerde.

'Dank je, Manenti. En?'

'Ik weet het niet. Maar ik kan je zeggen dat ze zo groot als zakdoeken zijn.'

Dat had ze wel verwacht.

'Dus ze zijn heel oud. Hoelang duurt het voordat je weet uit welke periode ze komen?'

'Jemig, Guarrasi! Er zijn nog geeneens twaalf uur voorbij, en er zat nog een nacht tussen ook. Denk je dat ik een loopje met je neem of zo? Het duurt zo lang als het duurt.'

Vanina trok een gezicht en hield de hoorn een stuk van haar oor af. Ze spreidde haar armen, schudde haar hoofd en gebaarde naar haar medewerkers dat ze stil moesten zijn.

Spanò glimlachte sarcastisch. Marta slaakte een zucht.

'Brigadier Fragapane is rond één uur bij jou. Geef hem alsjeblieft niet alleen foto's, maar geef hem de tassen en de inhoud daarvan mee, want daar heb jij zelf tenslotte niks aan', zei ze, waarbij ze op neutrale toon benadrukte wat een ploert haar gesprekspartner was.

'Ik zal hem zoveel mogelijk stukken geven. Oké? Maar mag ik iets vragen? Ik snap het dat je me achter de broek zit als er de dag daarvoor iemand is vermoord, maar vanwaar deze haast voor een lijk waarvan we niet eens weten hoelang het al koud is en dat bij toeval is gevonden?'

Ze wist niet wat ze moest zeggen. Ook omdat ze geen logisch antwoord voor hem had. Ze begon ergens anders over.

'Trouwens, Manenti?' vroeg ze voordat ze ophing. 'Nog een tip: onder de figuur die op de bankbiljetten is gedrukt, staat altijd een jaartal. Dat zou niet moeilijk moeten zijn.'

Ze kreeg geen antwoord, ze hoorde alleen dat de verbinding werd verbroken.

Ze keek naar de twee inspecteurs, die het steeds grappiger vonden.

'Geen commentaar', waarschuwde ze.

Ze stond op, pakte de leren jas die ze over de rugleuning had gehangen en liep haar kantoor uit, gevolgd door de twee inspecteurs.

Samen met Spanò liep ze het kantoor naast dat van haar in.

'Fragapane', riep ze.

De brigadier kwam meteen naar haar toe.

'Ga om één uur naar de mensen van de TR en zorg ervoor dat ze je zoveel mogelijk meegeven. Probeer een van de bankbiljetten mee te krijgen die ze in de kluis hebben gevonden, of anders op z'n minst een uitvergrote foto ervan, en breng die naar me toe. Wees voorzichtig, want Manenti zal ze niet zomaar mee willen geven.'

'Laat dat maar aan mij over, commissaris. Er werkt daar een vriend van me.'

'Daarom stuur ik jou altijd.'

Fragapane had werkelijk overal vrienden: een op iedere afdeling. En Vanina verdacht hem ervan dat zijn vriendennetwerk zich uitstrekte tot buiten de kantoren van de landelijke politie.

De inspecteur keek verlegen naar zijn voeten, maar diep vanbinnen was hij trots.

Terwijl Marta het tegenoverliggende gebouw in liep om een dienstauto van de parkeerplaats te halen, belde Vanina het mobiele nummer van Adriano Calí, dat maar bleef overgaan. Ze keek omhoog, naar de lucht die weer grijsachtig werd, en hield haar hand op om te voelen of er opnieuw as naar beneden kwam. Ze stak een sigaret op, maar na een paar trekjes drukte ze hem al uit in een pot vol aarde en peuken, en vervolgens stapte ze aan de bijrijderskant de auto in. Marta zou zeker niet durven protesteren als ze met een brandende sigaret was ingestapt. Ze zou het zwijgend maar zichtbaar geïrriteerd ondergaan en dat werkte Vanina op haar zenuwen. Overigens stonk het in de auto sowieso al; als er bij die muffe lucht ook nog rook kwam ging je helemaal over je nek.

'Mag ik je iets vragen? Waarom stort je je vol enthousiasme op een zaak die je waarschijnlijk toch niet kunt oplossen?' vroeg de inspecteur, waarmee ze de stilte verbrak.

'Ik weet het niet.'

Om de een of andere reden was de ontdekking van dat lijk interessanter dan alle doorsnee moordzaken waar ze de laatste tijd mee bezig was geweest. Misschien was dat vanwege de bijzondere setting, als op een filmset, zoals Adriano zei; of wie weet kwam het puur en alleen doordat haar nieuwsgierigheid was aangewakkerd door een uitzonderlijke zaak als deze, die ze niet vaak onder handen kreeg, ook al stond ze erom bekend dat ze daar wel raad mee wist. Of misschien had het te maken met haar niet-aflatende behoefte om haar dagen te vullen en haar hoofd bezig te houden, waardoor ze haar hoge werktempo niet kon loslaten, ook als dat onder die omstandigheden niet noodzakelijk was.

Vooral rond die dagen, voor haar de ergste van het jaar.

'Ik weet het niet', zei ze nog eens. 'Maar als je het me over een paar uur nog een keer vraagt... heb ik misschien wel een antwoord.'

5

HET APPARTEMENT VAN TERESA BURRANO BESLOEG DE VOLLEDIGE DERde verdieping van een gebouw uit het einde van de negentiende eeuw aan de Via Etnea: een buitensporig groot huis vol ontvangstkamers, de ene nog groter dan de andere, allemaal met de deuren open en in onberispelijke staat.

De vrouw ontving commissaris Guarrasi en inspecteur Bonazzoli vanuit een lichtgekleurde leren chesterfieldfauteuil, in precies dezelfde stijl als de bank waarop Guarrasi en Bonazzoli konden plaatsnemen. In de fauteuil naast haar zat een vrouw van begin zestig, die ze aan hen voorstelde als 'mijn goede vriendin Clelia Santadriano'.

De eerste indruk die Teresa Burrano op Vanina maakte was die van een bijzonder onsympathieke vrouw. Ze had een hoekig gezicht met scherpe lijnen en een uitgesproken hooghartige, geforceerde glimlach om haar lippen.

'Mevrouw Burrano, ik neem aan dat u op de hoogte bent van wat er gisteravond in uw villa in Sciara is gebeurd?'

'Mijn neef vertelde het me vanmorgen.'

'Wist u van het bestaan van de goederenlift?'

'Nee. Maar het verbaast me niets. Mijn schoonvader had allerlei rare obsessies, hij wilde bijvoorbeeld altijd in z'n eentje lunchen en avondeten. Het was ongetwijfeld een keukenlift.'

Ze reikte naar de salontafel en pakte een pakje sigaretten, dat ze niet openkreeg. Vanina zag dat ze knobbels in haar handen had van de artrose. Mevrouw Santadriano schoot haar te hulp en maakte het pakje open. Ze reikte haar een sigaret aan, samen met de gouden aansteker die ernaast lag.

'Alle liftopeningen waren met een verborgen ijzeren grendel afgesloten. Dat suggereert dat hij ergens anders voor werd gebruikt dan alleen het heen en weer sturen van eten', zei Vanina.

'Het zou kunnen dat mijn man er vervolgens een verstopplek van heeft gemaakt. Hij had overal kluizen en verstopplekken: hier, in zijn werkkamer...'

'Waarom?'

'Hij was een rijk man, commissaris, die graag zelf zijn vermogen beheerde. Hij vertrouwde niemand. En als je bedenkt hoe het met hem is afgelopen, had hij misschien wel gelijk.' Vanina moest denken aan de kluis vol geld die bij het lijk was gevonden.

'Ik heb begrepen dat uw man tijdens zijn leven veel tijd in Sciara doorbracht. Ging u niet met hem mee?'

'Nee.'

'Waarom niet, als ik vragen mag?'

'Ik genoot van het leven in hogere kringen en bleef liever in de stad wonen. Bovendien denk ik niet dat het hem veel kon schelen, eerlijk gezegd. Hij hield van reizen, hij ontmoette graag iedere avond andere mensen. En aan gezelschap had hij geen gebrek.'

De verraste blik op Marta's gezicht spoorde de vrouw aan om meer te vertellen.

'Begrijpt u me niet verkeerd. Het laatste wat ik wil is de herinnering aan mijn man bezoedelen. Ik heb nooit ook maar zijn naam willen noemen, om geen pijnlijke herinneringen naar boven te halen. Maar ik ben te oud voor hypocrisie, commissaris. Mijn man is zevenenvijftig jaar geleden vermoord. In die tijd was weduwe-zijn haast een onomkeerbare sociale status, hoe de echtgenoot zich gedurende zijn leven ook gedragen had. Ik ben meer dan twintig jaar in de rouw geweest. Weet u hoe oud ik was? Dertig. Ik was jonger dan u nu bent.'

Vanina zweeg even.

'Uw man was dus omringd door allerlei vrouwen', zei ze toen.

Teresa Burrano stak haar handen op en zuchtte. 'Pff! Tientallen.'

'Mevrouw, wie kon er op de hoogte zijn van de verstopplek die uw man van de oude keukenlift had gemaakt? Al weten we nog niet zeker of hij dat daadwerkelijk heeft gedaan.' En wie weet of ze daar ooit wel bewijs voor zou vinden.

'Niemand behalve zijn beheerder.'

'Bedoelt u Tommaso Di Stefano?'

De vrouw plooide haar lippen tot een flauwe glimlach.

'U verspilt echt geen tijd, hè. Ja, die bedoel ik inderdaad. De enige die mijn man vertrouwde... en ook de enige die dat niet verdiende.'

Vanina dacht even na voordat ze haar vraag stelde.

'Denkt u dat uw man in staat zou zijn geweest om iemand te vermoorden?'

De scheve glimlach van de vrouw veranderde in een kort lachje.

'Wie, Gaetano? Die durfde nog geen klap uit te delen! Zijn jachtgeweren zaten achter slot en grendel omdat hij bang was dat er een ongeluk mee zou gebeuren. Zijn pistool, dat nooit gevonden is, gebruikte hij nooit. Hij verloor nooit zijn zelfbeheersing, ook niet wanneer er iets ergs gebeurde. Hij was per slot van rekening een man van karakter.'

Vanina keek even naar Clelia Santadriano. De vrouw luisterde zonder ook maar een spoor van verbazing te tonen, wat betekende dat ze het verhaal kende. En mevrouw Burrano vond het geen enkel probleem om in haar bijzijn te praten.

'Heeft u een van de maîtresses van uw man ooit persoonlijk ontmoet?' probeerde Vanina.

'Een paar. Maar ik kan u vast vertellen dat die dames nog springlevend zijn.'

'Was er in de periode rond de moord of ook daarna sprake van verdwijningen in de entourage van uw man, voor zover u weet?'

'Ik geloof van niet. En nogmaals, commissaris, ik kende maar een heel klein deel van wat u Gaetano's entourage noemt. En dat was maar goed ook, neemt u dat van mij aan. Hij was *míjn* man. Hij zou altijd bij mij terugkomen. Daar was ik zeker van. Dat was alles wat voor mij telde.'

Ze vertelde deze persoonlijke dingen met een verbijsterend strak gezicht. Deze vrouw was een ijskoningin; misschien was ze dat vroeger ook al of misschien was ze door het leven gehard.

'Werd de villa bewoond in de jaren na de dood van uw man?'

'Nee. Ik heb persoonlijk opdracht gegeven om de villa te sluiten zodra de onderzoeken waren afgerond.'

'Dus toen kwam zelfs het personeel er niet meer?'

'Nee.'

'Is iemand van het huishoudelijk personeel van de villa nog in leven?'

'Niet dat ik weet. Maar het waren er niet veel. Mijn man wilde in Sciara niet te veel mensen om zich heen hebben. U begrijpt wel waarom. Hij was altijd heel discreet als het ging om zijn... avontuurtjes.'

'Weet u nog namen?'

De vrouw sloot haar ogen en probeerde ze voor de geest te halen. Ze schudde haar hoofd. 'Lastig...'

Vanina gaf haar haar kaartje en zei dat de vrouw Marta moest bellen in het geval dat haar nog iets te binnen schoot.

Mioara, het Roemeense meisje, dook plotseling op om hen naar de deur te begeleiden, maar ook mevrouw Santadriano volgde hen en zij bleef halverwege stilstaan.

'Ik hoop dat u duidelijkheid weet te scheppen over deze vreselijke gebeurtenis', zei ze terwijl ze de commissaris de hand schudde.

Overduidelijk een Napolitaanse tongval, hoorde Vanina.

'Teresa is heel erg aangedaan, ook al laat ze dat niet zien', ging de vrouw bezorgd verder. 'Dat begrijpt u wel: deze familie had al een moord moeten verwerken en daar sprak ze nooit met iemand over, ook niet met haar neef. En vanwege wat er nu gebeurd is, zullen er heel pijnlijke gebeurtenissen naar boven komen. Arme Teresa.'

Je kon haar eigenlijk geen ongelijk geven.

Mevrouw Burrano wekte met haar gezicht van steen en haar aanmatigende houding geen greintje sympathie. Maar ze was een oude vrouw, alleen en kinderloos, ze was al sinds haar dertigste weduwe en haar man was door zijn hoofd geschoten. Ze had haar portie ellende wel gehad.

De commissaris verzekerde de vrouw dat ze alles op alles zou zetten om de vreselijke gebeurtenis, zoals de vrouw het noemde, zo snel mogelijk op te lossen. Maar dat zou bepaald niet makkelijk zijn.

Om het gebouw uit te komen moest je door een binnenplaats. De wind was opnieuw gedraaid en de as kwam nu weer op de stad neer.

Het basalten plaveisel van de patio en de grijze kasseien lagen volledig onder de as, net als de twee perkjes met vetplanten in het midden.

Vanina stak een sigaret op.

'Hé, heb je zin om een *arancina* te gaan eten bij Savia?' stelde ze voor, terwijl ze op haar horloge keek. Vanina had altijd wel zin in rijstballetjes.

Marta dacht even na voordat ze antwoord gaf. 'Dat is niet echt iets voor mij. Maar ik ga graag met je mee.'

De commissaris sloeg zich voor het hoofd. Ze maakte keer op keer dezelfde fout. Ze kon er niets aan doen: dat ze niet overal zonder problemen met Marta kon lunchen bleef bij haar gewoon niet hangen.

'Er zijn ook arancina's met spinazie, met aubergine...' begon ze.

'Ik betwijfel of daar geen boter of kaas in zit. Maar dat geeft niet, ik zei al dat ik graag met je meega. Ik neem wel thee.'

Vanina hield haar pas in en keek haar vol ongeloof aan.

'Thee? Je kan een maaltijd toch niet vervangen door een kop thee?'

'Maak je niet druk, ze hebben vast wel iets voor mij. En ik heb toch geen honger!'

Ze namen plaats op het terras, in de schaduw van een parasol. Het was zo warm dat ze hun jas uitdeden en in hun T-shirt konden zitten.

'Dus die liefhebbende echtgenoot hield nogal van de vrouwtjes', concludeerde Marta toen ze op haar stoel ging zitten.

'Blijkbaar.'

'Zag je hoe kalm mevrouw Burrano erover vertelde? Alsof het heel normaal was. Snap je dat? Haar man ging met zijn liefjes naar de villa en zij bleef thuis en leidde haar leven "in hogere kringen".'

'Dat verbaast me niks. Een huwelijk was in die tijd niet veel meer dan een overeenkomst tussen twee families, gebaseerd op louter economische motieven. En hoe hoger de sociale klasse, hoe meer belangen er speelden. Tel daarbij op dat de Burrano's geen kinderen hadden. In die omstandigheden was het normaal dat ieder zijn eigen leven leidde, vreedzaam en zonder al te veel problemen, zolang ze voor de buitenwereld maar samen waren. Kijk niet zo vol afgrijzen; in Brescia was het niet anders, reken maar.'

Marta haalde haar schouders op. ‘Misschien.’

‘Als er in de villa in Sciara echt zoveel vrouwen kwamen als die vrouw vertelde, zal het natuurlijk heel moeilijk worden om erachter te komen wie dat waren’, zei Vanina.

‘Die vrouw zal toch wel als vermist zijn opgegeven?’

‘Dat moeten we als eerste nagaan, te beginnen bij het jaar waarin Burrano werd vermoord. En als Adriano weet te achterhalen hoe oud het slachtoffer was, kunnen we in ieder geval de periode wat afbakenen.’

Ze bestelde een arancina met vleessaus en een cola. Zero, alsof dat wat uitmaakte.

‘Hier maken ze niet alleen de lekkerste arancina’s, ze gebruiken ook nog eens de juiste benaming: “arancina” met een “a”. Niet “arancino” met een “o”, zoals ze hier zeggen.’

De schrijfwijze van dat woord voor het populairste gefrituurde hapje uit Sicilië, die afhankelijk was van de vraag of het als mannelijk of vrouwelijk werd gezien, zorgde al eeuwenlang voor discussies tussen mensen uit Palermo en Catania – en dat was lang niet het enige waar ze het niet over eens waren.

Nadat ze Vanina’s voorstel om een pizzaatje te nemen en daar de kaas vanaf te halen ook had afgewezen, bestelde Marta een kop thee.

‘Ik hoef verder niks’, verzekerde ze haar.

Vanina drong er verder niet op aan dat ze iets bij haar drankje moest nemen, wat zijzelf altijd deed als ze de kans kreeg. Marta’s beleefde ‘ik hoef verder niks’ betekende dat ze er niet meer over wilde praten.

‘Weet je wat ik zo raar vind?’ begon ze, terwijl ze dacht aan wat er sinds het telefoongesprek met Manenti al door haar hoofd ging.

Marta was een en al oor.

‘Dat er zoveel geld bij het lijk is achtergelaten. De moordenaar doet de keukenlift open, die vermoedelijk als verstopplek werd gebruikt, om het lichaam van de vrouw erin te verbergen. Hij of zij ziet de kluis, die behoorlijk groot en als zodanig herkenbaar is. Als diegene niet weet wat erin zit, zal die hem in negenennegentig procent van de gevallen meenemen, al is het maar om hem open te maken en erin te kijken. Als diegene wel op de hoogte is van de inhoud van de kluis, is het meest waarschijnlijke scenario dat hij of zij van plan was om op een later moment terug te komen, maar dat dat om de een of andere reden niet gelukt is.'

Ze nam een hap van haar arancina.

'En dat betekent dat er maar twee mogelijke daders overblijven, de enige twee die van de schuilplaats wisten.'

'Gaetano Burrano en Tommaso Di Stefano', raadde de inspecteur.

'Allebei konden ze het geld niet meer meenemen: Burrano omdat hij in de tussentijd was overleden, Di Stefano omdat hij in de gevangenis was beland omdat hij Burrano vermoord had.'

Marta dacht in stilte na.

Vanina veegde haar handen af aan een servetje en nam een slok van haar cola.

'Dat is de simpelste theorie. Maar die vind ik verre van overtuigend', zei ze en leunde achterover.

Ze draaide haar hoofd naar de hoek van de Via Etnea, waar het altijd druk was. Een gedeelte van de stoep werd ingenomen door de twee populairste bars van de stad, waar de tafels altijd vol zaten en aan de straatkant een toonbank stond waar het stikte van de mensen die een snelle hap wilden. De hoofdingang van de Villa Bellini was daar precies tegenover.

Ze stak een sigaret op.

'We zouden Di Stefano kunnen verhoren', stelde Marta voor.

'Nu? Waarvoor? We hebben geen idee wie die vrouw is of wanneer ze vermoord is. En stel dat Di Stefano er iets mee te maken had, denk je dan dat hij iets los zou laten? Die man heeft zesendertig jaar achter de tralies gezeten: hij heeft het waarschijnlijk niet zo op agenten en politiebureaus...'

'Maar wat gaan we dan doen?'

Met haar elleboog steunend op haar linkerarm, en met de duim van de hand waarmee ze haar sigaret vasthield op haar kin, nam Vanina een trekje. 'Daar moeten we achter zien te komen.'

'Chef, mevrouw Spanò kon amper geloven dat Carmelo bij haar thuis kwam lunchen', zei Fragapane geamuseerd.

Vanina wenkte hem om haar te volgen. De brigadier raapte de documenten uit het dossier dat hij die ochtend had gevonden bij elkaar en liep naar het kantoor van zijn leidinggevende. Hij nam plaats op de stoel tegenover haar bureau.

'Is er nieuws over de moorddadige beheerder?' vroeg Vanina, die onderuitzakte op haar stoel met de benen omhoog, op zoek naar het voetenbankje.

'Dat lijkt er wel op. Ik heb dossier A2 gevonden, zijn privédossier.'

'En wat staat erin?'

Fragapane sloeg een roze map open.

'Tommaso Di Stefano, geboren in Catania op 6 augustus 1928. Tot levenslange gevangenisstraf veroordeeld voor de moord op Gaetano Burrano. Vanwege goed gedrag in 1995 vrijgekomen.'

Nadat Vanina haar stoel had gedraaid, legde ze haar voeten op het bankje, steunde met haar ellebogen op de armleuning en hield haar handen ineengevouwen voor haar kin, in gedachten verzonken. Ze gebaarde de brigadier dat hij verder moest vertellen.

'Het proces duurde niet lang. Di Stefano verklaarde zich iedere keer onschuldig, maar de sporen wezen naar hem. Hij had geen alibi. Meerdere getuigen hadden hem op de avond van de moord de villa in en uit zien gaan en er werden bloedsporen op zijn kleren aangetroffen. In zijn huis werden papieren over een stuk grond gevonden waar alleen de handtekening van Burrano nog op ontbrak. De andere handtekening was van Calogero Zinna. Ik zal het even uitleggen. Dat project ging over...'

'De aanleg van een waterleidingnet', vulde Vanina aan.

'Inderdaad. Di Stefano zou daar heel veel geld aan gaan verdienen. Maar zowel mevrouw Burrano als Vincenzo Burrano, de broer van het slachtoffer, oftewel de vader van Alfio Burrano, verklaarde dat Gaetano Burrano altijd had geweigerd die bouwgrond af te staan. En er is ook een getuigenis van een man, een deelpachter, die zei dat hij Burrano en de beheerder had zien ruziën. Daarnaast lag in het huis van Di Stefano de reservesleutel van een Lancia Flaminia, de auto die de vrouw van Burrano als vermist had opgegeven. Hij verklaarde dat hij daar niets van afwist, maar precies rond die dagen werd er een groot bedrag op zijn bankrekening gestort, wat goed paste bij de verkoop van zo'n type auto.'

'Dus dan zou hij de auto hebben gestolen van de man die hij vermoord had, om die vervolgens door te verkopen. En dan zou hij dat geld ook nog op de bank hebben gezet? Wat een amateur, die Di Stefano', zei Vanina.

'Financieel gezien ging het niet al te best met hem en hij had een gokprobleem. Twee jaar eerder was hij in een goktent bij zijn kraag gegrepen.'

'En de Zinna's?'

'Gaspare Zinna is verhoord, de man die zich namens zijn vader Calogero bezighield met de deal over het waterleidingnet.'

'Komt er ergens in het dossier een vrouw van buitenaf voor? Een getuige, een medeplichtige, ik noem maar wat.'

'Geen enkele. Behalve de weduwe komen in dit dossier geen vrouwen voor, chef.'

Vanina dacht diep na.

'En hoe zit het met de gevonden spullen van de technische recherche, Fragapane?' vroeg ze plotseling, toen ze zich herinnerde dat ze hem meer dan twee uur geleden daarvoor op pad had gestuurd.

De brigadier schoot overeind.

'Het spijt me, commissaris, ik heb ze per ongeluk op het bureau van Nunnari laten liggen! Hij ging met me naar de TR en toen... maar ik ga ze nu meteen halen.'

'Laat maar', zei de commissaris. Ze draaide een intern nummer en riep Nunnari bij zich.

De inspecteur stak twee minuten later zijn hoofd om de deur die op een kier stond.

'Mag ik binnenkomen, chef?'

'Kom verder, Nunnari.'

Samen met Marta liep de man slingerend naar binnen met een grote kartonnen doos in zijn armen.

Het bureau van commissaris Guarrasi raakte bezaaid met een enorme hoeveelheid plastic zakjes met allerlei voorwerpen van vroeger: handschoenen, kammen, spiegeltjes, poederdozen, lippenstiften, en een hoop sieraden, zo te zien van niet al te veel waarde. Een pakje mentholsigaretten, een sigarettenpijpje, het flesje eau de cologne zonder dop. En tot slot, apart gelegd, een piepklein telefoonboekje.

'Wat zijn dat in hemelsnaam voor sigaretten?' vroeg Nunnari nieuwsgierig.

'Met mentholsmaak. Die rookten vrouwen toen ik 'n jochie was', legde Fragapane uit. Vervolgens pakte hij een groen doosje met daarop de woorden BRILLANTINA LINETTI. Op het verkoopzegel, zo goed als onleesbaar, was zelfs nog de prijs te zien: 250 lire. 'Kijk nou 's! De brillantine van mijn vader!'

'Probeer te bedenken welk voorwerp er niet bij past', zei Vanina. 'Fragapane, wanneer ben jij geboren?'

'In 1958, commissaris. Ik ben twee jaar ouder dan Spanò. Hoezo?'

'Was dat spul van Linetti niet alleen voor mannen?'

'In principe wel. Het rook naar... naar de barbier, zeg maar.'

'Maar dit is de handtas van een vrouw.'

De commissaris maakte het doosje open: de tube was onaangebroken.

'Maar het was niet verboden of zo, commissaris. Misschien vond deze vrouw de brillantine wel lekker ruiken.'

'Of misschien was die niet van haar', suggereerde Bonazzoli.

'Inderdaad, dat noteren we', zei Vanina.

Het telefoonboekje stond vol voornamen. Geen achternamen. De nummers bestonden vanzelfsprekend allemaal uit vier cijfers.

'O ja, commissaris: meneer Manenti heeft me ook de kluis meegegeven', zei Fragapane, terwijl hij uit de doos een stapeltje bankbiljetten tevoorschijn haalde van een formaat dat Vanina nog nooit had gezien, behalve dan in de handen van acteur Rossano Brazzi of Amadeo Nazzari.

Marta stak haar hand uit om een bankbiljet te pakken.

'Moet je eens kijken!' riep ze uit en ze liet het bankbiljet op zakdoekformaat door haar handen gaan.

Vanina pakte een andere en vouwde het open. Er waren twee zittende vrouwen in spiegelbeeld op afgebeeld met een arm leunend op een schild. Er stonden twee data op: 24 januari 1959 en 7 mei 1948.

‘Nunnari, ga alsjeblieft naar de Banca d’Italia en zorg dat ze je vertellen wanneer deze biljetten precies zijn gedrukt en in welke periode ze in omloop waren.’

De brigadier knikte.

Fragapane was nog altijd de gripzakjes met voorwerpen die verspreid over het bureau lagen, aan het oppakken en bekijken.

‘Jongens, ik moet bekennen dat het best wat met me doet om al deze spullen te zien. Het is net of ik weer ’n jochie ben en in het tasje van mijn moeder zit te snuffelen.’

De telefoon van de commissaris, die boven op de enorme berg papieren aan de zijkant van het bureau lag, begon te trillen. Een onbekend nummer.

‘Met Guarrasi’, zei ze toen ze opnam.

‘Goedemiddag, commissaris. U spreekt met Alfio Burrano.’

‘Goedemiddag, meneer Burrano.’

‘Ik wilde u alleen even laten weten dat Chadi en ik al in Sciara zijn, en dat we uiteraard niet in de buurt van de toren zullen komen.’

Vanina keek verbaasd op haar horloge. Dus deze man belde een commissaris van de nationale politie, alleen maar om te laten weten dat hij er eerder was dan afgesproken?

Ze vertelde hem nog een keer hoe laat ze er zou zijn.

‘Ik wacht op u, commissaris.’

Aan zijn toon te horen leek het net of hij háár uitnodigde. Misschien waren de rollen hem niet duidelijk. Zonder er verder al te veel bij stil te staan, zette ze zijn nummer in haar telefoon: naam en achternaam. Ze drukte op het vergrendelknopje van haar iPhone en legde die weer op de stapel documenten rechts van haar: een waardeloze papierrommel, die ze vroeg of laat op z’n minst zou moeten doorbladeren.

‘Fragapane, we moeten alle aangiftes van vermissing tussen het einde van de jaren vijftig en het begin van de jaren zestig uit Catania en omstreken doorzoeken, en alleen die van vrouwen.’

De brigadier stond meteen op en haalde een notitieboekje uit zijn zak.

‘Bijvoorbeeld van ’57 tot... eh, ’62 of zo?’

‘Ja, en kijk extra goed naar 1959. Doe het samen met Lo Faro, dan hebben we tenminste nog iets aan hem. Trouwens, stuur hem maar naar me toe, want hij heeft zich vanochtend niet gemeld, vreemd genoeg.'

Toen het team haar kamer uit liep, belde ze het mobiele nummer van Adriano Calí. Terwijl de telefoon overging, pakte ze een gripzakje met daarin een vergeeld stuk papier waar een nummer op stond geschreven: vier cijfers die niets betekenden. Ze keek aandachtig naar een bruin symbool dat op het papier was gedrukt, een soort cirkel met daarin een dierenkop. Ze hield het dichterbij om het beter te kunnen bekijken, maar ze begreep niet wat het voorstelde.

'Ik heb mijn telefoon expres in de buurt gehouden. Ik wist dat je niet zou kunnen wachten', zei Adriano toen hij opnam.

'Hoever ben je?' vroeg ze.

'Dat hangt ervan af. Wat wil je weten? Ik ben nog niet klaar.'

'Voorlopig maar één ding: kun je erachter komen hoe oud het lijk is?'

'Niet precies. Misschien helpt het als ik het botweefsel ga bekijken, maar dat is niet iets wat ik kan doen binnen de termijn die jij dan zeker weten gaat stellen.'

'Maar ongeveer dan?'

'Al haar haren lijken nog vol pigment te zitten; ze had donker haar, denk ik. Dus ze moet vrij jong geweest zijn. Hé, is het goed als we elkaar later nog spreken, want met de telefoon tussen mijn hoofd en mijn schouders geklemd krijg ik een zere nek.'

'Tuurlijk. Maak het niet te gezellig met dat meisje, hè. Afgaande op haar torselet wist ze wel van wanten.'

'Guarrasi, jouw gevoel voor humor gaat wel heel ver.'

'Omdat ze dood is of omdat het een vrouw is?'

Adriano onderdrukte een lach door zijn keel te schrapen.

'Als je me in minder dan twee uur terugbelt, druk ik je meteen weg.'

Vanina hing lachend op.

Op dat moment kwamen Fragapane en Lo Faro binnen.

'Ah, daar is onze Lo Faro! Waarom was je vanochtend niet bij de vergadering?'

De jongen keek verloren om zich heen. Aan zijn blik kon je aflezen: *welke vergadering?*

'Commissaris... ik weet niet... Misschien, eh... Niemand heeft me op de hoogte gebracht van...'

'Op de hoogte waarvan? We waren in jouw kantoor.'

Hij wuifde het weg, al moest hij toegeven dat het ongetwijfeld zo gegaan was. Iedereen vond agent Lo Faro nogal irritant. Hij was jong en onervaren, en zo ambitieus en verwaand dat het bijna ongeloofwaardig was, en hij was bij de recherche beland nadat hij twee jaar lang had lopen intrigeren en alle politieke connecties waarover hij beschikte, had gebruikt. Hij had zich zelfs naar binnen weten te praten op de afdeling Zware Misdrijven, waar hij in het diepe was gedoken zonder eerst behoorlijk te leren zwemmen, en ook nog eens in een tijd dat zíj de afdeling bestuurde: de ergste baas die zo iemand kon hebben. De jongen, die niet bepaald de slimste was, had het niet alleen niet begrepen, ook bleef hij maar proberen om haar voor zich te winnen met gedrag dat grensde aan flirten, en het enige wat hij daarmee bereikte was dat zij zich nog meer aan hem ergerde. Hij was de enige van het team die Vanina geen 'chef' mocht noemen, zoals al haar naaste medewerkers wel deden.

'Goed. Blijf bij de brigadier en doe alles wat hij zegt.' Ze wendde zich tot Fragapane. 'Dokter Calí bevestigde me dat het een jonge vrouw moet zijn geweest. Dat bakent de periode iets af.'

De brigadier knikte, klaar om aan de slag te gaan.

Vanina herinnerde zich ineens een detail dat misschien belangrijk kon zijn en riep Lo Faro weer bij zich.

'Ik vertrouw je ook een andere taak toe. Zie je dit boekje? Informeer bij het telecombedrijf of ze van telefoonnummers van meer dan vijftig jaar oud kunnen achterhalen op welke naam ze stonden. Zo ja, dan geef je de nummers een voor een door. Maar wees uiterst voorzichtig, want het papier verpulvert bij het minste of geringste.'

De jongen liet zijn blijdschap duidelijk merken: eindelijk deed hij echt mee.

De twee mannen mochten van Vanina gaan nadat ze haar het dossier over de moord op Burrano hadden overhandigd.

Ze liep haar kantoor uit en klopte op de deur tegenover die van haar. Ze ging naar binnen en kwam haar collega van de afdeling

Georganiseerde Misdaad tegen, die net met een paar van zijn inspecteurs het kantoor uit liep.

Tito Macchia, de directeur van de recherche, ook wel bekend als de Grote Baas, stond achter zijn bureau met zijn imposante gestalte. Een kruising tussen Bud Spencer en Kabir Bedi, had Vanina de eerste keer dat ze hem zag gedacht.

'Hé, Vanina. Hoe is het?' zei hij, met zijn Napolitaanse tongval die nog altijd even sterk was, ook al woonde hij al vijf jaar in Catania.

Ze had hem de avond daarvoor vanuit Villa Burrano opgebeld om hem op de hoogte te brengen van het gevonden lichaam. Ze vertelde hem de laatste stand van zaken en wat ze nu wilde doen. Macchia luisterde aandachtig terwijl hij zijn grijzende baard gladstreek en op een uitgedoofde sigaar kauwde. Zijn interesse werd meer gedreven door nieuwsgierigheid dan door oprechte betrokkenheid bij de zaak, die ook hem moeilijk op te lossen leek, al was het maar omdat het vermeende misdrijf lang geleden begaan was. Met zo'n ontzettend oude zaak had hijzelf nog nooit te maken gehad.

'Kijk maar wat je kunt achterhalen, maar het lijkt mij niet iets om van wakker te liggen. Ook omdat, afgezien van de praktische bezwaren, de moordenaar ofwel dood is ofwel ergens half seniel in een verzorgingshuis zit.'

'Dat hoeft toch niet? Onkruid vergaat niet. Het kan best dat hij of zij nog springlevend is, en er nu bovendien van overtuigd is dat-ie ermee is weggekomen.'

Commissaris Guarrasi bemoeide zich graag met andermans verleden en dat wist Tito Macchia maar al te goed.

'Goed dan. Want als jij besluit niet te zullen rusten voordat je alles helder hebt, dan is dat ook echt zo, dat weet ik.'

De reputatie een commissaris te zijn die zaken kon oplossen waar al jaren niemand meer aan werkte, had ze opgebouwd in Milaan, waar ze de dader van een reeks onopgeloste moorden had opgespoord die op het oog niets met elkaar te maken hadden. Om hem in de val te lokken was ze in het gezinsleven van zeven slachtoffers gedoken, van wie de eerste twintig jaar daarvoor was vermoord.

Dat stelde niets voor vergeleken bij de vijftig jaar waar ze nu mee te maken had.

6

VANINA GING HAAR KANTOOR BINNEN EN TROF DAAR SPANÒ AAN, DIE op de stoel tegenover het bureau zat uit te buiken van de lunch en op haar wachtte.

'Het is niet te geloven wat mijn moeder in één uur allemaal heeft klaargemaakt. De tafel stond vol met allerlei heerlijkheden', zei de inspecteur, die overeind kwam zodra hij haar zag binnenlopen.

Vanina glimlachte bij het idee. Ze gebood hem meteen weer te gaan zitten, want ze was ontzettend nieuwsgierig naar wat hij had weten op te duikelen uit het geheugen van zijn vader. Hoe meer ze wisten, hoe meer Fragapane en Lo Faro hun zoekgebied konden afbakenen. En iets zei haar dat roddelpraatjes dit keer nuttiger waren dan honderden officiële documenten, meer nog dan normaal.

Spanò maakte het zich gemakkelijk op de stoel, met zijn handen ineengevouwen onder zijn buikje, klaar om verslag te doen. Maar hij werd afgeleid door de geamuseerde lach van Vanina, die naar zijn overhemd keek.

'Wat is er?' vroeg hij en keek of er geen sausvlekken op zaten. Hij zag dat er een knoopje was opengesprongen, waardoor een stukje van zijn behaarde buik te zien was.

'Sorry, commissaris, dat had ik niet door!' stamelde hij en kreeg een kleur.

Vanina lachte erom en bood hem een sigaret aan om hem op zijn gemak te stellen.

Op dat moment kwam Bonazzoli binnen, klaar voor de inspectie van Villa Burrano.

'Kom maar met ons mee, dan kun je in de auto over je overdadige lunch vertellen', zei Vanina. Ze stak haar hand uit naar Spanò, alsof ze hem moest helpen uit zijn stoel te komen. De inspecteur ging er niet op in en schoot overeind.

Marta nam plaats achter het stuur van een zwarte Alfa Romeo Giulietta die sinds kort in het wagenpark was opgenomen, na een van de laatste inbeslagnemingen. Hoewel Spanò niet graag bijrijder was, protesteerde hij niet. In de lijst met lievelingschauffeurs van commissaris Guarrasi stond Marta bovenaan, zowel op vier wielen als op twee.

'Wat voor informatie heb je?' vroeg Vanina.

'Ik kan u één ding zeggen, chef: zodra ik mijn vader vertelde over het lichaam dat we gisteravond in Villa Burrano aantroffen, keek hij nog geen minuut peinzend voor zich uit en vervolgens feliciteerde hij me grinnikend.'

'Hoe bedoel je, feliciteren?' vroeg Marta verbaasd.

De commissaris plooide haar lippen in een sarcastisch lachje.

'Omdat die vrouw iedereen kan zijn, Bonazzoli', vervolgde Spanò. 'Gaetano Burrano was wat je in die tijd een man van de wereld noemde. Hij reisde, gokte, gaf geld uit als water. Het was een knappe man, een van de rijkste grootgrondbezitters van Catania, en hij had een schare vrouwen om zich heen. Vrouwen... in alle soorten, als je begrijpt wat ik bedoel. Zijn villa in Sciara werd door de mensen gezien als een verderfelijk oord, waar een vrouw van fatsoen beter niet naar binnen kon als ze haar reputatie niet op het spel wilde zetten.'

Vanina dacht aan hoe gedecideerd mevrouw Burrano had gezegd dat ze nooit in de villa had gewoond.

'Je vader heeft zeker geen namen genoemd?' vroeg ze.

'Nee, commissaris. Hij heeft geprobeerd zich dingen voor de geest te halen, roddels in de familie. De tante van mijn vader was naaister, ze heeft half Catania in de kleren gestoken. Mevrouw Teresa Burrano was een van haar dierbaarste klanten. U weet wel hoe die dingen vroeger gingen: naaisters, barbiers en coiffeuses wisten altijd alles van iedereen omdat ze bij de mensen thuis kwamen. Mijn tante had het geluk dat ze voor vrouwen van de bourgeoisie werkte. Ze zei altijd dat zij het meest veeleisend waren, maar dat ze ook het meest roddelden. Maar wie die vrouwen waren met wie don Gaetano omging, dat heeft mijn vader geloof ik nooit geweten. Of hij wist het wel en is het vergeten.'

De asregen was weer even opgehouden en liet een soort maanlandschap achter. Door de zwarte as die zich aan weerszijden had opgehoopt, leek de weg die de berg op slingerde nog smaller dan hij al was. De weg liep door allerlei aan elkaar gebouwde dorpjes, het ene na het andere. Oude huisjes van lavasteen, afgewisseld door smakeloze betonnen gebouwen en een aantal bijzondere monumentale hekwerken die de ingang van een park leken te markeren. Sciara was een van de laatste bebouwde gebieden voordat je bij de weg kwam die langs de Silvestri-kraters omhoogklom tot aan Rifugio Sapienza, dat voor de Catanezen de belangrijkste toegangspoort tot hun Muntagna was.

Alfio Burrano verplaatste de witte plastic stoel van de rand van het zwembad. Hij zette hem zo neer dat hij met zijn gezicht naar de zon zat en knoopte zijn overhemd een beetje open. Hij was doodop.

De avond daarvoor had hij, zodra hij de deur van zijn stadsappartement achter zich had dichtgeduwd, zijn xanax-tabletten gepakt en was hij in een diepe slaap gevallen, waaruit hij 's ochtends vroeg was ontwaakt.

De hele ochtend was hij bezig geweest met allerlei irritante klusjes, het ene nog vervelender dan het andere. Het ergste, omdat het zoveel tijd kostte en omdat hij het zo vervelend vond, was het bezoek aan z'n ouwe tante, waarbij hij haar persoonlijk had verteld wat er was gebeurd. Dan was er nog het gesprek met zijn advocaat, die hem haarfijn had uitgelegd wat voor gezeik het gevonden lichaam voor hem zou betekenen. Drie genegeerde oproepen van Valentina, waarna hij uiteindelijk had opgenomen en zij hem had uitgekafferd. En dan nog twee telefoontjes van iemand die, in plaats van hem uit te schelden, tien minuten lang had lopen jammeren en hem zo had vermoeid dat hij uiteindelijk had ingestemd met een afspraak, waardoor hij zich alleen maar slechter had gevoeld.

Aan het beeld van het gemummificeerde lijk, dat hij niet meer uit zijn hoofd kreeg, begon hij al gewend te raken. Nu hij van de eerste schrik bekomen was en er een hele ochtend over had gepraat, begon het onderzoek naar de onbekende, verschrompelde vrouw in de keukenlift hem te intrigeren. En het feit dat hij erbij betrokken was, leek hem helemaal niet zo vervelend als zijn advocaat hem had verteld. Sterker nog: het kon zelfs uitmonden in een geheel nieuwe ervaring die in ieder geval wat leven in de brouwerij zou brengen.

En dan had je haar nog: commissaris Guarrasi. De interessantste smeris die hij ooit had ontmoet.

Maar het was misschien geen grandioos idee van hem geweest om haar te bellen waardoor zijn nummer op haar telefoon verscheen...

Chadi stond rechtop naast het open hek. Toen hij de Giulietta aan zag komen rijden met daarin de commissaris en de twee inspecteurs, zette hij het hek wijd open, zodat ze konden oprijden tot aan de binnenplaats.

Marta parkeerde de auto achter een witte Range Rover. Model Vogue: het topmodel, zag Vanina toen ze uit de auto stapte. Het was niet moeilijk te bedenken van wie de auto was.

'Daar heb je Burrano', zei inspecteur Bonazzoli zachtjes.

Alfio Burrano liep met grote passen over het paadje dat zijn tuin van de geplaveide binnenplaats scheidde. Hij liep met uitgestoken hand op commissaris Guarrasi af, groette vervolgens zijn vriend Carmelo met een korte handdruk en daarna Marta met een knikje.

Bij daglicht zag het landgoed van de Burrano's er niet meer zo spookachtig uit en was het duidelijker te zien dat het in slechte staat verkeerde. De voorgevel en het terras dat aan de hoofdingang lag werden overwoekerd door klimplanten, die inmiddels hun blad aan het verliezen waren. De toren vol symbolen leek een minaret ter bescherming van een vervloekt kasteel. Iedereen noemde het 'de Burrano-toren'.

De tuin begon bij het terras en liep via trappen en trappetjes helemaal naar beneden tot aan de grote toegangspoort aan het dorpspleintje. Het was een wilde tuin en dat was nog eufemistisch uitgedrukt.

Inspecteur Bonazzoli haalde de linten van de voordeur en liet inspecteur Spanò voor, die samen met Burrano alle ramen en luiken open ging zetten. Het marmer van de trap naar de bovenverdieping leek lichter van kleur; de hoogreliëfs op de muren en de gewelven waren nu beter te zien en bleken Moorse figuren voor te stellen. Op de muur boven de deur was een levensgrote afbeelding van een man met een waterpijp te zien.

Vanina begaf zich naar de keuken waar het lijk was gevonden, waar ze in haar eentje naar binnen ging en na de eerste stap even halt hield. Ze probeerde de ruimte met andere ogen te bekijken, op basis van de weinige informatie die ze tot dan toe had verzameld.

Het was praktisch onmogelijk om die opening op te merken wanneer de kast ervoor stond. En als het huis direct na het incident was afgesloten, wie zou er dan ooit op het idee zijn gekomen om het meubel te verplaatsen en de deur te openen op zoek naar een mogelijke verstopplek? In de loop van de tijd was er in het huis weliswaar verschillende keren ingebroken, maar geen enkele dief zou daar een kluis en een tasje vol sieraden hebben achtergelaten.

Ze vroeg aan Burrano of hij haar de privévertrekken van zijn oom wilde laten zien. Het leek bijna alsof de slaapkamer tot de dag daarvoor nog bewoond was geweest, ware het niet dat alles onder het stof zat. Op een van de twee nachtkastjes stond zelfs een schoteltje met een theekop erop. Op het andere een asbak. Vanina opende de kastdeurtjes: in beide lag een po. Het leek er niet op dat het bed door maar één persoon gebruikt werd. Op de kaptafel lagen een haarborstel en een kam met hoornen handvat rommelig bij elkaar. Het laatje eronder was halfleeg, maar de twee haarspelden en de gebruikte lippenstift die er al een halve eeuw in lagen, konden zeker niet van Gaetano Burrano zijn geweest.

In de naastgelegen woonkamer was een ronde tafel gedekt voor het ontbijt. Twee borden, twee koffiekopjes, maar slechts één theekop. Vanina liep weer terug en keek aandachtig naar de decoratie van de theekop op het nachtkastje, die precies overeenkwam met die van het servies op de tafel.

Burrano haalde haar uit haar concentratie.

'Is er iets niet in orde, commissaris?'

'Ik weet het niet', antwoordde ze. Ze liep voor hem langs en ging richting de deur.

Naarmate ze de torenspits naderden, werden de kamers steeds kaler en slechter onderhouden.

Burrano vertelde tot in detail het verhaal van een architect die zijn opa lang geleden, in 1916, naar Afrika had gestuurd om inspiratie op te doen voor de verbouwing van een oude boerderij, waar hij een kasteel van wilde maken. De toren moest daadwerkelijk een soort minaret voorstellen.

Toen ze bij het terras kwamen, wees hij naar een buizenconstructie die over de muren omhoogliep en eindigde in branders, een bij ieder kanteel.

'Dit ingewikkelde mechanisme illustreert de waanzin van mijn grootvader', zei Burrano tevreden. 'Aangezien hij overal onroerend goed bezat, hier in de omgeving maar ook verder weg, eiste hij dat deze toren dusdanig verlicht werd dat hij hem vanaf al zijn landerijen kon zien. Om die reden had hij een carbidinstallatie laten bouwen waarbij het acetyleen dat door de buizen liep de branders ontstak en zelfs alle kroonluchters in het huis verlichtte. Als u goed kijkt, ziet u dat er nog kleppen op de kroonluchters zitten. Mijn oom moet die erop hebben laten zitten, ook nadat hij de carbidinstallatie had omgebouwd voor elektriciteit.'

Het terras bood een 360 gradenuitzicht op de horizon: de stad, de golf van Catania tot aan Augusta en de rokende Etna. Vanina bedacht dat het terrein van de Burrano's daar in Sciara vele hectares moest bestrijken, want alleen dan zou de stamvader op het idee van zo'n pronkzuchtig project komen.

Alfio Burrano kwam dichterbij en wees naar het openbare park van het dorpje. 'Ziet u het gemeentelijke park, commissaris? In de tijd van mijn oom maakte dat nog deel uit van de tuin van de villa. Net als het pleintje hierachter. Hier in de omgeving was alles boerenland.'

'Wat is er gebeurd?' vroeg Vanina, wijzend naar alle daken die zich rond de villa uitstrekten.

'Wat er gebeurde was dat al het groen bouwgrond werd en mijn tante daar enorm veel geld mee verdiende.' Zijn antwoord klonk minachtend en hij trok een geïrriteerde grimas.

Toen ze terug waren op de verdieping met de privévertrekken, liep Vanina de slaapkamer weer in en nam ze Spanò en Marta mee.

'Spanò, neem de borstel, de kam en de inhoud van de lade mee. En breng ze naar de TR. Als er ook maar iets van sporen op zit dat we kunnen analyseren, vergelijken we het DNA met dat van de mummie.'

'Denk je dat de vrouw in de goederenlift misschien in deze kamer heeft geslapen?' vroeg Marta, terwijl de hoofdinspecteur twee doorzichtige gripzakjes tevoorschijn haalde die hij altijd in zijn zak had zitten en een handschoen aantrok.

'Ik weet het niet. Dat is mijn theorie. En aangezien het steeds duidelijker wordt dat we in deze zaak weinig toetsbare hypotheses hebben, proberen we alles wat we vinden zo uitgebreid mogelijk te onderzoeken.'

'Zou het niet beter zijn om de mensen van de TR hier weer naartoe te sturen en hen zelf het werk te laten doen?' stelde Marta voor, die de procedures altijd zo correct mogelijk wilde volgen.

'Ja hoor, dan zijn we op z'n minst nóg twee dagen kwijt! Nee, dat doen we niet, want wat er hier binnen ook gebeurd is, er is al zo ongelofelijk veel tijd overheen gegaan dat er geen onaangetaste sporen meer zijn. Die borstel is het enige bruikbare voorwerp, geloof me. Weet je wat: zodra we hier de deur uit zijn, zet je mij en Spanò eerst af op het bureau en breng je daarna de borstel meteen naar de mannen van Manenti.'

Voordat ze wegging, vroeg Vanina expliciet aan Burrano of hij haar de kamer wilde laten zien waar zijn oom was vermoord. De man ging haar voor tot aan de eetkamer waar ze de avond daarvoor hadden gezeten. Daar leidde een deur die op slot was naar de kamer.

'Weet u, commissaris, ik mijd deze kamer normaal gesproken wanneer ik iemand dit deel van de villa laat zien. Want om heel eerlijk te zijn krijg ik er de kriebels van', zei Burrano nadat hij het raam wijd open had gezet.

'Maakt u zich geen zorgen, er is geen reden voor u om hier lang te blijven. Ik wil alleen even een kijkje nemen.'

Het was een soort studeerkamer annex bibliotheek, met een monumentale haard, houten lambrisering en een aantal niet al te volle boekenkasten. Hier en daar stonden een paar gestoffeerde fauteuils en de wanden waren gedecoreerd in de gebruikelijke Moorse stijl met bloempatronen, maar met helderdere kleuren. Eén hoek leek echter kaal, alsof er iets ontbrak.

Vanina liep naar het bureau, dat in het midden van de kamer stond en nog bezaaid lag met boeken en allerlei paperassen. Een lege asbak, een inktpot compleet met pen. Een koffiekopje aan de zijkant.

Ze wist niet eens waar ze naar moest zoeken. Heer Burrano was precies daar vermoord. Een paar kamers verderop kwam zevenenvijftig jaar later het lijk van een zijn minnaressen aan het licht in dat afschuwelijke graf. Er moest wel een verband zijn.

Voordat ze de kamer verliet, maakte ze een paar foto's vanuit verschillende hoeken. Waarschijnlijk ging ze die nooit bekijken, maar je weet maar nooit, zei ze tegen zichzelf.

Alfio Burrano hield zich discreet afzijdig en wachtte totdat ze klaar was met haar laatste extra inspectie.

'Mag ik u iets vragen, commissaris?'

'Natuurlijk.'

'Waar begint u, met dit soort zaken?'

Goeie vraag!

'Bij het begin, meneer Burrano', antwoordde ze cryptisch. Weer had ze het gevoel dat de houding van die man neigde naar vertrouwelijk, iets wat ze niet wilde toestaan. Althans, niet wanneer ze dienst had.

Burrano liep met haar mee naar de uitgang, waar de twee inspecteurs op haar stonden te wachten.

Terwijl Marta uit alle macht de deuren van het portaal probeerde te sluiten zodat ze de politielinten weer terug kon plaatsen, probeerde Vanina zich in haar hoofd de route voor te stellen die iemand zou moeten hebben genomen om een lijk het huis in te krijgen. De hoofdingang bevond zich precies in het minst beschutte gedeelte van het terras dat rondom de villa lag en je kon het portaal zelfs vanaf het pleintje zien. Met alle buitentrappen, de monumentale toegangsdeur en de grote trap in de hal had de veronderstelde moordenaar wel een betere plek kunnen kiezen om een lijk te verstoppen.

'Ze hebben die arme vrouw binnenshuis vermoord', zei ze.

De twee inspecteurs lieten allebei hun blik op de moeilijk begaanbare tuin rusten en keken vervolgens naar de gevel van de villa.

'Het is inderdaad niet te geloven, commissaris', merkte Spanò op terwijl hij de voorwerpen door zijn handen liet gaan. 'Vandaag de dag zouden deze dingen bij een moord grondig worden geanalyseerd. Maar onze collega's van toen lieten ze daar liggen.'

'Het was 1959, Spanò. En voor zover ik heb begrepen vereiste de zaak-Burrano geen bijzondere inspanningen van het onderzoeksteam. De zaak werd in een paar dagen opgelost. Maar het zou wel nuttig zijn als we kunnen achterhalen welke sporen er destijds bij de plaats delict werden gevonden.'

'Die foto's zouden in het dossier moeten zitten dat Fragapane heeft gevonden', zei Marta.

Het was algemeen bekend dat Vanina niet graag met foto's werkte. De officiële reden daarvoor was dat ze zich niet op details kon concentreren, maar de waarheid, en alleen Marta en Spanò kenden die, was dat ze alleen op zichzelf vertrouwde. Ze was er altijd van overtuigd dat er iets was, een detail, dat de camera niet had weten te vangen maar zijzelf wel zou zien. En meestal klopte dat ook.

Burrano liep samen met hen de villa uit.

'Commissaris Guarrasi, mocht u mij nog ergens voor nodig hebben, dan sta ik geheel tot uw beschikking', verklaarde hij, al met één been in zijn luxe uitgevoerde SUV.

'Dank u, meneer Burrano, maar ik vrees dat u met uw leeftijd niet bij de range aan mensen hoort die hier iets van af kunnen weten.' Hij knikte met een glimlachje en stak zijn hand naar haar op voordat hij hard optrok met de Tunesiër naast hem.

Het had even geduurd voordat het agent Lo Faro duidelijk was wat voor soort onderzoek de commissaris van hem verlangde, maar nu hij eenmaal op gang was gekomen, was hij op dreef. Hij had al zeven aangiftes van vermissing uit de database gehaald met kenmerken die overeenkwamen met wat Guarrasi nodig had, en hij stond op het punt om er nog twee onder de aandacht van zijn oudste collega te brengen.

Fragapane was goed met papieren dossiers, maar computers waren bij hem niet favoriet. Alle documenten die Lo Faro vond, liet hij eerst afdrukken en pas daarna begon hij de inhoud te bestuderen. Dat maakte hem uiteraard langzamer, maar het was van vitaal belang voor de nauwkeurigheid van het onderzoek. Omdat er in Catania weinig politiemannen waren met een scherpe blik als de zijne, waarmee hij verborgen aanwijzingen in de documenten wist te vinden, en aangezien hij zijn gewicht in goud waard was, moest het zo en niet anders en dus hielden ze het zo.

Toen commissaris Guarrasi en inspecteur Spanò terugkwamen, had Fragapane al de belangrijkste informatie uit de zeven dossiers gehaald.

'Goed', begon de brigadier, terwijl hij het topje van zijn wijsvinger natmaakte om het bundeltje door te bladeren dat hij had gemaakt door de pagina's die Lo Faro had afgedrukt, aan elkaar te nieten. 'Voorlopig hebben we zeven vermiste vrouwen gevonden uit die periode in Catania, plus nog twee die Lo Faro voor me aan het uitprinten is.'

Vanina en Spanò hadden maar wat graag op de computer door de informatie gescrold om tijd te winnen, maar dat lieten ze allebei niet merken.

'We beginnen bij de meldingen uit '59, dat zijn er vier. Twee daarvan dateren uit de dagen rond het feest van Sant'Agata.' De moord op Burrano was op 5 februari gepleegd, precies op de naamdag van de patroonheilige.

'Twee van de vier?' vroeg Vanina ongelovig, die met één been op het bureau ging zitten, met de armen over elkaar geslagen.

'Ja, chef. Het feest van Sant'Agata is de dag waarop iedereen in Catania op stap gaat en pas diep in de nacht thuiskomt. In zo'n chaotische nacht zijn er altijd stomme idioten die aan onze aandacht ontsnappen, dat weten we inmiddels wel.'

Spanò pakte de papieren uit de handen van de brigadier, wierp er een vlugge blik op en gaf ze weer terug met een gelaten blik die verraadde dat ze weinig aan de informatie hadden.

Fragapane ging onverstoorbaar verder. 'Nunziata Cimmino, drieëntwintig jaar, ongehuwd. Verdwenen op de avond van 4 februari en nooit teruggevonden. Haar vader gaf haar als vermist op. Ook de carabinieri deden onderzoek. Ze werkte in een bakkerij in de Via Plebiscito.' Hij liet de foto zien. Een simpele ziel, aan het pafferige gezicht te zien. 'Dan hebben we hier Teresa Gugliotta, zevenentwintig jaar, getrouwd met een muziekdocent aan het conservatorium. Hij was degene die aangifte deed. Verdwenen op 5 februari. Iemand zei dat ze haar in een trein had zien stappen, maar dat is nooit bevestigd. Het schijnt dat er nogal over die vermiste vrouw geroddeld werd.'

'Te gewoontjes', vond Spanò, kijkend naar haar blouse die tot de hals was dichtgeknoopt en waarop een camee was gespeld. Ze deed in de verste verte niet denken aan de fraai uitgedoste mummie.

Vanina had het gevoel dat de zaak met ieder woord dat ze uitspraken nog meer in mist werd gehuld, net zoals de storm van vulkanisch zand, die alles met stof bedekte en waar geen einde aan leek te komen.

Achter de deur die op een kier stond zag ze Macchia, die iemand gedag zei terwijl hij zijn hand al op de klink had, klaar om naar binnen te gaan. Een ogenblik later kwam de baas van de recherche met zijn imposante verschijning het kantoor van commissaris Guarrasi binnen om te vragen of er nieuws was.

'Eh, waar hebben jullie Bonazzoli gelaten?'

'Bij de TR. Om de voorwerpen die we in Villa Burrano hebben gevonden bij Manenti af te geven.'

Nadat hij had begrepen dat Vanina niet van plan was van het bureau af te komen, ging Macchia op de stoel van de commissaris zitten en gebaarde hij naar Fragapane dat hij verder moest gaan met zijn verslag.

Lo Faro bracht de andere twee afgedrukte dossiers binnen. Die dateerden van 1960 en 1961. Toen hij Tito Macchia op de plek van Guarrasi zag zitten, was hij vastbesloten in het kantoor te blijven en te laten zien wat hij allemaal kon zodra hij de kans kreeg.

Van alle negen verdwenen vrouwen kwam er slechts één een klein beetje in de buurt van het soort vrouw dat het gemummificeerde lijk moest zijn geweest, te oordelen naar de kleding en de achtergelaten voorwerpen. Vera Di Bella, meisjesnaam Vinciguerra, dertig jaar oud en getrouwd met een advocaat die, zo wist Spanò zich te herinneren, erg bekend was. In april '59 door haar man als vermist opgegeven. Uit een aantekening viel af te leiden dat de vrouw in opspraak zou zijn geraakt.

Vanina keek aandachtig naar de foto en het document, alsof er op dat oude vodje en de verbleekte foto iets te vinden was wat ze aan de gemummificeerde vrouw kon linken.

'Ja, dat zou haar kunnen zijn, denk ik', vond Macchia, wiegend in de stoel die onder zijn gewicht bij iedere beweging kraakte.

Vanina knikte en kwam van de tafel af.

'Spanò, we moeten meer over deze Vinciguerra te weten zien te komen. We sporen iemand uit haar familie op, zo mogelijk iemand die zich die periode kan herinneren. Bijvoorbeeld haar echtgenoot, die aangifte deed van de vermissing. Als hij nog leeft, roep hem dan morgenochtend op.'

'Ik zei het al, Vanina: bij iedere getuige die je zoekt in deze zaak, moet je nog maar hopen dat-ie nog leeft en in staat is om je informatie te geven', zei het hoofd van de recherche, terwijl hij voor haar plaatsmaakte. 'Hoe ga je dat aanpakken?'

'Deze Vinciguerra is volgens mij de beste kandidate, hoewel ze ruim twee maanden na de moord op Burrano verdween. De andere aangiftes schuiven we voorlopig opzij. In de tussentijd sporen we Tommaso Di Stefano op, de moorddadige beheerder. Als ook hij tenminste nog in goede gezondheid verkeert. Als ze bij de TR de spullen die we ze gegeven hebben analyseren en die met het lijk vergelijken, en als daar vervolgens uit komt dat ze met elkaar overeenkomen, dan ondervragen we hem.'

'Jij bent er echt van overtuigd dat dit te maken heeft met de moord op Burrano, hè.'

'Het is op z'n minst toevallig. En aangezien toevalligheden altijd verdacht zijn...'

'Heb je er wel over nagedacht dat híj haar vermoord kan hebben?'

'Natuurlijk heb ik daarover nagedacht.'

'En dat, als dat zo is, het praktisch onmogelijk zou zijn dat te bewijzen?'

'Ja.'

'Als je je daar maar van bewust bent', zei Macchia ten slotte en hij gaf haar een tikje op de hand, waarna hij iedereen groette. Toen hij het kantoor verliet, botste inspecteur Bonazzoli tegen hem op, die met vlugge pas aan kwam lopen met haar blik op een document.

Marta bloosde.

'Alles goed, Bonazzoli?'

'Zeker, dank u, chef.'

Macchia keek haar aan met een welwillende glimlach waar ze alleen maar nog verlegener van werd.

'En? Heb je alles aan Manenti gegeven?' vroeg Vanina, die haar te hulp schoot.

De Grote Baas trok zich terug, met Lo Faro kwijlend in zijn kielzog.

'Ja', antwoordde de inspecteur en ging op de stoel zitten die Spanò voor haar had vrijgemaakt.

'Wat zei hij?'

'Hij zei dat je wel gek moet zijn om een zaak als deze serieus te nemen.'

'En verder?'

'En dat naar gekken geluisterd moet worden. Dus hij gaat ermee aan de slag. Zo lang als nodig is, zei hij erbij, want de stukken zijn oud en beschadigd. En hij zal het laten weten als hij iets gevonden heeft wat te analyseren is.'

'Natuurlijk vindt die eikel sporen om te analyseren. Er zaten haren op de borstel. Fragapane, stuur Nunnari naar me toe. En als je toch bezig bent, probeer dan ook Lo Faro weer terug te vinden voordat Macchia hem zijn kantoor uit schopt.'

De brigadier schoot in de lach en liep de kamer uit. Spanò grinnikte onder zijn snor.

'Hoezo? Is hij volgens jou in het kantoor van Macchia?' vroeg Marta.

'Daar kan je vergif op innemen. Die jongen zit daar te slijmen tot en met.'

Fragapane verscheen weer, gevolgd door inspecteur Nunnari en

Lo Faro, die buiten adem leek. Vanina had een binnenpretje omdat ze dacht aan de felheid waarmee Fragapane hem waarschijnlijk had teruggeroepen.

'Lo Faro, moest je naar het toilet?' vroeg ze.

'Nee, ik dacht...'

'Wat dacht je?'

'Dat we klaar waren met...'

'Klaar waren met wát?' Ze verhief haar stem. 'Oké, ik geloof dat ik je het een en ander duidelijk moet maken. Ten eerste: als er een lijk in het spel is, of het nu oud of vers is, dan kun je alleen zeggen dat je klaar bent als je de moordenaar hebt gevonden en hem achter de tralies hebt gekregen, tenzij er in de tussentijd nog meer gebeurt, want in dat geval kun je het woord "klaar" beter even in de ijskast zetten voor ik weet niet hoelang. Ten tweede: als je in mijn kamer bent en naar mijn mensen luistert die met mij over een onderzoek praten waarin ík jou heb betrokken, al is het alleen maar om de dossiers op te ruimen, dan ga je pas de deur uit als ik het zeg. Ten derde: je moet weten dat er nog één iemand is die een grotere hekel heeft aan hielenlikkers dan ik en dat is Tito Macchia. Dus als ik jou was zou ik daar maar eens even over nadenken, als je niet wilt dat je de rest van je carrière dossiers moet ordenen.'

De agent stond als verstijfd midden in de kamer, aan de grond genageld door die intimiderende woorden. Hij zocht steun bij zijn collega's, maar alleen de meelevende blik van inspecteur Bonazzoli kruiste die van hem.

Vanina verlaagde haar stem.

'Dat was het. Je kunt gaan.'

'Wilt u mij... er niet meer bij hebben?' vroeg de jongen ontsteld, die zo van zijn stuk was gebracht dat Spanò glimlachte en de commissaris bedaarde.

'Je blijft op je plek, je doet je werk en je zorgt ervoor dat je dat goed doet. En dan zul je zien dat je misschien weer mag meewerken.'

In de deuropening draaide Lo Faro zich gegeneerd om.

'Sorry, commissaris, nog even over dat telefoonboekje...'

Vanina was met stomheid geslagen. Ze was straal vergeten wat ze de agent had opgedragen. Misschien omdat ze al verwachtte dat ze er weinig wijs uit zouden worden.

'Ach, natuurlijk, het boekje. En?'

'Nou, ik probeer dus iemand van het historisch archief van het telecombedrijf te bereiken, want waarschijnlijk begonnen zij pas een paar jaar later nummers te archiveren. In '59 werden de telefoonlijnen in Sicilië beheerd door...' hij keek even op een briefje, 'Set.'

Hij had zijn best gedaan. Maar het was onwaarschijnlijk dat ze iets te weten zouden komen.

'Goed gedaan. Kijk maar of je iets kunt achterhalen.'

Hij liep opgelucht weg.

'Nu jij, Nunnari.' De inspecteur nam een houding aan van 'sir, yes, sir'. 'Probeer erachter te komen wat er met Tommaso Di Stefano is gebeurd, de man die Gaetano Burrano vermoordde. Kijk of hij nog leeft, of hij nog toerekeningsvatbaar is, waar hij woont en wat hij doet. Als het lijk van een vrouw is die met Burrano woonde, heeft Di Stefano ons misschien wel een hoop te vertellen.'

'Tot uw dienst, baas.'

Ze stuurde iedereen haar kantoor uit en vlijde zich op de krakende stoel neer.

'Ik ben de hele middag bezig geweest met jouw gemummificeerde lijk. Ik ben pas net klaar', zei Adriano Calí.

'Waarom belde je me niet eerder?'

'Ik moest mijn smerige schort nog uittrekken en die ijskoude onderzoeksruimte uit. Om te voorkomen dat de lichaamssappen weer vloeibaar zouden worden, hebben we in temperaturen onder nul gewerkt.'

'Ben je iets wijzer geworden?'

'Zeg, Luca is vandaag teruggekomen en wacht met een stel vrienden op me op het Piazza Europa. Giuli is er ook. Weet je wat we doen: jij komt me ophalen, je brengt me erheen en onderweg vertel ik je alles. En dan blijf je nog even en neem je met ons een *aperitivo*, dan kan je even je zinnen verzetten.'

'Wat een opportunist ben jij. Wie heeft je dat idee aangepraat? Giuli zeker?'

'Aangepraat? Zie ik eruit als iemand die zich iets laat aanpraten? Nou? Zie ik je zo hier of moet ik de zaaltechnicus vragen om me een lift te geven?'

'Ik kom eraan. Maar ik blijf niet voor een aperitivo, zet dat maar uit je hoofd.'

Adriano stond al op de uitkijk bij de dienstingang van het Garibaldi-ziekenhuis. Een nauwsluitende blauwe regenjas, tas over zijn schouder, een draadloos oortje in zijn rechteroor. Zoals hij erbij stond, met die tweeëndertig tanden brede glimlach van hem, zag hij er allesbehalve uit alsof hij de hele middag over een lijk had gehangen.

'Ik ben helemaal van jou, Vanina.'

Ze staken een sigaret op en deden de raampjes omlaag.

'Vertel...' begon Vanina.

'Wat wil je dat ik zeg? Volgens mij is ze echt al vijftig jaar dood. Toen ik haar kleding uittrok heb ik naar de etiketten van haar kleren en haar bontjas gekeken, voor zover ik die kon lezen. Ik zag namen van modehuizen die al ik weet niet hoelang niet meer bestaan. Veertig jaar of zo? Misschien wel langer. Ik heb geen schotwonden en ook geen steekwonden ontdekt. En geen kogels. Als ze gewurgd of vergiftigd is, dan is dat inmiddels helaas niet meer vast te stellen, maar ik denk ook niet dat dat jou veel uitmaakt.'

'Zijn er nog bijzonderheden? Breuken, gouden tanden, zulk soort dingen?'

'Niets. Haar gebit was helemaal gaaf.'

Vanina nam een trek van haar sigaret en blies de rook uit het raampje. Zwijgzaam trommelde ze met haar vingers op het stuur.

'Ik zei al dat ik deze keer weinig voor je kon betekenen.'

'Adri, weet je de namen nog van de kledingmerken die op de etiketten stonden?'

'Die van de bontjas wel: Tramontana. De andere waren niet goed te lezen. Maar de TR heeft ze allemaal. Het kan best dat ze ze met wat kunst- en vliegwerk goed leesbaar kunnen maken.'

'Was dat een beroemde bontwinkel, voor zover jij weet? Een chique?'

'De beste van Catania in die tijd. Maar die hield ermee op toen jij en ik nog niet eens geboren waren.'

'Hoe weet je dat?'

'Vanina, vergeet niet dat ik ben opgegroeid met een schare vrouwen waar je u tegen zegt: mijn moeder, mijn oma en mijn drie tantes. Allemaal in bont gehuld.' Hij grijnsde en nam een trek van het laatste stukje van zijn sigaret. 'Zal het daardoor komen dat ik homo ben?'

Vanina antwoordde met een lach. De mensen die haar aan het lachen konden maken waren op de vingers van één hand te tellen. Adriano Calí was daar een van.

De winkels aan de Corso Italia waren nog open en op het Piazza Europa was nergens plek om te parkeren, wat je ook probeerde. Vanina greep dat meteen aan als een excuus om niet te blijven. Met een beetje geluk zou ze zelfs voor achten de stad uit kunnen zijn, en dan was ze nog voor de file bij de afslag naar de dorpjes aan de Etna.

Giuli zou zeker teleurgesteld zijn, maar ze had echt totaal geen zin om de halve avond aan te moeten horen wat de laatste nieuwtjes en de bijbehorende roddels over iedereen in Catania waren.

Vanina reed haar dorp door tot aan Viagrande. Als ze geluk had was haar favoriete delicatessenwinkel nog open. Ze zette de auto voor het openbare park neer, stapte gauw uit en snelde naar de winkel. Manden tot de rand gevuld met etenswaren, schappen vol flessen wijn en zorgvuldig geselecteerde lekkernijen, gepresenteerd door bordjes met traditionele opschriften. In het midden van de enorme ruimte stond een ronde toonbank met daarin worsten, vleeswaren, broden en allerlei soorten gedroogde vruchten.

Sebastiano groette haar met een lichte buiging waarbij zijn koksmuts op zijn hoofd wiebelde. De winkel was al bijna een eeuw van zijn familie en in die tijd was de zaak, mede dankzij hem, uitgegroeid tot een waar mekka voor fijnproevers.

'Goeieavond, Sebi.' Ze kon hem net op tijd gedag zeggen voordat hij haar van achter de toonbank al een sesamstengel aanreikte met een plakje rauwe ham eromheen.

'Proef deze parmaham eens, hij smelt op je tong.'

Met een vaag schuldgevoel nam Vanina in twee minuten tijd drie verschillende dingen aan, allemaal om je vingers bij af te likken. Ham, een stukje salami van zwarte Nebrodi-varkens en om het af te maken een stukje in nero d'avola gerijpte *caciocavallo*, kaas uit Ragusa.

Ze hield zichzelf voor de gek: diëten was niet haar ding.

Ze nam een ons rauwe ham mee, een mozzarella van buffelboerderijen in Ragusa, die hij maar twee keer in de week binnenkreeg, en een halve zogenoemde *cucciddato di San Giovanni*: een ambachtelijk bereid ringvormig brood uit de steenoven, dat met de laatste bakronde van de avond was meegegaan en nog warm was.

Toen ze langs de openslaande deur van Bettina kwam, zag ze dat het licht in de woonkamer aan was, wat betekende dat het haar canasta-avond was. Ze wilde doorlopen, maar doordat het licht automatisch aanging toen ze langsliep, zag de buurvrouw haar en stak ze haar hoofd uit het raam, op een meter boven de grond.

'Vannina! Kloppen we niet meer of zo?'

'Goeieavond, Bettina. Ik zag dat u bezoek had en ik wilde u niet storen.'

'Welnee, je stoort helemaal niet! Kom, dan kan ik je eindelijk aan mijn vriendinnen voorstellen. Ze wilden net weggaan.' Ze sloot het raam nog voordat Vanina het aanbod kon afslaan. Ze verscheen in de deuropening, gevolgd door drie opgedofte weduwes die ze door en door kende, en van wie de commissaris dankzij Bettina inmiddels hun hele levensverhaal kende. Een van hen, Luisa, had jarenlang in Palermo gewoond, samen met haar inmiddels overleden man.

Terwijl ze de vrouwen die op haar afkwamen probeerde te ontwijken, bedacht ze dat zij haar, gezien hun leeftijd, wellicht aan nuttige informatie konden helpen voor het onderzoek.

'Dames, mag ik u iets vragen?'

De vier vrouwen hielden direct op met kletsen en waren vol aandacht. Wie had gedacht dat zij met een beetje geluk heuse informanten van de commissaris werden?

'Heeft iemand van u weleens een bontjas van Tramontana gekocht?'

Bettina en een andere vrouw, Ida, staken tegelijk hun hand op, alsof ze op school zaten.

'Mijn man, de arme ziel, hield ontzettend van bontjassen', legde de buurvrouw nostalgisch uit.

'Was dat een dure winkel?'

De vrouwen keken elkaar aan.

'Zeker, heel duur, het waren immers bontjassen. Goede bontjassen. In onze tijd had je ofwel veel geld ofwel kwam het niet eens in je op om bepaalde winkels binnen te lopen.'

De nieuwsgierigheid droop van de gezichten van de vier vrouwen, die nu vast wilden weten waarom ze die vraag had gesteld, maar Vanina vroeg niet verder.

Voordat ze de deur binnenging, bleef Luisa even staan, stak haar hand uit, schudde die van Vanina en liet niet meer los.

'Het is een ware eer om u te ontmoeten, commissaris Guarrasi. U bent een dochter van uw vader, dat is duidelijk. Mijn man kende hem goed. Weet u... wij waren handelaren. Ik weet het nog als de dag van gisteren toen hij... Hij was een held, de inspecteur. Zulk werk als uw vader doen, in die vreselijke jaren in Palermo...' Ze wierp een blik op haar vriendinnen, alsof ze het wilde uitleggen. Vier verbaasde en bedroefde ogen, en twee bezorgde, die van Bettina, richtten zich op commissaris Guarrasi.

Vanina knikte langzaam en was van streek. Ze voelde een steek in haar hart, zoals altijd wanneer iemand haar vader noemde. De doffe pijn van de dag daarvoor kwam weer boven. De noodlottige datum die haar er ieder jaar aan herinnerde hoeveel tijd er was verstreken sinds die afschuwelijke ochtend.

Het computerscherm lichtte op en Bettina zag weer de foto van de twee lachende kinderen bij de rotsen die bij Aci Trezza uit de zee oprijzen. Ze stuurde een denkbeeldige kus naar die doerakken, die ze al een maand niet had gezien. Gelukkig bestonden er tegenwoordig computers en Skype en Facebook, en al die andere duivelse dingen waar iemand van haar leeftijd natuurlijk niet mee overweg hoorde te kunnen. Maar familie is familie en dat overwint alles, zelfs het gegeven dat een vrouw van in de zeventig en moderne technologie logischerwijs niet samengaan.

Ze klikte op het Mozilla Firefox-pictogram, want haar kleinzoon Piero had haar uitgelegd dat dat 'de veiligste verbinding' was en dat je dan minder virussen zou krijgen. Al was het Bettina nog steeds niet duidelijk hoe het in vredesnaam mogelijk was dat een apparaat een virus kon oplopen. Toen de gekleurde letters met daaronder de balk verschenen, tikte ze met haar wijsvinger letter voor letter, waarbij ze een paar keer de verkeerde koos, de woorden 'inspecteur Guarrasi Palermo' in. Ze klikte op het eerste zoekresultaat. Aan het scherm geplakt, met haar bril op haar neus gedrukt, las ze de pagina over de man over wie zij die avond voor het eerst had gehoord in één adem uit. Ze leunde langzaam achterover en vervloekte haar eigen nieuwsgierigheid, waardoor ze had ontdekt wat haar favoriete huurder haar nooit had kunnen vertellen. Nu begreep ze het. Alles werd duidelijk.

Vanina draaide haar gezicht naar de intercom, alsof dat apparaat met videocamera, dat ze meteen had laten installeren zodra ze het appartement betrok, op afstand de vraag kon beantwoorden die ze met haar verbaasde blik stelde. Ze zette de film op pauze en kwam moeizaam van de grijze bank af, die ze ook had meegenomen naar Milaan.

Maria Giulia De Rosa keek onrustig in de camera van de intercom.

'Doe je nog open of moet ik soms naar het licht van de camera blijven staren?'

'Is de aperitivo al afgelopen?' zei ze toen ze de deur opendeed.

'Het is al tien uur.'

'Met jou gingen de aperitivo's anders eindeloos door. Tot ver na tienen!'

Giuli gaf haar een bak ijs, met papier omwikkeld. Hazelnoot en chocolade, zei ze. Haar gezicht stond op onweer, zoals wel vaker bij mislukte avonden.

'Hoe was het?' vroeg Vanina.

'Het was niks. En dan heb ik het nog niet eens over het feit dat je me alleen hebt gelaten met Adriano en Luca.'

'Waren er dan geen andere mensen bij?'

'Onbelangrijke mensen. Ik kende ze amper.'

Vanina haalde glazen en lepeltjes tevoorschijn.

'Ik kon me er niet toe zetten, sorry. Ik heb een zware dag gehad.'

'Dat je nu thuis bent, betekent dat het al even geleden is dat er iemand koud is gemaakt. Ik heb je ook op veel moeilijkere avonden dan deze mee op sleeptouw genomen door de stad, dus hou me alsjeblieft niet voor de gek.'

Giuli ging op de bank zitten, voor het 42 inch-televisiescherm dat op een zwart-witbeeld was gepauzeerd.

'Ik zie dat je een leuke avond hebt met een van die films van jou uit het jaar nul. Wie is die knapperd met de sigaret tussen zijn lippen?'

'Dat is Gabriele Ferzetti: een van de meest fascinerende Italiaanse acteurs. De film uit het jaar nul is *L'avventura* van Michelangelo Antonioni, die ken je toch wel?' vroeg Vanina plagend.

Het was een van de scènes in Taormina bij hotel San Domenico, waar de film eindigt. Zij en Adriano konden daar nooit langs lopen zonder het hotel in te gaan en iets te drinken in de oude eetzaal waar precies die scène was gefilmd.

Ze ging naast Giuli zitten en gaf haar een glas met ijs.

'Heb jij het nachtleven in Catania alleen maar de rug toegekeerd om samen met mij ijs te eten en mijn filmsmaak te bekritiseren, of is er misschien iets anders?' begon ze.

'En jij? Heb jij je alleen maar teruggetrokken om je favoriete filmscènes weer te kijken, of is er misschien iets anders?'

Vanina verloor haar geduld.

'Kappen nou, Giuli. Ik ben blij dat je naar me toe bent gekomen, maar je zit hier met een lang gezicht en zo ken ik je niet. Dus nu je hier bent: voor de draad ermee.'

Maria Giulia De Rosa was een pragmatisch type dat niet aan zelfbeklag deed. Een familierechtadvocaat bovendien; ze werd omgeven door allerlei familietragedies en relatieproblemen en daarom beweerde ze er ongevoelig voor te zijn. Zo ongevoelig dat tot nu toe geen enkele man, zo zei ze, voldeed aan haar belangrijkste criteria voor een vreedzaam samenzijn. Vanina Guarrasi was de enige bij wie de advocaat zo nu en dan haar masker afzette en Joost mocht weten waarom.

'Luca was vanavond knapper dan anders.'

Luca Zammataro was een drukbezet journalist en oorlogscorrespondent in het buitenland voor een landelijk blad. De meest aantrekkelijke en mysterieuze man van heel Catania, maar helaas, tot wanhoop van Giuli en vele andere vrouwen, was hij openlijk homoseksueel en al meer dan tien jaar samen met Adriano Calí. De enige man voor wie advocaat De Rosa haar criteria zou hebben losgelaten en zich zou hebben laten gaan.

Het geleuter over hoe ze de hele avond bij die twee mannen had moeten zitten die ongelofelijk klef waren, was iets dat Vanina af en aan al een maand of elf moest aanhoren.

Ze stak haar lepeltje in het ijs en negeerde het vermanende stemmetje in haar hoofd. Na de afgelopen twee dagen, na Palermo, na de woorden van mevrouw Luisa, was een flinke lading suiker het enige alternatief voor een veel schadelijker pakje sigaretten.

'Eet je ijs op en probeer er niet aan te denken, dat is beter', stelde ze voor.

'Toen hij aankwam waren zijn haren nog nat, en zijn baard rook zo lekker...'

'Giuli, alsjeblieft.'

'Je hebt gelijk. Daar kwam ik trouwens ook niet voor. En het is ook niet de reden dat ik je vanavond mee op stap wilde nemen. Je neemt al drie dagen je telefoon niet op. Gisteren was je in Palermo en daar wist ik niks van. Je verbergt iets voor me.'

De waarheid was, en ook in dit geval mocht Joost weten waarom, dat het vertrouwen dat tussen Maria Giulia De Rosa en Vanina Guarrasi was gegroeid wederzijds was. De advocaat behoorde tot het selecte groepje mensen met wie Vanina de weinige persoonlijke dingen die ze naar boven kon halen zonder daarbij mentaal in te storten, had gedeeld.

'Het was zijn sterfdag.'

Maria Giulia zette het glas neer en bracht haar ijskoude hand naar haar gezicht. Ze draaide zich naar de plank boven de televisie en keek schuin naar de ingelijste foto die daar als enige prijkte, op de enige plank waar geen videobanden of dvd's stonden.

'Het is vijfentwintig jaar geleden, toch?'

Vanina knikte en stond op, starend naar de foto. Ze kwam langzaam dichterbij, oog in oog met inspecteur Giovanni Guarrasi die vanonder zijn officierspet leek te knipogen. *Wat is er, meisje van me? Vertel het maar, ik zal je helpen.*

Een sigaret tussen zijn lippen, een scheve glimlach. Grijze ogen die nooit neerkeken, op niets of niemand. *Wat ben je mooi, papa.*

En hij zou hebben gelachen.

Ze had het die dag ook tegen hem gezegd, dat hij mooi was. En hij had gelachen.

Dat had de laatste herinnering aan haar vader moeten zijn, die lach. Zijn innige omhelzing voor de ingang van het Garibaldi-lyceum. *Ga nu maar, voordat je klasgenoten ons zien en je er de komende vijf jaar mee plagen.*

Ze had naar hem moeten luisteren en hem daar gedag moeten zeggen. Het hek door, de trap op, de nieuwe klas in en daar blijven. Als ze dat had gedaan, was de laatste herinnering die ze aan haar vader had gehad de juiste geweest.

Maar zo was het niet gegaan. Misschien was het omdat ze wist dat het een uitzonderlijke gebeurtenis was, haar eerste dag op de school die volgens hem de belangrijkste van je leven was, en omdat het waarschijnlijk niet nog een keer zou gebeuren dat hij daar bij het hek stond; misschien omdat het haar niets uitmaakte wat anderen van haar vonden en ze dat tegen hem wilde zeggen; of misschien omdat ze onbewust een voorgevoel had, maar Vanina was teruggegaan. Ze was tegen de richting in naar de ingang gelopen, negeerde de conciërge die haar eraan herinnerde dat de bel was gegaan, was op de bovenste trede van de buitentrap blijven staan en had de straat afgetuurd. Haar vader stond er nog en stak op de stoep tegenover de school een sigaret op, met de portier van zijn Uno al open.

Twee minuten waren genoeg geweest. Zeven treden, nog een kus, nog een knuffel en dan hup, haar plicht vervullen, zoals hij haar had geleerd.

Twee minuten. Maar die kreeg ze niet.

Ze kwamen tegen het verkeer in, vanuit de Engelse tuin. Twee motoren en vier helmen die recht op de auto van inspecteur Guarrasi afkwamen. Toen de schoten. Vele schoten. Er leek geen einde aan te komen. Ze scholden naar hem en gooiden een handvol bankbiljetten op de grond, naast zijn bebloede gezicht, om te laten zien hoe ze hem verachtten, deze man die dacht dat hij in zijn eentje hun wereld kon tarten. 'Pak aan, stuk stront, er blijft niks meer van je over.'

Het geronk van hun motoren waarmee ze er ongestoord vandoor raceten. Onbestraft.

Was ze maar niet zo weerloos geweest, had ze maar iets gekund, had ze maar een wapen in haar handen gehad... dan had ze ze afgemaakt. Allemaal, zonder genade. Dat had ze zichzelf beloofd, dat ze nooit meer onvoorbereid zou zijn, nooit meer machteloos zou toekijken. Die verdomde kerels hadden met haar te maken moeten krijgen. Een voor een.

Ze had het zichzelf beloofd, en ze had het ook gedaan.

7

De gepensioneerde commissaris Biagio Patanè fronste zijn voorhoofd en bracht de krant dichter bij zijn gezicht. Misschien had hij het verkeerd gelezen. Op zijn drieëntachtigste waren zijn ogen, nog afgezien van de staar, niet helemaal betrouwbaar meer.

Hij keek nog eens naar de kop van het stuk waarmee het nieuwskatern van Catania opende. Het stond er echt: *Doden uit het verleden in de villa van de Burrano's.* Vol ongeloof begon hij het artikel te lezen.

> Zondagavond is in de villa van de bekende wijnmakersfamilie bij toeval een gemummificeerd lichaam ontdekt waarvan de identiteit onbekend is. Het lijkt om een vrouw te gaan die al lang geleden – waarschijnlijk tientallen jaren geleden – is overleden. Bij het lichaam, dat in een goederenlift lag waar de huidige eigenaren van de villa geen weet van hadden, werden geen identiteitspapieren gevonden. Op aanwijzing van de heer Burrano, die zelf het lijk had aangetroffen, zijn rechercheurs van Catania onder leiding van commissaris Giovanna Guarrasi en de plaatsvervangend officier van justitie Vassalli ter plaatse gekomen. De technische recherche en de schouwarts doen forensisch onderzoek naar sporen om het lichaam te kunnen identificeren. De al sinds lange tijd onbewoonde Villa Burrano kwam meer dan vijftig jaar geleden in het nieuws vanwege de gruwelijke moord die daar op de heer Gaetano Burrano werd gepleegd…

Hij keek peinzend op. Hij legde de opengeslagen krant op het tafeltje voor het raam, stopte zijn bril in de binnenzak van zijn jasje en trok het aan. Voor de spiegel in de hal deed hij zijn stropdas goed. Hij draaide zijn hoofd naar de keuken.

'Angelina, ik ben even de deur uit', zei hij.

Hij glipte snel naar buiten voordat zijn vrouw hem achterna kon komen met zijn jas, die hij anders de hele tijd over zijn arm had moeten dragen.

'Biagio, waar ga je zo vroeg heen? Heb je je telefoon bij je, voor het geval dat?'

Angelina was een engel, wat je na alles wat ze had moeten meemaken wel hardop mocht zeggen, maar ze had de hebbelijkheid om enkel afgaande op de kalender te bepalen hoe je je moest kleden, zonder ook maar heel even te voelen hoe het buiten was. Dat zij veel jonger was dan hij, wat hij geweldig had gevonden toen ze trouwden, werkte de laatste jaren steeds meer in zijn nadeel omdat zij ervan overtuigd was geraakt dat ze hem in de gaten moest houden, op een heel andere manier en om andere redenen dan toen ze jong was en ze hem op een slippertje wilde betrappen.

Hij liep zo snel als zijn heupen het toelieten naar zijn barrel van een witte Panda, die hij iedere dag weer ergens anders neerzette. Hij reed de halve stad door tot aan de Via di Sangiuliano. Hij parkeerde de auto in de buurt van het Teatro Bellini en liep naar de gesloten poort waarachter de wereld schuilging die veertig jaar lang de zijne was geweest.

Als het beeld dat hij van haar had overeenkwam met de werkelijkheid, was Giovanna Guarrasi de juiste persoon om zich met zo'n zaak bezig te houden. En misschien kon hij haar helpen.

'Chef, er is een meneer die met u wil praten.'

Vanina keek op van het dagblad *Gazzetta Siciliana* dat Spanò haar zojuist had gebracht en keek inspecteur Nunnari vragend aan.

'Heeft deze meneer ook een naam, Nunnari?'

'Biagio Patanè.'

'En wat wil deze Biagio Patanè van mij?'

'Dat weet ik niet, commissaris. Met mij en Bonazzoli wilde hij niet praten. Hij wilde niet eens zeggen waar het over ging. Hij keek me aan alsof ik zijn naam had moeten kennen. Hij is op z'n minst tachtig. Kent u hem?'

'Hoe zou ik die man moeten kennen, Nunnari? Ik woon nog geen jaar in Catania!'

'Wat zal ik nu doen, moet ik hem binnenlaten?'

'Tja, we kunnen hem moeilijk buiten laten staan.'

Tachtig jaar was precies de leeftijd die iemand op z'n minst moest hebben om nuttige informatie te kunnen geven over de zaak van Villa Burrano.

Nunnari wilde net het kantoor uit gaan om de bejaarde man te halen, toen hij hem heel opgewekt binnen zag komen aan de arm van Carmelo Spanò, die hem met veel respect bejegende alsof hij een bekend persoon was.

'Laat maar, Nunnari, dit handel ik wel af', zei Spanò terwijl hij de man naar het kantoor van Guarrasi begeleidde. Hij klopte op de deur. 'Chef?'

Met haar armen over elkaar en een stalen gezicht leunde commissaris Giovanna Guarrasi achterover op haar stoel. Ze was benieuwd wie deze Patanè was, die niet met haar collega's had willen praten en nu met een trotse inspecteur Spanò binnen kwam lopen.

Met zijn slanke postuur, smetteloze overhemd en onberispelijke pak zag hij er voortreffelijk uit voor iemand van in de tachtig – dat was de eerste indruk die Vanina had van de man die haar kantoor in liep. De seniorenversie van acteur Lando Buzzanca.

'Commissaris Giovanna Guarrasi', zei ze, terwijl ze hem met haar elleboog op het bureau de hand schudde.

'Gepensioneerd commissaris Biagio Patanè, recherche', antwoordde hij en maakte een lichte buiging.

Verbouwereerd zei ze dat hij plaats kon nemen.

Spanò glimlachte vriendelijk en wees hem de stoel voor hem. 'Meneer Patanè heeft het team Moordzaken geleid gedurende... hoelang ook alweer, commissaris? Dertig jaar?'

'Laten we nu niet overdrijven. In het begin gaf ik nergens leiding aan. Ik was gewoon agent. Na mijn afstuderen werd ik commissaris. Maar voordat ik ergens de leiding over kreeg, moest ik eerst flink carrière maken.'

'Guarrasi, commissaris Patanè was mijn eerste chef.'

Vanina glimlachte.

'Het is een waar genoegen, commissaris. Inspecteur Nunnari had mij niet verteld wat uw titel was.'

'Nee, commissaris, ik had het hém niet verteld. Ik heb altijd een enorme hekel gehad aan mensen die ergens naar binnen wandelen en dan meteen denken dat ze een speciale behandeling verdienen. Ik heb niets onmogelijks gevraagd. U had mij ongetwijfeld ook binnengelaten zonder Carmelo. Of niet soms?'

'Absoluut. Ik hoor graag wat u te zeggen heeft.'

'Toen ik vanochtend de foto van Villa Burrano bij de misdaadberichten zag, kon ik mijn ogen niet geloven... O, Carmelo, mijn jongen, zou je alsjeblieft een glaasje water voor me willen halen?'

Spanò kwam meteen in actie.

De man haalde twee chocolaatjes uit zijn zak en bood Vanina er een aan, die hem bij wijze van antwoord op de persoonlijke voorraad chocolade op haar bureau wees.

'Godzijdank zijn er chocolaatjes. Als je zo oud bent als ik hoeft er maar iets te gebeuren of je voelt je zwak.'

Spanò kwam terug met een flesje water dat hij beneden uit de automaat had gehaald, samen met drie plastic bekertjes. Patanè dronk zijn water in één teug op.

'Weet u, commissaris, ik heb gesloten zaken in mijn hoofd altijd bewaard en onderverdeeld in drie categorieën: zaken die meteen en volledig waren opgelost; zaken waarbij we de beslissende aanwijzing pas vonden na vele pogingen en een paar blunders; en tot slot zaken die we weliswaar sloten maar waarbij er iets van twijfel bleef bestaan, hoe minimaal ook. De eerste en de tweede categorie belanden in het boek der vergetelheid, tenzij het legendarische gevallen zijn, maar de laatste categorie zaken, en gelukkig voor mij zijn dat er weinig, gaan nooit helemaal uit je hoofd en houden je uit je slaap, hoelang het ook geleden is. Van die laatste categorie is de zaak die me het meest is bijgebleven, en die ik niet meer uit mijn hoofd krijg als ik er weer aan word herinnerd, de moord op Gaetano Burrano.'

Hij dronk nog een bekertje water terwijl Vanina en Spanò hem met ingehouden adem aankeken.

'Voor commissaris Torrisi was de zaak zo opgelost. Overal waren aanwijzingen en sporen die naar Di Stefano wezen: in de villa, in zijn huis, op Burrano's stoel. Op zijn kleren zaten zelfs bloedvlekken. Hij had zelf het lijk gevonden. Hij was degene die ons gebeld had, hij was de enige die in de villa aanwezig was. Iedereen was in Catania, naar het feest van Sant'Agata. Niemand twijfelde eraan dat hij de moordenaar was. Niemand behalve ik, en ik had destijds niets in te brengen bij de recherche. U vraagt u nu ongetwijfeld af waarom ik de moord op Burrano erbij haal, aangezien uw zaak een vrouw betreft, van wie bovendien niet eens duidelijk is wanneer ze precies is overleden.'

Vanina speelde het spelletje mee. Dit was een gewiekste oude man.

'Zegt u dat ik me dat zou moeten afvragen?'

Patanè glimlachte.

'Mevrouw Guarrasi, u bent volgens mij nog beter dan ze zeggen.'

'Dank u, meneer Patanè. Goed, wat wilde u zeggen?'

'Toen ik las dat in Villa Burrano het lichaam van een vrouw was gevonden, moest ik opeens aan iets denken waar ik destijds, als ik eerlijk ben, weinig aandacht aan besteedde. Kort na de moord op Burrano was er een meisje naar me toe gekomen, een voormalige prostituee. Ze vertelde me dat een vriendin van haar, een andere oud-prostituee die veel bekender was dan zij, sinds enige tijd spoorloos was verdwenen. De vermiste vrouw stond bekend als Madame Luna, maar haar echte naam was Maria Cutò. Voordat ze door de regering gedwongen werd de tent te sluiten, runde ze een van de meest gerenommeerde bordelen in Catania, een eersteklas bordeel, om het zo te zeggen. Het bordeel heette...' Hij sloot zijn ogen even om zich te concentreren. 'Ik weet het niet meer. Zodra de naam me te binnen schiet, hoort u het.' Hij wendde zich tot Spanò, die opnieuw door de documenten bladerde die Fragapane had uitgeprint, op zoek naar ene Cutò. 'Laat maar, Carmelo', zei hij, en hij sloeg zijn ogen neer alsof hij wilde zeggen: het heeft toch geen zin.

Spanò wierp hem heel even een vragende blik toe, die bijna meteen daarna veranderde in verbazing, waarna hij gelaten voor zich uit keek.

Vanina merkte het maar zei er niets over. Als ze de man ging onderbreken, zou hij vannacht nog aan het vertellen zijn, zo schatte Vanina in.

'Er werd geen aangifte gedaan. Het meisje wilde dat niet, en nu het bordeel gesloten was kon de verdwijning van Maria Cutò niemand nog wat schelen...' Hij ging plotseling rechtop zitten en knipte met zijn vingers. 'Casa Valentino, zo heette het! Het duurste bordeel van Catania.'

'Waarom wilde het meisje geen aangifte doen?'

'Dat is nu precies het punt, commissaris; sinds vanochtend zit me dat weer dwars, na al die jaren. Toen ze eenmaal het bordeel runde, werkte Luna niet langer als prostituee, op een paar gelukkigen na die haar rijkelijk beloonden. Het schijnt dat een van die mannen Gaetano Burrano was en dat hij haar bleef opzoeken, ook nadat het huis van plezier gesloten was. Het meisje was bang dat Luna van moord zou worden beschuldigd als ze aangifte deed, terwijl volgens haar ofwel Luna iets was overkomen ofwel ze was gevlucht om te voorkomen dat ze erbij betrokken zou raken.'

'Maar waarom kwam ze dan naar u toe, als ze niet wilde dat de politie erachter kwam?'

'Tja, ach, commissaris...' Hij wuifde met zijn hand om aan te geven dat het logisch was. 'Zo was ik nu eenmaal. Ik had in de bordelen heel wat problemen opgelost. Er waren vechtpartijen, verkrachtingen, er werden zelfs een paar meisjes vermoord. Zulke dingen gebeurden natuurlijk niet in Casa Valentino, en als dat wel zo was, dan moesten we dat beter verborgen houden dan op andere plekken. De meisjes vertrouwden me. Maar het zat me niet lekker. Want die vriendin kon bij alles wat heilig is zweren dat het onmogelijk was, maar de gedachte dat Luna met de moord op Burrano te maken had kreeg ik niet uit mijn hoofd, wat de mensen ook zeiden. Ik bleef aandringen, deed mijn eigen onderzoek. Toen werd er nog meer bewijs gevonden tegen Di Stefano en werd de zaak gesloten. Maar ik heb me heel lang afgevraagd hoe het met Maria Cutò is afgelopen.'

'En daarom denkt u dat het lijk dat wij nu aan het onderzoeken zijn misschien van Maria Cutò is.'

'Het is een theorie. Die natuurlijk nog onderzocht moet worden.'

Vanina leunde wat naar achteren met haar stoel, die sinds Macchia erin had zitten wiebelen instabiel was geworden en te veel meebewoog. Ze greep de rand van het bureau voor haar evenwicht.

'Ja, en hoe doen we dat? Die Cutò had geen naaste familieleden, als ik het goed begrepen heb. Eventueel DNA-bewijs daargelaten is het zo goed als onmogelijk om iemand te vinden die haar kan identificeren aan de hand van haar kleding of iets dergelijks. U heeft zelf gezegd dat het niemand interesseerde wat er met haar was gebeurd. Hoe heette haar vriendin?'

'Haar pseudoniem weet ik nog, dat was Jasmine, maar haar echte naam... daar probeer ik al sinds vanochtend op te komen. Ik weet dat ze naast Casa Valentino woonde. Ze huurde daar twee kamers. Maar inmiddels...'

'Is ze overleden?'

'Ik weet het niet. Maar stel dat ze nog leeft, dan is de kans groot dat ze daar niet meer woont.'

Spanò had al die tijd staan luisteren en aantekeningen gemaakt.

'Chef.'

Ze draaiden zich allebei om.

Carmelo richtte zich tot commissaris Guarrasi. 'De huizen in San Berillo staan bijna allemaal leeg. Sommige zijn half ingestort, andere worden gekraakt. Het is een vervallen buurt.'

'Stond Casa Valentino in San Berillo?'

'Ja, in die wijk inderdaad', zei Patanè. 'Voordat ze de wijk sloopten om er de Corso Sicilia aan te leggen was het groter, woonden er ook gezinnen en waren er winkels van ambachtslieden. Maar Casa Valentino lag niet in de bouwvallige steegjes die jij nu voor je ziet, Carmelo, die waar de eenkamerwoningen tegenwoordig worden bewoond door prostituees en travestieten. Het lag in de Via Carcaci. Als je wilt breng ik je ernaartoe', bood hij hoopvol aan.

Vanina had een donkerbruin vermoeden dat ze niet makkelijk van die oude man af kwam, vooral omdat Spanò aan zijn lippen hing. Maar dat vond ze niet erg, integendeel.

'Laten we dan maar eens bij de Via Carcaci gaan kijken', zei ze terwijl ze opstond en haar telefoon en sigaretten van het bureau pakte.

Patanè kwam langzaam overeind, een beetje wankel, en volgde haar naar buiten, waar Spanò hem voor liet gaan. Hij wist niet wat er tegenwoordig op de plaats van Casa Valentino stond, waarschijnlijk iemands woning, of misschien een bierbrouwerij, maar hij voelde zich een beetje ongemakkelijk bij het idee dat hij in het gezelschap van een vrouw naar het bordeel van zijn jonge jaren ging. Maar zo was het nu eenmaal en er was niets aan te doen. Hij wilde zich zo graag in dat onderzoek storten, dat voor zijn gevoel nog het zijne was, dat het hem volledig in beslag nam. Als er ook maar enige hoop was dat hij zou mogen meewerken, hing dat vooral af van commissaris Guarrasi. En iets zei hem dat het uiten van zijn twijfels geen slimme zet zou zijn.

Op de trap liepen ze Fragapane tegen het lijf, die net terugkwam van de Banca d'Italia.

'En?' vroeg Vanina.

'Het zijn bankbiljetten van de serie Repubbliche Marinare, uitgegeven tussen '48 en '63, wat we met Lo Faro al gezien hadden op internet. De biljetten die wij hebben gevonden zijn in januari 1959 gedrukt.' De brigadier kwam dichterbij en begon zachter te praten, terwijl hij een vlugge, wantrouwende blik wierp op de oude man die hem met een geamuseerde glimlach aankeek. Plotseling draaide hij zich om, zijn mond open van verbazing. 'Patanè!'

Ze omhelsden elkaar. Nu hij wist wie die man was, vond Fragapane dat hij door kon gaan met zijn verslag.

'De bankmedewerker maakte een opmerking die me trof. Hij zei dat briefjes van tienduizend lire in die tijd een soort van op naam gestelde waardepapieren waren. Er waren maar weinig mensen die biljetten van zo'n grote coupure gebruikten. En dat waren zelden vrouwen. In de kluis lag een miljoen lire in biljetten van tienduizend. Een miljoen lire was destijds een enorm bedrag. Hoe hadden ze dat erin gekregen?'

'In lire zou dat nu ongeveer... twintig miljoen zijn. Tienduizend euro. Waar heb je dat geld dan gevonden, Salvatore?' zei Patanè, die zich ermee bemoeide.

Spanò en Vanina richtten allebei tegelijk hun blik op hem. Waarschijnlijk was degene die het nieuws aan de journalisten had gelekt, dat vergeten te vermelden.

De inspecteur wilde niet als eerste antwoord geven. Hij twijfelde of Guarrasi het op prijs zou stellen dat iemand van buitenaf zich met het onderzoek bemoeide.

Maar Vanina legde het al uit. 'In de keukenlift, naast het lijk.'

De oude commissaris dacht even na.

'Commissaris Guarrasi,' vervolgde Fragapane, 'dan vraag ik me dus af: welke gek vermoordt er een vrouw en verstopt haar vervolgens samen met een miljoen lire?'

Hij was ook bij die vraag uitgekomen.

'Dat is de eerste vraag die ik me stelde', zei Vanina. 'De kluis die nooit meer is opgehaald, is het enige bruikbare spoor dat we hebben. Bel je vriend bij de technische recherche en vraag hem of ze op de kluis misschien sporen van vingerafdrukken hebben gevonden, ook al is het na al die tijd...'

Vanina's telefoon ging. Het was Marta.

'Chef, waar ben je?'

'Op de trap.'

'De zoon van de vermiste vrouw is er bijna, van Vinciguerra.'

'Dat was ik helemaal vergeten. Haar zoon, zeg je. Hoe oud was hij toen zijn moeder verdween?'

'Weet ik niet, een jaar of zeven, acht.'

'Dan kan hij zich toch niks meer herinneren! Nou ja, praat jij maar met hem. Laat hem de foto's zien, kijk of hij misschien iets herkent, een voorwerp of een kledingstuk of zo. Spanò en ik zijn zo weer terug.'

Ze zei tegen Fragapane dat hij met Marta mee moest en stapte in de dienstauto die Spanò in de tussentijd van de parkeerplaats had gehaald.

Nu Marta er niet was en nadat ze had gevraagd of Patanè geen hart- of longproblemen had, stak Vanina een sigaret op, die ze precies kon oproken voordat ze aankwamen. Ze waren het grote plein overgestoken en hadden daarna een stuk van de Via di Sangiuliano gereden. De parkeerwachter die het Piazza Manganelli illegaal beheerde keek onverschillig toen ze aankwamen. Om te laten zien dat hij zogenaamd niets te maken had met het parkeren van auto's, deed hij zelfs een paar stappen achteruit.

Ze liepen omhoog naar de Via Carcaci. Patanè stopte voor een huis met twee verdiepingen, een oud maar niet vervallen huis dat duidelijk onbewoond was maar ook geen verlaten indruk maakte. Naast een afgebladderde deur, waar een kettingslot aan hing, was in de muur een vroegere opening te zien die weliswaar was dichtgemetseld maar niet volledig verborgen bleef, want door het half afgebrokkelde pleisterwerk waren de stenen zichtbaar. Aan de andere kant zat een kleinere deur die relatief kort geleden opnieuw was geschilderd. Spanò probeerde het naambordje bij de intercom te lezen, maar zonder bril zag hij weinig en het kunststof raampje dat eroverheen zat was half weggebrand door de zon.

Vanina gebaarde plagerig dat hij aan de kant moest gaan.

'Goh, dat is niks voor jou, Spanò. Met een beetje fantasie en dankzij mijn goede ogen, lees ik "Frasca"... "Frasta"... of "Fresta"', zei ze.

'Wat? "Fresta"?' Patanè was plotseling klaarwakker.

'Misschien.'

De man streek met zijn vingers over zijn kin, met zijn ogen halfdicht en zijn hoofd omhoog. Spanò herkende daarin de oude commissaris Patanè in actie en moest onwillekeurig glimlachen.

'Zegt de naam Fresta u iets?' vroeg Vanina.

Bij wijze van antwoord haalde de commissaris een telefoon uit het jaar nul uit zijn zak, een klein klaptelefoontje. Hij drukte tergend langzaam op een paar toetsen en wachtte.

'Rino? Vraagje... Ja, ik bel met mijn mobieltje... Jij met je olifantengeheugen: weet jij misschien nog wat de echte naam was van Jasmine, de hoe... eh, de prostituee die in Casa Valentino werkte? Goed nadenken hè, was het misschien Fresta? ... Weet je het zeker? ... Ja, ja, dat weet ik nog heel goed, daarom belde ik jou ook. Dank je wel, Rinuzzo, en hou je taai hè, morgen kom ik bij je langs.'

Hij klapte zijn telefoon dicht en lachte al zijn tanden bloot. Of hij had nog een perfect gebit, wat haast niet te geloven was, of hij had een heel mooi kunstgebit.

'Bingo!'

Vanina werd ongeduldig. 'Wij horen het ook graag.'

'Alfonsina Fresta. Dat is ze.'

'Dat was ze', zei de commissaris en ze keek omhoog naar het balkon, dat waarschijnlijk nog werd gebruikt, te oordelen aan hoe de planten erbij stonden. 'Weet u het zeker?'

'Bedoelt u of ik op het geheugen van adjudant Iero vertrouw? Daar durf ik mijn hand voor in het vuur te steken.'

In de tijd dat Patanè bij de politie zat had je natuurlijk nog adjudanten.

Spanò knikte met een lachje. Hij drukte twee keer op de bel. Geen antwoord. Hij klopte hard op de deur, maar niemand deed open.

'Noteer dit adres, inspecteur, dan kunnen we opzoeken wie hier woont.'

Patanè keek lang naar het balkon, teleurgesteld. Nu hij alles had verteld en hun een aanwijzing had gegeven, zou het zomaar kunnen dat commissaris Guarrasi zijn hulp niet meer nodig vond, terwijl als ze Jasmine zouden vinden...

Vanina liep naar de andere deur, die vroeger de ingang van het bordeel moest zijn geweest. Er hing natuurlijk geen bordje bij – sterker nog, er was niet eens een intercom. Er was alleen een deurklopper in een soort verroest medaillon, waarvan het moeilijk te zeggen was wat het voorstelde. De kop van een dier misschien.

Ze probeerde er beweging in te krijgen en klopte ermee op de deur.

Ze moest goed nadenken en zich niet laten beïnvloeden door de commissaris, die in dat onderzoek zijn hoop had gevestigd een zaak op te lossen die hem jarenlang moest hebben beziggehouden. Zij wist maar al te goed hoe het was om een onderzoek te moeten sluiten zonder dat je wist wat er eigenlijk gebeurd was. Ze wist hoe erg dat aan je kon vreten. Alleen had zij tot nu toe meer geluk gehad in dat opzicht. De enige zaken die ze had gehad waarbij ze twijfelde, speelden in de tijd dat zij bij Georganiseerde Misdaad werkte. Stel dat de conclusie haar niet helemaal overtuigde, bijvoorbeeld vanwege een verkeerde tip of een verkeerd spoor, dan knaagde dat niet erg aan haar geweten. Bij zulk soort zaken gold: hoe meer je er achter de tralies kreeg, hoe beter het was. Want in die enorme bagger moest iedereen wel ergens voor zitten. Het enige vervelende kon zijn dat je iemand over het hoofd had gezien. Maar als ze nu, bij een gewone moordzaak, zou twijfelen en er een onschuldige in de gevangenis zou belanden als zij zich vergiste, wist ze zeker dat dat ook haar voor altijd zou blijven achtervolgen.

Het spoor van de prostituee moesten ze hoe dan ook volgen, temeer omdat dat het enige was dat wellicht aanwijzingen kon opleveren, maar ze mochten daarbij geen enkel ander spoor over het hoofd zien.

'Volgens mij kunnen we wel gaan, chef', zei Spanò ten slotte.

Vanina knikte. Terwijl ze richting de auto liepen, zag ze een oude man over de stoep zwalken met twee vaalgroene plastic tassen die alleen maar van de markt konden zijn.

Ze zag dat hij zijn pas inhield en naar hen keek. Op zich was dat niet vreemd: zij en Spanò waren tenslotte twee bekende gezichten. Twee smerissen waren ze voor de inwoners van de wijk, waar, hoewel het er inmiddels altijd druk was omdat het er stikte van de bars en pizzeria's, nog altijd veel problemen waren.

Maar die oude man leek eerder verbaasd dan wantrouwend.

'Commissaris Patanè?'

De commissaris draaide zich om, zijn handen achter zijn rug. Hij keek naar de man, die de tassen op de grond had gezet, de straat overstak en hem tegemoetliep.

'Commissaris... bent u dat?'

'Dat ben ik, ja. Pardon, kennen we elkaar?'

'Ik ben Giosuè... weet u nog? Ik denk: u bent naar mij op zoek.'

De commissaris kneep zijn ogen samen en groef zo diep mogelijk in zijn geheugen, maar er kwam niets naar boven.

'Die meneer daar belde bij mijn huis aan', zei de man ter verduidelijking, terwijl hij naar Spanò wees.

Vanina kwam dichterbij.

'Die meneer is hoofdinspecteur Spanò, recherche. Ik ben commissaris Giovanna Guarrasi, en wie bent u?'

'Giosuè Fiscella. Maar waarom, wat is d'r aan 't handje?' antwoordde hij, plotseling ongerust.

'Niets, maakt u zich geen zorgen. Kent u een zekere Alfonsina Fresta, die vroeger in dat huis woonde?'

'Da's mijn vrouw. Hoezo?'

Patanè, die al die tijd niets had gezegd, begon ineens verbaasd te roepen.

'Krijg nou wat! Giosuè hupsakee!'

'Ziet u nou wel dat u 't nog weet!'

'Wat een jonkie was je toen! Commissaris Guarrasi, Giosuè was de klusjesman van Casa Valentino. Dus jij bent getrouwd met Jas... met Alfonsina?'

'Maakt nie uit hoor, commissaris: ik vind het nie erg als u haar Jasmine noemt.'

Vanina nam weer de leiding over het gesprek.

'Meneer Fiscella, wij zouden graag met uw vrouw willen praten. We willen graag een aantal dingen weten.'

'Tuurlijk, mevrouw Guarrasi, geen probleem.'

'Commissaris Guarrasi, bedoelt u', zei ze en keek hem streng aan. Er was niets wat haar meer irriteerde dan wanneer iemand haar 'mevrouw' noemde als ze dienst had. Het was haar zelfs een keer overkomen dat een van haar inspecteurs werd aangesproken met 'commissaris' en zij nota bene met 'jongedame'.

De man ging hun voor naar de deur en maakte die open.

'Joehoe, Alfonsina, ik ben 't!' riep hij.

De donkere en vochtige trap begon direct achter de drempel. Spanò, die medelijden had met de man, droeg de tassen en keek vanuit zijn ooghoek of het Patanè lukte de trap op te komen.

'M'n arme vrouwtje zit in een rolstoel. Maar ze heb ze allemaal nog op een rijtje', legde Giosuè hijgend op de trap uit.

In een nauwe hal zei hij dat ze even moesten wachten.

Vanina kon door de enige deur die er was een glimp opvangen van de lichte woonkamer, waar ze de man op gedempte toon hoorde praten. Even later verscheen er een vrouw ineengezakt in een rolstoel waarin ze leek te verdwijnen, met een versleten deken over haar benen. Het was moeilijk te zeggen hoe oud ze was. Ze was erg klein van stuk en keek haast verwilderd uit haar levendige ogen, die ze even samenkneep toen ze naar commissaris Patanè keek, die haar op zijn beurt aanstaarde. Hij leek verbijsterd, maar toen Vanina beter keek zag ze dat hij alleen maar onder de indruk was.

'Goedemorgen, commissaris Guarrasi', zei de vrouw en stak haar hand uit.

'Goedemorgen, mevrouw Fresta.'

Giosuè ging hun voor naar de woonkamer. Sober ingericht, maar goed onderhouden.

'We zijn hier omdat we graag meer willen weten over een vriendin van u, namelijk Maria Cutò. Voor zover wij weten is zij zevenenvijftig jaar geleden plotseling spoorloos verdwenen. Klopt dat?'

'Ja, dat klopt. De commissaris kent het hele verhaal.' In tegenstelling tot haar man sprak Alfonsina Fresta bijna foutloos Italiaans.

'Heeft u haar sindsdien niet meer gezien of gesproken?'

'Nee, nooit meer.'

'Heeft u weleens gedacht dat ze misschien overleden was?'

'Dat heb ik gedacht, ja. Net zoals ik ook heb gedacht dat ze misschien nog leefde. Zekerheden heb ik nooit gehad, commissaris, over wat dan ook. En aangezien hoop altijd het laatste is wat verdwijnt... Maar waarom vraagt u nu nog naar haar, na al die tijd? Want al zou ze nog leven, dan is ze er inmiddels misschien wel net zo aan toe als ik.' Ze wierp een blik op Patanè, die zwijgend in een hoek van de kamer zat.

'Mevrouw, weet u nog wat voor contact Maria Cutò en Gaetano Burrano hadden?'

Er ging een schok door de vrouw heen, ook al was dat niet te zien. Maar Vanina had het door. Haar man leek daarentegen alleen maar zeer verbaasd.

'Waarom wilt u dit allemaal weten, commissaris?'

'Een paar avonden geleden is in de villa waar Burrano is vermoord het verstopte lichaam van een vrouw gevonden. Het lichaam dateert zeer waarschijnlijk uit de tijd van de moord op Burrano.'

De oude vrouw trok ineens wit weg. Haar zwarte ogen leken nog verwilderder dan daarnet.

'Nee, nee, nee, nee...' begon ze hoofdschuddend. 'Niet Luna...'

Giosuè ging op de punt van zijn stoel zitten en kreeg nu een serieuze blik.

'Zou zíj dat kennen zijn? Luna?' vroeg hij.

'Het enige wat we zeker weten is dat het een vrouw is en dat ze al heel lang dood is. Haar identiteit weten we niet, het kan iedereen zijn. We hopen dat mevrouw Fresta ons kan helpen door iets te herkennen, al is het maar een klein detail dat kan aanwijzen of juist uitsluiten dat het om uw vriendin gaat.'

'Betekent dat... dat we haar moeten zien?' Giosuè slikte en begon steeds bleker te zien.

'Nee, dat is niet nodig, ook omdat dat niet veel zou helpen...' ze legde bewust niet uit waarom, 'maar het zou nuttig zijn als mevrouw Fresta haar kleren bekeek en ook de voorwerpen die bij het lichaam zijn gevonden.'

'Nee, nee, nee... niet Luna.'

Patanè stond op en liep naar de rolstoel.

'Luister, Jasm... Alfonsina, het kan ook dat zij het níét is. Maar jij bent de enige die ons dat kan vertellen.'

'Maar motten we dan naar 't bureau komen? Mijn vrouw ergens mee naartoe nemen is nogal 'n onderneming, met al die trappen...' zei Giosuè bezorgd.

'Dat hoeft niet, maakt u zich geen zorgen. Inspecteur Spanò zal u wat foto's komen laten zien en dan kan uw vrouw zeggen of ze er iets van herkent.'

'Nee, nee, nee...' De klaagzang ging door.

'Excuses, commissaris. Alfonsina is 'n beetje in de bonen. Af en toe is ze de kluts kwijt. Zo is ze altijd al.'

De commissaris stond op en maakte aanstalten om te vertrekken. Zoals verwacht bracht dat Alfonsina weer bij zinnen, ze werd stil. Het was een zware stilte vol gedachten.

In haar ooghoek zag Vanina dat Spanò naar het raam was gelopen, zijn hoofd naar buiten stak en rondkeek.

'Wat is dit? Een binnenplaats?' vroeg de inspecteur terloops aan Fiscella.

'Ja. Alfonsina had daar vroeger 'n moestuintje. Maar nou...'

'En die gesloten, half kapotte ramen, waar zijn die van?'

'Van 't huis', zei de man, alsof dat logisch was.

'Welk huis?'

'Van Luna.'

Vanina draaide zich plotseling om. 'Luna's huis?'

Alfonsina draaide aan de wielen van haar rolstoel en kwam de commissaris tegemoet, haar blik weer alert.

'Luna had het gekocht, dat huis daar.'

Vanina merkte dat de vrouw ergens over twijfelde.

Het was enkel een gevoel, maar de ogen van de vrouw overtuigden haar niet.

Er zaten te veel verschillende kanten aan dit verhaal. Ze kon net zo goed niets te maken hebben met het lijk in Villa Burrano, maar het was de moeite waard om uit te zoeken.

'Wanneer had ze dat gekocht?' zei commissaris Patanè ineens, die ervan baalde dat hij dat destijds niet gezien had. Of herinnerde hij het zich gewoon niet meer? Zijn eigen twijfels maakten hem nog geïrriteerder.

'Zodra het bordeel gesloten werd.'

'Mevrouw Fresta, ik wil het graag helder krijgen. Uw vriendin Maria Cutò is zevenenvijftig jaar geleden verdwenen, toch?' vroeg Vanina. Ze begon het zat te worden dat ze die vermiste vrouw de hele tijd Luna noemden. Ze had een naam en achternaam, dat soort nutteloze sentimentele gedoe stoorde haar.

Alfonsina knikte.

'U heeft er met commissaris Patanè over gesproken, maar wilde nooit aangifte van vermissing doen, klopt dat?'

Ze knikte opnieuw.

'Ik heb de indruk dat de commissaris geen idee had dat het voormalige bordeel eigendom was van mevrouw Cutò. Waarom vertelde u dat niet?'

'Wat maakte het uit?'

'Verdorie, Jasmine! Hoe bedoel je: het maakte niet uit?' viel Patanè uit.

De vrouw sloeg haar ogen neer, heel even maar. Toen keek ze weer op, met een nog fellere blik dan daarnet.

'Niet zo boos worden, commissaris. Toen Luna verdween hebben u en adjudant Iero het hele huis doorzocht. Weet u dat niet meer? Wat maakte het uit dat het huis van haar was?'

Vanina zag dat Patanè steeds paarser werd. Het scheelde weinig of de aderen in zijn nek zwollen op onder de kraag van zijn overhemd. Laten we hopen dat hij geen beroerte krijgt, dacht ze. Zulke woede kan iemand van zijn leeftijd fataal worden.

'Wat er toen gebeurde laten we even terzijde. Wat is er sindsdien met dit huis gebeurd?' vroeg ze.

Alfonsina haalde haar schouders op.

'Wat zou er gebeurd moeten zijn, commissaris? Het huis staat er nog gewoon.'

'Wilt u zeggen dat er sindsdien niemand meer naar binnen is geweest?'

'Alleen Giosuè en ik af en toe, om te kijken hoe het erbij stond. Maar we hebben nergens aan gezeten', zei ze erbij, alsof dat het voornaamste was.

'Dus u heeft uw leven lang een huis bewaakt waarvan de eigenaresse misschien overleden was?'

'Als Luna terugkwam, zou ze het huis in ieder geval aantreffen zoals ze het had achtergelaten. Als ze niet terugkwam... dan was dat helaas niet anders. Maar dan kwam het huis tenminste niet in handen van een wildvreemde.'

Commissaris Patanè schudde langzaam zijn hoofd.

Vanina begon te begrijpen wat er speelde.

De telefoon van Spanò ging, waarmee een einde kwam aan de merkwaardige sfeer die was ontstaan.

'Ha, Salvatore.' Terwijl hij luisterde, keek hij naar Vanina. 'Ik begrijp het', zei hij knikkend. Hij gaf haar de telefoon: 'Het is Fragapane.'

Vanina liep weg.

'Zeg het maar, Fragapane.'

'Op de borstel die we gisteren hebben afgegeven, hebben ze bij de TR sporen gevonden die ze kunnen analyseren.'

‘Halleluja. Is de zoon van mevrouw Vinciguerra er al?’

‘Ja. Hij heeft even met Bonazzoli gepraat en de foto’s bekeken. Alleen wilde hij wilde per se op u wachten.’

‘Op mij? Waarom? Stelde Marta niet de juiste vragen?’

‘Zeker wel. Maar… u weet hoe ze is. Die man is volgens mij nogal verward en niet zo zeker van zijn zaak. Hij zegt iets en neemt dan een zijstraat, waarop zij hem afkapt en hem een heel precieze vraag stelt. Maar als ze hem had laten uitpraten, had hij misschien wat meer losgelaten.’

Hoeveel meer, vergeleken met Maria Cutò?, vroeg Vanina zich af. Niet dat zij zelf tot nu toe concrete aanwijzingen had gekregen, behalve dan dat de vrouw eigenaar was van een voormalig bordeel.

‘Goed, laat hem maar op me wachten’, zei ze en hing op.

Ze gaf de telefoon terug aan de inspecteur, die inmiddels op vriendschappelijke toon een gesprek voerde met Fiscella, en liep weer naar Alfonsina.

‘Mevrouw Fresta, u heeft nog geen antwoord gegeven op mijn eerste vraag: wat voor contact hadden Maria Cutò en Gaetano Burrano?’

‘Heer Burrano was een speciale klant, commissaris. Meer weet ik niet.’

Haar man keek haar vreemd aan maar zei geen woord.

Vanina begreep dat de vrouw loog, maar voorlopig speelde ze het spelletje mee.

‘Was hij dat al lang?’

‘Toen Luna nog een eenvoudige prostituee was, was hij haar trouwste klant. Later werd hij een van de weinigen.’

‘En toen het bordeel dichtging?’

‘Hoe zou ik dat moeten weten? Na de sluiting ging iedereen verder met zijn eigen leven.’

Ze loog nog steeds, maar afgaande op hoe ze haar in de ogen keek, moest ze doorhebben dat commissaris Guarrasi haar niet geloofde.

‘Tegen mij zei je dat ze ook daarna nog minnaars bleven’, zei Patanè ineens.

‘Dan zal dat wel zo zijn geweest. Het is zevenenvijftig jaar geleden en mijn geheugen is niet meer wat het geweest is.’

'Meneer Fiscella, kunt u ons alstublieft het huis vanbinnen laten zien?'

'Tuurlijk.'

De man haalde een sleutelbos uit een lade.

Alfonsina vertrok geen spier. Ze stak onverschillig haar hand op.

'Gaat u maar, commissaris. Giosuè kent het huis op zijn duimpje.'

Ze verlieten het vertrek via een deur die halverwege een trap uitkwam, alleen verlicht door het schijnsel dat naar binnen viel via een rooster boven de deur beneden. Nadat ze de laatste treden naar boven hadden genomen, kwamen ze bij een andere en grotere deur. Giosuè maakte de deur open en knipte tot verbazing van zijn drie gasten het licht aan. Terwijl hij de ramen wijd openzette, dacht hij terug aan de tijd van Casa Valentino, toen die luiken volgens de wet gesloten moesten blijven.

Achter de entree was een hal en daarna een kleine woonkamer met banken en fauteuils en in het midden een ringvormige bank die rondom een standbeeld was gebouwd: een Venus van belabberde makelij. In de hoek was een soort kleine balie geplaatst met daarachter een stoeltje. Het tapijt op de muren was behoorlijk aangetast door het vocht en er hingen smakeloze wandlampen. De overheersende kleur was rood, in alle tinten die je maar kon bedenken.

'Maar dit is nog gewoon Casa Valentino...' stamelde Patanè beduusd.

Ze liepen naar de bovenverdieping: een gang waar zes slaapkamers op uitkwamen, allemaal min of meer hetzelfde, allemaal ingericht in dezelfde stijl als de woonkamer, allemaal met wastafel en bidet. Als je het stof, het vocht en de spinnenwebben niet meetelde, zagen de kamers er alles bij elkaar nog best goed uit. In de laatste slaapkamer, die het grootst was, stond zelfs een hemelbed en een badkuip zo groot dat die een derde van de ruimte in beslag nam.

Voor commissaris Patanè, die zijn maag voelde samentrekken, waren de ruimtes nog precies zoals in zijn herinnering.

'Dit was de kamer van Luna', zei Giosuè.

'Dat dacht ik al', zei Vanina.

Ze stak haar handen in haar zakken, een gewoonte die ze in de loop der jaren had ontwikkeld om zichzelf ervan te weerhouden dat ze met blote handen de spullen doorzocht van mensen die in haar onderzoek voorkwamen, en liep een rondje door de kamer.

Maar de eerste keer dat ze rondkeek was er niets wat haar aandacht trok. Niets bijzonders, niets persoonlijks, niets wat ook maar een klein beetje aan de inhoud van de tassen deed denken.

Spanò kwam bij haar staan.

'Commissaris, volgens mij lopen we hier onze tijd te verdoen.'

'Ja, waarschijnlijk wel.'

Maar helemaal overtuigd was ze niet.

Met de mouw van haar jasje als handschoen – want je wist maar nooit – trok ze de lades open. Ze lagen allemaal vol korsetten en torseletten, die totaal niet leken op degene die het lijk droeg, en daarnaast boa's van struisvogelveren, netkousen, doorschijnende voile-negligés. Ieder zijn eigen werkkleding. Alleen de laatste lade was halfleeg, er lagen maar een paar dingen in, waaronder een kam. Nog meer haren dus, bedacht ze, die misschien nog van pas konden komen. Haar blik viel op iets kleins. Ze haalde haar telefoon tevoorschijn en maakte er een foto van.

Op de benedenverdieping waren nog drie andere slaapkamers: dezelfde inrichting, hetzelfde soort kamers. Er was ook een keuken met daarnaast een kamertje vol dozen en houten kistjes. Op de grond lagen hier en daar een stuk of tien metalen munten, die uit een halfopen velours zakje waren gerold. Vanina kon de verleiding niet weerstaan te bukken en er eentje op te rapen. In het halfduister kon ze niet goed zien wat voor muntje het was, maar daardoor kon ze het wel ongemerkt in haar zak laten glijden.

Wat ze daarentegen wel vrij goed kon zien, omdat het rechtop tegen een doos aan stond en er door de deur een beetje licht op viel, was een houten bord met daarop de tarieven en daarnaast teksten waarin de clientèle, onder andere, zeer goede hygiëne en discretie werd beloofd en werd verzocht de genoten diensten direct af te rekenen aan de kassa 'om misverstanden te voorkomen'. Erboven was een nauwelijks herkenbaar wapenschild – misschien aangetast door de tijd – met daarop, versierd met allerlei arabesken en tekeningen, de naam van het bordeel: CASA VALENTINO, en daaronder: BIJ MADAME LUNA.

Bij terugkomst zagen ze dat Alfonsina stil uit het raam zat te staren, op dezelfde plek als waar ze haar hadden achtergelaten. Ze zei commissaris Guarrasi gedag met een veelbetekenende blik, waarmee ze wilde zeggen dat ze elkaar gauw weer zouden treffen.

De zoon van Vera Vinciguerra heette Andrea Di Bella. Hij was vijfenzestig en universitair docent aan de letterenfaculteit. Hij was samen met zijn vrouw gekomen, die zwijgend en keurig met haar handen op haar schoot naast hem zat.

Hij had een tiental foto's van zijn moeder meegenomen en die lagen nu op Vanina's bureau, naast een hele oude dossiermap die Fragapane uit het archief had weten op te diepen.

'Excuseert u mij voor het feit dat ik per se met ú wilde spreken, commissaris Guarrasi. Ik wilde niet onbeleefd zijn tegen uw collega, maar… ik had al die jaren niet gedacht dat ik ooit nog een keer in deze situatie zou terechtkomen. God weet hoe vaak we al zeker dachten te weten dat we mijn moeder hadden opgespoord. Als kind dacht ik dat het beter was te denken dat ze dood was, maar naarmate ik ouder werd veranderde dat. Ik dacht liever dat ze nog leefde en dat ze misschien haar geheugen kwijt was. Dat ze uit eigen wil zou zijn vertrokken, zoals uw collega's zeiden, heb ik nooit willen geloven. Weet u, commissaris, het is net zoiets als wanneer iemand ernstig ziek is en allerlei artsen spreekt, maar toch een afspraak wil met de hoofdarts. Vandaar dat ik in deze omstandigheden de behoefte voelde om met u te praten.'

Vanina onderdrukte een grimlach. Di Bella was duidelijk een conformist, iemand die de dingen graag zo voorschotelde dat ze als zeer fatsoenlijk overkwamen. Zo iemand die haar al op de zenuwen werkte zodra hij zijn mond ook maar opendeed. Iemand als hij had een oplettende gesprekspartner nodig, die alle nutteloze details die hij belangrijk achtte kon aanhoren om vervolgens de meest directe vragen te stellen. En Marta was niet sluw genoeg voor dat soort spelletjes. Bovendien betekende een gesprek met iemand in een hogere positie voor zo'n man dat hij zich diplomatieker zou opstellen. Ze speelde heel even met het idee hem voor de volledigheid te vertellen dat zij feitelijk niet 'de hoofdagent' was, zodat ze die irritante man linea recta naar Macchia kon sturen. Maar toen besloot ze het uit te zitten in de hoop een aanwijzing te krijgen. Ze wisselde een blik met Marta, die achter het bureau tegen de muur stond, en ging op haar stoel zitten.

Ze liet nog een keer de foto's van het lijk zien.

'Mijn hemel', riep de man uit en schrok op.

'Weet u nog of uw moeder een bontjas had?'

'Ik geloof van wel... Weet u, toen ik klein was verstopte ik me graag in haar jas. Daar voelde ik me veilig. Misschien voelde ik onbewust aan dat er iets ging gebeuren...'

'Denkt u dat u het etiket zou kunnen herkennen?'

'Nee, commissaris. Ik heb nooit naar het etiket gekeken, dat zei ik al tegen de inspecteur.'

'Iets anders: gebruikte uw vader Linetti-brillantine?'

Hij keek haar verbaasd aan. 'Wie niet! Ik ook, toen ik jong was.'

'En uw moeder?'

'Nee. Brillantine was niet voor vrouwen', zei hij, met een toegeeflijke lerarenlach die haar irriteerde.

'Uw moeder had een minnaar.'

Hij schrok. 'Eh... ik geloof niet dat...'

'Het was geen vraag. Het staat in haar dossier. Bovendien was u toen nog een kind, het is begrijpelijk dat u bepaalde dingen niet kon weten. Heeft uw vader u daar nooit iets over verteld?'

De man ging rechtop zitten.

'Ach, wat heeft het voor zin om nu nog oude koeien uit de sloot te halen... Ja, misschien heeft hij een keer iets in die richting gezegd... maar ik zou niet willen dat er een beeld van mijn moeder naar buiten komt dat...'

'Meneer Di Bella, het enige beeld dat wij willen krijgen is wie die vrouw was. Het enige wat ik in uw positie zou willen weten, mocht het om uw moeder blijken te gaan, is wie haar heeft vermoord en waarom. Dus probeer uw fatsoensregels te negeren en vertel me wat u nog weet, als u tenminste nog iets weet.'

De man liet zijn hoofd een beetje zakken en zocht met zijn ogen de steun van zijn vrouw, die nog steeds haar handen op haar schoot hield, maar wel een wat minder gereserveerde uitdrukking op haar gezicht had.

Vanina's telefoon ging. Toen ze het nummer van haar moeder op het scherm zag, drukte ze twee keer op het zijknopje om de oproep te weigeren. Zoals ze al vreesde ging haar telefoon tien seconden later nog een keer. Ze zette hem op trilstand en stuurde een standaardbericht: *Ik kan nu niet opnemen.*

Di Bella schraapte zijn keel, alsof hij zich klaarmaakte voor een lang betoog. 'Ooit, toen hij al oud was, zei mijn vader tegen me dat volgens hem de duivel mijn moeder was komen halen. Ik vroeg wat hij daarmee bedoelde en hij antwoordde dat alleen de duivel een vrouw als zij op het slechte pad kon hebben gebracht. Later begreep ik dat hij een minnaar bedoelde... Maar nogmaals, hij was oud, hij kon al niet meer helder nadenken.'

Vanina zette het flesje eau de cologne voor hem neer en legde de sieraden erbij. Ze keek even naar het briefje met de cijfers en het onduidelijke symbool voordat ze het aan hem liet zien.

'Had u vroeger briefpapier of kaartjes in huis met vergelijkbare afbeeldingen?' vroeg ze.

De man schudde zijn hoofd. 'Alleen de eau de cologne is misschien dezelfde als die we vroeger hadden', antwoordde hij weifelend.

Vanina riep Lo Faro bij zich en vroeg hem het telefoonboekje te brengen. Ze liet het aan de man zien.

'Zeggen de nummers u iets? Of de namen?'

'Nee, commissaris. Die zeggen me niets. Maar hoe zou dat ook kunnen? Het is al zo lang geleden...'

Dat was inderdaad zo. Herinneringen ophalen en getuigenissen oproepen van vijftien of zelfs twintig jaar geleden was nog te doen. Ook de inmiddels gearchiveerde onderzoeken werden toen op een vergelijkbare manier uitgevoerd. Maar in 1959 waren de omstandigheden te verschillend, de methoden waren minder strikt en de resultaten hingen enkel en alleen af van de analytische vaardigheden van de onderzoekers. En ze heetten niet allemaal commissaris Maigret.

'Goed, meneer', zei ze terwijl ze de foto's bijeenraapte en aan Marta gaf. 'Bent u bereid om een DNA-test te doen?'

Het gezicht van Di Bella klaarde op. 'Ik moet u eerlijk bekennen dat ik net nog bang was dat u dat niet ging vragen! Ik wilde dat juist gaan voorstellen.'

Die stomme televisieseries ook. Vanina gaf geen commentaar.

'Marta, dit regel jij.'

Ze stuurde de twee de kamer uit samen met Bonazzoli, die alles ongetwijfeld geheel volgens de procedure zou afwikkelen.

Door de ochtend met Patanè zat ze met behoorlijk wat vragen. De oude commissaris had Spanò toevertrouwd dat hij erg onder de indruk was van de doorzoeking van de woning van Maria Cutò. Aan haar zou hij dat nooit toegeven, dat had Vanina meteen begrepen, maar hij had veel meer tijd in Casa Valentino doorgebracht dan hij als politieman had moeten doen. En hij was ervan overtuigd dat hij aan een paar kleine dingen die bij het lijk waren gevonden, ook op gevoel zou kunnen opmaken of ze daadwerkelijk te maken hadden met de bekendste prostituee van Catania van net na de oorlog.

Vanina legde de stukken opzij en keek opnieuw aandachtig naar het briefje met het symbool dat op een wapen leek.

Ze haalde het muntje tevoorschijn dat ze uit de voorraadkamer van mevrouw Cutò had gepakt. Het was zwaar, gemaakt van materiaal dat aan messing deed denken, en had een gat in het midden waaromheen een inscriptie stond die begon en eindigde met een vrouwenhoofd in reliëf, met de tekst CASA VALENTINO.

Ze klapte haar laptop open en zocht op 'bordelen jaren vijftig'. Ze kreeg een reeks resultaten te zien met allerlei foto's, waarvan de meeste teruggingen naar de jaren twintig van Mussolini. Ze ontdekte hoe de staatsbordelen toen georganiseerd waren, wat voor soorten bordelen er waren en welke regels er golden. Ze las dat de meisjes meestal iedere twee weken rouleerden en voor de tweewekelijkse wissel naar een vergelijkbaar bordeel gingen, dat soms in een andere stad lag. Door steeds verder te klikken kwam ze bij een pagina over de oude wijk San Berillo, waar vroeger bijna alle seksclubs van

Catania zaten, en daar zag ze foto's van de steegjes waar Patanè het over had gehad, en zelfs oude foto's van toen het hart van de wijk met de grond gelijk was gemaakt om er iets anders te bouwen.

Ze hoefde maar even bij Google Afbeeldingen te kijken of ze zag tientallen bordjes die vergelijkbaar waren met de bordjes die ze in het huis van Cutò had gezien, en er waren er ook bij die een stuk explicieter en minder stijlvol waren. Toen ze op het punt stond om haar laptop dicht te klappen, stuitte ze op een afbeelding van een munt die leek op de munt die ze in haar zak had bewaard. Het was blijkbaar een penning. Die ontvingen de prostituees in ruil voor hun diensten.

Spanò klopte tweemaal op de halfopen deur en kwam binnen.

'Chef?'

Vanina keek op van haar scherm en gebaarde hem naast haar te komen staan.

De inspecteur keek nieuwsgierig naar het scherm. 'Wat is dat?'

'Jij bent dus ook al te jong om dat te weten? Spanò, het is een penning.'

Hij kwam dichter bij de computer staan, maar niet te dichtbij, zodat hij zijn leesbril, waar hij maar niet aan kon wennen, niet op hoefde te zetten. Hij wierp een blik op het bureau van de commissaris en zag een voorwerp dat erop leek.

'Hoe komt u daaraan?'

'Uit huize Cutò gepakt. Er lagen er een heleboel op de vloer in de voorraadkamer.'

Spanò ging tegenover haar zitten.

'Commissaris, zeg het maar eerlijk: u denkt echt dat het lijk van de prostituee is.'

'Ik ben er alleen zo goed als zeker van dat Alfonsina ons niet het hele verhaal heeft verteld. En ik weet zeker dat ook Patanè er geen duidelijk beeld van heeft.'

'Ja, daar ben ik ook van overtuigd, temeer omdat commissaris Patanè ons dat op alle mogelijke manieren duidelijk heeft gemaakt. En nu? Wat gaan we doen?'

'Jij gaat vanmiddag nog met Fragapane naar het huis van de Fiscella's en je neemt alle foto's en alle stukken van de vrouw mee. Je laat de foto's een voor een zien, als eerste de minst interessante en als laatste de huiveringwekkendste foto, en je kijkt goed naar hun reactie. Met name die van de vrouw. En dan maak je een proces-verbaal op van alles wat ze je vertellen.'

'Denkt u dat ze zo erg van het lijk zullen schrikken dat ze gaan praten?'

'Ik durf erop te wedden dat ze niks zullen zeggen.'

'Hoezo?'

'Omdat zij Maria Cutò zo lang mogelijk in leven willen houden.'

Spanò dacht even na.

'U gaat toch niet zeggen dat u hen verdenkt.'

'Dat zij haar hebben vermoord? In de verste verte niet! Wel denk ik dat Alfonsina nooit aangifte heeft gedaan omdat ze bang was dat de politie er dan achter zou kunnen komen dat ze dood was.'

'Oké, maar waarom?'

'Denk even na, Spanò: waar wonen de Fiscella's?'

'In een tussenwoning verbonden met het huis van Maria Cutò.'

'Een tussenwoning die rechtstreeks toegang geeft tot de trap bij de entree van het huis. En van wie zijn die drie kamers volgens jou?'

'Van Maria Cutò.'

'Maar als zij dood is...'

'Verhip! Natuurlijk. Als zij dood is en ze geen familie of erfgenamen heeft, belandt het huis in handen van God mag weten wie.'

'En dat geldt ook voor henzelf.'

Ze keken elkaar aan zonder iets te zeggen en trokken ieder hun eigen conclusies.

'En daarom bereiken we vandaag waarschijnlijk niets', concludeerde de inspecteur.

'Jawel, wacht maar af.'

Spanò vroeg niet verder. Als de commissaris halve informatie gaf, betekende dat dat ze al een theorie had maar bang was om te veel te zeggen.

Vanina schoof haar stoel, die steeds verder naar achteren kantelde, achteruit.

'Ik moet niet vergeten om iemand naar de stoel te laten kijken. Ik wil niet dat die ergens de komende dagen uit elkaar valt als ik erop zit', zei ze terwijl ze opstond. 'Of erger nog, dat-ie uit elkaar valt als Macchia erop gaat zitten; die schommelt er immers zo graag op', voegde ze eraan toe.

Spanò lachte. Hij kwam dichterbij, duwde tegen de rugleuning en keek hoe ver hij kantelde. Hij was het met haar eens dat de leuning te ver naar achteren helde.

'Spanò, zorg ervoor dat je, voordat je naar de Fiscella's gaat, zeker weet dat het huis daadwerkelijk op naam van Maria Cutò staat en dat de drie kamers erbij horen. Zeg tegen Lo Faro dat hij dat moet uitzoeken. En kijk ook of Giosuè Fiscella en Alfonsina Fresta een strafblad hebben, van wat dan ook. Al denk ik van niet.'

'Tot uw dienst. En wat gaat u nu doen?'

'Ik? Ik ga wat eten, het is al twee uur geweest.'

Ze liep het bureau uit. Ze had bijna de hele tijd gezeten en had zin om een stukje te lopen. Ze liep door de Via Teatro Massimo en ging richting het Teatro Bellini, een imposant gebouw met bruine gevel. De architect die het had ontworpen, Carlo Sada, was volgens Burrano dezelfde als die zijn stamvader naar Afrika had gestuurd om inspiratie op te doen voor de fameuze toren.

Ze liep langs het hekwerk en ging de hoek om richting de Via di Sangiuliano. Ze haalde haar telefoon uit haar zak en zag dat die nog steeds op stil stond. Ze had vier gemiste oproepen, waaronder drie van haar moeder.

Ze liep een flink stuk en kwam weer langs het huis van Maria Cutò, dat in de buurt lag van Trattoria Da Nino, waar ze naartoe ging. Ze vroeg zich af op welk deel van het gebouw de dichtgemetselde deur uitkwam.

Als haar instinct haar niet had ingefluisterd dat het beter was om Spanò erheen te sturen, had ze die middag graag zelf nog een doorzoeking van Casa Valentino gedaan. Maar commissaris Guarrasi wist dat het in sommige gevallen zinvoller was om vanachter de schermen te observeren dan zelf op de voorgrond te treden.

Vanwege die gedachte en haar knorrende maag, die steeds leger voelde, besloot ze haar pas te versnellen. Ze liep twee blokken verder en stapte de trattoria binnen.

Nino wees haar haar vaste tafel en liet haar meteen een mandje brood en een bakje olijven brengen, terwijl hij ondertussen een stuk of dertig andere stamgasten hielp.

Ze had de traditionele trattoria dankzij Spanò ontdekt en het hele team ging er graag en ook vaak eten. Zelfs inspecteur Bonazzoli keurde de eetgelegenheid goed omdat er ook gerechten op de kaart stonden die toevallig vegan waren, zoals de tuinbonensoep. Nino en hoofdinspecteur Spanò tutoyeerden elkaar en groetten elkaar met een omhelzing. Marta gaf hij een handkus. Maar voor commissaris Guarrasi maakte hij enkel een lichte buiging. Misschien kwam dat door haar functie, of misschien wilde hij niet vertrouwelijk met haar omgaan omdat Vanina zo gereserveerd was. Een intimiderende houding, vond haar moeder.

Vanina maakte van de gelegenheid gebruik om haar moeder terug te bellen.

'Vanina, lieverd.'

'Hoi mam.'

'Je was een paar dagen geleden ineens vertrokken en je hebt niks meer van je laten horen. Vind je dat normaal?'

'Ik heb je een berichtje gestuurd toen ik aankwam.'

'Noem je dat "van je laten horen"?'

'Ik moest meteen weer weg.'

Er klonk een zucht aan de andere kant van de lijn. Vanina stelde zich voor dat haar moeder schuin aan de eettafel zat die nog niet helemaal was afgeruimd, met een sigaret in de hand en het kopje koffie dat ze net op had naast haar. Een egale teint, haar haar opgestoken en een parelketting om haar hals.

'Maar goed, daar belde ik niet voor. Ik bel om te zeggen dat Federico morgen naar Catania komt voor een congres. Hij zou het heel leuk vinden je te zien. Kun je misschien tien minuutjes voor hem vrijmaken?'

Federico Calderaro was de tweede man van haar moeder. Vermaard hartchirurg en universitair docent. De man die van Marianna Partanna

Guarrasi, weduwe van een in functie gestorven politie-inspecteur en moeder van een dochter die ze verder alleen moest opvoeden, een elegante dame van de betere klasse van Palermo had gemaakt.

Vanina rolde met haar ogen. Dat kon er ook nog wel bij.

'Hm... waar dan?'

'Dat weet ik niet, maar hij gaat je vast bellen. Probeer aardig voor hem te zijn. Hij is erg op je gesteld, dat weet je.'

Dat was waar, Federico was op haar gesteld. Maar zij kon hem niet uitstaan.

Plotseling stond Alfio Burrano voor haar neus, met een glimlach van oor tot oor.

'Ik moet ophangen, mam.'

'Oké, maar beloof me dat...'

'Ja, dat ik afspreek met Federico.'

Burrano verroerde zich niet en wachtte tot ze klaar was met telefoneren.

'Anders nodig je hem bij jou thuis uit. Hij vond het erg vervelend dat hij er de laatste keer niet bij was, bij papa's herdenking. Maar ja, hij is natuurlijk altijd op pad voor die congressen. En bovendien... ik denk dat het hem goed zal doen om met je te praten.'

Ze begreep niet wat haar moeder bedoelde en stond er ook niet te lang bij stil. Die ongevraagde excuses voor zijn afwezigheid zaten haar dwars.

'Tuurlijk. Tenminste, als hij bereid is om 's avonds laat met me mee te gaan naar een dorpje aan de voet van de Etna, want voor die tijd heb ik zelf ook geen gelegenheid om naar huis te gaan.'

'Oké, Vanina, je hebt je punt gemaakt. Maar wees in ieder geval aardig tegen hem.'

'Heb ik dan weleens onaardig gedaan?'

'Je hebt meestal helemaal niks gedaan, als ik dat mag zeggen. Maar goed, laat maar, daar hebben we het niet meer over.'

'Inderdaad. Ik moet nu ook echt gaan.'

'Wees voorzichtig', drukte haar moeder haar op het hart.

Een advies vol bezorgdheid, dat eigenlijk typisch was voor alle moeders. Maar door de nasmaak van die woorden werden ze zwaar.

Bitter. Haast onmerkbaar beschuldigend. *Je had niet een beroep hoeven kiezen waarbij je iedere dag je leven moet wagen; je had ook een rustige baan kunnen nemen; je had ook het luxeleventje kunnen leiden dat ik voor je heb opgebouwd.*

'Goedemiddag, commissaris Guarrasi', zei Burrano zodra ze had opgehangen.

'Goedemiddag, meneer Burrano.'

'Ik wilde u vanochtend bellen, maar toen bedacht ik dat ik dat misschien beter niet kon doen...'

'Wilde u me iets vertellen?'

'Mijn tante belde me om acht uur vanochtend vloekend uit bed vanwege dat artikel in de *Gazzetta Siciliana*. Het scheelde niet veel of ze was boos op mij! U had mij de vorige avond verzekerd dat...'

'Ik heb u helemaal niets verzekerd, meneer Burrano. Journalisten doen gewoon hun werk en hebben een hele schare aan bronnen. Het ligt niet in mijn macht die allemaal tegen te houden.'

'Het spijt me, commissaris. Zoals u weet is mijn tante behoorlijk op leeftijd en dit is voor haar een moeilijke periode. U heeft geen idee hoeveel nieuwsgierige mensen contact met ons zoeken vanwege dat artikel. Ze hebben ons zelfs om een interview gevraagd.'

'Ja, dat geloof ik graag.'

Voor het onderzoek was dat artikel echter een zegen. Heel soms gebeurde dat.

'U bent... alleen', merkte Burrano op.

'Ja.'

'Ik ook.'

Het enige wat er nu nog aan ontbrak was dat hij haar voorstelde om samen te eten.

'Nino heeft vandaag geen enkel tafeltje meer vrij. Vindt u het erg als ik aan uw tafel kom zitten?' probeerde hij, met het air van iemand die vaak in Parijse bistro's at, waar je aan een tafel gaat zitten en die vervolgens deelt met wie er dan ook maar aanschuift.

Vanina onderdrukte een lach. Wat een casanova, die Burrano. Als hij het zo bracht, leek het niet eens een voorstel en was het haast onbeleefd om hem de enige zitplaats in het restaurant te weigeren.

Ze gebaarde met een welwillende blik dat hij plaats kon nemen.

Nino verscheen meteen om de bestelling op te nemen.

Zodra hij weg was, barstte Burrano los: 'En, commissaris, hoe gaat het onderzoek? Hebben jullie de identiteit van de vrouw al kunnen achterhalen? Hoe eerder het is opgelost, hoe eerder we ons rustige leventje weer terugkrijgen!'

'We zijn ermee bezig, meneer Burrano. Ik weet niet hoeveel tijd we nodig hebben, maar ik verzeker u dat een zaak gauw oplossen altijd bovenaan mijn lijstje staat', zei Vanina barser dan de bedoeling was, op een haast vijandige toon.

'Het spijt me, ik wilde u niet tegen me in het harnas jagen.'

Vanina matigde haar toon. 'Weet u, meneer Burrano, we zitten met wat praktische problemen. Het lichaam ligt er al zo lang dat het moeilijk te onderzoeken is en ze had geen identiteitspapieren bij zich.'

'Ze leefde ongetwijfeld in de tijd van mijn oom', zei Burrano.

'Dat kan.'

'Het zou iedereen kunnen zijn, als je kijkt naar het aantal vrouwen dat hij had.'

Vanina gaf geen commentaar. De Burrano's vonden het ontzettend belangrijk om iedereen te laten weten dat Gaetano Burrano vrouwengek was. Misschien iets te belangrijk. Maar gezien zijn leeftijd kon Alfio er niet veel van afweten.

'Zei uw tante dat?' vroeg ze.

'Mijn vader had het er weleens over. Moge hij rusten in vrede. Mijn tante zinspeelde daar vandaag voor het eerst op. Ze heeft een lelijk karakter, commissaris. Ze is mijn enige familie, maar ik zweer u dat het niet makkelijk is om op haar te letten. Het is een ouwe t... ze heeft een kort lontje.'

Een ouwe tang, dacht Vanina bij zichzelf: Burrano kon zich nog net op tijd inhouden maar dat is wat hij had willen zeggen. Grosso modo kwam dat overeen met de indruk die zij van haar had gekregen.

Met de caponata, de vleesrolletjes en gehaktballetjes van Nino voor zich, die nergens anders zo lekker waren, daar waren ze het over eens, ging Burrano over op een ander gespreksonderwerp. In tien minuten gooide hij zijn hele levensverhaal op tafel. Zijn werk als wijnmaker; zijn zoon die in Milaan woonde met zijn moeder, met wie hij nooit getrouwd was; de villa die op instorten stond maar die zijn tante Teresa weigerde op te knappen.

Vanina was meedogenloos in het beeld dat ze van hem schetste: een bon vivant in luilekkerland. Maar wel innemend.

'Dessert?' vroeg Nino, die aan hun tafel verscheen na een acrobatische manoeuvre tussen de andere gasten door.

Vanina had haar stuk taart met ricotta en pistachenoten nog maar net achter de kiezen toen het gezicht van inspecteur Spanò op haar trillende telefoon verscheen. Ze stond op en liep richting de uitgang om te bellen. Burrano kwam ook overeind. Vanuit haar ooghoek zag ze hem naar de kassa lopen, de rekening betalen en een praatje maken met Nino.

'Sorry als ik u stoor, chef, bent u aan het lunchen?'

'Ik ben net klaar. Hoezo?'

'We hebben iets vreemds ontdekt toen we controleerden op welke naam het pand van Casa Valentino staat.'

'En dat is?'

'Het staat op naam van twee mensen.'

'Van wie?'

'Maria Cutò en Rita Cutò.'

Vanina fronste haar voorhoofd. Ze liep de straat op.

'Wie is dat dan, die Rita?' mompelde ze, met een sigaret tussen haar lippen die ze met haar vrije hand probeerde aan te steken. Burrano schoot haar te hulp en hield haar een vuurtje voor.

'Dat is dus het rare: ze bestaat niet.'

'Hoe bedoel je, Spanò: ze bestaat niet?'

'Beter gezegd: we weten niet wat er met haar gebeurd is.'

'Zij ook al? Daar zijn we dan mooi klaar mee.'

'Wat gaat u nu doen, chef? Komt u weer naar het bureau?'

'Uiteraard.'

Burrano was respectvol op een afstandje gaan staan en rookte een sigaar.

Vanina zei hem gedag en bedankte hem voor de lunch. Ze had het eten liever zelf betaald, maar dat zei ze natuurlijk niet.

8

'KIJK, HIER: RITA CUTÒ, GEBOREN IN CATANIA OP 26 NOVEMBER... 1956! Niet te geloven!' riep inspecteur Spanò uit.

Bonazzoli pakte het document dat Fragapane had afgedrukt en las het opnieuw. Er was geen twijfel over mogelijk: toen Maria Cutò verdween, was Rita hooguit drie. Je hoefde geen genie te zijn om te bedenken wie dat meisje zou kunnen zijn.

'Het wordt allemaal steeds onduidelijker. Zijn jullie niet bang dat we te veel naar commissaris Patanè luisteren en de zaak veel te ingewikkeld maken door ons ergens in te storten waar onze dode vrouw niks mee te maken heeft?' zei Fragapane gealarmeerd. Hij was erg gesteld op de oude commissaris en zou nooit aan zijn intuïtie getwijfeld hebben. Maar aan de andere kant was Patanè al drieëntachtig en was zijn geheugen waarschijnlijk niet meer zo betrouwbaar.

Spanò dacht met een ernstig gezicht na. Hij zag het anders en was ervan overtuigd dat commissaris Guarrasi er hetzelfde over dacht. Deze nieuwe ontwikkeling maakte de zaak weliswaar ingewikkelder, maar voegde er ook iets aan toe waardoor hij, waarom wist hij zelf ook niet, nog meer zijn aandacht richtte op Maria Cutò.

'Waarom bellen we de commissaris niet op om te vragen of die naam hem bekend voorkomt?' suggereerde Bonazzoli.

Spanò en Fragapane keken tegelijkertijd op de klok. Halfvier. Ze keken elkaar aan en schudden van nee. De Patanè's lagen op dat tijdstip ongetwijfeld te genieten van hun middagrust. Bij Bonazzoli wilde het er nog steeds niet in dat het op Sicilië, en eigenlijk in heel Zuid-Italië, ongepast was als je mensen 's middags thuis opbelde.

Commissaris Guarrasi deed de deur open en keek de kamer in.

'Kom allemaal naar mijn kantoor', beval ze.

De drie aanwezigen verzamelden hun spullen en volgden haar.

Vanina ging voorzichtig op haar wiebelstoel zitten en merkte tot haar verbazing dat die veel stabieler aanvoelde.

'Wat is er gebeurd? Jullie gaan me toch niet vertellen dat er al iemand is geweest om hem te repareren?'

'Nee, commissaris, ik heb er zelf naar gekeken. De hendel onder de stoel moest gewoon worden vastgeklopt', zei Spanò.

Bonazzoli keek hem vragend aan.

'Vastkloppen: aantollen, aandraaien... zo zeggen we dat op Sicilië', legde de inspecteur uit.

'Laten we alles even op een rijtje zetten', zei Vanina.

Spanò vertelde wat ze hadden ontdekt.

De commissaris fronste haar voorhoofd toen ze hoorde hoe oud die mysterieuze Cutò nummer twee moest zijn geweest toen nummer één spoorloos verdween. Er klopte iets niet aan de raadselachtige verklaringen die Alfonsina had gegeven.

'Ga naar de Fiscella's. Doe wat we hebben afgesproken, maar confronteer Alfonsina allereerst met dit document. Ik wil weten hoe ze reageert. Daarna laten jullie de foto's zien en alles.'

Inspecteur Nunnari klopte op de halfopen deur en kwam binnen, zijn gezicht onder de vulkanische as.

'Komt er weer as neer?' vroeg Vanina.

'Niet in Catania, chef. De wind is gedraaid.'

'Maar waar kom je dan vandaan?'

'Uit Zafferana Etnea. Daar op de berg blijft de as maar naar beneden komen. Schijnbaar zijn daar gisteren op een gegeven moment ook een paar grotere stukken neergekomen.'

'Wat moest je daar doen, in Zafferana Etnea?'

'Tommaso Di Stefano woont daar, in een klein steegje dat ik pas had gevonden nadat ik drie keer het hele dorp rond was gereden. Uiteindelijk heb ik de auto ergens neergezet en ben ik gaan lopen. Tegenover het adres dat ik vanochtend had gevonden zit een bar. Ik ging naar binnen, nam een warme chocolademelk met een paar lekkere *sciatori* en knoopte een praatje aan met de barman.'

'En heb je voor ons geen sciatori meegenomen?' vroeg Vanina, die had verwacht dat de inspecteur wel een stapel van die zachte koekjes omhuld met pure chocolade had meegebracht. Die koekjes waren ze daar ooit gaan maken om de skiërs die van de Etna kwamen weer wat op te peppen.

'Zeker wel', antwoordde Nunnari, terwijl hij op zijn Invicta-rugzak klopte, die hij waarschijnlijk al had sinds de middelbare school en waar hij bijzonder mee in z'n nopjes was. Die was vintage, zei hij.

Ze gebaarde hem verder te vertellen.

'Van het een kwamen we op het ander en zo vertelde hij me uiteindelijk het hele levensverhaal van alle mensen uit de buurt, en daardoor ben ik een en ander te weten gekomen. Tommaso Di Stefano is blijkbaar nog in leven; sterker nog: hij is erg kwiek, want hij loopt iedere ochtend vijf kilometer met de hond. Hij is weduwnaar, woont daar nu tien jaar en iedereen weet dat hij een tijdje heeft vastgezeten, maar niemand weet waarom. Ze zeggen dat het een rustige man is, maar dat hij wel erg op zichzelf is en met niemand vertrouwelijk omgaat.'

Vanina dacht even na.

'We gaan hem ondervragen.'

'Maar commissaris, moeten we niet de bevindingen van de technische recherche afwachten?' vroeg Spanò.

'Misschien krijgen we die pas over tien dagen. Die man is de enige die ons nuttige informatie kan geven. En hij is ook een mogelijke verdachte. Dus we wachten niet langer: morgen wil ik hem hier op het bureau. Als hij op eigen gelegenheid kan komen, prima, maar zo niet, dan ga jij hem halen, Nunnari, en neem Lo Faro mee.'

'Ja, chef', zei Nunnari.

Aan Spanò's twijfelende blik zag Vanina dat hij haar wilde vragen waarom de plannen plotseling gewijzigd waren, maar ze liet niets los. Ze wist zelf ook niet waarom. Het was alsof de zuidenwind die de stad van de asregen had bevrijd ook de zwarte rook wegblies waar het onderzoek in gehuld ging.

Ze keek naar het dossier over de moord op Burrano, dat al sinds de dag daarvoor op haar bureau lag en waar ze nog naar moest kijken. Ze had het verslag van Fragapane aangehoord en de herinneringen van Spanò's vader voor waar aangenomen, maar ze had nog geen geschikt moment gevonden om in die documenten te duiken en er haar mening over te vormen. En het was geen kwestie van tijdgebrek. Ongetwijfeld zou ze op een gegeven moment de onweerstaanbare behoefte voelen om de map te openen en dan zou ze misschien wel de hele nacht blijven lezen, waarschijnlijk ingegeven door een detail dat onbelangrijk leek maar weleens een cruciale rol zou kunnen spelen. Er was iets met die zaak, die al ruim vijftig jaar gesloten was, en niet alleen omdat er mogelijk een link was met het lijk van de vrouw. Er klopte iets niet, en de getuigenis van commissaris Patanè had haar vermoedens nog verder bevestigd.

Van Vassalli had ze die ochtend alleen maar een kort telefoontje gehad, vlak voordat Patanè op het toneel was verschenen. Afgaande op de paar gedachten die ze hadden uitgewisseld, leek het haar duidelijk dat de officier van justitie geen tijd aan het onderzoek had willen besteden als de familie Burrano er niet bij betrokken was geweest. Om die reden probeerde hij alle aandacht af te leiden van dat oude dossier, dat in de handen van iemand als commissaris Guarrasi weleens een tikkende tijdbom zou kunnen zijn.

Al was de officier van justitie een bedaard man, vroeg of laat zou hij naar hun bevindingen vragen en het was niets voor haar om dan met lege handen aan te komen. Zeker nu het een publieke zaak was geworden.

Inspecteur Nunnari haalde een pakje met sciatori uit zijn rugzak en legde dat op de tafel van de commissaris. Iedereen pakte er een, behalve Bonazzoli.

'Ik kan gewoon niet begrijpen waarom je jezelf zoveel genot zou ontzeggen', zei Spanò, terwijl hij een paar koekjes in een servetje wikkelde voor de Grote Baas.

Marta trok haar schouders op; hij had weer eens een gevoelige snaar geraakt.

'Ik ontzeg mezelf helemaal niks! Ik vind het prima zo. Het zou voor iedereen beter zijn, maar dat begrijpt blijkbaar niemand.'

Vanina riep de hoofdinspecteur, die in een volstrekt zinloze discussie met Bonazzoli was verwikkeld, weer tot de orde.

'Genoeg, jongens, de pauze is voorbij. Zodra het tijd is, verzamelen Spanò en Fragapane alle stukken die ze moeten laten zien en gaan ze naar de Fiscella's. Nunnari, weet jij misschien waar Patanè woont?'

'Uiteraard, chef. Aan het begin van de Via Umberto. Hoezo?'

Ze gaf geen antwoord.

Het dossier over de moord op Burrano vergde urenlang aandachtig lezen en vooralsnog had niemand van hen daar de tijd voor gehad.

Vanina nam de foto's van de plaats delict uit de map. Door de tijd waren ze wazig geworden, maar toch zag ze een paar beelden: een man die over een bureau hing, een schotwond in zijn nek met bloedsporen en een stuk of tien documenten verspreid over de vloer. Ze zocht naar een overzichtsfoto, waarop Burrano's werkkamer in iets betere staat te zien zou zijn vergeleken bij hoe ze het vijftig jaar later bij de tweede inspectie hadden aangetroffen. Ze bekeek een uitvergrote foto van het bureau. Ze had het idee dat daar precies dezelfde spullen en dezelfde boeken lagen als die ze daar zelf al had gezien. Hoe was het mogelijk dat niemand die had meegenomen, bestudeerd, in verzekering had gesteld? Het leken weliswaar doodgewone boeken, die weinig aan het onderzoek zouden hebben bijgedragen, maar ze vroeg zich toch af of daar niet iets bij zou zitten dat destijds over het hoofd was gezien en hen naar Maria Cutò leidde. Of, zo bedacht ze ineens, naar Vera Vinciguerra. Al begon ze eigenlijk steeds minder in die theorie te geloven.

Ze zag dat er op het bureau, voor het hoofd van Gaetano Burrano, iets lag dat op de asbak leek die zij had gezien, maar met het vergrootglas zag ze dat hij vol peuken zat. Dat detail moest ze onthouden. De toenmalige technische recherche had de peuken vast en zeker bestudeerd, maar met de weinige middelen waarover ze destijds beschikten hadden ze waarschijnlijk niets anders gekund dan het sigarettenmerk vaststellen en kijken of er lippenstiftsporen op zaten. Daarnaast stond een koffiekopje. En dat was het. Ze begon door het rapport van de TR te bladeren en las de pagina's diagonaal. Toen stopte ze. Ze was op een beter idee gekomen.

Toen Spanò en Fragapane het bureau verlieten was het al over vijven.

Dat was ook een goed tijdstip om Patanè lastig te vallen, die ongetwijfeld een spreekwoordelijk gat in de lucht zou springen. Vanina pakte het dossier en stopte het in een katoenen draagtas, zo eentje die je bij de boekhandel kunt kopen. Op de tas stond: 'Lezen kan onafhankelijkheid voeden'. Haar favoriete opschrift. Ze pakte een foto van het lijk in Villa Burrano die ze daarnet aan Spanò had ontfutseld en stopte hem in de tas.

Ze liep naar de kamer naast die van haar om inspecteur Bonazzoli op te halen. Toen Vanina binnenkwam zat ze helemaal voorovergebogen te telefoneren, alsof ze niet wilde dat iemand haar zou horen, maar de werkplekken van Nunnari en Lo Faro waren leeg. Zodra ze Vanina zag binnenkomen, kapte ze meteen haar gesprek af.

'Je mocht heus nog wel even bellen', zei Vanina. Ze wenkte haar om op te staan. 'Kom, we gaan naar Patanè.'

'De legendarische commissaris Patanè? Spanò en Fragapane hebben het de hele middag over hem gehad', zei Marta, die overeind schoot en haar jas pakte die achter de stoel aan de muur hing.

Vanina keek steels naar haar: ze was nog verder afgevallen. Geen wonder, ze leefde op thee en groente! Maar het hoefde niet aan haar eetgewoontes te liggen. Wie geen dierlijke eiwitten at, hoefde nog geen honger te lijden. Mocht zijzelf ooit in een vlaag van verstandsverbijstering besluiten veganist te worden, wat ze zich absoluut niet kon voorstellen, dan zou zij prima kunnen overleven op pasta, pure chocolade en de scaccia's met bietenblad van Bettina. Allemaal dingen vol koolhydraten en dus suikers, en dunner zou ze daar zeker niet van worden. Dus er moest iets anders achter zitten. Haar gevoel zei haar dat inspecteur Bonazzoli niet gelukkig was. Haar kennende zou de reden daarvoor een mysterie blijven, dat Vanina in haar persoonlijke archief onder de noemer 'Marta' zou bewaren, samen met het onopgeloste mysterie van hoe een inspecteur van het politiebureau in Brescia bij de recherche in Catania was beland.

De vrouw die de intercom had beantwoord, was verbijsterd en bleef even stil.

'Wie?' vroeg ze, nadat Vanina haar achternaam had gezegd, en vooral nadat ze haar functie bekend had gemaakt.

'Ik ben commissaris Giovanna Guarrasi. Ik wil graag commissaris Patanè spreken.'

De voordeur klikte open en gaf toegang tot een donkere hal. Naast een grijze trap met smeedijzeren leuning stond een lift die later was toegevoegd en niet al te nieuw meer was. Vastberaden liep Vanina erop af.

'Die vrouw heeft niet gezegd welke verdieping het is', wierp Marta tegen, die al de trap wilde nemen om alle verdiepingen af te gaan op zoek naar de vrouw.

'Je hebt gelijk. We doen het als volgt. Jij neemt de trap, want jij bent fit. Als je weet op welke verdieping hij woont, roep je dat naar me via de lift. Oké?'

'Tweede verdieping', klonk de stem van de commissaris zelf.

Inspecteur Bonazzoli begon naar boven te lopen.

Vanina besloot dat ook te doen. Ach, het waren uiteindelijk maar twee verdiepingen omhoog. Van een oud huis, dat wel, met een donkere en steile trap, maar slechts twee verdiepingen.

Patanè stond hen in de deuropening op te wachten en lachte al zijn echte of neppe tanden bloot.

'Commissaris Guarrasi! Ik had niet gedacht u zo snel weer te zien. En wie is deze knappe jongedame?'

'Inspecteur Marta Bonazzoli', zei Marta.

Een trotse vrouw van in de zeventig, op orthopedische pantoffels en met een schort om haar middel, stond hen aan te staren.

'Angelina, dit zijn commissaris Guarrasi en inspecteur Bonazzola.'

'Bonazzoli', corrigeerde de inspecteur, terwijl ze een vlugge blik op Vanina wierp, die een grijns niet kon onderdrukken.

'Pardon, Bonazzoli! En dit is mijn vrouw Angelina.'

'Giovanna Guarrasi', zei Vanina en stak haar hand uit.

'Ah! Dus u bent tegenwoordig chef Moordzaken?' vroeg de vrouw terwijl ze naar haar man keek, die er niet op reageerde.

'Inderdaad', zei Vanina, die niet wist of er verbazing of verdriet in de woorden van de vrouw klonk.

De commissaris zei dat ze plaats konden nemen in de woonkamer, een niet al te grote en stijlvol ingerichte kamer vol snuisterijen. In plaats van richting de bank te lopen die zijn vrouw de twee gasten wees, deed hij een grote lamp aan die boven een ronde tafel hing en schoof twee stoelen naar achteren voor Vanina en Marta.

'Aangezien u in eigen persoon naar me toe bent gekomen, wilt u vast niet alleen praten maar wilt u me waarschijnlijk ook iets laten zien. Klopt dat?'

Vanina knikte en glimlachte kort. Die man beviel haar wel.

Tevreden haalde Patanè het gekantkloste beige kleedje en de bijbehorende vaas met nepbloemen van tafel. Hij gaf ze aan Angelina en vroeg haar of ze koffie wilde gaan zetten.

'Commissaris, weet u of Maria Cutò een dochter had?' vroeg Vanina meteen toen ze naast hem kwam zitten.

De man wreef peinzend over zijn kin.

'Een dochter, zegt u. Hm, ik dacht van niet... Maar het zou goed kunnen. Weet u, veel van die arme meisjes waren moeder. Meestal belandden ze juist in de prostitutie om hun kinderen te kunnen onderhouden. Luna was een slimme meid die wel van wanten wist, want ondanks haar jonge leeftijd was ze al bordeelhoudster. Als ze een dochter had, hing ze dat vast niet aan de grote klok. Maar vanwaar deze vraag?'

'Het huis stond blijkbaar op twee namen, op die van Maria en op die van ene Rita Cutò. Geboren in... wanneer is ze geboren, Marta?'

'In 1956', antwoordde de inspecteur.

'Hm...' reageerde de commissaris, die Marta nog even bleef aankijken.

'Runde Cutò in '56 het bordeel al?' vroeg Vanina.

'Ik geloof van wel, maar ik weet het niet zeker. Ik kan het aan adjudant Iero vragen. Hij zat toen bij Zedendelicten en kan zich misschien meer herinneren. Het is erg lastig om bepaalde dingen te achterhalen omdat alle lidmaatschapskaarten, alle overplaatsingsgegevens van de tweewekelijkse wissel van de meisjes en alle andere documenten zijn vernietigd toen de prostitutiewet in werking trad. Maar wat zou er dan met Rita zijn gebeurd, als ik vragen mag?'

'Ik vermoed hetzelfde als met haar moeder.'

'Ook verdwenen', raadde Patanè.

'Zeg, commissaris, wat voor werk deed Giosuè Fiscella precies bij Casa Valentino?' vroeg Vanina, die op haar gedachten afging.

'Giosuè? Dat was de "serafijn". Zo noemden ze de jongens die in de bordelen werkten. Hij deed klusjes, repareerde leidingen, deed zwaar werk. En hij fungeerde ook als uitsmijter als er ongewenste klanten kwamen. Het was een gespierde jongen in die tijd. Een goede jongen, commissaris. Ik zou niet te veel tijd aan hem besteden.'

Marta luisterde in stilte. Wanneer ze met Guarrasi op pad was, moest ze vaak luisteren naar ondervragingen waar een redenering achter school die voor haar amper te volgen was. Maar in dit geval was er een complicerende factor die haar nog meer buitenspel zette: de oude commissaris en Vanina zaten zo op één lijn dat het leek alsof ze jarenlang hadden samengewerkt.

Ze opende de dossiermap van de moord op Burrano, die ze nog niet eerder in haar handen had gehad, en wierp een blik op de eerste foto die ze tegenkwam. Het was een overzichtsfoto van de plaats delict en het was haar niet duidelijk vanuit welke hoek de foto was genomen. Ze luisterde niet meer en concentreerde zich op het beeld. Ze pakte haar telefoon en zocht de foto's van de TR, die ze op verzoek van Vanina ook op haar mobiel had opgeslagen zodat ze ze altijd bij de hand had. Ze was zo gefocust dat ze niet doorhad dat de andere twee inmiddels waren gestopt met praten.

'Bonazzoli?' zei Vanina.

Marta keek op en haar blik kruiste die van Patanè, die haar nieuwsgierig aankeek.

'Heb je iets interessants gevonden?' vroeg Vanina verbaasd.

'Misschien wel', zei ze, terwijl ze de foto omdraaide en die naast de foto op haar Samsung hield. 'Kijk eens naar het standbeeld.'

'Dit is hetzelfde als het beeld dat op de eerste verdieping voor de deur van de keukenlift stond', stelde Vanina peinzend vast. Alleen stond het in een andere kamer. Sterker nog: als ze het zich goed herinnerde waren het zelfs twee verschillende gedeeltes van het huis. Ze pakte er een foto op haar iPhone bij die ze de dag na de ontdekking van het lijk had genomen, toen ze in de werkkamer waren geweest waar Burrano was vermoord. Daar stond geen beeld.

Patanè had zijn bril opgezet en was dichterbij gekomen om het beter te kunnen zien.

'Het beeld van de oude Burrano. Dat stond in de kamer waar de moord plaatsvond, dat weet ik nog heel goed. Wat doet dat beeld op de eerste verdieping?'

'Daar troffen we het aan. Het verborg het zicht op een van de deuren van de keukenlift waar het lijk van de vrouw in verborgen zat.'

De commissaris fronste zijn voorhoofd en wreef in gedachten verzonken over zijn kin.

Vanina zocht een telefoonnummer op haar iPhone op.

'Meneer Burrano?'

'Commissaris Guarrasi! Wat fijn om zo snel weer van u te horen.'

'Ik heb een vraag: stond het beeld dat jullie hebben verschoven toen jullie de keukenlift ontdekten daar altijd al?'

'Dat weet ik niet. Ik geloof van wel... Nee, ik weet het zeker, nu ik erover nadenk.'

'En waren er in het huis geen andere exemplaren, bijvoorbeeld eentje die in de werkkamer stond en later verplaatst is...'

'Nee, commissaris, zeker niet. Dat is een uniek exemplaar. En ik geloof dat het door een beroemde kunstenaar is gemaakt, dus er kunnen geen kopieën van zijn.'

'Oké, dank u wel.'

'Dus als ik het goed begrijp,' zei Patanè zodra ze haar telefoon weer opborg, 'is het lichaam van de vrouw in een keukenlift gevonden waarvan de opening verborgen zat achter een standbeeld van stamvader Burrano, dat zich echter op de plaats delict bevond in de tijd dat Gaetano Burrano is vermoord. Klopt dat?'

'Om precies te zijn voor een van de twee openingen, al stond de keukenlift stil op de onderste verdieping.'

'En u vindt het niet logisch dat het beeld daar later is neergezet.'

'Nee, dat vind ik niet logisch, want sindsdien is er schijnbaar niemand meer in de villa geweest. Alles was nog onaangeroerd, de tafel was gedekt en we troffen zelfs lege kopjes aan. Dus als iemand het beeld heeft verplaatst, dan heeft diegene dat enkel en alleen gedaan om de opening beter te verbergen.'

De commissaris dacht even na. Het was inderdaad niet logisch.

Vanina nam het dossier en draaide het naar hem toe. Ze doorzocht de foto's totdat ze de foto vond waarover ze hem wilde ondervragen.

'Bij de TR hebben ze de sigarettenpeuken uit deze asbak destijds wel onderzocht, toch?'

'Natuurlijk.'

'En hadden ze iets bijzonders aangetroffen? Bijvoorbeeld een peuk met lippenstift, om maar iets te noemen?'

Patanè bladerde door de papieren en pakte in één keer het eerste rapport van de technische recherche. Hij las het vlug maar geconcentreerd door. Vanina boog voorover om het samen met hem te lezen.

Marta aanschouwde de oude commissaris en was gefascineerd door de energie die er van hem uitging.

Op dat moment kwam mevrouw Angelina naar binnen met koffie en amandelkoekjes. Ze wierp een niet al te vriendelijke blik op de onbekende vrouw die aan Patanè's lippen leek te hangen en op het meisje dat hem als bondgenoot bejegende. Ze ging naast hen zitten en kwam niet meer van haar plek.

'Twee verschillende sigarettenmerken', merkte hij op. 'Het ene was het merk dat Di Stefano rookte, het andere dat van Burrano. Dat staat er.'

Nog voordat ze de vraag stelde, wist Vanina het antwoord al, maar door hem aan te sporen het dossier opnieuw te lezen wilde ze zijn geheugen opfrissen en hoopte ze dat hij zich iets zou herinneren wat niet in het rapport van de TR werd genoemd.

'Weet u misschien nog of er ook andere sigarettenpeuken waren gevonden, van andere merken... zoals van Mentola, bijvoorbeeld?'

De commissaris nam zijn bril af en keek haar geamuseerd aan.

'Commissaris Guarrasi, ik waardeer het dat u mijn geheugen zo vertrouwt, maar na zevenenvijftig jaar kun je je zoiets kleins niet meer herinneren, hoe graag je ook zou willen. Als het hier niet in staat, dan denk ik dat die niet gevonden zijn.' Hij zocht nog even verder door de documenten en schudde vervolgens zijn hoofd om duidelijk te maken dat er niets over in stond. 'Goh, wie had dat gedacht!' zei hij terwijl hij de map aan Vanina teruggaf. 'Een paar van die rapporten heb ik zelf geschreven en nu, vele jaren later, heb ik het weer in mijn handen. Misschien wil dat wel iets zeggen.'

Hij wist maar al te goed wat dat wilde zeggen. Het wilde zeggen dat die zaak al zevenenvijftig jaar lang op hem lag te wachten. En dat had commissaris Guarrasi ongetwijfeld ook begrepen toen zij besloot hem thuis te komen opzoeken.

Vanina borg het dossier op.

'Ik wil u graag nog één ding laten zien, commissaris.'

Patanè zette zijn bril weer op. Hij keek vanuit zijn ooghoek naar Angelina, die achter hem stond en zich niet verroerde.

'Angelina, lieve schat, we zijn hier over een moordzaak aan het praten. Waarom ga je niet even een boekje lezen of lekker televisiekijken? Dit is niks voor jou.'

De vrouw liet duidelijk merken dat ze daar niets voor voelde. Biagio alleen laten in de klauwen van twee aantrekkelijke jonge vrouwen, ook al waren het agenten, kwam niet in haar woordenboek voor.

Schoorvoetend zette ze de kopjes op het dienblad en trok ze zich terug.

Ook Biagio betreurde het dat hij haar op die manier had weggestuurd, maar hij zag geen andere mogelijkheid. Zijn gevoel zei hem dat het van cruciaal belang was om het laatste wat Guarrasi hem wilde laten zien onpartijdig te bekijken, wat hem niet zou lukken in het bijzijn van zijn vrouw.

Vanina haalde de foto van het gemummificeerde lijk uit Villa Burrano uit haar zak en reikte hem die aan. Ze zag dat hij de foto direct pakte en er onverstoorbaar maar geconcentreerd naar keek. Ze begreep dat hij deze foto al verwachtte.

Patanè haalde diep adem.

'Die Mentola-sigaretten hebben jullie toch bij het lijk gevonden?'

'In haar handtas, om precies te zijn.'

'Oké. Tja... in deze staat zou het iedereen kunnen zijn. Alle vrouwen die wat te besteden hadden, gingen zo gekleed in die tijd.'

'En had Maria Cutò wat te besteden?'

'Of ze geld had? Het is nauwelijks voor te stellen met hoeveel prostituees Luna werkte. Er ging een hoop geld door haar handen. Ze ging altijd elegant gekleed over straat. Een beetje opzichtig weliswaar, maar niet eens zo heel erg, weet u? Voor het werk dat ze deed, kleedde ze zich misschien iets te goed. Dus om terug te komen op het lijk: als u me vraagt of ik een paar details herken, kan ik u helaas niet helpen. Maar als u me vraagt om op basis van de kleding te beoordelen of het Maria Cutò zou kunnen zijn, dan zeg ik: ja, zij zou het heel goed kunnen zijn. Net zoals het een van de vele andere vriendinnen zou kunnen zijn die ook Gaetano Burrano's meisjes van plezier waren. En gelooft u mij maar als ik zeg dat die man een eersteklas hoerenloper was.'

'Dat weet ik.'

Marta schraapte ongemakkelijk haar keel.

'Commissaris, was het gebruikelijk dat een prostituee zo elegant en goed gekleed ging?' vroeg ze.

'Een normale prostituee niet, maar Luna was niet de eerste de beste.'

'Ze is rond die tijd verdwenen, ze kleedde zich zo chic, ze had een bijzondere band met Burrano... lijkt jullie dat niet veel te toevallig?'

'Tja', was het enige wat Patanè zei.

Vanina sprak zich liever niet uit. Voor haar waren er geen toevalligheden. De kans werd steeds groter dat het lijk van Maria Cutò was, al was er feitelijk niets dat dat aantoonde.

Marta's telefoon ging, waarmee er een einde kwam aan de stilte.

'Zeg het maar, inspecteur', zei ze. Vanina spitste haar oren.

Marta gaf haar meteen de telefoon.

'Spanò, zijn jullie klaar?'

'Ja, we zijn klaar, commissaris. Het ging precies zoals u al zei. Ze hebben niets van de foto's herkend, maar toen we weggingen zag Giosuè zo wit als een lijk. En Alfonsina zat beduusd te kijken.'

Terwijl Vanina knikte, boog Patanè steeds verder over de tafel, alsof hij wilde deelnemen aan het telefoongesprek.

'En wat zeiden ze over het feit dat het huis op twee namen staat?'

'Niets, ze deden alsof ze stomverbaasd waren. Maar ik durf te wedden dat ze het wisten.'

'Oké, we zien elkaar zo op kantoor.'

'Alfonsina en Giosuè hebben Luna zeker niet herkend?' vroeg Patanè.

'Dat was te verwachten.'

'Die twee zouden dat nooit toegeven, zelfs niet tegenover u. Ze zouden haar niet willen laten sterven.'

'Nee. Tenzij, na vanmiddag...' Ze stopte. Het was maar een idee van haar, zo uit de lucht gegrepen, en toch had ze sterk het vermoeden dat Patanè het begrepen had.

'We gaan het zien', zei de commissaris dan ook, terwijl zij en Marta de spullen die verspreid op tafel lagen bijeenraapten en zich naar de deur begaven.

In de hal zagen ze Angelina. Ze stond in het midden van het vertrek en zodra de deur achter hen dichtviel zette ze haar handen aan haar heupen en keek ze strijdvaardig uit haar ogen.

'Dus dit was die commissaris met wie je de hele ochtend op pad was? Jij verandert ook nooit, Biagio, zelfs niet op je drieëntachtigste!'

Biagio keek haar verbaasd aan. Toen barstte hij zo hard in lachen uit dat ze uiteindelijk niet anders kon dan meelachen.

Op het moment dat Vanina haar voordeur binnenstapte, was het nog geen zeven uur. Voor haar was dat ongekend vroeg.

Toen ze langs de openslaande deur van Bettina liep, zag ze dat alles was afgesloten, wat betekende dat ze nog niet thuis was of dat ze met de weduwen op stap was. Ook was de tuinverlichting uit.

Inna, het Moldavische meisje dat Bettina om de dag naar Vanina's huis stuurde om schoon te maken, had op haar eettafel een briefje achtergelaten met daarop een lijst met schoonmaakmiddelen die moesten worden aangevuld. Omdat ze wist dat ze het anders zou vergeten, schreef Vanina meteen een briefje terug waarin ze haar, zoals altijd, vroeg om ze zelf te kopen. Ze deed er vijftig euro bij en legde het briefje op dezelfde plek terug.

Ze zette de avondmaaltijd die ze net bij Sebastiano had gekocht op het aanrecht, trok meteen haar schoenen uit en deed een comfortabele broek aan. Ze ging zoals altijd opgekruld op de bank zitten en zette de televisie aan. Het was zo vreemd om op dat uur van de dag thuis te zijn dat het niet veel scheelde of ze voelde zich niet op haar gemak. Ze kon op een normaal tijdstip eten, een film kijken, misschien in een boek beginnen. Veel te veel voor één avond.

Maar ze voelde zich beter. Aan de jaarlijkse tragedie van 18 september was ook dit keer een einde gekomen.

Ze zapte vlug langs de kanalen en sloeg alle programma's over totdat ze het logo van het regionale journaal zag, dat ze normaal gesproken op haar computer streamde. Maar aangezien het nu live was, kon ze dit keer niet het oninteressante nieuws doorspoelen en alleen kijken wat haar belangstelling had. Het eerste item ging over regionale politiek, dus liep Vanina meteen naar de keuken om een aperol spritz te maken, met wat geroosterde amandelen voor erbij, en stak een sigaret op. Ze keek op haar telefoon en las alle whatsappberichten van die middag. Om maar iets van zich te laten horen, stuurde ze een bericht naar de groepsapp van oud-studiegenoten van de universiteit, waarin ze tot haar spijt nooit actief kon zijn. Ze beantwoordde een appje van Giuli terwijl ze met een half oor luisterde naar de presentator die het volgende item introduceerde.

'Voor de woning van officier van justitie Paolo Malfitano, die het in Palermo al jaren opneemt tegen de georganiseerde misdaad, is vannacht een gestolen auto neergezet met lekkende olie en loshangende kabels. Dit signaal aan het adres van de magistraat is vermoedelijk de opvallendste van alle waarschuwingen die hij ontvangen heeft sinds de start van belangrijke processen waarin hij een prominente rol speelt. Uit afluisterapparatuur rond zijn woning, recentelijk geïnstalleerd door het Openbaar Ministerie van Palermo, zou bovendien blijken dat er explosief materiaal...'

Ze keek verbaasd op en pakte de afstandsbediening om de tv harder te zetten. Ze zette haar glas op het tafeltje naast de bank en doofde haar sigaret in de asbak naast haar glas. Ze merkte dat haar handen onwillekeurig trilden en ze voelde zich steeds misselijker worden. Ze haalde diep adem om te voorkomen dat ze zou kokhalzen.

'Het is niet de eerste keer dat Paolo Malfitano het doelwit is van dergelijke zware intimidaties. De magistraat raakte gewond bij de mislukte aanslag op 14 augustus 2011, waarbij een van zijn beveiligers om het leven kwam. Die aanslag werd verijdeld door de toevallige interventie van de toenmalige hoofdcommissaris Giovanna...'

Vanina bereikte nog net op tijd de badkamer om haar aperol spritz niet over de fris gedweilde vloer te hoeven spugen.

Haar ademhaling werd weer normaal en ze droogde de tranen waardoor ze nog steeds wazig zag. In de spiegel zag ze de geschokte blik op haar gezicht en de uitgelopen mascara onder haar ogen. Ze liep de woonkamer weer in en bereikte de bank op de tast. Ze greep haar iPhone, zocht een nummer op en belde.

'Giacomo', zei ze, haar stem zo verstikt dat ze niet als zichzelf klonk.

'Vanina.'

'Sorry als ik je stoor, ik wist niet wie ik moest bellen.'

'Je stoort helemaal niet. Na het nieuws van vandaag had ik je telefoontje wel kunnen verwachten.'

'Ik heb het journaal gezien. Hoe... hoe gaat het met hem?'

'Hij is in orde. Althans, zo lijkt het. Je weet hoe hij is: hij bagatelliseert de boel. Volgens hem hebben ze het alleen maar zo groots aangepakt om meer aandacht te trekken. Ik hoop maar dat hij zich niet vergist.'

Vanina vond die analyse allesbehalve ongegrond. Als ze haar welbekende rationaliteit niet op zo'n gênante manier was kwijtgeraakt, had zij er waarschijnlijk ook direct zo over gedacht.

'Dat weet jij ongetwijfeld allemaal beter dan ik, en hijzelf trouwens ook. Maar ik kan het me nog goed voor de geest halen, die keer dat ze op hem schoten. Heel goed zelfs. En ik weet ook hoe het zou zijn afgelopen als jij er niet was geweest. Heb je gehoord hoe de journalist over je sprak?'

'Nee, niet gehoord.' Dat had niet gekund, want toen was ze aan het spugen.

'Hoe dan ook, hij krijgt nu meer lijfwachten.'

'Uiteraard.'

Alsof een toename van het aantal doelwitten genoeg was om het onheil af te wenden.

'En is met jou alles goed?'

'Ja, alles goed, dank je.' Alles was goed, tot een halfuur geleden tenminste.

Giacomo wilde even kletsen, maar het kostte hem duidelijk moeite. Net zoals het haar moeite kostte antwoord te geven.

'Sorry dat ik je gestoord heb', zei Vanina nogmaals voordat ze wilde ophangen.

'Ik vind het juist fijn dat je gebeld hebt. Dat ik de broer van Paolo ben, betekent toch niet dat we geen vrienden meer zijn?'

Hij was zo'n gentleman dat hij niet had gevraagd wat precies de reden was dat ze hem zo van streek had opgebeld. Zij was toch degene die het contact met hen allemaal had verbroken?

'Dank je, Giacomo.'

'Vanina?' Hij twijfelde even. 'Zal ik hem zeggen dat je gebeld hebt?'

'Nee, beter van niet.'

'Zeker weten?'

'Ik wilde alleen weten of het goed met hem gaat. En... Giacomo?' vroeg ze. 'Beloof me één ding: als er iets gebeurt, wat dan ook, dan wil ik dat niet via het journaal horen.'

Giacomo beloofde het.

Vanina gooide haar iPhone in een hoek van de bank. Ze pakte een pakje sigaretten en stak er een op. Zo zat ze een tijdlang, met haar hoofd naar achteren tegen de bank. Ze hoorde Bettina thuiskomen en zag dat het tien uur was. Ze sleepte zichzelf naar de keuken en zette het tasje met de boodschappen in één keer in de koelkast. Koken was wel het laatste waar ze zin in had.

Ze zette een pannetje melk op het vuur, wat haar op de moeilijkste momenten altijd troostte. Ze nam een paar eerste slokken en doopte er vervolgens een flink aantal chocoladekoekjes in.

Ze pakte haar telefoon weer. Voordat ze hem uitzette, stuurde ze een bericht om haar moeder welterusten te wensen en toen herinnerde ze zich weer dat Federico de volgende dag aankwam. Ze was er niet meer zo zeker van of ze dat wel echt zo vervelend vond.

Ze voelde zich murw geslagen door die heftige reactie.

En het ergste was nog wel dat ze zich nu, jaren later, afvroeg of alles wat ze had gedaan voor niets was geweest.

9

'COMMISSARIS, U GAAT VAST ZEGGEN DAT U HET AL VOORSPELD HAD! IK heb Alfonsina Fresta aan de lijn, ze wil u graag spreken', zei een opgewonden inspecteur Spanò toen hij Vanina's kantoor binnenliep.

Vanina onderdrukte de neiging om zichzelf een schouderklopje te geven met een tevreden glimlach. Ze had het goed gezien.

Ze liet het telefoontje doorverbinden.

'Commissaris Guarrasi?'

Ze deed alsof ze verbaasd was.

'Mevrouw Fresta. Goedemorgen.'

'Zou u misschien naar me toe kunnen komen?'

Vanina liet een welbewuste pauze vallen. Nu was het haar beurt om de vrouw aan het lijntje te houden.

'Is u iets te binnen geschoten? Ik stuur inspecteur Spanò meteen naar u toe.'

'Nee... ik wil u graag onder vier ogen spreken, commissaris. Het is belangrijk.'

Daar hoopte ze al op.

'Ik probeer zo snel mogelijk te komen.'

'Dank u, commissaris Guarrasi.'

Vanina hoorde dat de vrouw even twijfelde.

Alfonsina zei gedag en hing op.

Spanò stond nog steeds voor haar bureau en was een en al oor.

'Gaan we weer terug naar de Fiscella's?' vroeg hij.

'Nee, ik ga alleen. Mevrouw Fresta zegt dat ze mij onder vier ogen wil spreken.'

'Wat heeft ze volgens u te vertellen?'

'De waarheid.'

De inspecteur knikte.

'Dat verwachtte u toch al?' zei hij met een veelbetekenende grijns.

Hij kende Guarrasi inmiddels zo goed dat hij soms zelfs doorhad wat ze van plan was. Daarom vond hij het ook zo fijn haar rechterhand te zijn. De middag daarvoor had hij die twee mensen graag wat meer onder druk gezet om hen te laten opbiechten wat ze de hele tijd overduidelijk achterhielden, maar als de commissaris hem had opgedragen niet te ver te gaan, betekende dat dat ze een plan had. En het telefoontje van Alfonsina was daar het bewijs van.

De commissaris trok een lade open. Ze haalde de penning die ze bij Casa Valentino had verdonkeremaand en het gripzakje met het stukje papier eruit en legde die voor zijn neus.

'Kijk eens naar de tekening op dit briefje dat we in de handtas van het lijk hebben gevonden', zei ze.

Spanò voelde in al zijn zakken op zoek naar zijn bril en zette hem vloekend op. Hij hield de twee voorwerpen naast elkaar.

'Dat zou weleens hetzelfde symbool kunnen zijn', zei hij met een sluwe grijns in de trant van 'ik wist wel dat ze iets achterhield'.

'En dat is nog niet alles. Weet je die lade nog, die ik in het huis van Maria Cutò opentrok? Kijk eens wat erin zat.' Ze pakte haar iPhone erbij, zocht de foto op en zoomde in op een groen potje.

'Linetti-brillantine', zei Spanò.

Vanina knikte tevreden.

De inspecteur leunde met zijn handen op het bureau.

'Ik geloof dat we ons de moeite van de DNA-test van de zoon van mevrouw Vinciguerra wel hadden kunnen besparen.'

Op de gang klonken voetstappen en stemmen; het zware stemgeluid van de chef van de recherche was niet te missen.

De commissaris stond op, liep haar kamer uit en ging hem tegemoet. Ze zag agent Lo Faro voor zijn kantoor staan en merkte dat hij zijn best deed zijn hielenlikkerij te beteugelen. Haar uitbrander had effect.

Macchia stak zijn hand naar haar op terwijl hij in gesprek bleef met hoofdcommissaris Giustolisi van Georganiseerde Misdaad. Hij wenkte Vanina om mee te gaan naar zijn kantoor. Er was ook een inspecteur bij, plus een assistent van de Drugseenheid.

Vanina moest haar weerstand tegen de onderwerpen die daar

binnen besproken werden, het hoofd bieden. Ze stond te tollen op haar benen omdat ze geen oog dicht had gedaan, en het laatste waar ze op dat moment behoefte aan had was om weer in die enorme soepzooi te duiken waar ze jarenlang met haar blote handen in had staan wroeten en waarvan ze was weggevlucht.

Ze wachtte staand tegen de muur en had er spijt van dat ze haar kantoor uit gelopen was. Haar collega's spraken uitvoerig over drugssmokkel, familievetes en bendes. Ook de Zinna's kwamen ter sprake en dat spoorde Macchia aan om haar met een veelzeggende blik bij het gesprek te betrekken. Maar in de zaak waar het haar om ging, die van de moord op Burrano, had die familie maar een vage en marginale rol gespeeld en bovendien was het al zo lang geleden dat het er amper toe deed.

'Als je iets wilt weten over de familie Zinna, vraag het dan aan de inspecteur. Hij kent de hele stamboom tot aan de vierde generatie', zei hoofdcommissaris Giustolisi tegen haar voordat hij zich terugtrok en Vanina vrij baan gaf.

Ze bedankte hem en legde uit dat het om gebeurtenissen van te lang geleden ging.

Ze zat nog maar net voor Macchia's bureau of Giustolisi draaide zich om.

'Trouwens, Tito, heb je gehoord wat er in Palermo is gebeurd?' vroeg hij.

De chef van de recherche knikte langzaam, met de sigaar die hij net had opgestoken tussen zijn lippen, en wierp een bedachtzame blik op commissaris Guarrasi, die verbleekte maar geen spier vertrok.

Vanina kreeg een droge mond en vreesde even dezelfde reactie als de avond daarvoor. Gelukkig beperkte haar collega zich tot commentaar op de technische kant van de zaak en maakte hij een paar opmerkingen over de sensationele onderzoeken die officier Malfitano leidde. Hij ging er niet verder op in.

'Laten we het ergens anders over hebben, dat lijkt me beter', zei Macchia zodra hoofdcommissaris Giustolisi de deur achter zich dichttrok.

Vanina knikte dankbaar. Kennelijk wist Tito van haar en Paolo.

'Goed, wat ben je te weten gekomen over onze vijftig jaar geleden vermoorde "femme fatale"?'

Hij had besloten dat dat de juiste naam voor het onderzoek was.

Ze praatte hem bij over de laatste ontwikkelingen en maakte hem daarmee nieuwsgierig naar commissaris Patanè.

'De volgende keer dat hij hier is, wil ik hem ook graag ontmoeten', liet hij weten.

Vanina vertelde hem ook over Di Bella, maar gaf hem te verstaan dat ze het DNA-onderzoek waaraan ze de man had onderworpen inmiddels alleen nog beschouwde als een middel om definitief uit te sluiten dat het om zijn moeder ging.

'Oké, ik vat even samen: jij denkt dat het lichaam van die voormalige prostituee is over wie Patanè het had, de vrouw die verdwenen is in de tijd dat Burrano werd vermoord en schijnbaar een van zijn maîtresses was. Klopt dat?'

'Dat klopt.'

'En je bent ervan overtuigd dat de getuigenis van die twee, van dat echtpaar, doorslaggevend zal zijn om dat vast te kunnen stellen? Maar je zegt nota bene zelf dat zij alle redenen hebben om haar in leven te houden, zodat ze dat huis niet uit hoeven...'

'Jawel, maar ze zijn niet gek. Ze weten donders goed dat ze het moeilijk gaan krijgen als we er op eigen houtje achter komen.'

Ze vertelde hem ook over de penning en het symbool op het briefje.

'Een bordeel waar ze briefpapier gebruiken? Dat lijkt me sterk, Vaní', zei hij sceptisch.

Volgens de wetten van de logica had hij gelijk. Ze vertelde ook over de Linetti-brillantine.

'We bevinden ons in een parallel universum!' klonk het commentaar van de Grote Baas, die het bijzonder grappig vond.

Inspecteur Bonazzoli klopte zachtjes op de deur en kwam binnen.

'Bonazzoli!' Macchia verwelkomde haar met een glimlach.

Marta bleef verlegen bij de deur staan.

Vanina vroeg zich regelmatig af hoe het toch mogelijk was dat een slimme vrouw als zij zoveel ontzag voor Tito had. Misschien kwam het door zijn indrukwekkende gestalte, zijn grote baard of zijn zware stem. Of misschien kwam het door de rol die hij vervulde: die van Grote Baas.

'Sorry, Vanina, maar ik heb commissaris Patanè voor je aan de lijn. Hij zegt dat het belangrijk is.'

Nieuwsgierig ging Macchia rechtop zitten.

'Verbind hem maar door naar dit toestel', zei hij.

Marta liep de kamer uit en even later ging de telefoon. Vanina nam zelf op.

'Commissaris Guarrasi, sorry dat ik u stoor, maar ik ben zojuist gebeld door Giosuè Fiscella. Hij zegt dat Alfonsina u heeft gevraagd of u bij haar thuis wilde komen omdat ze u iets heel belangrijks moet vertellen. En hij zei ook dat zijn vrouw het prettig zou vinden als ik er ook bij was. Dus ik geloof dat ik even met u moet overleggen wanneer u van plan bent naar haar toe te gaan.'

Dat had Vanina niet verwacht. Maar het was wel begrijpelijk. In de herinnering van de vrouw was Patanè een vriendelijke man, die ze bovendien heel goed kende, en niet alleen als commissaris, zoveel was duidelijk.

'Oké, commissaris. We zien elkaar daar over...' Ze keek op haar horloge. Ze moest eerst weten hoe laat Tommaso Di Stefano zou komen, want die ondervraging kon ze niet missen. Het zou ideaal zijn als ze eerst Alfonsina kon spreken voor wat extra informatie.

Ze zette de commissaris in de wacht en liep het kantoor uit om Nunnari te roepen. De inspecteur vertelde haar dat hij Di Stefano in de middag ging ophalen.

'We zien elkaar daar over een uur', zei ze toen ze de telefoon weer oppakte.

Macchia schommelde afwachtend heen en weer in zijn stoel. Vanina gaf hem een korte uitleg en verliet vervolgens de kamer met zijn toestemming.

Commissaris Patanè was iets te vroeg en wachtte haar bij de deur van de Fiscella's op met een sigaret in zijn hand.

'Commissaris, wat bent u aan het doen? Rookt u?'

'Hoezo, u toch ook?'

'Maar ik ben negenendertig', zei ze schamper.

'U lijkt jonger, weet u dat? En trouwens, het is eigenlijk omgekeerd: het is erger als ú rookt dan als ik rook. Alles wat ik in mijn leven wilde doen, heb ik al gedaan, en zelfs in het beste geval rest mij niet veel tijd meer, dus het haalt weinig uit of ik nu een sigaretje meer of minder rook. Maar niet voor u. Het is niet slim om op uw leeftijd uw longen met teer te vullen terwijl u weet wat voor schade dat kan aanrichten.'

Vanina hoorde de preek aan met een glimlach.

'Als ik morgen een kogel door mijn kop krijg, heb ik in ieder geval niet mijn slechte gewoontes opgegeven in de hoop een paar jaartjes langer te kunnen leven.'

Ze was met twee stappen bij de deur en drukte op de intercom. Een duif op de dakrand vloog verschrikt op, waardoor er tien kubieke centimeter zwart zand op haar viel.

'Weet u,' zei Patanè, 'zevenenvijftig jaar geleden, toen Burrano vermoord werd, spuwde de Muntagna ook as uit. De natuur is soms zo vreemd...'

Giosuè Fiscella ontving hen wederom in de woonkamer, waar Alfonsina in de rolstoel zat, haar blik op het raam. Hij liet hen plaatsnemen tegenover zijn vrouw, die haar beide handen uitstak om hen tegelijkertijd de hand te schudden.

'Commissaris Guarrasi, u vraagt u vast af waarom ik u weer wilde zien, samen met de commissaris.'

'Hebben mijn mannen gisteren niet genoeg laten zien?' vroeg Vanina.

'Heel veel zelfs! Ze waren meedogenloos, commissaris: al die foto's, die verschrikkelijke beelden...'

'Mevrouw Fresta, als u mij heeft gevraagd te komen om uw beklag te doen over het werk van mijn mannen, ga ik er weer vandoor. En ik begrijp niet waarom u commissaris Patanè erbij heeft gevraagd.'

'Wacht, commissaris... niet boos woorden. Toen Giosuè en ik gisteravond de inspecteurs gedag zeiden, waren we erg ontdaan. We kregen die foto's niet meer van ons netvlies en hebben geen oog dichtgedaan. Weet u, ik heb al die jaren gedacht dat Luna op een dag terug zou komen. Misschien heb ik het mezelf wijsgemaakt, of misschien ben ik echt gek, zoals de mensen zeggen, maar ik dacht dat als zij niets meer van zich liet horen, dat was omdat ze dat niet kón. En in het begin had dat ook heel goed zo kunnen zijn, toch, commissaris? Ik zei tegen hem: het kan best dat Luna ervandoor is gegaan om niet in de problemen te komen. Als er iemand wordt vermoord, moet de politie de dader vinden. Denkt u dat een voormalige prostituee erbuiten had kunnen blijven? Ik dacht dat ze was gevlucht en dat ze, zodra de kwestie was opgehelderd, weer voor mijn deur zou staan, stralend als de zon met haar dochtertje aan de hand.'

Vanina en Patanè wisselden een blik.

'Ja, commissaris, ik weet het: gisteren zei ik tegen de inspecteur dat ik niet wist wie Rita Cutò was. Maar ik werd erdoor overvallen. Ik wist niet dat het huis ook op haar naam stond. Rita Cutò is de dochter van Maria...' ze zweeg en sloeg haar ogen neer, alsof ze het heel moeilijk vond om het hardop te zeggen, 'en van Gaetano Burrano.'

De twee commissarissen schrokken allebei.

'Alfonsina, je maakt een grapje zeker?' zei Patanè, die zijn oren niet kon geloven.

'Nee, commissaris, ik maak geen grapje.'

'Maar waarom heb je toen niks gezegd?'

'Wat moest ik zeggen dan? Burrano was vermoord, Maria was verdwenen en van Rita wist ik niet eens waar ik haar zou moeten zoeken. Heeft u enig idee wat voor ophef dat zou veroorzaken? Alleen ik wist het. Hoe denkt u dat Luna aan al dat geld is gekomen om bordeelhoudster te worden en het huis te kopen, met penningen soms? Daar had ze tien levens voor nodig gehad, commissaris, zelfs al was ze de meest gewilde prostituee. Burrano heeft alles voor haar gekocht: eerst het bordeel, zodat ze niet meer met andere mannen zou gaan, en vervolgens sieraden, kleren. Hij betaalde de kostschool van het meisje. En later het huis. Gaetano Burrano was dol op Luna. En zij was ook op hem gesteld, heel erg zelfs.'

Vanina merkte dat het gesprek steeds meer op een verhaal uit een boek begon te lijken en dat Patanè er helemaal in opging.

'Mevrouw Fresta, heeft u op de foto's die mijn mannen u gisteren lieten zien iets van Maria Cutò herkend?' vroeg ze zonder omhaal.

'Alles, commissaris.'

'Wat deed u vooral aan haar denken?'

'De bontjas, het sjaaltje, de jurk, de sieraden, de mentholsigaretten, het briefje met het logo van Casa Valentino. Het is Maria.'

Ze had het goed gezien. Dat luxe bordeel had inderdaad zijn eigen briefpapier.

'Waarom zei u gisteren tegen mijn mannen dat u niets herkende? Weet u dat zo'n leugen een valse getuigenis is?'

'Ik weet helemaal niets, commissaris Guarrasi. Ik ben een domkop, net als Giosuè. Dat u mij wat netter hoort spreken, in goed Italiaans, komt doordat in Casa Valentino alleen meiden uit betere kringen aan de slag konden. En aangezien in een luxebordeel werken het enige geluk was dat je als arme prostituee kon hebben, ben ik daar gebleven en heb ik er Italiaans en zelfs een beetje Frans geleerd. Daarom noemden ze me Jasmine. Waarom ik niet meteen heb gezegd dat ik Luna herkende? Als je tachtig bent en in een rolstoel zit en je samen met je man een pensioentje hebt van nog geen achthonderd euro, ben je er geweest als ze je huis afpakken. Luna had dit huis aan mij gegeven, gratis en voor niets. Ik kon er zo lang blijven als ik wilde. Maar als Luna dood was...'

Het kostte Vanina moeite om niet geëmotioneerd te raken.

'En wat is er nu veranderd dan? Waarom besloot u nu wel iets te zeggen?' vroeg ze.

'Giosuè heeft me gisteravond op die gedachte gebracht, maar het was te laat om u nog te bellen. Ik begreep dat het niet alleen ging om de verdwijning en de dood van Maria. Maria werd bij Burrano thuis vermoord in de dagen dat in datzelfde huis ook hij is vermoord. Dus ik begon te denken dat dat geen toeval kon zijn, en ik besefte dat ik dingen wist die... u zouden kunnen helpen de waarheid boven tafel te krijgen, om erachter te komen welke klootzak haar vermoord heeft. Het enige wat ik kan doen is alles vertellen, alle geheimen die ik zevenenvijftig jaar lang met me heb meegedragen. Met het risico dat ik mijn huis kwijtraak en misschien ook mijn leven verlies, maar ik ben zo toch al niks meer waard. Dat is wat er sinds gisteravond veranderd is. En het leek me wel zo eerlijk dat ook commissaris Patanè daarbij zou zijn, want dat verdient hij.' Ze glimlachte naar hem.

'Alfonsina, ik zeg u hierbij alvast dat we een proces-verbaal moeten opmaken van alles wat u nu zegt. U zult uw verhaal nog een keer moeten doen', zei Vanina op mildere toon.

'Dat weet ik. Maar wat ik u heb verteld is nog niets, commissaris', antwoordde de vrouw.

Vanina liet haar verbazing duidelijk merken.

'Hoezo? Wat heeft u nog meer te vertellen?'

'Dingen die alles op zijn kop zetten, gelooft u mij maar.'

'Die hoor ik graag.'

'Toen ze de bordelen sloten, ging iedereen zijn eigen weg. Voor de meesten ging het alleen om een andere werkplek: van het huis naar de straat. En ik hoef u denk ik niet te vertellen dat dat bepaald geen gunstige verandering was. Anderen slaagden er echter in een andere weg in te slaan, nadat ze eindelijk hun burgerrechten hadden teruggekregen. Sommige vrouwen, zoals ik, trouwden en begonnen fatsoenlijk werk te doen. Zelf heb ik bijvoorbeeld heel lang als naaister gewerkt. Ik heb gehoord dat sommigen zelfs slotzuster zijn geworden. Maria kende geen problemen. Ze had geld, een huis en een man die haar onderhield en die ook nog de vader van haar kind was. Maria was erg vrijgevig. Ze bood me direct deze kamers aan toen ik zei dat ik met Giosuè ging trouwen. Als ik op pad ben, zorgen jullie voor mijn huis, zei ze. Dat was het enige wat ze van ons vroeg. Giosuè en ik konden het haast niet geloven.'

'Kende u de heer Burrano persoonlijk?' vroeg Vanina.

'Van gezicht. Als prostituee had ik nooit met hem... te maken gehad, en later probeerde ik me alleen met m'n eigen zaken te bemoeien. Het was een knappe man. Een beetje verwaand, zoals alle rijke en machtige mannen. Luna zei dat hij graag de baas speelde. Maar dat vond zij prima.'

'En het meisje?'

Alfonsina lachte vertederd.

'Ze was prachtig. Ik was de enige die haar kende. Ze deden haar op een kostschool. Maria vertelde me dat Burrano ondanks de ingewikkelde situatie van zijn dochter hield. Ze was zijn enige kind.'

In het hoofd van Vanina, die zich bij een verhaal niet gauw liet meeslepen door sentiment, begonnen zich onvoorstelbare scenario's te ontvouwen.

'Wat gebeurde er in 1959?' vroeg ze, om bij de feiten te blijven. Ze wist zeker dat de vrouw de clou zou onthullen, maar dat kon nog heel lang duren.

'Maria bracht inmiddels alle nachten met Burrano door. Soms kwam hij hier, maar meestal ging zij naar hem toe, naar de villa waar ze... is gevonden. Op een gegeven moment begon ze over grote veranderingen te praten: Gaetano wilde weg, hij wilde een tijdje in een andere stad wonen en wilde het meisje meenemen. Ze had het over Napels, dat weet ik nog. Hun plannen werden langzamerhand zo concreet dat ze Rita daar naar een kostschool stuurden. Het was net na kerst en Maria vertrok alleen met het meisje. Toen ze een paar dagen later terugkwam begon ze de verhuizing voor te bereiden. Ik geloof dat ze zei dat zij en Burrano daar samen wat zaken moesten regelen.'

Vanina spitste haar oren. 'Wat voor zaken?'

'Dat weet ik niet. Maria vertelde me altijd weinig over dat soort dingen. Toen het bordeel nog open was, zei ze dat hoe minder ik wist, hoe beter het voor me was. Zij hield zich inmiddels met hele andere dingen bezig...'

Even leek het of ze de draad van haar verhaal kwijtraakte. Juist nu het interessant werd.

Patanè luisterde zwijgend met een ernstig gezicht.

Alfonsina ging weer verder. 'Het was de eerste dag van het feest van Sant'Agata, 3 februari, ik weet het nog precies, toen Maria me vertelde dat alles klaar was voor vertrek en dat Giosuè en ik voor het huis moesten zorgen. Ze gaf ons ook een flinke som geld voor de dagelijkse dingen. Die avond kwam Burrano langs en praatte hij met Giosuè. Hij zei dat hij ons vertrouwde. Weet je nog, Giosuè?'

Haar echtgenoot knikte.

'Hij zei dat ik bij problemen met het huis Di Stefano moest bellen, hun vertrouwenspersoon. En dan te bedenken dat juist Di Stefano hem vermoordde, de arme ziel!'

Vertrouwenspersoon, herhaalde Vanina voor zichzelf.

'En wat gebeurde er toen?' vroeg ze aan Alfonsina.

'Toen gingen ze naar Sciara, en Maria zei dat ze op de avond van Sant'Agata langs zou komen om me gedag te zeggen, en dat ze zouden vertrekken. Ik heb haar nooit meer gezien.'

Terwijl ze naar het verhaal luisterde, dacht Vanina aan de vragen die ze Tommaso Di Stefano zou stellen tijdens het verhoor. Er waren nu te veel dingen die niet met elkaar te rijmen vielen.

Alfonsina leek uitgeput: ze zag grauw en hijgde. Giosuè bracht haar meteen een tabletje en een glas water. De vrouw nam het in, sloot haar ogen en haalde diep adem.

'Alfonsina, had je me dit alles zevenenvijftig jaar geleden maar verteld...' beet commissaris Patanè haar toe, terwijl hij samen met Vanina opstond.

De vrouw reageerde niet.

'Commissaris Guarrasi, belooft u me alstublieft dat u de hufter die mijn vriendin heeft vermoord oppakt.'

Vanina beloofde het.

'Alfonsina?' zei ze nog voordat ze wegging.

'Ja, commissaris?'

'Wat zit er achter die dichtgemetselde opening naast de deur?'

'De garage', antwoordde de vrouw, alsof het voor zich sprak.

'Ah, oké. En die is leeg, neem ik aan.'

'Nee, de auto staat er nog gewoon. Zoals ik al zei: Giosuè en ik hebben nergens aan gezeten.'

'Was dat Maria's auto?'

'Nee, Maria had geen rijbewijs. Het was Burrano's auto.'

Vanina was verbijsterd. Ze stond als verstijfd in het midden van de kamer en had een paar tellen nodig om het nieuws te verwerken.

Patanè, ook hij geschokt, keek naar Giosuè, die knikte.

'Laat me de garage zien, meneer Fiscella', beval Vanina zo gelaten mogelijk. Het was natuurlijk totaal niet logisch om zo'n detail weg te laten. Maar het was overduidelijk dat ze het niet opzettelijk was vergeten.

Giosuè ging hun opnieuw voor naar het huis van Cutò.

Hij opende een zijdeur en ging een dienstgangetje in dat uitkwam op een zeer smalle trap. Hij knipte de lamp aan, een klein peertje van 40 watt dat aan het plafond hing.

'Waarom hebben jullie hier nog steeds elektriciteit?' vroeg Vanina. Dat was haar de dag daarvoor ook al opgevallen.

'Omdat onze kabels met dit huis verbonden zijn. Daarom betaalde ik altijd alle energierekeningen van Luna; anders hadden we een nieuw contract moeten afsluiten en wie weet vroegen ze ons dan papieren van het huis en... dat wilden we niet hebben. En Luna had tegen me gezegd: Giosuè, als ik er niet ben, regel jij alles, hè. Ze had me ook geld gegeven.'

Onderaan de trap, op een halfdonkere overloop, haalde hij nog een sleutel tevoorschijn en deed een ijzeren deur open die naar een vertrek leidde waar het zo vochtig en muf rook dat je er bijna geen lucht kreeg.

Patanè begon te hoesten.

'Voelt u zich niet goed, commissaris?' vroeg Vanina geschrokken.

'Jawel hoor. Het komt door het stof', zei hij en sloeg zijn ogen op. 'Giosuè, waar heb je ons in hemelsna...' Hij maakte zijn vraag niet af.

Vanina volgde zijn verbaasde blik, gericht op een auto die onder een enorme laag stof zat en in een garage stond waarvan de deur was dichtgemetseld. Het eerste waar ze allebei naar keken was het model: een Lancia Flaminia.

Ze liepen langzaam naar de auto. Patanè veegde het stof met zijn vinger weg om te kijken welke kleur de auto had en in het zwakke licht van het zoveelste peertje dacht Vanina te zien dat hij blauw of zwart was.

'Patanè! Is dit niet de Flaminia die Di Stefano gestolen had?'

De commissaris knikte en keek vragend naar Giosuè, die rustig in een hoekje stond en zich er niet van bewust was wat die auto betekende.

'Luna zei dat ik hier nooit iemand binnen mocht laten en dat heb ik ook nooit gedaan. Toen ze niet meer terugkwam heb ik midden in de nacht de deur zitten dichtmetselen, voor de zekerheid', legde hij uit.

Het was een bizar idee, maar het echtpaar had hun hele leven in een soort parallel universum geleefd. Het feit dat Giosuè heel kalmpjes opbiechtte dat hij zijn voormalige bazin had gehoorzaamd en simpelweg haar bevelen had opgevolgd zonder zich ooit af te vragen wat erachter zat, was daar het bewijs van.

Patanè reikte naar een van de portieren en wilde het openen, maar Vanina hield hem tegen.

'Nooit met blote handen, commissaris', zei ze en haalde een paar latex handschoenen uit haar zak, die ze altijd bij zich had. 'Een voor mij en een voor u.'

Om Patanè's mond speelde een glimlach. Hij trok de handschoen aan en deed het bestuurdersportier open.

'Je hebt hem niet op slot gedaan, Giosuè', stelde hij vast.

'Hij zat niet op slot toen ik 'm kreeg, commissaris. Ik heb geen sleutels gekregen van de heer Burrano. Daarom heb ik de ingang ook dichtgemetseld, want anders hadden ze deze auto misschien allang gejat, ook al woonden Alfonsina en ik hierboven. Weet u nog hoe 't er tot een paar jaar geleden in deze buurt aan toeging, commissaris?'

Vanina richtte haar aandacht op de achterbank. Daarna maakte ze de kofferbak open en keek ze naar de bagage: drie leren tassen van verschillende grootte en twee pakjes met een strik eromheen. Ze raakte niets aan en herinnerde Patanè eraan dat ook niet te doen.

Ze was ervan overtuigd dat die auto een schat aan aanwijzingen zou opleveren, en daar wilde zij helemaal niets aan veranderen.

10

Hoofdinspecteur Spanò voegde zich bij commissaris Guarrasi, die zoals gewoonlijk aan de hoektafel zat.

'Waar is commissaris Patanè?' vroeg hij.

'Thuis, hij luncht bij zijn vrouw. Hij is doodop.'

Hij ging naast haar zitten. Hij zag dat ze al aan het dessert zat.

'Onze collega's van de TR hebben de identiteitskaart van Maria Cutò en het rijbewijs van Gaetano Burrano gevonden. Die zaten in een mapje in het dashboardkastje van de auto.'

Manenti en zijn mannen waren nog maar net gearriveerd. Het onderzoek ging lang duren. De auto moest uit de garage gehaald worden en daarvoor moest de stenen muur die Fiscella had gemetseld afgebroken worden. De kofferbak en de achterbank lagen vol met wat zo te zien de bagage was die Burrano en Cutò naar Napels zouden meenemen. Het zou uren duren voordat alles uit de auto was, en nu er zoveel mensen in de garage bezig waren, was het er niet om uit te houden.

Het had geen zin als ze ernaast ging staan en de TR in hun nek ging hijgen. Ze kon beter een hapje eten.

Commissaris Patanè, die heel opgewonden was, was bijna meteen met Vanina mee naar buiten gelopen.

'Ik wist het wel!' bleef hij maar zeggen. 'Weet u wat dat betekent, commissaris? Als ik zelf maar was doorgegaan met het onderzoek... Want het was toch niet normaal dat alle stukken, maar dan ook echt alle, naar een en dezelfde persoon wezen? Wat vindt u: is dat soms normaal? Volgens mij niet. Vooral ook omdat Burrano, laten we eerlijk zijn, niet bepaald een engel was. Hij had in Catania en omgeving heel wat louche zaakjes op z'n naam. En de beheerder had hem altijd geholpen. Di Stefano was niet op zijn achterhoofd gevallen en de Zinna's al helemaal niet. De Zinna's, commissaris! Weet u over wie ik het heb?'

Nou en of Vanina dat wist. En ze vond het helemaal niks dat ze weer met die naam geconfronteerd werd.

'Ik had mijn eigen gang moeten gaan. Ik had me geen bal moeten aantrekken van mijn superieuren en ook niet van hun verslagen. Over deze stomme eikel!' Hij had met zijn hand op het dak van zijn witte Panda geslagen. Hij verontschuldigde zich dat hij zich zo had laten gaan en schaamde zich een beetje – al was het maar een klein beetje.

Hij had haar gevraagd of hij het dossier van de moord op Burrano nog een keer mocht lezen, ditmaal van voren tot achteren.

Vanina was nog een stapje verder gegaan en had hem zelfs gevraagd of hij bij het verhoor van Tommaso Di Stefano aanwezig wilde zijn. Misschien had ze het zich ingebeeld, maar ze had hem met piepende banden horen vertrekken.

Ze was het op alle vlakken met hem eens en gunde hem het plezier om deel te nemen aan een onderzoek waarbij zijn bijdrage fundamenteel bleek te zijn. Het onderzoek kon ertoe leiden dat een veel ingewikkeldere zaak weer heropend werd en daarbij zou de oude commissaris onmisbaar zijn.

Voor het huis van Cutò vormden zich kleine groepjes mensen, nieuwsgierig geworden door het komen en gaan van agenten. Wat was er aan de hand? Gingen ze iemand aanhouden? Of was er een diefstal gepleegd of misschien iemand vermoord? Ze hielden zich op veilige afstand en veinsden dat het hen weinig interesseerde, bang om er op een of andere manier bij betrokken te raken – want als de politie erbij was wist je het maar nooit –, maar ze werden verteerd door nieuwsgierigheid. Vanina wilde niet denken aan wat er zou gebeuren als ze de muur eenmaal hadden afgebroken en de auto van Burrano eruit werd gehaald. Zij en haar collega's hadden al een paar bekende gezichten van de lokale pers gezien en een fotograaf had zich als een aasgier op een scooter geïnstalleerd, klaar om mooie plaatjes te schieten. Alleen al bij de gedachte dat ze gefotografeerd was, vond ze er meteen geen bal meer aan. En ballen had ze wel, volgens velen.

Haar toevlucht zoeken tot Da Nino, dat daar vlakbij was maar net ver genoeg om er redelijk rustig te kunnen zitten, had haar de enige uitweg geleken.

Het lijk had nu een volledige naam en ook een link met wijlen Burrano, waardoor alle theorieën die ze de afgelopen dagen had uitgewerkt ontoereikend bleken.

Spanò haalde zijn achterstand in door in vijf minuten een bord pasta met ansjovissaus naar binnen te werken waar drie man van konden eten. Vanina wachtte totdat hij zijn koffie achterover had geslagen en toen voegden ze zich weer bij de rest van het team.

Voor het huis van Cutò was het flink drukker geworden. Manenti liep in hemdsmouwen links en rechts bevelen te schreeuwen in de overtuiging dat hij dan belangrijk overkwam op de nieuwsgierig toekijkende voorbijgangers. Op rechtstreeks bevel van commissaris Guarrasi was aan het begin van de straat een politiewagen geposteerd om auto's tegen te houden. Een paar agenten in beschermende pakken met een pikhouweel in de hand stonden op het punt de stenen muur neer te halen.

'Commissaris Guarrasi! Ik vond het al zo gek dat je er niet was om dit vuile werk dat je ons hebt bezorgd in goede banen te leiden. Het is niet uit te houden in die smerige garage. Straks gaan we nog tegen de vlakte.'

'Wat is dit nou weer, Manenti, gaan we nog steeds zo met elkaar om? Geef me maar een pikhouweel, dan breek ik die muur wel voor je af en hoef jij niet zo te lijden.'

'Wat wil je daar precies mee zeggen? Mijn mannen zijn al een uur onvermoeibaar aan het werk.'

'Precies, ja. Zíj zijn degenen die het vuile werk opknappen. Alleen zij.'

Een van de twee mannen in beschermend pak gaf een eerste klap tegen de muur en stukje bij beetje, door de gezamenlijke inspanningen van die twee, werd de muur kleiner. Manenti liep precies dicht genoeg naar de muur om onder het stof te komen zitten. Hij droeg een tot zijn oksels opgetrokken jarentachtigbroek, bruine Timberland-schoenen en een geruit overhemd met een drie centimeter extra brede boordmaat.

De toeschouwers begonnen zich op de stoep tegenover de garage te verzamelen, waar Vanina was gaan staan om alles beter te kunnen overzien.

'Dames en heren, gaat u hier alstublieft weg', zei ze en duwde beleefd een groepje voorbijgangers met hun smartphones in de aanslag opzij. Dat had weinig effect. 'Er is hier niets moois of interessants te zien. Gaat u alstublieft wat verder weg staan.'

De mensen knikten wel maar bleven waar ze waren.

Vanina's geduld raakte op.

'Goed dan. Fragapane, Bonazzoli: noteer de persoonsgegevens van deze mensen. Je weet maar nooit, misschien zit er iemand tussen die de eigenaren van het huis kent', blufte ze op geërgerde toon. De mensen liepen meteen weg.

Inspecteur Bonazzoli kwam haar tegemoet.

'Moet ik echt die persoonsgegevens gaan noteren?' vroeg ze verbaasd.

'Nee. Alles goed met de Fiscella's?'

'Ja hoor. Ze hebben me alles verteld wat ze tegen jou al hadden gezegd. Wat een verhaal!'

Haar romantische ziel was geraakt door de getuigenis van Alfonsina Fresta.

'Burrano moet vast een grote liefde voor Luna hebben gekoesterd, als hij zelfs samen met haar uit Catania wilde weggaan', zei ze.

'Wat de aard van hun relatie ook was, het enige wat zeker is, is dat ze elkaar zo nodig hadden dat ze zelfs in hun dood verenigd werden', antwoordde Vanina.

Een gewetenloze zakenman en een voormalige bordeelhoudster: misschien lag het aan haar, maar Vanina zag in die relatie nog geen sprankje romantiek.

'De kans dat hij haar vermoord heeft lijkt me heel klein', concludeerde ze op zachtere toon.

Ze dacht in stilte na en noch Marta noch Spanò, die er ondertussen bij was komen staan, durfde haar te storen. Dit was een van die cruciale momenten waarop Guarrasi niet veel zei. En het was geen kwestie van vertrouwen of gebrek aan respect jegens hen. Meestal, en zeker in die fase, had de commissaris geen echte strategie. Ze ging op haar gevoel af, of eigenlijk op haar instinct.

Fragapane verscheen met een rood hoofd in de deuropening van het voormalige Casa Valentino, met een agent in zijn kielzog.

'Fragapane, kom even een luchtje scheppen. Je gaat me toch niet vertellen dat je al die tijd in de garage bent geweest?'

'Commissaris,' hijgde de inspecteur, 'kunt u even naar boven komen? Mijn vriend van de TR, hoofdinspecteur Pappalardo, wil u graag iets laten zien.'

Vanina volgde hem de trap op.

'Chef, u gelooft nooit wat er allemaal in de auto lag! Koffers en tassen voor een heel weeshuis, en verder speelgoed en andere kinderspullen waar je een speeltuin mee zou kunnen vullen.'

Hoofdinspecteur Pappalardo was veel jonger dan Fragapane en een stuk kleiner dan de meesten. Ook hij had een rood hoofd van de bedompte lucht in de garage en hij stond met een opengeklapt leren koffertje op haar te wachten onder het Venus-standbeeld.

'Salvatore zei dat de documenten die we in dit koffertje hebben gevonden misschien van pas komen bij een verhoor.'

De commissaris haalde een dossiermap uit het koffertje met daarin vier met een paperclip bijeengehouden getypte stukken en een opengemaakte envelop geadresseerd aan notaris Arturo Renna. Afzender Gaetano Burrano. Toen ze de brief uit de envelop wilde halen, viel haar blik op het stuk dat bovenop lag. Onthutst legde ze de envelop opzij en pakte het document. Ze las het twee keer van voren tot achteren met een flauwe glimlach om haar lippen. Ze maakte er een foto van. Ze wierp een blik op de andere documenten en die voegden verder niets toe aan de sensationele inhoud van het eerste. Die brief zette alles op scherp.

Op Vanina's gezicht tekende zich nu een brede glimlach af.

'Hebben jullie deze nodig of kan ik ze meenemen naar het bureau?'

'Ik heb ze al geregistreerd, dus als onderdirecteur Manenti er niets op tegen heeft...'

Ha, dat kon Manenti maar beter niet proberen: er iets op tegen hebben.

Ze bedankte Pappalardo en voegde zich weer bij Spanò en Bonazzoli, die buiten stonden.

'Ik ga terug naar het bureau en wacht daar op Tommaso Di Stefano. Marta, jij blijft hier samen met Fragapane om de garage te bewaken. Let goed op wat er allemaal gebeurt. Zorg ervoor dat hij frisse lucht krijgt en iets te eten of wat koffie, voordat hij hier straks van z'n stokje gaat. En Spanò, jij komt met mij mee, er zijn een hoop nieuwe ontwikkelingen.'

De hoofdinspecteur deed wat hem gevraagd werd. Het bureau was weliswaar op loopafstand, maar een paar uur eerder was hij met een dienstauto gekomen en dus stapte Vanina, die een telefoongesprek aan het afronden was, de auto in.

'Tot straks, commissaris', zei ze.

Spanò begreep dat ze Patanè aan de telefoon had en dat verbaasde hem, gezien het tijdstip.

'Commissaris Patanè is onderweg', vertelde ze.

De inspecteur keek haar vragend aan en wierp een blik op de vaal geworden groene map die ze stevig vasthield.

'Weet je wat hierin zit, inspecteur? Een door Burrano en Gaspare Zinna getekende overeenkomst voor de bouw van een waterleidingnet.'

Spanò trapte abrupt op de rem en achter hen begon iedereen driftig te toeteren.

'Goeie genade!'

'En dat is nog niet alles: er zit ook een nooit verzonden brief aan een notaris in, ene Arturo Renna. De brief bevat een holografisch testament van 1 februari 1959.'

'Had hij een testament opgesteld voordat hij vermoord werd?'

'Ik denk niet dat vermoord worden bij zijn toekomstplannen hoorde, Spanò! Hij was ongetwijfeld van plan het op te sturen zodra hij in Napels was.'

'Als het eigenhandig geschreven is, is het misschien nog steeds geldig. Wat staat erin?'

'Hij verdeelt zijn vermogen in twee gelijke delen: een voor zijn vrouw en een voor Maria Cutò. Met de verplichting voor beiden om, en nu komt het, inspecteur, na hun dood alles na te laten aan Rita Cutò. Wat natuurlijk niet is gebeurd, aangezien het testament in de Flaminia is blijven liggen en die is nooit teruggevonden.'

'Dus misschien had Di Stefano helemaal niets met de moord te maken?'

'Dat zou me niets verbazen.'

Ze reden de parkeerplaats op, staken lopend de weg over en gingen de immer vergrendelde poort door van het gebouw waar de recherche kantoor hield.

'Vermoedde u al vanaf het begin dat hij onschuldig was?'

'Denk even na, Spanò: Burrano heeft jarenlang een familielid van de Zinna's als beheerder en op een goede dag wordt hij wakker en besluit hij niet langer zaken te willen doen met de Zinna's. Is dat logisch?'

'Waarom zegt u dat hij niet lánger zaken wilde doen? Had hij dan eerder al zaken gedaan met de Zinna's?'

'Misschien niet officieel. Misschien was Di Stefano het nette gezicht van de familie Zinna, als je begrijpt wat ik bedoel. Burrano konkelde, kocht bordelen... In wiens handen denk je dat de legale prostitutie van Catania toen was, inspecteur?'

'Sorry, commissaris, maar wat wilt u gaan doen? De zaak-Burrano heropenen?' vroeg Spanò voorzichtig.

Uit de veelbetekenende stilte die Vanina liet vallen, maakte hij het antwoord al op.

'Jemig... dat wordt niet makkelijk, chef. Heeft u enig idee wat voor chaos er dan losbarst? Straks komen we nog op de televisie.'

Vanina liet een klein lachje zien. Ze had juist zin om die chaos te ontketenen...

Haar telefoon begon te trillen toen ze bij de derde pagina van het bekende dossier was, waar ze meteen in was gedoken zodra ze zich had neergevlijd in haar stoel, die niet langer wiebelde.

'Federico!' zei ze. Ze was hem straal vergeten.

'Vanina, sorry dat ik je niet eerder heb gebeld, lieverd. Ik heb nu pas tijd. Hoe is het met je?'

Ze glimlachte bij de gedachte dat ze het waarschijnlijk niet eens gehoord zou hebben als hij eerder had gebeld.

Federico was net klaar op het congres en kon niet wachten om haar te zien. Mooi is dat, dacht commissaris Guarrasi. Ze was het zat dat haar moeder haar altijd verweet dat ze haar stiefvader slecht behandelde en Vanina was niet van plan om haar weer munitie te geven. Aan de andere kant vond ze het, in alle eerlijkheid, ook vervelend om Federico de indruk te geven dat ze hem uit de weg ging.

Ze had nog een uur voordat Di Stefano met Nunnari zou komen. Daarna zou het lastiger zijn: ze wist niet hoe laat ze weg kon en of ze überhaupt wel weg kon.

Ze rekende uit dat het van het congrescentrum Le Ciminiere, waar de conferentie gehouden werd, naar haar kantoor nog geen tien minuten met de taxi was. Ze zei tegen hem dat hij naar het bureau kon komen.

Vanina pakte het oude dossier van de zaak-Burrano en begon heel aandachtig door de documenten te bladeren met een urgentie die ze eerder niet had gevoeld. Nu was het moment aangebroken om het onderzoek van 1959 helemaal uit te pluizen en opnieuw te beoordelen.

Di Stefano's verklaringen, die als vals bestempeld waren, zouden deels worden gestaafd door de stukken die nu aan het licht waren gekomen. De medewerking van Patanè was nu essentieel.

De oude commissaris arriveerde een paar minuten eerder dan Federico, met energieke tred en glinsterende ogen van opwinding. Vanina vertrouwde hem samen met het dossier-Burrano ook het groene mapje uit de kofferbak van de Flaminia toe, waar hij uitermate voorzichtig mee deed, alsof het een reliek was. Toen droeg ze alles, inclusief de commissaris zelf, over aan Spanò.

Federico wachtte haar voor de toegangspoort op. Blauw colbert, grijze pantalon, een jas over zijn arm. Hij was bijna volledig grijs, maar had nog een volle bos haar. Het leek of die man nooit ouder werd.

Ze had hem al maanden niet gezien.

'Hé! Daar is ze, mijn lievelingsagent!'

Hij omhelsde haar stevig met dezelfde overgave als altijd, en Vanina was graag in staat geweest dat te beantwoorden.

Ze gingen in de dichtstbijzijnde bar zitten, in de Via Vittorio Emanuele.

'Het spijt me dat ik er een paar dagen geleden niet bij kon zijn, maar zoals je weet zit september altijd vol congressen. Ik reisde die dag terug vanuit Berlijn', begon Federico vol berouw.

'Dat geeft niet, ik wist dat je weg was', zei Vanina, die haar best deed om haar lippen tot een glimlach te plooien.

Hij keek haar zoals altijd begripvol aan, met dezelfde warmte als waarmee hij drieëntwintig jaar lang haar onverschillige blik had moeten incasseren, in ruil voor de vele attenties die hij haar dag in, dag uit bewees. Federico Calderaro had op alle mogelijke manieren geprobeerd een vader voor haar te zijn. Nu Vanina volwassen was, besefte ze dat pas. Maar op haar vijftiende niet, dat had ze toen nooit kunnen begrijpen. Arme Federico, hij had de strijd bij voorbaat al verloren. Een ongelijke strijd tegen de pijnlijke woede van een meisje dat ontzettend veel van haar vader, haar echte vader, had gehouden en had moeten toekijken hoe hij voor haar ogen werd afgemaakt.

Hoe het kwam wist ze niet, maar ze herinnerde zich ineens dat haar moeder had laten doorschemeren dat Federico ergens over wilde praten. Om het ijs te breken besloot ze daarover te beginnen, in de hoop dat het niet een verplichting betrof die haar persoonlijk aanging.

'Die moeder van jou praat weleens te veel', zei Federico schertsend. Hij bracht het gesprek op een neutraal onderwerp. Hij begon over Costanza, Vanina's halfzus die uit het tweede huwelijk van Vanina's moeder was voortgekomen en die zestien jaar jonger was dan zij en een totaal ander type. Zij ging binnenkort trouwen met de favoriete leerling van haar vader Federico. Hij vergat daarbij dat hij Vanina op die manier alleen maar aanspoorde om erop door te gaan.

Onder haar vriendelijke spervuur van vragen zwichtte Federico en uiteindelijk gooide hij alles eruit. Hij onthulde dat hij, na een succesvolle carrière van veertig jaar, op z'n achtenzestigste met een werkcrisis werd geconfronteerd vanwege een aantal onterechte klachten van twee patiënten, die daarvoor een absurde schadevergoeding claimden. Hij vertelde bitter over advocaten die voor de uitgang van ziekenhuizen stonden, klaar om hem te belagen, over mensen die er koppig van overtuigd waren dat de geneeskunde een exacte wetenschap is, over de hoeveelheid onterechte claims die de artsen dagelijks voor hun kiezen kregen en die vaak werden opgeworpen om er geld uit te slepen. En over de gevolgen die dat kon hebben.

Voor hem waren de gevolgen heel naar geweest: hij had zich teruggetrokken. De befaamde dokter Calderaro, die met zijn kennis en kunde patiënten uit heel Zuid-Italië aantrok en voor wie de chirurgie eerder een roeping dan een baan was, wilde geen risico's meer nemen.

Voor het eerst vond Vanina het jammer dat ze ervandoor moest. Ze beloofde hem dat hij die avond mee kon rijden naar haar huis.

Tommaso Di Stefano zat rechtop voor Vanina's bureau. Hij had donkere ogen die dicht bij elkaar stonden, met daartussen een neus die te groot was voor zijn gezicht en om zijn lippen een scheve grijns. Hij was zesendertig jaar lang in de watten gelegd in de gevangenis van Piazza Lanza en was nu zevenentachtig, wat zijn gezicht vol rimpels al verraadde. Ebenezer Scrooge voor zijn verlossing, dacht Vanina.

Commissaris Patanè was op de stoel gaan zitten die Spanò naast de hare had neergezet. Hij had tot op dat moment nog geen woord gezegd.

Di Stefano keek naar hem met een vijandelijke maar gelaten houding, alsof hij wilde zeggen: 'Eens kijken wat deze vent nu van me wil.'

Vanina ging achter haar bureau zitten. Ze had erop gestaan dat het verhoor niet in de daarvoor bestemde ruimte maar in haar kantoor plaatsvond, alsof het een doodnormaal gesprek was. Di Stefano was daar omdat hij informatie had, dat moest duidelijk zijn.

'Goedemiddag, meneer Di Stefano. Ik ben commissaris Guarrasi.'

De man richtte zijn blik nu op haar en was op zijn hoede.

'Goedemiddag, commissaris', zei hij en zijn gezicht vertrok in een grimas. 'Mag ik nu eindelijk weten waarom ik ben opgeroepen?'

'Hebben ze u dat dan niet verteld?' vroeg Vanina, die deed alsof ze verbaasd was.

Di Stefano schudde langzaam zijn hoofd, zijn blik gericht op Nunnari.

De inspecteur keek verbluft. Ze had hem toch opgedragen om er vaag over te doen?

'U heeft ongetwijfeld gehoord wat er twee dagen geleden in Villa Burrano is gebeurd', begon Vanina.

'Het spijt me, mevrouw de commissaris, maar hoe minder ik over die villa weet, hoe beter het is. Wat is er twee dagen geleden gebeurd?'

Hij leek oprecht verbaasd.

'Leest u nooit de krant, meneer Di Stefano?'

'Nee. En dat is heerlijk rustig. Waarom zou ik ook, met wat er tegenwoordig...'

'Dus u weet niet dat er een paar dagen geleden in Villa Burrano een lichaam is gevonden van ongeveer vijftig jaar oud?'

Di Stefano was een ogenblik stil, verbijsterd.

'Een lichaam... van wie?'

'Een vrouw die vrijwel zeker is geïdentificeerd als Maria Cutò.'

De man sloot zijn ogen even, bijna alsof hij ergens mee instemde. Toen hij ze weer opende lag er een bedroefde blik in.

Hij schudde langzaam zijn hoofd. 'Wat een naar einde voor die mooie Luna, arm schaap...' Toen keek hij ineens op. 'Wacht eens even: u verdenkt me er toch niet van dat ik ook deze moord heb gepleegd?' Zijn blik ging eerst naar de ene en toen naar de andere kant van de kamer: van Spanò naar Nunnari, met daartussen commissaris Patanè.

Vanina stak haar hand op om hem gerust te stellen. 'Dat is niet waarom we u vandaag wilden spreken.'

Eerst keek de voormalige beheerder haar niet-begrijpend aan en vervolgens de agenten.

'Vanochtend is er een blauwe Lancia Flaminia met kenteken CT12383 gevonden, op naam van Gaetano Burrano', vertelde Vanina.

Di Stefano keek haar aanvankelijk met een stalen gezicht aan.

Toen trok hij een minachtende grijns en uiteindelijk barstte hij in een luid nepgelach uit: hij leek wel hysterisch.

'Vijftig jaar om een gestolen auto te vinden!' riep hij spottend.

Spanò sloeg direct aan op die honende houding.

'Ho maar, Di Stefano! Op deze toon gaan we niet verder.'

Vanina gebaarde dat hij het moest laten gaan.

'Wilt u niet weten waar?' vroeg ze kalm.

'Wat maakt dat uit? Ik heb mijn straf toch al uitgezeten.'

'U verklaarde destijds dat u niet wist waar de auto was, ook niet toen mijn collega's veronderstelden dat u hem had verkocht om uw gokschulden af te betalen.'

De man keek naar Patanè.

'Commissaris Guarrasi, denkt u nu werkelijk dat ik zo achterlijk was om nota bene de auto van Burrano te stelen?'

Commissaris Patanè vertrok geen spier. Die provocerende opmerking was voor hem bedoeld.

'Ik maak hieruit op dat de heer Burrano u niet had verteld waar hij zijn auto gelaten had', ging Vanina door.

'Dat lijkt me logisch, anders had ik het wel gezegd. Dan werd ik daar in ieder geval níét van beschuldigd, voor wat het waard was.'

'Tenzij dat uw positie nog moeilijker maakte.'

Commissaris Patanè keek Vanina aan zonder een spoor van verbazing, alsof hij precies begreep waar ze met die opmerking naartoe wilde. De anderen hadden het niet door en leken juist in de war.

'Wat bedoelt u?' vroeg Di Stefano argwanend.

'Meneer Di Stefano, er is iets vreemds aan de hand: de Flaminia van de heer Burrano heeft zevenenvijftig jaar in een garage gestaan en gelukkig was iemand zo slim om die dicht te metselen om te voorkomen dat de auto daadwerkelijk gestolen zou worden. Weet u om welke garage het ging? Die van Maria Cutò. Onder het voormalige bordeel Casa Valentino. Weet u welke ik bedoel?'

De verbazing droop van Di Stefano's gezicht.

'Als u mijn collega's had verteld dat de auto daar stond, zou u hen wellicht op het spoor hebben gebracht van een andere moord, waarvan wederom alleen u verdacht zou kunnen zijn.'

De oude man sperde zijn ogen open. 'Nog een moord?' vroeg hij.

'De moord op Maria Cutò.'

'Waar heeft u het over? Ik wist niet eens dat die arme vrouw dood was!' Hij schoof onrustig op zijn stoel. 'Ik had gelijk toen ik zei dat u me alweer als verdachte ziet. Maar deze beschuldiging is echt overdreven, commissaris. Ik wil mijn advocaat.'

'Ik beschuldig u helemaal nergens van, meneer Di Stefano. Ik denk alleen hardop na. En ik heb u niet als verdachte opgeroepen.'

'Ik had er geen idee van dat de auto van Gaetano bij Luna thuis stond. Waarom had hij dat ook moeten vertellen? De enige problemen waar ik me mee bezighield waren van financiële aard. Dat Maria was verdwenen toen hij werd vermoord, was voor mij meteen duidelijk. Maar wat moest ik doen? Haar erbij betrekken om mezelf vrij te pleiten? Zij kon hem niet vermoord hebben.'

'Hoe weet u dat zo zeker?'

'Ten eerste omdat hij de vader van haar kind was en hij vroeg of laat zijn dochter wilde erkennen, en ten tweede omdat hij voor haar een goudmijn was. Nee, commissaris, de echte moordenaar hield zich schuil, al mag Joost weten waar, en met de smeri... met de politie praten over Maria zou alleen maar een schandaal veroorzaken en stof doen opwaaien. Zwart stof, waardoor je niet meer helder ziet. Net als met het stof van de Etna.'

'Naast het lichaam van Maria Cutò lag een kluis met daarin een miljoen lire. Was dat geld van Burrano?'

De oude man keek in gedachten voor zich uit. 'Dat lijkt me sterk.'

Vanina verhulde haar verbazing door een sigaret te pakken.

Patanè sloeg het dossier over de moord op Burrano open en bladerde erdoorheen totdat hij bij een bladzijde kwam waarop hij iets had gekrabbeld. Hij schoof die voor haar neus en wees op een detail. Vanina wierp er een vlugge blik op voordat ze weer naar Di Stefano keek.

'Waarom lijkt u dat zo sterk?' vroeg ze op neutrale toon.

'Gaetano gebruikte nooit kluizen. Hij bewaarde zijn geld altijd in attachékoffers met een cijferslot en handboeien, zo'n kettingkoffertje. Voor die reis nam hij niet één maar drie miljoen mee. Dat weet ik zeker, want ik ben toen zelf naar de bank gegaan om het geld op te nemen. Ik heb tegen commissaris Torrisi gezegd dat het koffertje met geld verdwenen was, maar dat zag hij als nog meer bewijs tegen mij.' Hij lachte sarcastisch. 'Dus hij dacht dat ik mezelf verdacht maakte. Zo dom was ik volgens hem!'

Op het document dat Patanè aanwees, stond dat die drie miljoen inderdaad als bewijs tegen Di Stefano was gebruikt.

'Mag ik vragen waar u Maria Cutò gevonden heeft?' vroeg de oude man plotseling.

'In een goederenlift.'

De man fronste zijn wenkbrauwen. 'De goederenlift in de toren?'

'Hoezo, waren er dan nog meer?'

'Ik geloof van niet. Maar niemand gebruikte die lift. Hij werkte niet naar behoren en bleef regelmatig vastzitten, en bovendien was het ding moeilijk te bedienen. Gaetano gebruikte hem weleens om iets te verstoppen, maar niet voor waardevolle spullen omdat je hem niet goed kon afsluiten.'

'Alle liftopeningen werden ergens door aan het zicht onttrokken. In de keuken stond er een voorraadkast voor. Op de bovenverdieping een beeld. Spanò, laat de foto's eens zien', zei Vanina.

De inspecteur haalde de foto's van het beeld tevoorschijn, op de eerste en de tweede plek.

De oude man zette een bril op die hij al die zesendertig jaar in de gevangenis ook moest hebben gedragen. Zijn reactie kwam prompt. 'Mooi beeld! Wie had het verplaatst? Maar... pardon, kunt u mij nog een keer vertellen over de voorraadkast?'

Vanina vroeg om de foto's van de plaats delict en legde ze voor hem neer.

'Dus de goederenlift zat in de keuken?' vroeg de man.

'Hoezo? Hoorde die daar dan niet?'

Di Stefano schudde zijn hoofd. 'Nee, zeker niet. Er klopt iets niet.'

'Meneer Di Stefano, er ligt een lijk in. Dat is wat er niet klopt, toch?'

'Nee, commissaris, dat klopt helemaal niet. Maar zevenenvijftig jaar geleden klopte het ook al niet, toen Gaetano vermoord was...

O, pardon, ik was het even vergeten: toen werd de moordenaar natuurlijk meteen gevonden.' Weer die spottende grijns. 'Wat denkt u, commissaris Patanè? Klopte het voor u wel, in 1959?'

Patanè had al die tijd geen woord gezegd. Hij wist niet hoe hij zich moest opstellen. Guarrasi speelde het spelletje goed, hij kon niet anders zeggen. Langzaam maar zeker kreeg ze het gesprek waar ze het hebben wilde. Maar het was vreselijk om te zien hoe duidelijk het was dat Di Stefano onschuldig was. De steken onder water en de minachtende blikken waren bedoeld om Patanè eraan te herinneren dat hij hem aan de genade van zijn superieuren had overgeleverd. Want Di Stefano wist maar al te goed dat Patanè nooit van zijn schuld overtuigd was geweest en dat hij de zoekradius had willen vergroten. Commissaris Patanè, die in die tijd inspecteur was, had het nooit tot op de bodem uitgezocht, maar hij had meer dan eens gedacht dat dat misschien wel de reden kon zijn dat hij van het onderzoek was gehaald.

'Wat klopt er niet volgens u, meneer Di Stefano?' vroeg Vanina weer.

'Om te beginnen de goederenlift. Ik kan me dat ding nog zo voor de geest halen, hij zat op de eerste verdieping en de deur was gewoon te zien. Het beeld van zijn vader stond in zijn werkkamer, ook op de dag dat Gaetano stierf. Hetzelfde gold voor de keuken: de voorraadkast stond heel ergens anders.'

'Wie wist er hoe de goederenlift moest worden bediend?'

De oude man haalde zijn schouders op. 'Weet ik niet. Ik gok Gaetano. Dat was iets van jaren geleden, uit de tijd van zijn vader. Zelfs het personeel wist niet hoe zoiets werkte. Het ding had een machine, een soort motor.' Hij haalde diep adem, hij kreeg niet genoeg lucht.

Vanina leunde achterover en schoof haar stoel naar achteren.

'Voor vandaag is dit voldoende.'

Di Stefano kwam moeizaam overeind, alsof hij al die tijd op een spijkerkussen had gezeten.

Vanina liep naar hem toe.

'Nog één vraag, meneer Di Stefano', zei ze plompverloren. 'Was het waterleidingnet dat op zijn terrein moest worden gebouwd de eerste deal die Gaetano Burrano met de familie Zinna sloot?'

De oude man sloeg zijn ogen op en maakte zich zo lang mogelijk om haar in de ogen te kunnen kijken.

'Commissaris Guarrasi, het staat u vrij om mij niet te geloven, net zoals uw vroegere collega's mij destijds niet geloofden', zei hij terwijl hij in de richting van Patanè knikte. 'Ik heb Gaetano Burrano niet vermoord, en de Zinna's ook niet.'

'Di Stefano, ik heb u een duidelijke vraag gesteld.'

'Nee, die deal was niet de eerste en ook niet de laatste.'

Vanina en Patanè bleven met z'n tweeën over.

'Commissaris Guarrasi, zegt u me alstublieft dat we op één lijn zitten', begon de oude man terwijl hij het derde chocolaatje in één uur uit zijn papiertje haalde.

Vanina stond op en liep naar het balkon. Ze zette een luik open en stak een sigaret op. 'Ik weet niet wat u ervan denkt, maar ik kan u wel zeggen wat er zojuist door mijn hoofd ging: dat voor iedere dag dat Di Stefano in Piazza Lanza heeft gezeten er een echte crimineel is vrijgelaten om de druk op de gevangenissen te verlichten', zei ze terwijl ze naar de ramen aan de overkant keek. Er zaten tralies voor. Lang geleden, voordat het een kazerne werd en de staatspolitie er zetelde, was dat gebouw uit de tijd van de Bourbons de oude gevangenis van Catania geweest.

Patanè glimlachte bitter. 'En is dat volgens u genoeg om een herziening van de strafzaak aan te vragen?'

'Het is voorlopig genoeg om het onderzoek de juiste richting op te sturen. Ik ben ervan overtuigd dat Maria Cutò vermoord is door dezelfde persoon die ook Burrano ombracht. En aangezien het volgens mij vrij duidelijk is dat Di Stefano even schuldig is als mijn oma...'

'En hoe gaan we dat bewijzen?' Patanè sprak inmiddels al over 'wij'.

'Laten we kijken naar de nieuwe feiten: de auto, de overeenkomst voor het waterleidingnet, het testament. Het waterleidingnet bestaat, dat weten we zeker, dus iemand heeft dat aangelegd. Er was vast iemand geïnteresseerd in het water van de Burrano's, en ik durf te wedden dat de Zinna's tegenstanders hadden, vermoedelijk hetzelfde slag mensen. Begrijpt u wat ik bedoel?'

'Ik begrijp het heel goed, commissaris Guarrasi. De Zinna's hadden weinig tegenstanders die machtig genoeg waren om het tegen ze op te nemen. De Cannistro's en de Tummarella's kwamen ongetwijfeld het meest in de buurt. Maar als ik u was zou ik niet te veel tijd verspillen aan de Cannistro's.'

'Inderdaad.' Vanina was het met hem eens. De Cannistro's waren halverwege de jaren tachtig met kalasjnikovs gedecimeerd, of beter: uitgeroeid. Zij waren geschiedenis.

Ze riep Spanò weer bij zich.

'Laten we zoveel mogelijk informatie verzamelen over het waterleidingnet dat onder het terrein van de Burrano's ligt: ingenieurs, aannemers. Officiële en niet-officiële berichtgeving. Vooral de niet-officiële. Doe dat maar alleen, zonder veel stampij te maken, want dat kunnen we op dit moment niet gebruiken.'

'Laat dat maar aan mij over, chef', verzekerde de inspecteur haar, die haar toeknikte en zich naar de deur begaf.

'Die jongen is goud waard', zei Patanè met vaderlijke trots.

Vanina glimlachte. Goud waard was hij zeker, maar om nou te zeggen 'een jóngen'...

Het telefoongesprek met Vassalli duurde meer dan een halfuur. Toen Vanina eindelijk kon ophangen was het halfacht 's avonds.

Patanè was al een tijdje geleden naar huis gegaan en het scherm van Vanina's iPhone lichtte op met de melding dat ze een bericht van Federico had. Behalve Spanò, die sinds het gesprek met Di Stefano hard aan het werk was, was de rest van het team ingerukt. De laatste die zich had teruggetrokken was Marta, nadat ze Vanina eerst een post-it had gegeven met daarop alle gegevens en telefoonnummers waar ze om had gevraagd.

Direct daarna zag Vanina Tito Macchia langs haar openstaande deur lopen, zoals altijd met een schare collega's. Achteroverleunend op haar stoel en met Vassalli's onophoudelijke klaagzang nog in haar hoofd had Vanina met een gelaten knikje de Grote Baas teruggegroet, die haar vanuit de deuropening gedag had gezegd en de situatie waar zij zich in bevond overduidelijk om te gillen vond.

Het dossier over de moord op Burrano had nu meer dan ooit een onweerstaanbare aantrekkingskracht op haar.

Ze stopte het in haar katoenen tas. Als ze de hele nacht moest opblijven om het uit te lezen, kon ze dat maar beter onderuit op de bank doen, als afsluiting van de avond die ze met haar stiefvader ging doorbrengen.

Maar er was nog één ding dat ze moest doen voordat ook zij kon inrukken. Ze pakte de post-it die Marta met zorg had volgeschreven van haar computerscherm en belde het onderstreepte telefoonnummer. Gelukkig maar dat we tegenwoordig zo oud worden, dacht ze grinnikend toen ze de aantekeningen van de inspecteur las.

'Notaris Nicola Renna...? U spreekt met commissaris Giovanna Guarrasi van de recherche. Ik bel u omdat ik graag uw vader wil spreken...'

Het was een vaag idee. Een gevoel. En ze moest persoonlijk nagaan of dat klopte.

Federico Calderaro was enthousiast over het huisje vlak bij de citrusboomgaard. En dan had hij het nog niet eens over de hangmat: hoe vaak had hij al niet overwogen er een te kopen en bij zijn huis in Scopello op te hangen? Het moest heerlijk zijn om 's avonds na een dag werken thuis te komen, in de hangmat te gaan liggen en je hoofd leeg te maken. Maar ja, je weet hoe het gaat, je bent met allerlei dingen bezig, je hebt nooit tijd en stelt het iedere keer weer uit. En in de tussentijd gaan de jaren voorbij, ja echt, lieverd... ze vliegen voorbij alsof het dagen of minuten zijn en voor je het weet ben je oud. Maar voortaan was hij er voor niemand meer: professor Calderaro werd zelf weer de baas over zijn tijd.

Hij praatte. Hij dronk bier, rookte een Gauloises die Vanina hem had aangeboden – als je het maar niet aan je moeder vertelt, hè! – en praatte. Hij praatte haar de oren van het hoofd en dat was eigenlijk nog zacht uitgedrukt.

Vanina herkende hem zo niet. Ze wist niet of het door de alcohol kwam – toen ze hem een halfuur eerder had opgehaald bij Hotel Excelsior had hij al een negroni op, die hij na afloop van het congres had gedronken – of door de stress, waar hij naar eigen zeggen aan leed in die periode. Het leek een geforceerde blijdschap; een normale gemoedstoestand was het voor hem in elk geval niet.

Zoals altijd had Bettina op het juiste moment voor iets lekkers gezorgd.

Aangezien Vanina zei dat ze moest afvallen – alleen zijzelf wist waarom; en wat vindt u er eigenlijk van, dokter Calderaro? – had de vrouw enkel gerechten met groente bereid: aubergines in zoetzuur, gevulde courgettes en paprika's uit de oven. Aantal calorieën: verwaarloosbaar. Als ze had geweten dat de commissaris bezoek kreeg, had ze natuurlijk iets voedzamers klaargemaakt. Zelfs onder marteling zou Bettina nog niet toegeven dat ze eigenlijk weinig vertrouwen had in de kookkunsten van haar buurvrouw. Ze had gelijk. Commissaris Guarrasi hield van lekker eten maar was niet wat je noemt een keukenprinses. Maar Vanina had de runderspiesjes à la Messina erbij gezet die ze de avond daarvoor bij Sebastiano had gehaald.

Over diëten werd uiteraard met geen woord gerept en uiteindelijk stond er een fatsoenlijke maaltijd op tafel, die Federico leek te waarderen. Zeker als hij die vergeleek met het gala waar hij met het excuus van dit etentje onderuit was gekomen. Zonder Marianna voelde hij zich altijd verloren bij sociale aangelegenheden, zo was het nu eenmaal.

Haar moeder zou blij zijn. Na al die jaren was dit de eerste keer dat Vanina Federico de aandacht schonk die hij verdiende. Misschien had de afwezigheid van haar moeder dit juist bevorderd. Als haar moeder er bij haar niet zo op had aangedrongen dat ze aardig voor hem moest zijn en als ze hem niet als een perfecte nieuwe vader had afgeschilderd, had Federico misschien een goede vriend voor haar kunnen zijn, zoveel was duidelijk. Wie weet kwam het nog goed.

Toen Vanina de tafel aan het afruimen was om daarna haar stiefvader naar het hotel terug te brengen, was op de televisie, die net was aangezet, een 42 inch-close-up van Paolo Malfitano te zien.

Federico keek steels naar haar.

De onverstoorbare kalmte die Vanina wist voor te wenden kostte haar meer moeite dan een kilometer de berg op wandelen met een twintig kilo zware rugzak. Federico vertelde haar moeder alles, dus als ze net als de avond daarvoor zou reageren, zou ze daarmee de deur openzetten voor een stortvloed aan verwijten van het type 'dat zei ik toch', waar haar moeder een ster in was. Dat moest ze koste wat kost zien te voorkomen.

Heel nonchalant, alsof ze het al van plan was geweest, deed ze een laag kastje open en pakte er twee kleine glazen uit. Ze zocht naar iets heel sterks, misschien een fles drank die iemand daar per ongeluk een keer had achtergelaten. Ze vond in het kastje alleen een fles huisgemaakte likeurwijn die een kennis van Bettina maakte. Ze had het nooit lekker gevonden, maar het had het juiste alcoholpercentage voor die avond. Ze presenteerde het aan Federico als een lokale specialiteit die hij absoluut een keer moest proeven en onder dat voorwendsel sloeg ze een heel glas achterover.

Ze stapten in de auto zodra het interview, dat nog geen vijf minuten duurde, was afgelopen. Meer dan dat zou Paolo een journalist nooit hebben gegund in zulke omstandigheden. Sterker nog: het was al heel wat dat hij die vier vragen had beantwoord, vond Vanina.

Meer commentaar gaf ze niet en Federico nam daar geen genoegen mee.

Het was duidelijk dat hij iets op zijn hart had. En het was ook duidelijk dat hij niet wist waar te beginnen.

'Waar gaat het toch heen, arme Paolo', begon hij toen ze inmiddels al bij het stoplicht op het Piazza Verga waren. Zijn blik rustte op het Paleis van Justitie, alsof dat hem tot die woorden had aangespoord.

Voor hen, aan de overkant van het plein, lag Hotel Excelsior, waar een groep mannen in grijze pakken en vrouwen in mantelpakjes uit een touringcar stapten. Die kwamen van het galadiner.

Zeven vage woorden, waarmee hij meer wilde zeggen. Wilde kijken hoe ze reageerde. *Mag ik verdergaan of liever niet?*

Vanina reageerde niet.

'Het vergt een hoop moed om ondanks alles op je eigen weg door te gaan', ging Federico verder.

Het vergde inderdaad moed. En ook een beetje onbezonnenheid. Of gevoel voor rechtvaardigheid, wat meestal op hetzelfde neerkomt, dacht Vanina.

'Die bedreigingen kon hij er nou net niet bij hebben op dit moment. Arme man', probeerde Federico, die steeds dieper op het onderwerp inging.

'Hoezo? Zijn er soms geschikte en minder geschikte momenten voor doodsbedreigingen?' vroeg Vanina spottend. *Eens kijken wat hij te zeggen heeft.*

'Nee, tuurlijk niet. Maar mensen kunnen dingen beter aan als ze zich door hun gezin gesteund weten.'

Hij draaide er nogal omheen, maar Vanina begon te begrijpen waar hij heen wilde. En daar was ze niet blij mee.

'Ik wil je niet tegenspreken, Federico, maar als je eenmaal een bepaald stadium van angst gepasseerd bent, kan je familie niet zoveel voor je doen.'

'Maar als je behalve je zorgen om je eigen veiligheid ook nog het verdriet hebt dat je eigen gezin al na een paar jaar niet meer bij elkaar is...'

'Federico, het is sneller als je me meteen vertelt wat je op je hart hebt. Of wat je van mijn moeder tegen me moet zeggen.'

De man twijfelde even, in verlegenheid gebracht door de ijzige stilte die ineens was gevallen.

'Laat je moeder erbuiten, zij heeft er niets mee te maken', protesteerde hij. Wie aan Marianna kwam, kwam aan hem. 'Ik moest er net alleen maar aan denken omdat ik hem op de televisie zag. Wist jij dat de vrouw van Paolo bij hem is weggegaan en hun dochtertje heeft meegenomen, na nog geen drie jaar huwelijk?'

Nee, dat wist ze niet. Van wie had ze dat ook kunnen horen? Niemand van de weinige vrienden die ze nog had in Palermo durfde het onderwerp ooit aan te snijden. Ze wist het niet en ze wilde het ook helemaal niet weten. Maar nu was Federico er al over begonnen.

'Het schijnt dat hij haar bedroog. Lijkt je dat aannemelijk? Met het ingewikkelde leven dat hij leidt, het gevaar dat om iedere hoek dreigt, zo'n toegewijde officier als hij... en dan zou hij zijn vrouw bedriegen met een ander? Ik betwijfel het. Costanza vertelde het ons een paar weken geleden. Je weet toch dat zij bevriend is met Nicoletta Malfitano?'

Jazeker, ze wist maar al te goed dat zij vriendinnen waren. Dat had ze goed gebruikt, die vriendschap. Weten dat er een knappe vrouw hopeloos verliefd was op Paolo, op hem wachtte en hem kon troosten wanneer het nodig was, had alles eenvoudiger gemaakt voor Vanina. Het was genoeg geweest om zichzelf geweld aan te doen, hem te kwetsen door van de ene op de andere dag bij hem weg te gaan, tegen iedereen te liegen, ook tegen zichzelf, en weg te vluchten. Ver weg. Dan zou alles zo goed mogelijk verlopen.

Maar er zijn waarheden in het leven waar je alleen achteraf het belang van inziet. De dingen zijn meestal anders dan ze lijken, die basale regel mocht ze nooit vergeten.

En bepaalde keuzes blijken later enorme fouten te zijn geweest, ook al leken ze op dat moment de enige juiste en leken ze soms zelfs zielenrust te brengen.

Ook dat was een basale regel, maar toen was ze die misschien vergeten.

II

NOTARIS NICOLA RENNA HAD DE PLEK INGENOMEN DIE VAN ZIJN EENennegentigjarige vader Arturo was geweest. Hij was lang, dun, en had een volle bos grijs haar en een bril met rood kunststof montuur op zijn neus. Hij begroette hen met een heftige niesaanval. 'Ik ben zwaar allergisch', legde hij verontschuldigend uit, terwijl hij zijn neus ophaalde. Hij kon zelfs niets meer ruiken.

Het kantoor van de notaris was een hightech hoogstandje dat niet zou misstaan in het MOMA in New York. Een kale, door een of andere hippe interieurontwerper onder handen genomen versie van de aangrenzende kamer waar notaris Renna senior commissaris Guarrasi en hoofdinspecteur Spanò ontving.

Het contrast had niet groter kunnen zijn, vond Vanina. Het kantoor van de oudere man was een harmonieus geheel van antieke meubels, lederen fauteuils, wandtapijten, kleden en twee uitpuilende boekenkasten, die de kamer een warmte en sfeer gaven waar geen enkele binnenhuisarchitect uit het derde millennium aan kon tippen.

Vader en zoon hadden echter precies het tegenovergestelde effect op haar. Zo vriendelijk als Nicola Renna was, zo uit de hoogte deed zijn vader. Dat was een gezette man van gemiddelde lengte, met een wilskrachtige kaak. De lelijke versie van Marlon Brando in *The Godfather*. Als Marta zijn leeftijd niet op de post-it had vermeld, had Vanina hem zeker tien jaar jonger geschat.

Dat de oude notaris niet alleen in goede gezondheid verkeerde, maar dat hij ze ook nog allemaal op een rijtje had, had Spanò al gehoord in een telefoongesprek met zijn vader. Een verhaal van ongeveer een kwartier, waar hij kop noch staart in had kunnen ontdekken, maar dat hem wel nuttige antwoorden had opgeleverd. Ja, notaris Renna was nog bij de pinken. En ja, hij had don Gaetano Burrano goed gekend.

Nadat hij haar een soort van handkus had gegeven en haar van top tot teen had opgenomen met de precisie van een bodyscanner, verlegde Arturo Renna zijn aandacht naar Spanò en stelde hij hem de vraag die bedoeld was voor de chef van het team: 'Waar heb ik dit bezoek aan te danken, commissaris?'

Spanò wierp een blik op Vanina, die op haar beurt de oude man met een sardonische glimlach aankeek. Het gebeurde maar zelden dat de commissaris dit soort fouten liet gaan, en als het al gebeurde, was dat alleen omdat de ongelukkige iets van welwillendheid in haar opriep. En dat was nu absoluut niet het geval.

Gegeneerd schraapte Nicola Renna zijn keel en hij haalde als een bezetene zijn neus op.

'Papa, hij is niet de...'

'Notaris Renna, ik heb een paar vragen voor u', kwam Vanina tussenbeide, niet onder de indruk van het verbaasde gezicht van de man.

Spanò zuchtte opgelucht. Door hoe de zaken er nu voor stonden, was Vanina in staat om vliegensvlug van start te gaan en een knappe jongen die haar dan nog kon afremmen. Maar uit haar opzettelijk gematigde toon, waar Spanò ook een goed verhulde scherpte in hoorde, kon hij afleiden dat ze daar niet waren om simpelweg wat informatie te vergaren, maar om een bepaald beeld dat ze had op te helderen. En hij wist nog steeds niet wat voor beeld.

Vanina was de halve nacht opgebleven om het oude Burrano-dossier te bestuderen. Zodra ze op het bureau was aangekomen, met haar cappuccino nog onaangeroerd in haar hand en zonder iemand te groeten, had ze twee telefoontjes gepleegd: het eerste naar Tommaso Di Stefano en het tweede naar Alfonsina Fresta. Ze had nuttige informatie opgedaan voor dit gesprek.

'Je maakt het niet elke dag mee dat er een cliënt wordt vermoord', antwoordde de notaris.

Voor zover hij zich kon herinneren, was de zaak vanuit zijn oogpunt doodeenvoudig geweest. Er waren geen kinderen en het familievermogen werd gedeeld met de broer, zoals de vader al had vastgelegd. Zijn echtgenote was de enige erfgenaam.

'Waarom onderzoeken jullie een zaak die allang opgelost is?' vroeg hij. Als een commissaris van de staatspolitie zich druk maakte om een man die al ruim een halve eeuw dood was, moest het wel ernstig zijn.

Vanina ontweek de vraag met een andere vraag.

'Was u op de hoogte van de verhouding tussen Gaetano Burrano en een vrouw genaamd Maria Cutò?'

Renna's lippen plooiden zich in een vage glimlach.

'Wie had er geen verhouding met Maria Cutò?'

'Dus het staat u niet bij dat Gaetano Burrano en Cutò geliefden waren?'

'Het is niet mijn gewoonte om in het bijzijn van een dame over bepaalde onderwerpen te praten, maar aangezien u hier de politieagent bent, denk ik dat u wel weet welk beroep mevrouw Cutò uitoefende. Als Gaetano Burrano haar minnaar was, dan was ik... goed, laten we niet in details verzanden.'

Daar had je hem: de echte Siciliaanse man. Met zijn verschijning leek hij wel gemaakt voor een mooi, zwart fascistenuniform. Je zag hem zo zelfgenoegzaam de trap van Casa Valentino op lopen.

'Mooi, dat betekent dat u ons kunt helpen. Aangezien u zo'n trouwe klant was, neem ik aan dat u ook Cutò's notaris was. Of hield u uw beroep liever verre van de slaapkamers van Casa Valentino?'

Spanò hoorde Vanina's scherpe toon langzaam venijniger worden.

De notaris zweeg, van zijn stuk gebracht door Vanina's klare taal en afgemeten toon. Renna junior schraapte een paar keer zijn keel en keek zijn vader met een onzekere blik aan. Maar de oude man sloeg er geen acht op.

'Misschien. Dat kan ik me niet herinneren', antwoordde hij. 'Mag ik vragen waarom de afdeling Moordzaken van de recherche zo geïnteresseerd is in een voormalige prostituee, die al, wat zal het zijn, ruim vijftig jaar niet meer in Catania is gezien?'

'Omdat ze een paar dagen geleden is gevonden, in Villa Burrano. Dood. Of beter gezegd: gemummificeerd. Ja, notaris, inderdaad al ruim vijftig jaar. Zevenenvijftig, zou ik zeggen.'

Dit keer was de notaris zichtbaar ontdaan. Hij keek haar zwijgend aan, de verbazing was op zijn gezicht te lezen.

'Ja, natuurlijk, het lijk in de goederenlift! Er staat vandaag een artikel over in de *Repubblica*', riep Nicola Renna uit.

Hij verdween naar de hightech kamer, terwijl Vanina Spanò vragend aankeek. De inspecteur spreidde in een spijtig gebaar zijn armen. De *Repubblica* hadden ze niet in zijn vaste bar. Ze hadden alleen de *Gazzetta Siciliana* en dat was meer dan genoeg.

Renna junior kwam terug met een opengevouwen krant.

Vanina en Spanò wisselden weer een blik.

Renna senior leek zich ineens te hebben gerealiseerd dat het over een moord ging en dat hij een van de weinigen was die het slachtoffer nog hadden gekend. Ja, nu hij erover nadacht, had Cutò misschien toch wel een testament opgesteld. Maar dat moesten ze wel even in het notarieel archief opzoeken. Spanò maakte een notitie. Was ze Burrano's minnares geweest? Dat kon. Gaetano had er zoveel. En toen de bordelen werden gesloten, hoorde niemand meer iets van Madame Luna. Ze was inmiddels een bordeelhoudster. En ze was niet het type om de straat op te gaan of om het verkeerde pad te kiezen, zoals andere vrouwen wel hadden gedaan. 'Lang leve de prostitutiewet', voegde hij eraan toe en de grijns verscheen weer op zijn gezicht.

'Weet u nog of Burrano het ooit over zijn wilsbeschikking heeft gehad? Wilde hij een testament opstellen?' vroeg Vanina.

'Niet dat ik weet. Maar dat lijkt me niet. Hij was nog te jong. Hij stierf zonder testament.'

'Nog één vraag, notaris Renna', zei Vanina, die was opgestaan en al richting de deur bewoog.

Spanò spitste zijn oren: dit was het moment waarop Vanina zonder omhaal de vraag afvuurde waar ze het hele gesprek op had zitten broeden, de belangrijkste vraag.

'Was u al lang bevriend met Burrano of kwam die vriendschap voort uit jullie werkrelatie?'

De oude man balde geërgerd zijn vuisten achter zijn rug.

'Geen van beide. Mijn familie had nauwe banden met de familie Regalbuto, Teresa's familie.'

'Ah, oké', knikte Vanina alsof ze dat nieuws niet verwacht had. 'Dus u hielp mevrouw Burrano met het afhandelen van het waterleidingproject?'

De oude man keek haar aan en zijn ogen verraadden iets van twijfel.

'Wat heeft dat met Madame Luna te maken?'

'Ach, waarschijnlijk niets. Gewoon nieuwsgierigheid. Dat kan een belangrijke bron zijn, wist u dat, notaris? Ik heb meer zaken opgelost door mijn nieuwsgierigheid te volgen dan door me alleen te richten op officiële informatie.' Ze keek hem afwachtend aan.

'Ja, natuurlijk. Ik ondersteunde Teresa. Een vrouw alleen en zonder ervaring was een te makkelijke prooi geweest voor gewetenloze mensen. En dat project had al een slachtoffer gemaakt.'

'Dat project had zeker al een slachtoffer gemaakt. Goed, notaris, ik hoop dat ik u niet nog een keer hoef lastig te vallen', zei ze ten afscheid. Ze schonk hem de stralende glimlach die ze bewaarde voor mensen van wie ze wist dat ze hen weer zou zien.

Vanina maakte met haar hand een kommetje om de vlam van de aansteker, keerde haar rug naar de wind en stak een sigaret op. Ze kneep haar ogen samen tegen het zwarte zand, dat eindelijk niet meer naar beneden leek te vallen, maar niemand had nog de moeite genomen het van straat te vegen.

In de Via Umberto heerste de vaste ochtendchaos. Rijen auto's, scooters die aan alle kanten voorbijschoten en angstige voetgangers – een zebrapad was nooit een garantie voor veiligheid. Hoe dichter ze bij het kruispunt met de Via Etnea kwamen, hoe meer mensen er samendromden op de stoep. Met als toppunt van chaos de ingang van de Via Corridoni naar de *Fera 'o Luni*-stadsmarkt.

Spanò's stilzwijgen was veelzeggender dan een directe vraag.

'Kom op, inspecteur. Vertel op. Zeg wat je op je hart hebt.'

'Eerlijk? Afgezien van het feit dat die oude man een gezicht heeft dat je het liefst tegen de muur zou drukken, begreep ik niks en nakkes van het hele gesprek. En nu ik toch mijn hart aan het luchten ben, chef, moet ik zeggen dat dit wel vaker gebeurt als ik met u op pad ben. Maar aangezien ik ook informatie aan het vergaren ben...'

'Je hebt gelijk ook, Spanò. Kom, laten we koffiedrinken en de balans opmaken.'

Ze liepen linea recta naar de hoek van de straat, sloegen de Via Etnea in en gingen aan het eerste het beste vrije tafeltje zitten. De twee kopjes koffie werden twee amandelgranita's met koffie en een warme brioche, die volgens Spanò niet mocht ontbreken omdat ze nergens zo lekker waren als daar.

'Let wel, Spanò, dat wat ik je ga vertellen nog geen concrete basis heeft. Het zijn overpeinzingen. Mijn overpeinzingen. Ideeën die vannacht in me opkwamen, toen ik het Burrano-dossier uitploos. Notaris Renna komt meerdere keren voor als getuige, met name als het gaat om dat beruchte waterleidingnet. Er waren er drie die verklaarden dat Burrano met Di Stefano had gebroken en dat hij niet van plan was om zaken te doen met diens familie: Teresa Regalbuto, de weduwe van Burrano, Vincenzo Burrano, die volgens mij Alfio Burrano's vader was, en Arturo Renna. Het strookt niet met wat Alfonsina Fresta vertelt. Alleen Di Stefano's versie komt op veel punten overeen met de hare. Dus óf Di Stefano en Fresta spelen samen onder één hoedje, wat mij op zijn minst vreemd lijkt, want als dat het geval was, zou de auto in elk geval meteen zijn gevonden, óf die drie liegen. En Di Stefano heeft me vanmorgen bevestigd dat Renna nauw bevriend was met mevrouw Burrano.'

De inspecteur had roerloos zitten luisteren, met een lepeltje in zijn ene hand en zijn brioche in de andere.

'Maar waarom liegen de weduwe, de broer en die vriend dan?'

'Nou, waarom, Spanò? Om de moordenaar te beschermen, bijvoorbeeld.'

'Nee, chef... Waarom zouden ze Burrano dan hebben vermoord? Hij onderhield ze alle drie. Zelfs het feit dat hij er met Cutò vandoor wilde gaan, zou hun leven niet hebben veranderd.'

'Je vergeet het testament.'

'Dat nog in een envelop in de auto lag, dus niemand wist er iets van.'

Spanò's redenering sneed hout, misschien wel meer dan alle ideeen die in Vanina's hoofd door elkaar heen liepen. Vooral omdat

Alfonsina haar had bevestigd dat er nooit iemand was gekomen om Burrano's auto op te halen. Toch had ze nog altijd een vreemd gevoel over Renna.

'En die informatie die je voor me zou opzoeken over het waterleidingnet?'

'Dat krijg ik straks allemaal, en meer nog. Geen zorgen, commissaris', stelde Spanò haar gerust. Hij viel aan op zijn granita, klaar om er een stuk brioche in te dopen.

Vanina glimlachte geamuseerd om die gewoonte, die onmiskenbaar Catanees was.

Bovendien had Giuli haar verteld dat een echte Catanees, een volbloed, niet zijn brioche maar zijn brood in zijn drankje doopte. Een knapperig *mafalda*-broodje, bij voorkeur warm.

Zodra ze haar tanden zette in de brioche, zacht met een knisperend laagje kristalsuiker en geurend naar echte boter zonder die kunstmatige troep, moest ze toegeven dat ze nog maar een paar keer eerder in haar leven zo'n goede brioche had gegeten. Om precies te zijn zelfs maar één keer: in Noto, in een beroemde koffiebar waar Adriano Calí haar mee naartoe had genomen.

Terwijl Spanò de bodem van zijn glas schoonveegde, opende Vanina de digitale editie van de krant waar Nicola Renna mee op de proppen was gekomen. In zowel de *Repubblica* als de *Gazzetta Siciliana* prijkte de foto van het neergehaalde muurtje voor de garage van Cutò op de voorpagina, vergezeld door een aantal lukrake theorieën over de zaak. In het middenstuk van het artikel stonden een paar verwijzingen naar de Burrano-moord waar dit 'nieuwe mysterie' weleens aan gelinkt kon zijn, gevolgd door toespelingen op de betrokkenheid van de Zinna's met uitdrukkingen als 'een man van eer', 'maffia-executie', enzovoort. Als klap op de vuurpijl gaven beide verslaggevers het lichaam de bijnaam 'de femme fatale', want ze beweerden dat de rechercheurs haar zo gedoopt hadden.

'O ja, Spanò: kun je uitzoeken wie de imbeciel is die zijn mond steeds voorbijpraat over onze zaken? Want tenzij Macchia gek geworden is en besloten heeft het kleine beetje tijd dat hij heeft te gebruiken om uit de school te klappen over onze onderzoeken, iets wat mij hoogst onwaarschijnlijk lijkt, doet de verwijzing naar de "femme fatale" mij vermoeden dat de eikel van dienst iemand is die verrekte dicht bij hem staat.'

Spanò knikte gelaten.

'Niet alleen dichtbij, maar aan zijn hielen', zei hij.

Vanina snapte de verwijzing direct.

'Hij weer, hè. Heeft hij zelfs vriendjes onder de journalisten?'

'Nou, één vriendje. Een vriendinnetje. Maar alleen bij de krant van Palermo. Voor die in Catania zou ik het niet weten. Maar ik denk dat ze na dit eerste artikel niets meer geschreven hebben. En dat ze ook niets meer zullen schrijven, tot we ze de officiële versie geven, zolang u op niemands tenen trapt...' concludeerde hij sarcastisch.

'Spanò, ik zweer je dat als deze idioot zich niet inhoudt, kruiwagen of niet, hij vroeg of laat stof zit te happen in het politiearchief.'

De gepensioneerde commissaris Biagio Patanè had een onrustige nacht achter de rug. Die zaak zat hem al meer dan vijftig jaar dwars en aan die gedachte was hij inmiddels gewend. Dit keer ging het echter om iets nieuws. Iets dat hem moest hebben getroffen, maar niet genoeg om in zijn geheugen geprent te staan. En totdat hij dat raadsel had opgelost, deed hij geen oog dicht.

Dit tot grote zorg van Angelina, die hem had horen woelen in bed en bezorgd naar hem keek alsof hij van het ene op het andere moment kon instorten. Met dikke wallen maar schitterende ogen omdat hij eindelijk iets had bedacht, had hij om halfelf voor het kantoor van commissaris Guarrasi gestaan. Slechts een paar minuten nadat zij en Spanò waren vertrokken.

Inspecteur Bonazzoli, de blonde afrodite, iets te dun naar zijn smaak maar van een onovertroffen schoonheid, had hem binnengelaten. Zelfs de eerste hoofdcommissaris van de recherche in hoogsteigen persoon, een bebaarde titan met een autoritaire uitstraling, had zijn kantoor verlaten en hem tien minuten van zijn tijd gegund. Hij had hem bovendien toestemming gegeven om in het dossier van die zaak te neuzen, die hij 'de zaak van de femme fatale' had genoemd.

Toen hij eenmaal het document had gevonden dat hij zocht, had Patanè even nodig gehad om de oorzaak van zijn slapeloosheid te bevestigen. Opgelucht had hij besloten dat hij er alleen met Guarrasi over zou praten. Hij had twee chocolaatjes gepakt en had zich in de stoel genesteld, wachtend op Vanina.

Zo trof Vanina hem aan, verdiept in het wetboek van strafvordering dat hij uit haar boekenkast had getrokken.

'Soms is het goed om dat weer eens door te nemen', zei Patanè toen hij haar verraste blik zag.

Marta rapporteerde nauwkeurig alle verzoeken van de oude commissaris, die, met toestemming van eerste hoofdcommissaris Macchia, meerdere documenten had bekeken.

'Maar waarom is dat meidje zo van de regeltjes. Ze is erg mooi, dat is wel duidelijk, maar ze lijkt wel een stijve hark!' luidde Patanè's commentaar, toen Bonazzoli de kamer had verlaten.

Vanina moest lachen.

Patanè kwam meteen ter zake.

'Commissaris, ik kon vannacht niet slapen. Er gonsde wat door mijn hoofd en ik kreeg er maar geen vat op. Dus ben ik hierheen gekomen om door uw papieren te bladeren. Wilt u uw baas voor me bedanken, hij was erg aardig en liet me zoeken naar wat me zo bezighield. Gelukkig maar dat hij er was, want die inspecteur had me nooit iets gegeven!'

En gelukkig maar dat zij al op haar kantoor was geweest om het oude dossier daar terug te leggen. Het idee dat Macchia met commissaris Patanè door haar papieren snuffelde, om tot zijn verrassing niet aan te treffen wat er wel moest zijn, stond haar niet aan. Sommige vrijheden die ze zichzelf permitteerde, zoals belangrijke documenten mee naar huis nemen, konden de goedkeuring van de Grote Baas niet wegdragen.

'En? Wat heeft u gevonden, commissaris?' vroeg ze.

'Kijk eens naar deze brief, het testament. Dat zit vol inktvlekken en slordigheden. Er zitten zelfs wat doorhalingen in. Hier, ziet u?' wees Patanè aan.

Vanina bekeek het document aandachtig.

'In die tijd waren er nog geen computers', vervolgde Patanè. 'Brieven schreef je op de typemachine of met de hand en er werd altijd een nette kopie van gemaakt. Altijd. Begrijpt u, commissaris Guarrasi? In het bijzonder van een belangrijk schrijven als dit.'

'Dus u denkt dat wij de kladversie hebben gevonden en dat het nette exemplaar al was afgeleverd', concludeerde Vanina.

'Ik ben nooit overtuigd geweest van de theorie dat Burrano de brief vanuit Napels zou versturen. Maar u weet hoe het is: het is een gevoel...'

'Ik weet hoe het is. Een vaag gevoel dat je niet kunt verklaren. Maar vaak klopt het wel, hè commissaris?'

Patanè knikte vol overtuiging.

'Ik heb notaris Renna gesproken.'

Patanè glimlachte bijna vrolijk.

'Ik wist wel dat u meteen hetzelfde idee zou hebben!' zei hij met een voldaan gezicht. Alsof ze zijn leerling was, en niet een officiële hooggeplaatste handhaver van de openbare orde met wie hij tot een paar dagen eerder nog nooit een woord had gewisseld. Met bovendien zo'n indrukwekkende staat van dienst dat je je wel af moest vragen waarom iemand zoals zij haar tijd verdeed aan zo'n absurde zaak, in plaats van haar onderzoeksvaardigheden in te zetten om criminelen te vangen. Echte. Echte zoals degenen die zij jarenlang achter de tralies had gezet, zonder iemand te ontzien. Patanè had haar zaken in de kranten gevolgd en herinnerde ze zich allemaal. Ook de zaak waarin Vanina Guarrasi het brein achter de moord op haar vader in het striktste gevangenisregime had gekregen, te midden van een tiental mannen van eer van de ergste soort. Hij had haar bewonderd.

En nu was hij hier en besprak hij een van zijn zaken van bijna zestig jaar geleden met haar.

'Ik heb Spanò de vrije teugel gelaten. Hij zei dat hij met een van zijn tantes moest praten, die "coiffeuse" was. Alleen hij kent die ouderwetse termen.'

'Maricchia Spanò! Leeft ze nog?' vroeg Patanè die verrukt in zijn handen klapte.

'Als zij de coiffeuse is, neem ik aan van wel.'

Patanè was blij. Hoe kon het ook anders? Voor iemand van zijn leeftijd was het een geruststellende gedachte om te ontdekken dat iemand die ouder was dan hij nog springlevend was en bovendien in staat was om de politie van informatie te voorzien.

'Als ze nog steeds het geheugen heeft waar ze bekend om stond, dan kan Maricchia ons ongetwijfeld helpen. Zij kwam bij half Catania over de vloer om haren te knippen. Een roddeltante pur sang. Met haar geklets heeft ze een verwarring gezaaid die elke verbeelding te boven gaat, commissaris.'

Patanè stond resoluut op. Monter als een groentje met zijn eerste grote zaak.

'Met uw toestemming zou ik nu mijn goede vriend Iero, de adjudant, een paar dingen willen vragen. Hij werkte bij Zedendelicten, had ik dat al verteld?'

'Ja.' Meerdere keren, om eerlijk te zijn. Eerlijk maar onbeleefd, en dat verdiende Patanè niet.

'Misschien kan het handig zijn om te weten wie er aan de touwtjes trok bij Casa Valentino. Snapt u wel...'

'Absoluut. Luna was alleen de madam. Er moet iemand achter Casa Valentino hebben gezeten, een bordeelhouder. Zeg ik dat goed?'

'Iero weet dat absoluut nog', bevestigde Patanè en met een knikje liep hij het kantoor uit.

Vanina keek hem na tot het eind van de gang.

Die adjudant Iero, dacht ze terwijl ze haar kantoor weer in liep en met een sigaret in haar hand richting het balkonnetje ging. Spanò had gezegd dat hij ouder was dan Patanè, dus moest hij minstens negentig zijn. Nog een waardevolle speler die stond te trappelen om zich bij de troep oude mannen te voegen die wilden meewerken. Of zich daartoe verplicht voelden.

Carmelo Spanò verliet het huis van zijn tante Maricchia altijd een paar kilo zwaarder en beladen met zoetigheden.

Zijn tante, die ondanks haar leeftijd niet stil kon zitten, had zich een paar jaar geleden opnieuw uitgevonden als banketbakker. Maar ze bakte geen doorsnee taarten, uiteraard. Ze bereidde alleen oude recepten, uitsluitend Siciliaans en op haar manier. Aangezien bepaalde traditionele desserts sinds enige tijd weer in zwang waren en er maar weinig mensen wisten hoe je ze echt moest maken, was Maricchia Spanò in Catania langzaam maar zeker ontzettend populair geworden. Ze had nu een echt bedrijf, met een werklast waar ieder ander aan onderdoor zou gaan maar die deze vrouw van ver in de tachtig moeiteloos kon bijbenen. Oké, ze had wel twee mensen in dienst, plus een accountant die haar boekhouding op orde hield, want tante Maricchia was amper naar school geweest. Het waren allemaal vrouwen en ze waren allemaal jong en energiek. Maar het brein dat overal over ging, tot aan de laatste suikerkorrel in het laatste *cassatella*-taartje, was zij.

Geheel in lijn met de tijd van het jaar hadden Spanò en zijn collega Fragapane die middag *mostata* meegekregen, een taartje gemaakt met most, en een enorme hoeveelheid kweeappeljam.

Die aanval op zijn bloedsuikerspiegel, waar hij het liever zonder had gedaan, had inspecteur Spanò ook bergen aan nieuwtjes, roddels en geruchten opgeleverd. Hij wilde er de bron niet van weten, maar wist dat hij erop kon vertrouwen dat het allemaal waar was.

Zo was Gaetano Burrano gedefinieerd als 'iemand die zijn neus in allerlei zaken stak en die stonken nogal eens'. En zijn vrouw Teresa, meisjesnaam Regalbuto, werd op zeer minachtende wijze beschreven als 'een wolf in schaapskleren, mijd die als de pest', een uitspraak die Maricchia vervolgens had gestaafd met een reeks onthullingen.

Het was nu wel overduidelijk dat Vanina al een vermoeden had gehad. Het gesprek met de notaris, met dat venijn dat meer uit haar gezichtsuitdrukking was gebleken dan uit haar zorgvuldig gekozen woorden... Goed, ze moest iets van een voorgevoel hebben gehad.

Fragapane had er daarentegen geen bal van begrepen. Het enige wat hij zeker wist was dat die zaak met de dag ingewikkelder werd en dat voorspelde naar zijn mening weinig goeds. Nee, helemaal niets goeds.

'Zeg, zijn we in elk geval te weten gekomen wat we wilden weten?' vroeg hij toen ze bij de dienstauto waren, die ze twee uur eerder in de Via Principe Nicola hadden geparkeerd.

Hoofdinspecteur Spanò maakte een gebaar met zijn rechterhand, waarmee hij wilde zeggen 'je hebt geen idee hoeveel'. Merkwaardig genoeg vroeg hij aan de brigadier om te rijden. Ze zouden er binnen een paar minuten zijn, maar dan had hij in elk geval de kans om Guarrasi alvast te bellen. Als het waar was, en die kans was groot omdat tante Maricchia de plank nooit missloeg, konden ze de tijd maar beter maximaal benutten en voorkomen dat er te veel informatie rondging onder de hoofdrolspelers in het onderzoek.

En dan te bedenken dat hij nog maar een paar dagen geleden van mening was geweest dat de commissaris te fanatiek met die oude, stoffige zaak bezig was. Nu maakte hij zich nota bene zorgen dat iemand hun misschien voor zou zijn. Maar er tekende zich een beeld af dat alles in een ander licht zette.

De zaak droop aan alle kanten van onrecht. En als er iets was waar Carmelo Spanò niet tegen kon, in geen enkele vorm, dan was het wel onrecht.

Hij belde Vanina en terwijl de telefoon overging, wierp hij een blik op Fragapane. Zwijgend en met een beledigd gezicht omdat hij niet meer betrokken werd bij het onderzoek, verliet Fragapane de Via Principe Nicola en reed met tien kilometer per uur de Via Giacomo Leopardi op. Er werd nog fanatieker naar hem getoeterd dan naar een rijtuig op de ringweg.

'Weet je, als ik klaar ben met de chef, vertel ik je alles, van a tot z', verzekerde Spanò hem.

Toen hij ophing, zag hij aan het verbijsterde gezicht van zijn partner dat hij hem niets meer hoefde te vertellen.

Inspecteur Nunnari haastte zich door het kantoor dat hij met Bonazzoli en Lo Faro deelde en zwaaide net de deur open toen commissaris Guarrasi op het punt stond naar binnen te gaan.

'Nunnari, verdraaid! Je was bijna tegen me op geknald.'

'Sorry, chef! Ik was net naar u op weg', hijgde hij, meer uit schaamte dat hij zijn baas bijna omver had gelopen – wat in Amerikaanse films niet gebeurde – dan door de vijf meter die hij had gerend om bij de deur te komen.

'Laat me raden: je hebt de moordenaar van de gemummificeerde vrouw gevonden en die ging je net ergens in een verpleeghuis oppakken? Of ging je hem soms een bosje chrysanten brengen op kerkhof Tre Cancelli?' grapte ze.

Nunnari kwam niet uit zijn woorden.

'De moordenaar van de vrouw... Maar, commissaris, daar maak je toch geen grapjes over? Nee, de TR belde om door te geven dat de spullen die in de kofferbak van de Flaminia zijn gevonden, allemaal in verzekering zijn gesteld en dat ze tot onze beschikking staan, als we willen. Het rapport is nu net binnen.'

'Uitstekend. Bekijk het goed. En stuur Fragapane erheen en zeg dat hij nog eens een praatje maakt met zijn vriend; dat lijkt me een slimme kerel en misschien komt het nog van pas. Trouwens, waar is Fragapane eigenlijk?'

'Bij hoofdinspecteur Spanò natuurlijk.'

'Natuurlijk. Bel hem en zeg dat hij Spanò hierheen moet brengen en dan eerst naar de technische recherche moet, voor hij terugkomt op het bureau. Marta?'

De inspecteur keek verdwaasd op van haar telefoon.

'Ja?'

'Is het interessant?'

Ze keek nog verdwaasder.

'Je chatgesprek bedoel ik', verduidelijkte Vanina.

'O nee, geen chatgesprek... ik reageerde gewoon op het berichtje van een vriend... eh, een vriendin.'

'Aha, een vriendin. Jammer. Maar dus toch een chatgesprek. Kom op, lieve Marta, je moet aan de bak. Je bent zo mooi, we kunnen het niet meer aanzien dat je altijd maar alleen bent. Toch, Nunnari?'

De inspecteur knikte, overrompeld door de directe vraag.

Marta Bonazzoli was een jaar, twee maanden, vier dagen en ongeveer drie uur geleden in dienst gekomen bij de recherche van Catania. En sinds een jaar, twee maanden, vier dagen en ongeveer twee uur en vijfenveertig minuten dacht de goed doorvoede inspecteur Nunnari meerdere keren per dag aan zijn collega. Met de stille berusting van iemand die weet dat hij geen schijn van kans maakt.

'Dat zegt u heel goed, commissaris', bracht Lo Faro in. Hij zat achter in de kamer, waar hij naartoe was verbannen met zijn bureau dat altijd bezaaid lag met de meest nutteloze papieren.

Vanina draaide zich niet eens om. Alleen al de aanblik van die idioot, balancerend op de achterpoten van zijn stoel met kauwgom in zijn mond, alsof het een klaslokaal was, was reden genoeg om de ergste beledigingen die het Italiaans, of beter het Siciliaans, rijk was naar zijn hoofd te slingeren.

'Pas op wat je zegt, Marta. Als je in het bijzijn van deze knul hier te veel zegt, zou het zomaar kunnen dat er in de krant van morgen een artikel staat over de blonde politievrouw van de afdeling Zware Misdrijven van de recherche van Catania. Wat doet de knappe, noordelijke Marta Bonazzoli in een stad als Catania? Wat bracht haar ertoe om naar het zuiden te verhuizen? Dat vragen we ons tenslotte allemaal af, toch, Lo Faro?'

Agent Lo Faro begreep niet waarom hij twee paar vragende ogen en een ijzige blik op zich voelde rusten. Zijn stoel was gekanteld, zijn ogen waren groot, hij had kauwgom in zijn mond en een schuldig gezicht, hij genoot geen enkel voordeel van de twijfel.

'Hoe... hoezo zegt u dat?' antwoordde hij onzeker.

Vanina keek hem lange tijd zwijgend aan.

'Denk eens even na, Lo Faro. Je zult zien dat je het antwoord zelf wel weet. Straks, als Bonazzoli en ik terug zijn, van waar zul jij nooit weten, en als alle mensen die hier serieus werk verrichten klaar zijn, hebben we het erover. Vanavond.'

Marta stelde geen vragen. In stilte volgde ze Vanina de trap af naar het voorportaal.

'We gaan lopend', zei Vanina en ze begaf zich naar de Via Vittorio Emanuele.

'Sorry, chef, maar waar gaan we heen?' waagde Marta te vragen.

'De oude dame opzoeken. Burrano.'

Marta keek op haar horloge.

'Op dit tijdstip?' vroeg ze verbaasd. Een jaar lang hadden ze haar ingepeperd dat je op Sicilië voor een bepaald tijdstip mensen niet belt of bezoekt. Het was net halfvijf geweest.

'Ja, op dit tijdstip.'

'En wat als mevrouw ligt te rusten?'

'Als ze ligt te rusten, wordt ze maar wakker.'

Bonazzoli maakte geen bezwaar. Er was vast een reden voor. Alleen kon ze er maar niet over uit waarom commissaris Guarrasi altijd thuis langsging bij de mensen die ze wilde spreken, in plaats van ze naar het bureau te laten komen. Mevrouw Burrano was dan wel van respectabele leeftijd, maar niet invalide.

Het was haar niet duidelijk of Vanina het deed uit een soort respect voor sommige mensen, hoewel haar dat niets voor de commissaris leek, of vanwege het verrassingseffect. In dit specifieke geval neigde Marta duidelijk naar het tweede.

De vulkaan was kalm, wat een tijdelijke en dus surrealistische toestand was, en dat leek de weg te hebben vrijgemaakt voor de eerste frisse bries van het seizoen. De zon liet zich niet zien en de hemel kleurde grijs van de onweerswolken. Een zweempje herfst, wat volgens de voorspellingen van korte duur zou zijn.

Vanina knoopte haar leren jasje dicht en sloeg haar sjaal stevig om. Twee van de weinige stukken waar haar nieuwe herfstgarderobe uit bestond. Die was klein maar met zorg uitgekozen. De stijl was minimalistisch, bijna op het mannelijke af, en de kleuren varieerden van zwart tot lichtgrijs met hier en daar wat lichtbeige accenten, zodat het niet te eentonig werd. Geen namen van ontwerpers, of van ontwerpers die algemeen bekend waren. Er zaten geen klassiekers bij, geen overdreven bij elkaar gezochte kleurencombinaties. Wel waren er kledingstukken met een paar scheuren op de juiste plekken, voor een soort vintage-effect. Kortom, een garderobe voor de kenners. Het soort kleding dat je een rib uit je lijf kostte, maar dat niet uitstraalde. Alleen degenen die het wisten, konden het zien en dat waren er niet veel.

Het was haar enige uitspatting, als je het zo zou kunnen noemen, en het kostte haar een volledig salaris per seizoen.

Ze hoopte dat de weerberichten het een keertje bij het juiste eind hadden nu ze een hogedrukgebied hadden voorspeld voor het weekend. Als alles goed ging, als de zaak niet zo ingewikkeld werd dat ze overuren moest draaien en als er geen nieuwe moorden bij kwamen, zou ze zichzelf dat weekend twee dagen rust gunnen in Noto, in het fijne toevluchtsoord van Adriano en Luca.

Vanina en Marta liepen de Via Etnea op. Ze liepen links het beeld van de olifant van het Piazza Duomo voorbij, de *u Liotru* met de obelisk op zijn rug en zijn edele delen vrijelijk in het zicht, en vervolgden hun weg naar het Piazza Università. Het was dat die mooie herenhuizen gebouwd waren met grijze stenen, anders had je ze oogverblindend kunnen noemen. Sommige waren gerenoveerd en gereinigd, andere niet, maar daarom waren ze niet minder bijzonder.

Toegeven dat je Catania mooi vond was niet makkelijk voor iemand uit Palermo. Maar door het in elk geval aan zichzelf te bekennen, had Vanina dat gevoel van tijdelijkheid kunnen verdrijven dat haar maandenlang had achtervolgd.

Mioara, het Roemeense meisje dat in dienst was bij Teresa Burrano, ontving de twee politievrouwen met een verbaasde blik. Ja, mevrouw was thuis. Nee, ze was niet aan het rusten. Ze was in de kleine salon met 'haar vriendin mevrouw Santadriano'.

Ze verdween even om hun komst bij haar mevrouw aan te kondigen en begeleidde hen toen naar de woonkamer.

Teresa Burrano keek op van een schaakbord vol torens, paarden, pionnen en het hele arsenaal aan stukken.

'Commissaris Guarrasi, waar heb ik deze verrassing aan te danken?'

'U weet wellicht nog, mevrouw Burrano, dat ik onderzoek doe naar een moord die in uw huis heeft plaatsgevonden?'

'Die villa is nooit mijn thuis geweest', benadrukte de vrouw en ze nodigde de commissaris en de inspecteur uit om aan het tafeltje te komen zitten.

Clelia Santadriano stond op en verliet de kamer.

Het was voor Vanina overduidelijk dat de jongere vrouw in dat huis verbleef. Dat intrigeerde haar, maar voorlopig had ze haar handen al vol aan iets anders.

Toen ze de naam en achternaam hoorde waarmee de vrouw was

geïdentificeerd die in Villa Burrano was aangetroffen, vertrok de oude vrouw geen spier. Een minnares was te verwachten geweest van haar man. Ze liet blijken dat ze in de krant al had gelezen over de gevonden Flaminia.

'Wist u dat uw man op het punt stond de stad voor langere tijd te verlaten, in het gezelschap van de dame in kwestie?' vroeg Vanina.

De oude vrouw trok een grimas.

'"Dame" nog wel... Nee, dat wist ik niet. Maar het lijkt me heel onwaarschijnlijk dat mijn man zijn gezin voor een prostituee wilde verlaten.'

'Het gezin dat u bedoelt, bestond alleen uit u, als ik het goed heb.'

'Uit mij, zijn broer en zijn moeder. Die op sterven lag.'

'De Flaminia was afgeladen met bagage. Daarin werden de identiteitspapieren van uw man gevonden, samen met die van mevrouw Cutò. Dit ondersteunt de theorie dat ze op het punt stonden om samen op reis te gaan.'

Het linkerooglid van mevrouw Burrano trilde heel licht, maar verder bleef ze onbewogen.

'Als u het zo zeker weet, snap ik niet waarom u het aan mij vraagt. Ik kan u alleen maar vertellen dat als dat het geval is, het waarschijnlijk dezelfde moordenaar zal zijn. Denkt u niet?'

'Ja. Daar lijkt het wel op.'

'Hij is niet moeilijk op te sporen. Hij leeft nog, wist u dat? Hij woont...'

'In Zafferana Etnea?'

'Ik vergeet steeds dat u geen tijd verspilt. Uw reputatie snelt u immers vooruit.'

'Als u mijn reputatie zo goed kent, zou u ook moeten weten dat ik nooit een hypothese van een ander aanneem als ik die niet persoonlijk heb geverifieerd. En in het licht van allerlei nieuwe informatie, die naar voren kwam dankzij de gevonden auto, durf ik mijn hand er niet voor in het vuur te steken dat de verantwoordelijke voor de moord op uw man dezelfde is als degene die er de straf voor heeft uitgezeten.'

De vrouw verblikte of verbloosde niet. 'Dus...?'

'Dus wordt het een uitgebreid onderzoek. Een lang onderzoek, misschien. Mogelijk moeten we het oude proces herzien. U weet hoe het is: tegenwoordig beschikken we over onderzoeksmiddelen die toen nog niet eens bij Onze Vader zelf waren opgekomen. En gelukkig is de villa sindsdien niet meer bewoond. Wat er ook gebeurt, we hebben uw volledige medewerking nodig, en die van uw neef en alle andere getuigen die nog in leven zijn.'

'Mijn neef...' Mevrouw Burrano snoof minachtend. 'Zeg me wat u wilt weten.' Ze strekte haar hand uit over het hoektafeltje en pakte een pakje Philip Morris. Met grote moeite, door haar misvormde vingers, haalde ze er een sigaret uit. Zoekend keek ze om zich heen.

'Waar is mijn gouden aansteker?' snauwde ze.

Ze pakte een plastic aansteker en slaagde erin haar sigaret aan te steken. Daarna gooide ze hem bijna walgend op het kleed.

Een grijze telefoon, die al sinds de jaren zeventig op dat tafeltje moest staan, begon te rinkelen maar het leek de vrouw niets te kunnen schelen.

'Heeft uw man, voor zover u zich herinnert, ooit openlijk verklaard dat hij geen zaken wilde doen met de familie van Di Stefano?' vroeg Vanina.

'Dat was niet nodig. Aangezien u uit Palermo komt, weet u misschien wie de Zinna's zijn. Denkt u dat mijn man met hen zaken zou willen doen?'

'En u heeft nooit gedacht dat uw man dat contract voor het waterleidingnet misschien juist wel wilde ondertekenen of, erger nog, dat hij het al had ondertekend?'

'Dat verklaarde Di Stefano, maar er was geen reden om hem te geloven. Het contract is zelfs nooit boven water gekomen. Als mijn man zo'n document al had ondertekend, dan had hij er een kopie van bewaard op een veilige plek. In zijn kantoor. Maar ook daar was er geen enkel spoor van. Als u uw tijd wilt verdoen door ernaar te zoeken, gaat uw gang.'

'Dat hoeft niet meer, mevrouw.'

Even leken er barstjes te verschijnen in de aanmatigende houding van de oude vrouw.

'Waarom?'

'Omdat we het gevonden hebben. Zoals u zei, op een veilige plek.'

Op dat moment verscheen Mioara weer.

'Mevrouw! Wat is er?' riep het meisje en ze schoot naar haar bazin toe die bleek zag.

Met een geërgerd gebaar weerde mevrouw Burrano het meisje af en joeg haar de kamer uit. Haar ogen vernauwden zich tot spleetjes, haar toon was nu totaal anders.

'Commissaris Guarrasi, wat komt u me vertellen? Dat mijn man zakendeed met een maffiafamilie? Dat ons familiebezit is opgebouwd met verre van wettige middelen? Dat...'

Vanina onderbrak haar met een handgebaar.

'Mevrouw, dat soort zaken zijn allang mijn zorg niet meer. Mijn enige zorg is begrijpen wie zevenenvijftig jaar geleden Maria Cutò heeft vermoord en of iemand zesendertig jaar heeft vastgezeten voor iets dat hij niet heeft gedaan. En aangezien beide delicten in uw huis zijn gepleegd, moet ik u wel lastigvallen met mijn vragen.'

'Ik raad u ten zeerste aan om meneer Di Stefano te ondervragen, in plaats van uw tijd te verdoen met mij. Als mijn man dat contract daadwerkelijk heeft ondertekend, dan deed hij dat waarschijnlijk onder bedreiging. En misschien kreeg hij er spijt van. De familieleden van die man zijn... Ach, dat hoef ik u niet te vertellen, dat weet u beter dan ik.'

Volgens mevrouw Burrano was Di Stefano's schuld onomstotelijk bewezen. Ze had argumenten om elke hypothese te weerleggen die het tegendeel bewees. Het was goed mogelijk dat de beheerder onder één hoedje met de prostituee had gespeeld om Gaetano om de tuin te leiden. Dus moest hij haar daarna wel elimineren, omdat ze een belastende getuige kon zijn. Of wie weet had haar man, in een vlaag van woede op die slet die hem erin wilde luizen, haar wel vermoord en haar daar verstopt voordat hij zelf stierf. Ja, eerst had ze gezegd dat het haar onmogelijk leek, maar... wie wist er nou echt wat er in bepaalde situaties in het hoofd van een man omging? En wie zulk werk deed, liep nu eenmaal van meet af aan het risico dat het slecht zou aflopen.

'Mevrouw Burrano, het spijt me dat ik u moet teleurstellen, maar de persoon in kwestie deelde meer met uw man. Om te beginnen hadden ze een dochter. Verder deden ze al jaren samen zaken en waren ze van plan om hun activiteiten naar andere steden uit te breiden. Ik weet nog niet in welke branche, maar ik verzeker u dat ik daar snel genoeg achter kom. En bovenal kwam ze voor in het holografische testament dat we in de Flaminia hebben gevonden, in dezelfde aktetas als waar het beruchte contract voor het waterleidingnet in zat dat door Gaspare Zinna was ondertekend.'

'Mijn man stierf zonder testament', siste de vrouw. 'En hij had geen kinderen. Let op uw woorden, commissaris Guarrasi.'

Vanina stond op. 'Nee, u moet opletten, mevrouw Regalbuto. Wat ik zeg, en weet dat ik het nooit aan u had verteld als ik er niet zeker van was geweest, staat zwart op wit in de papieren van uw man, die samen met zijn identiteitspapieren en die van Maria Cutò in de Flaminia zaten waar u de verdwijning van heeft gemeld. Alles is gevonden en veiliggesteld.'

'Er is geen testament, commissaris Guarrasi, en notaris Renna zal dat kunnen bevestigen', hield de vrouw vol.

Vanina's telefoon begon te trillen. Het was Patanè.

Na even getwijfeld te hebben of ze het gesprek wel of niet moest wegdrukken, koos Vanina voor de eerste optie. Maar de commissaris hield vol en belde nog eens en nog eens.

Patanè's telefoon leek een reliek uit de oorlogsindustrie en de kans dat hij berichten kon versturen of lezen was nogal klein. En aangezien zijn vasthoudendheid als koeienletters in een krant wilde zeggen dat hij nieuws had, moest ze wel even weglopen om op te nemen.

Daar kreeg ze geen spijt van.

Het laatste brokje informatie dat Vanina aan mevrouw Burrano gaf, die al die tijd met ingehouden adem had zitten wachten, was kort maar krachtig: Gaetano Burrano had een parallel leven geleid en dat leven wilde zij onderzoeken.

Ze liet de vrouw lijkbleek achter.

Tijdens zijn poging om zijn Range Rover, vers uit de wasstraat, een beetje fatsoenlijk te parkeren had Alfio Burrano peentjes zitten zweten. Als die rottige vulkaan niet weer as ging spuwen, zou het wit van de carrosserie misschien wit kunnen blijven.

Sinds de avond waarop het lichaam was gevonden, zat alles hem om de een of andere reden tegen. Zijn zoon weigerde bijna om met hem te praten, gesteund door zijn moeder, de grootste zeurkous op aarde. Hij was het lijdend voorwerp van het slechte humeur van zijn ouwe tante, dat veroorzaakt werd door die absurde toestand en in de eerste plaats gericht was op de journalisten die verhaaltjes uit hun duim zogen. En alsof het allemaal nog niet erg genoeg was, had je haar ook nog: zijn kwelgeest van de laatste vier maanden. Zij die hij liever niet bij naam noemde, ook niet tegenover zichzelf, maar met wie hij ondanks zichzelf wel steeds afsprak.

Tante Teresa had hem voor de zoveelste keer ontboden. Op een nog strengere en ijzigere toon dan normaal. Ze leek hem de schuld te geven van het gedoe van de afgelopen dagen. Sterker nog: met de eerlijkheid die ze in bepaalde situaties aan de dag legde, had ze hem ervan beschuldigd dat hij haar uitdrukkelijke wil had genegeerd en daarbij had ze hem vernederd ten overstaan van haar Napolitaanse vriendin. In zijn vurige wens om de villa te behouden, had hij volgens zijn tante bijgedragen aan de vondst van die arme drommel, wie ze ook was en wat ze daar ook deed. Het was te hopen dat dit niet de nalatenschap van de familie Burrano zou 'overschaduwen'.

Eerlijk gezegd gaf Alfio geen bal om de nalatenschap van zijn familie en nog minder om die tak van de familie. Zijn oom Gaetano was een klootzak geweest die misbruik had gemaakt van zijn makke broer om het hele familiebezit in handen te krijgen. Gelukkig maar dat er soms zoiets was als goddelijke gerechtigheid, want nu zou alles uiteindelijk van hem zijn. Die ouwe trut moeten verdragen was de prijs die hij daarvoor moest betalen.

Commissaris Guarrasi sneed hem precies voor de deur de pas af. Met een sigaret in haar hand liep ze met snelle tred, ze was geconcentreerd in gesprek met de slanke agente die hij op de avond van de vondst van het lijk had ontmoet.

Zijn vriend, de advocaat, had zijn hoofd vol van die blondine, in wie hij echter niets zag. Een fotomodel had hij haar genoemd. De commissaris was veel aantrekkelijker; onder die mannelijke kleding verborg ze vast het lichaam van een alfavrouw.

Hij versnelde zijn pas en haalde haar in.

Vanina was net samen met Marta de stoep van de Via Etnea op gestapt, toen Alfio Burrano plotseling zo snel als een sprinter voor haar opdook, gehuld in een wolk parfum die zijn Hollywood-lookalike in de reclame van Givenchy Gentleman deed verbleken. Hij was zonder meer aantrekkelijk, maar op dat moment ook nogal hinderlijk.

Hij stelde van alles voor: koffie, granita, ijs, zelfs een lift naar het bureau in zijn stoere wagen. Hij glimlachte van oor tot oor naar commissaris Guarrasi. Tevergeefs natuurlijk.

Hij vroeg opheldering over het verhaal van de auto die was gevonden in de garage in de Via Carcaci, waarover hij in de krant had gelezen. Vanina bracht hem op de hoogte van het nieuws dat ze net aan zijn tante Teresa had verteld.

'Dus het wordt steeds gecompliceerder', concludeerde Burrano bezorgd.

Het was duidelijk dat het probleem voor hem niet zozeer het onderzoek zelf was, als wel de gevolgen die het had voor zijn rustige leventje. Het idee dat die 'complicaties' een nieuw licht konden werpen op de zaak van zijn oom Gaetano, deed Alfio Burrano niets. De zaak leek hem juist enorm te intrigeren.

'Hoe kan ik jullie helpen? Hebben jullie documenten nodig of misschien meer informatie over de villa? Vraag het vooral aan mij, dan kunnen we mijn tante misschien ontzien en slaapt zij en ik dus ook wat beter. Ik kan bijvoorbeeld zoeken naar...'

'Meneer Burrano, we doen het zo: als ik informatie nodig heb, bel ik u wel. Helaas kunnen we uw tante op dit moment niet ontzien, aangezien zij een van de weinige mensen is die zich de gebeurtenissen kunnen herinneren.'

Op het Piazza Stesicoro, tegenover de opgravingen van het

Romeinse amfitheater, bleef Vanina staan en stuurde hem vriendelijk maar beslist weg.

'Mijn hemel, wat een vervelende man!' zei Marta binnensmonds, zodra hij zich had omgedraaid.

'Behoorlijk *incutto*, verknipt, zou Spanò zeggen.' Een van de regionale termen die Vanina zichzelf probeerde aan te leren en die ze in een speciale notitie op haar iPhone noteerde onder de noemer 'Cataniaans'. Zij sprak het Palermitaanse dialect en dat zou nooit veranderen, maar het was belangrijk om de lokale woorden te bestuderen, al was het maar op een zuiver oppervlakkig niveau.

Marta kwam naast haar lopen. Op een gegeven moment stak ze haar hand in haar zak en haalde een bundeltje tevoorschijn.

'Hier. Doe ermee wat je wilt.'

Vanina keek stomverbaasd naar de kleurrijke plastic aansteker die uit het papieren zakdoekje piepte.

'Mag ik je om een gunst vragen?' vroeg Marta. 'Mag ik er ook iets van gaan begrijpen, in plaats van dat ik steeds lukraak stukjes van de puzzel moet leggen?'

In onderzoeken was er altijd een moment waarop inspecteur Bonazzoli haar hand opstak en vroeg om op de hoogte te worden gebracht van de theorieën die de commissaris meestal alleen met Spanò deelde, waardoor ze de rest van het team degradeerde tot eenvoudige loopjongens.

Het was een legitieme wens en Marta verdiende het. Vanina vergat het vaak, maar het meisje had meer dan eens laten blijken dat er achter haar verlegenheid, waar ze eerlijk gezegd aan begon te twijfelen, een verrassende intuïtie school. En die middag had ze die weer laten zien.

Ze waren er allemaal, in de kamer van de Grote Baas: Vanina zat tegenover hem, Marta stijf rechtop op de andere stoel en Spanò stond achter hen. Macchia had hen op de trap onderschept. Ook hij was net op de weg terug, helemaal in zijn nopjes met de enorme anti-drugsoperatie die het Drugsteam samen met collega's van Georganiseerde Misdaad die nacht tot een goed einde had gebracht, waarbij zes verdachten waren aangehouden en immense hoeveelheden van verschillende soorten verdovende middelen in beslag waren genomen.

Vanina had amper tijd gehad om Patanè's informatie samen te voegen met de versnipperde informatie die ze die nacht uit het dossier had vergaard, en tijdens de verschillende bezoekjes die dag. Ze had nog niet met Spanò over de laatste nieuwe ontwikkelingen kunnen praten of naar Marta's mening kunnen vragen.

Macchia zat onderuit in zijn oversized bureaustoel met een gedoofde sigaar tussen zijn lippen en een denkrimpel in zijn voorhoofd. Hij wachtte zwijgend tot commissaris Guarrasi voor hem de warboel aan elementen zou ontrafelen die ze had weten op te diepen in de zaak die zo uit een roman leek te komen.

'Maria Cutò en Gaetano Burrano hadden al lange tijd een band. En dan heb ik het niet over een pseudo-sentimentele band of over de dochter die ze hadden. Burrano had drie bordelen: Casa Valentino, dat hij samen met Cutò beheerde, plus nog twee van een lagere klasse. Volgens onofficiële bronnen hengelden die laatste twee hun klanten binnen uit een netwerk van schurken en ronselaars gelinkt aan de familie Zinna.'

'En hoe weten wij dit?' vroeg Macchia.

'Commissaris Patanè hoorde het van adjudant Iero, een van zijn vertrouwelingen, die jarenlang bij Zedendelicten heeft gewerkt.'

'Een van zijn vertrouwelingen? En hoe oud is die man nu?'

'Weet ik veel. Rond de negentig.'

'Vanina, realiseer je je wel dat je vertrouwt op het geheugen van een negentigjarige?'

'Het is bekend dat oude mensen een slecht kortetermijngeheugen hebben, maar met hun langetermijngeheugen is niets mis. En sowieso, wat moet ik anders?'

Macchia dacht er even over na. 'Niets, nee. Ga door.'

'Alles gaat goed, totdat de prostitutiewet roet in het eten gooit. Casa Valentino, dat van hem was, wordt op Cutò's naam gezet. Over de andere twee bordelen is niets meer bekend. In '59 is de relatie tussen de twee inmiddels bestendigd en Rita Cutò is het enige kind dat

Burrano ooit gekregen heeft. Misschien was het een slimme zet van haar moeder of misschien deed Burrano het uit genegenheid, maar hij is hoe dan ook verbonden met het kind en besluit het een toekomst te geven. De twee zijn daarom van plan de stad te verlaten om zaken te gaan doen in Napels. Hoe, waar en met wie, kunnen we natuurlijk niet weten, maar we weten dat Burrano zelfs bereid is om Catania voor onbepaalde tijd te verlaten. Alleen moet hij er eerst voor zorgen dat zijn grootste deal, de aanleg van het waterleidingnet, volgens plan verloopt. Hij tekent het contract met Gaspare Zinna, met wie hij waarschijnlijk al jarenlang zakendeed in de prostitutie, en besluit alles toe te vertrouwen aan zijn rechterhand: Tommaso Di Stefano. Hij bewaart een kopie van het getekende contract in een map, waar hij in een open en ongefrankeerde envelop ook een aan notaris Arturo Renna gericht handgeschreven testament bij heeft gestopt. In dat testament wijst hij zijn vrouw en Cutò aan als erfgenamen en bepaalt hij dat zijn hele bezit na het overlijden van de twee vrouwen overgaat op Rita. De avond voor zijn vertrek wordt hij vermoord. Maria Cutò verdwijnt en nu weten we waarheen. En wie zit er zesendertig jaar vast voor de moord? Tommaso Di Stefano, de enige die er geen enkel voordeel bij zou hebben gehad om hem te vermoorden.'

'Waarom hadden Zinna of Di Stefano geen kopie van het contract?'

'Naar alle waarschijnlijkheid hebben wij de kopie gevonden die de beste man voor zichzelf had gehouden. De andere kopie, die aan de beheerder moest worden overhandigd, is verdwenen en nooit meer gevonden. Dit bekrachtigde de theorie dat Di Stefano loog en vormde nog een bewijsstuk tegen hem. Het zoveelste.'

'Iemand heeft het contract laten verdwijnen', speculeerde Spanò.

'En dat niet alleen', zei Vanina, waarop de Grote Baas fronste. 'Patanè heeft me op dat spoor gezet. Toen we het testament vonden, gingen we ervan uit dat het een brief was die Burrano niet op tijd had verstuurd. Maar als je er goed naar kijkt, zie je dat het vol doorhalingen zit. Te veel voor zo'n belangrijk document. Het lijkt meer op een kladversie van een brief die naar alle waarschijnlijkheid al naar notaris Renna was gestuurd, maar waarvan elk spoor ontbreekt. En dus sterft Burrano zonder testament, zijn hele bezit gaat naar zijn vrouw en het waterleidingproject werd opnieuw vormgegeven.'

Macchia keek haar geconcentreerd aan terwijl hij op zijn sigaar kauwde.

'Met welke partij?' vroeg hij.

'Met Idros Srl, en raad eens wie daar de directeur van was?'

'Vanina, gaan we nu raadsels opgeven?'

'Arturo Renna.'

Macchia haalde de sigaar uit zijn mond en zweeg. Nog even en de femme fatale uit de film noir verliet haar parallelle universum, op weg naar de moeilijke, echte wereld.

'En weten we dit zeker, of is het weer zo'n verklaring die je op de afdeling Geriatrie hebt opgeduikeld?'

Spanò stak zijn hand op, als een schooljongen bij de directeur.

'De informatie is zeker, hoofdcommissaris. Vanaf dat punt heb ik alles op papier. Tot aan de jaren tachtig werd Idros bestuurd door Renna. Daarna nam zijn schoonzoon het over.'

'Nog een belangrijk onderwerp: de bijzondere vriendschap tussen notaris Renna en Teresa Burrano. Blijkbaar was het in Catania het onderwerp van gesprek', vulde Vanina aan.

'Komt dat ook uit een betrouwbare bron?' vroeg Macchia.

'Superbetrouwbaar, meneer', zei Spanò. 'Mijn tante Maricchia weet meer dan een historisch archief.'

'Dus volgens jou', vatte Macchia samen, zich tot Vanina wendend, 'zou de dame iets te maken hebben met de moord op haar man en dus ook met die op Cutò. Terwijl notaris Renna, als gunst aan haar, een testament zou hebben laten verdwijnen. Dus het oude proces moet ook weer worden opgerakeld.'

'Dat is aannemelijk.'

'En kent Vassalli het hele verhaal?'

'Nog niet.'

Macchia leunde achterover en stopte met een sluwe blik de sigaar weer in zijn mond.

'Ik kijk uit naar zijn reactie.'

12

EIND SEPTEMBER, OF HET NU WARM OF KOUD IS, KEERT ACI TREZZA TErug in wintermodus. Geen zonneterrassen of looppaden meer, geen strandtenten meer en de pieren in de jachthaven worden afgebroken.

Volgens Adriano sluit de echte Catanees zijn strandhuis eind augustus al af, aan het eind van de vakantie, en verkast naar de bergen. Bij die ene berg die nu al dagen onophoudelijk vuur spuwde.

Terwijl de zee aan het begin van september vaak op haar best is.

Vanina had in dat kustdorp tegen de zwarte klippen het grootste deel van de zomer doorgebracht. Of beter gezegd: de enige zomerdagen waarop er niemand was vermoord in Catania en omstreken.

Dit was de eerste keer sinds de ontdekking van het lichaam in Villa Burrano dat Vanina zichzelf een langere lunchpauze gunde dan normaal. Maar dat was geen goed teken.

Vassalli hield haar al een paar dagen aan het lijntje. Hij had naar haar geluisterd zonder een spier te vertrekken, hij had zelfs een paar keer geknikt, hij had kennisgenomen van haar verzoek om de telefoons van mevrouw Burrano af te tappen en om een onderzoek naar het proces tegen Tommaso Di Stefano te openen. Maar uiteindelijk had hij geantwoord dat hij erover na moest denken. Er moest onderzoek gedaan worden naar iemand met een blanco strafblad op basis van niet-tijdgevoelige aanwijzingen, en een verzoek ingediend worden om een zaak opnieuw te beoordelen die al meer dan vijftig jaar geleden was opgelost met een schuldige die zijn straf had uitgezeten.

De dagen verstreken. De weersvoorspellingen hadden er faliekant naast gezeten en ook dit keer zat een weekendje Noto er niet in.

Het enige goede nieuws tot nu toe kwam van de technische recherche. Het DNA dat ze van de borstel en de kam hadden gehaald die ze in Villa Burrano hadden gevonden en dat wat ze hadden geïsoleerd uit voorwerpen uit de lade in Casa Valentino, kwam overeen met het DNA van het gemummificeerde lijk. Dat bevestigde definitief dat Maria Cutò het slachtoffer was. Voor het eerst in elf maanden had Manenti haar met speciale technieken weten te verrassen. Hij was erin geslaagd om wat vage vingerafdrukken te halen van een paar voorwerpen die op Burrano's bureau hadden gelegen, die ze hem een paar dagen eerder had opgedragen zorgvuldig te onderzoeken.

Jammer genoeg was het onderzoek in een absolute patstelling beland sinds Vanina de officier van justitie op de hoogte had gebracht, en dat was allesbehalve positief.

Maria Giulia De Rosa dook ineens achter Vanina op, terwijl ze onder het paviljoen op de steiger in gedachten verzonken naar het eiland Lachea zat te staren.

'Denk je dat Visconti de havenscène in *La terra trema* hier of in de andere jachthaven heeft gefilmd?' vroeg Vanina.

Giuli keek haar vragend aan. 'De scène uit...?'

'*La terra trema*, Visconti's film naar de roman *I Malavoglia* van Verga, die hier in Aci Trezza is opgenomen met amateur-acteurs... Kom nou, een volbloed Catanees zoals jij kent die film toch wel!'

'Wanneer is die film opgenomen dan?'

'In 1948, Giuli. Ach, laat ook maar, het was ook wel vreemd geweest als je hem had gekend.'

'Vanina, ik snap dat je films verzamelt, ik snap dat je dol bent op die auteursfilms, maar het is toch niet normaal dat iemand van jouw leeftijd films uit 1948 kijkt?'

Vanina zuchtte berustend. Gelukkig had ze Adriano.

'Maar goed, volgens mij was deze ranzigheid er nog niet in '48', zei Giuli uit het niets.

Verbaasd keek Vanina haar aan.

'Ik bedoel, heb je het water gezien?' zei haar vriendin verontwaardigd.

Vanina leunde een beetje naar voren en keek omlaag naar het zeewater in de haven.

Door een opening onder de kade, precies naast de pier, stroomde bruin water van twijfelachtige herkomst naar buiten. Gewoon zomaar. Nu merkte ze ook dat het behoorlijk stonk.

'Wat is dat voor ranzigheid?'

'Rioolwater, schat.'

'Dat meen je niet, toch?'

'Hoezo? Wist je niet dat het riool van deze kust in de zee uitkomt?'

'En jij hebt me, nog geen maand geleden, zonder waarschuwing de trossen van je rubberboot laten aanraken?'

'Rustig maar, commissaris. Toen jij er was, was de afvoer er niet. Of ja, die was er wel maar er kwam geen troep uit. Onder dit plein zit een enorme tank waar al het rioolwater van Aci Trezza in zit. Normaal gesproken transporteert een eenvoudig mechanisme, dat aangestuurd wordt door een soort pomp, een deel van het water naar een leiding die aan de andere kant van het dorp uitkomt.'

'Ook in de zee?' vroeg Vanina.

'Uiteraard. Nogal wiedes, toch?' luidde Giuli's sarcastische antwoord. 'Maar het komt tenminste niet in een gesloten havenbekken, tussen de boten. Als die oude pomp kapotgaat, raakt de tank overvol. En loopt het rioolwater over door de openingen onder de kade.'

'Dit stukje zee is toch beschermd gebied? Als je alleen maar een anker uitwerpt, krijg je binnen een tel een boete aan je broek omdat je de fauna verstoort!'

'Ik ken wel een faunasoort die zwaar verstoord moet worden. Tweepotig en zonder kieuwen.'

'Maar waarom repareren ze het niet?'

'Meestal duurt het vier, vijf dagen voor ze het repareren.'

'Meestal? Hoezo, gaat hij dan vaker kapot?'

'Bijna elk jaar. En je hebt geluk gehad dat het niet gebeurde toen jij hier was. Het gebeurde een keer in augustus. Je kunt je wel voorstellen hoelang het duurde voordat het gerepareerd werd. Nul aanspreekpunten, uiteraard. En niemand die een hand uitstak om mij te helpen. Iedereen onderging het lijdzaam. Iedereen hoopt dat het fameuze riool waar al jaren over wordt gesproken eindelijk wordt aangelegd. Ze laten zelfs die arme schippers hun trossen aanleggen en op de pieren werken en elke keer dat deze ranzige toestand zich voordoet, zitten zij met de handen in het haar. Ik heb een stennis geschopt, je wil het niet weten. Telefoontjes, kustwacht, ik heb nota bene milieudefensie erbij gehaald.'

Maria Giulia De Rosa spaarde niemand. Daarin begrepen zij en commissaris Guarrasi elkaar uitstekend. Bovendien was de Clubman 26-rubberboot met twee sterke viertaktmotoren van 250 pk waarschijnlijk datgene waar de advocaat het meest aan verknocht was. Een beest van bijna negen meter waarmee ze langs de hele oostkust kon varen, inclusief de Eolische eilanden.

'Sorry dat ik je helemaal hierheen heb laten komen, maar ik had nog een appeltje te schillen met die lui van de pier. Heb je zin om samen een hapje te eten?' vroeg Giuli terwijl ze de haven verlieten, en ze wees naar een trattoria aan het water waar ze stamgast was. Daar wisten ze, zonder dat ze het hoefde te zeggen, dat ze geen peterselie op haar pasta wilde, dat ze allergisch was voor peper en chilipeper, dat ze haar tonijn liefst bijna rauw at en dat ze altijd haast had. Altijd.

En het belangrijkste: de eigenaren waren oude klanten van haar vader.

'Ik heb alles gepland voor New York. Als je me groen licht geeft, ga ik boeken', zei Giuli zodra ze aan een tafeltje zaten.

Vanina bedacht dat het misschien niet zo'n goed idee was geweest om Giuli te vertellen dat ze graag eens terug wilde naar New York. Ze had het zomaar gezegd, zonder er al te veel over na te denken, en Giuli, die altijd elke kans aangreep om de oceaan over te vliegen, had zich er als een pitbull in vastgebeten.

'Eind november. Na Thanksgiving, want dan hangt er overal kerstversiering', voegde Giuli eraan toe, waarna ze zich met glimmende ogen op de broodmand stortte.

Vanina zag al voor zich hoe ze in New York rondliep met de kaart met alle belangrijke kledingwinkels in haar hand, als een soort kruising tussen Audrey Hepburn en Sarah Jessica Parker kijkend naar de etalages van Tiffany's.

Ze verschilden als dag en nacht, maar er was niemand bij wie ze zo tot rust kon komen.

'Stuur me het programma maar door en ik laat het je weten', antwoordde ze behoedzaam.

New York was een speciale plek voor haar, waar ze graag haar toevlucht zocht om zich los te maken uit haar wereld. Dat had ze voor het laatst gedaan voordat ze naar Milaan verhuisde. Ze had al haar spaargeld opgenomen en was een hele maand gebleven, de wonden likkend die ze zichzelf net had toegebracht.

'We kunnen ook in een andere periode gaan, als je dat liever hebt. Zeg maar wanneer het voor jou het rustigst is.'

'Bedoel je wanneer ik zeker weet dat er vijf dagen lang niemand wordt vermoord?'

'Oké, Vanina, ik snap het. Je hoofd staat er niet naar. Zolang het voor jou maar handig is. Voor mij is alles goed, ook een last minute. Wel jammer van die superaanbieding die ik op Booking heb gevonden voor een gaaf hotel.'

Vanina vond het moeilijk om het bijvoeglijk naamwoord 'gaaf' te rijmen met een echte korting. Giuli en haar eisen kennende, was het op zijn minst een vijfsterrenhotel ontworpen door Philippe Starck, waarvoor de advocaat met veel mazzel een aanbieding had gevonden voor driehonderdnegenennegentig dollar per nacht in plaats van vijfhonderdvijftig. Een kans die je niet kon laten liggen!

Plekken die ze in haar stoutste dromen niet eens zou overwegen.

'Ik zal er serieus over nadenken', verzekerde ze haar.

Ze bestelden twee borden linguine met slipperkreeft, de driepotige neef van de kreeft, waarvan er eentje uiteraard zonder peterselie en chilipeper werd geserveerd.

'Ik moest gisteravond nog aan je denken', zei Giuli met een serieus gezicht na haar eerste hap.

Vanina kwam omlaag van de bovenste verdieping van het Empire State Building, waar ze in gedachten naartoe was gevlucht.

'En dat is raar?' grapte ze gealarmeerd.

'Muts! Ik heb het nieuws gezien. Ze hadden het over je.'

Vanina ging rechtop zitten.

'Ik heb het er liever niet over, Giuli.'

'Dat dacht ik al. En zoals je hebt gemerkt, heb ik je niet meteen gebeld, wat ik wel wilde. Maar toen heb ik de hele dag nagedacht over dat ik geloofde dat ik nu zo'n beetje wel alles van je wist en uiteindelijk juist niet op de hoogte was van zulke belangrijke dingen. Dat deed me wel iets.'

'Het zijn dingen waar ik liever niet aan terugdenk.'

'Je hebt officier Malfitano gered, lieverd. Dat kan niet iedereen. Je zou er trots op moeten zijn.'

'Giuli, geloof me, zo eenvoudig is het niet', zei Vanina bruusk en ze stortte zich op haar linguine voordat ze geen trek meer had.

Maria Giulia liet haar eten.

'Hij is het zeker?' begon ze weer terwijl ze op de rekening wachtten.

'Wie?'

'Degene die je in Palermo hebt achtergelaten en over wie je me nooit hebt verteld.'

'Ja, Giuli, hij is het', zuchtte Vanina vermoeid. 'Ben je nou blij?'

'En je hebt ook zijn leven gered.'

'Ja, ik heb zijn leven gered.' Die keer had ze een wapen vastgehad. Ze was niet hulpeloos geweest. Die keer had ze iedereen kunnen doodschieten.

'En toen ben je bij hem weggegaan.'

Vanina antwoordde niet.

Giuli respecteerde haar zwijgen.

'Hé, ik hoorde dat je Alfio Burrano hebt ontmoet', zei ze, waarmee ze het gesprek over een andere boeg gooide.

Ze praatten even over het onderzoek en over Vassalli die stommetje speelde sinds de laatste ontwikkelingen. Giuli kon je vertrouwen en bovendien kende ze de halve stad.

'Natuurlijk. Iedereen in Catania heeft een hekel aan mevrouw Burrano, maar niemand durft haar openlijk weg te werken of ergens van uit te sluiten', zei ze meteen.

'Hoezo?'

'Omdat ze machtig is, schat. En ze heeft machtige vrienden. Ook die arme Alfio, die nooit echt een hoogvlieger is geweest, is met handen en voeten aan haar gebonden.'

Niets nieuws uiteindelijk, op een detail na dat als een mug in haar hoofd bleef rondzoemen.

Teresa Burrano was niet alleen rijk en vals. Ze was machtig. En gevreesd.

Iets zei haar dat ze dat niet pas op haar oude dag was geworden.

Spanò kwam haar tegemoet op de trap.

'Fijn dat u er weer bent, chef!'

'Wat is er, Spanò? Zeg nou niet dat meneer Vassalli besloten heeft om in beweging te komen', grapte Vanina toen ze zijn bezorgde gezicht zag.

'Nee, commissaris. Meneer Macchia wil u meteen in zijn kantoor zien. Het is belangrijk.'

Vanina haastte zich naar boven.

'En je hebt geen idee wat hij me wil vertellen?'

Uit respect zou Spanò het nooit openlijk toegeven, maar Macchia's kantoor had geen geheimen voor hem. Met of zonder de zegen van de Grote Baas bereikte nieuws dat hem zou kunnen interesseren hem net zo snel als een appje, lang voordat hij er officieel van op de hoogte werd gesteld.

'Eigenlijk... heb ik wel een vermoeden', antwoordde de inspecteur zachtjes.

Vanina bleef halverwege de trap staan.

'Wat dan?'

'Een telefoontje voor u vanuit Palermo. Van ene advocaat Massito. Kent u die?'

Vanina groef in haar geheugen. Massito. De naam deed ergens een belletje rinkelen.

Spanò boog zich naar haar toe en sprak nog zachter.

'Volgens mij is hij de advocaat van een van de kopstukken.'

Met een serieus gezicht liep Vanina verder naar boven. Die informatie beviel haar maar niets. Ze had al jaren niets meer te maken met de kopstukken uit Palermo en ze was niet van plan om daar weer mee in aanraking te komen. En het moest een fijngevoelige kwestie zijn als Tito Macchia liever had gewacht tot ze terug was in plaats van haar te laten bellen.

Met elke trede die ze nam, steeg de spanning in haar lijf. En werd irritatie en uiteindelijk woede. Wie was die Massito in godsnaam?

'Ugo Maria Massito, strafrechtadvocaat, pleiter bij de Hoge Raad', vertelde Tito en hij hield het briefje ver van zijn gezicht om zijn bril niet op te hoeven zetten. 'Verdediger van al het uitschot van Palermo en omstreken, maar dat staat hier niet bij', voegde hij eraan toe.

Hij had iedereen weggestuurd – een teken dat het niet het team of het onderzoek betrof maar alleen haar: commissaris Giovanna Guarrasi. Die hem nu met ingehouden adem aankeek.

'Een cliënt van deze advocaat Massito zegt dat hij met jou wil praten', vatte Macchia samen. Hij keek weer op het briefje, dit keer met zijn bril op zijn neus. 'Rosario Calascibetta, bekend als Tunisi, sinds acht jaar vast in de spijtoptantenvleugel van de Ucciardone. Iemand die jij logischerwijs zou moeten kennen.'

Vanina zweeg verrast.

Tunisi. Ze hoefde alleen maar aan zijn gezicht te denken of haar maag draaide zich al om. Een maffioso van de oude stempel, een verklikker van de ergste soort, zo eentje die de dingen niet onomwonden zei maar ze duidelijk maakte met metaforen en verzonnen personages. Iemand met wie ze het spel jaren geleden al definitief had beëindigd. En die nu een spijtoptant was. Wat kon hij van haar willen?

'Zeker. Nou en of ik die ken. Een echte heer. Weet je waarom ze hem Tunisi noemen? Omdat hij in de jaren tachtig een kopstuk werd in de heroïnehandel en ladingen uit Tunesië in Palermo verhandelde.'

Tito zette zijn bril af. 'Vanina, laten we er geen doekjes om winden. Ik weet dat dit over je privéleven gaat, maar ik moet weten wat je relatie is met Paolo Malfitano.' Vanina huiverde een beetje en Macchia zag het. 'Ik bedoel: weet je iets waardoor je gecompromitteerd kan raken? Neemt hij je in vertrouwen?'

'Kom nou, Tito', zei ze en ze schraapte haar keel die droog was geworden. 'Ik heb lang genoeg in de maffiabestrijding rondgehangen om te weten dat als het gaat om individuen als Tunisi, er niet zoiets als “privé” bestaat. Dus kan ik meteen je vragen op volgorde beantwoorden. Eén: ik heb Paolo al meer dan drie jaar niet meer gezien of gesproken. Twee: natuurlijk weet ik niets over zijn werk. Drie, maar dit is mijn mening, dus doe er je voordeel mee: ik denk niet dat iemand als Tunisi mij als tussenpersoon zou uitzoeken om Paolo Malfitano te bereiken.’

‘Bedoel je omdat hij geen reden zou hebben om dat te doen of omdat het niet gunstig voor hem zou uitpakken? Wees alsjeblieft duidelijk, Vanina’, vroeg Tito behoedzaam.

‘Laten we zeggen dat het door ondergetekende komt dat Rosario Calascibetta, bekend als Tunisi, ondanks zijn talloze samenwerkingen met justitie nog altijd in de Ucciardone zit.’

‘Dus hij zou boos op je kunnen zijn?’

‘Laat dat “zou” maar weg.’ Vanina pakte een sigaret, maar Macchia’s wijsvinger bewoog zo vermanend heen en weer dat ze hem niet durfde op te steken. Terwijl hij zelf ook rookte. ‘Het verbaast me dat iemand als hij nog steeds met me wil praten’, besloot ze.

‘Hier heb je in ieder geval Massito’s nummer’, zei de chef en hij stak haar een briefje toe. ‘Misschien is hij tegen jou wat ondubbelzinniger. Maar als je besluit te gaan, raad ik je aan om iemand mee te nemen. Spanò of Fragapane of wie je maar wilt.’

‘Hoezo? Denk je dat hij een aanslag heeft gepland in de verhoorkamer van de gevangenis?’ vroeg Vanina met een flauwe grijns.

‘Guarrasi, stop met dat sarcastische gedoe en laat me weten wat die vent van je wil.’

Macchia was makkelijk, verdraagzaam, maar als hij haar bij haar achternaam noemde betekende dat dat hij geïrriteerd was.

Vanina pakte het briefje met het telefoonnummer aan en trok zich terug in haar kantoor. Spanò volgde haar met een ongeruste blik naar haar bureau.

‘Alles in orde, chef?’

‘Alles in orde, Spanò. Het is niet persoonlijk bedoeld, maar ik moet even bellen en dat doe ik graag alleen.’

De inspecteur liep de kamer uit, maar niet voordat hij haar een onderzoekende blik had toegeworpen. Hoewel ze een vervelend gevoel had, dat niet te ontkennen viel, was de schok wel verdwenen. Nu ze wist dat het om Tunisi ging, wiens spel met justitie, en ook met de maffia, logischerwijs al geruime tijd uitgespeeld was, was het bijna helemaal uitgesloten dat Paolo erbij betrokken was. Bijna dan.

Massito hield het kort: geen oeverloos geklets, geen woordspelingen. Zijn cliënt had informatie die nuttig kon zijn voor commissaris Guarrasi en was bereid die met haar te delen. Zo snel mogelijk.

Net zo kort en bondig als een bericht op een antwoordapparaat.

En hij liet er geen enkele twijfel over bestaan: als ze wilde weten waar het om ging, zat er maar één ding op en dat was naar de Ucciardone-gevangenis gaan.

13

NOG VOORDAT ZE DE ADVOCAAT HAD GESPROKEN, HAD VANINA FEITElijk al besloten dat ze meteen zou gaan. Ze zou zo snel mogelijk vertrekken en niemand meenemen.

Dat was niet uit wantrouwen of omdat ze niet zo goed kon samenwerken, waar de verschillende leidinggevenden onder wie ze gewerkt had haar steeds op hadden aangesproken. Alles wat met Palermo te maken had, hoorde bij een ander leven, waar Spanò en de anderen in het team automatisch van waren uitgesloten. Tito stelde zich soms wat beschermend naar haar op en Vanina durfde te wedden dat hij dat nooit zou hebben gedaan als ze een man was geweest. Ze vond het vanzelfsprekend dat ze in dit specifieke geval geen bewaking nodig had. Bovendien leek het erop dat er voorlopig nog geen beweging zou komen in de zaak van de femme fatale, dus kon ze daar maar beter gebruik van maken en geen tijd verdoen.

Adriano Calí belde haar toen ze bij het tankstation Sacchitello Nord stond te dubben of een coca-cola light gezonder was dan een zero, die dan wel minder calorieën bevatte maar vol zoetstoffen zat, of nog slechter was dan de echte coca-cola, die altijd haar favoriet zou blijven, zeker in een glazen flesje.

'Waar ben je? Ik hoor een enorme herrie', zei hij.

Vanina zag dat er net een groep lawaaierige schoolkinderen het wegrestaurant was binnengekomen en op het punt stond om de broodjestoonbank te plunderen als een roedel hongerige wolven.

'In de buurt van Enna', antwoordde ze en ze liep de bar uit naar haar Mini die ze voor de deur geparkeerd had.

'Je bent toch niet naar de outlet gegaan zonder het aan mij te vertellen', steigerde hij.

Vanina was glad vergeten dat er voor Enna een outletcenter was, zo eentje die je vroeger alleen in het noorden zag. En daarvoor alleen in de Verenigde Staten.

Naar de outlet! Alleen hij kon zoiets bedenken.

'Welke outlet, Adriano? Ik ben onderweg naar Palermo.'

'O, dat dacht ik even. Vergeet niet dat je me hebt beloofd om er samen heen te gaan.'

Dat wist ze niet meer, maar om hem gerust te stellen zei ze ja.

'Belde je me daarvoor?' vroeg ze plagend.

'Ik wist niet eens dat je in de auto zat. Ik was op het bureau omdat ik je iets wilde geven. Een dvd. Ik hoopte dat we die samen konden kijken, bij jou of bij mij.'

'Is Luca weg?'

'Nee, maar hij is aan het werk zodat hij volgend weekend vrij kan nemen om naar Noto te gaan. Dat ben je toch niet vergeten, hè?'

'Nee, natuurlijk niet. Ik weet zelfs bijna zeker dat ik kan komen.'

Als ze door haar bezoek aan Palermo tenminste niet in een moeras van problemen wegzakte, zo'n moeras waar ze het liefst nooit meer bij in de buurt kwam. Maar eerlijk gezegd leek haar dat onwaarschijnlijk.

'Wanneer kom je terug?'

'Morgenmiddag, denk ik.'

'Oké, dan blijft de film een verrassing. Morgen filmavond met pizza, bij jou of bij mij, kies jij maar. Je zult er geen spijt van krijgen.'

'Als jij zo mysterieus doet, belooft dat weinig goeds. Maar oké, we zien elkaar zodra ik klaar ben. Wel bij mij. De pizza's die jij thuis laat bezorgen zijn net frisbees, terwijl die van de pizzeria in Santo Stefano naast het theater en de bar bij mij in de buurt veel lekkerder zijn.'

'Wat ben je toch verrekte lastig, commissaris. Maar uiteindelijk zul je me dankbaar zijn, wacht maar af.'

Met die belofte hing hij op, een belofte die op een ander moment het gewenste effect zou hebben gehad, maar die nu, met het vooruitzicht van de ontmoeting die volgende dag, weinig indruk maakte.

Vlak na de snelweg bij het Himera-viaduct, het ingestorte viaduct dat onlangs weer was heropend met maar één rijstrook, deed Vanina haar oortjes in en selecteerde een nummer uit haar contactlijst.

'Hé chef!' antwoordde de stem aan de andere kant van de lijn.

'Manzo, hoe gaat het?'

'Tja, wat zal ik zeggen? Ik zit tot aan mijn nek in een zaak die niet lastiger had kunnen wezen.'

Inspecteur Manzo was haar rechterhand geweest – ook de linker volgens hem – op het politiebureau van Brancaccio en daarna op de afdeling Georganiseerde Misdaad van de recherche van Palermo. Altijd trouw aan haar zijde. Zo trouw dat hij haar nog altijd 'chef' noemde, ook al had hij een nieuwe leidinggevende, die het vast niet zou waarderen.

'Luister, Angelo, ik ben bijna bij Palermo. Ik moet je zien. Denk je dat je tien minuten vrij kunt maken, om... zeven uur?'

'Hoezo "denken", chef? Voor u maak ik me ook vrij als dat niet kan.'

'Hou op met die vleierij en klets niet zo uit je nek. Als je niet kan, kan je niet. Wat heb ik je al die jaren nou geleerd?'

'Ik kan, commissaris, geen zorgen. Waar zien we elkaar?'

'Is het voor jou oké om in de Via Roma af te spreken? Bijvoorbeeld bij onze vaste bar bij het huis van mijn moeder.'

Manzo liet haar niet eens uitpraten. 'Om zeven uur daar. Tot straks, chef.'

Ze reed nu op het stuk snelweg dat ze het leukst vond.

Ze kwam altijd in de verleiding een omweg te nemen. Om rond te rijden in het Madoniegebergte naast Castelbuono, het geboortedorp van haar vader. Om een panettone met *manna* te kopen en dan naar het kasteel te gaan waar een deel van *Nuovo Cinema Paradiso* was opgenomen, een van de mooiste films uit haar verzameling. Maar dat deed ze nooit.

Toen kwam de zee. Het uitzicht op de kust, compleet verpest door industriegebieden en wanstaltige gebouwen die het landschap misvormden. Eeuwig zonde, dacht ze elke keer.

Bij Capo Zafferano was het niet ver meer naar Palermo.

Haar hart begon sneller te kloppen bij de aanblik van de Monte Pellegrino. Want Vanina Guarrasi hield van Palermo zoals ze nooit van haar leven van een andere stad zou houden. Ook al was ze gevlucht en deed ze er alles aan om niet terug te hoeven keren, ook al was dat wat ze had achtergelaten een te zware last om te dragen, ook al wist ze zeker dat het niet langer haar thuis was, toch was Palermo haar stad.

Vanina hoopte dat de route de stad in geen verrassingen voor haar in petto had, zoals drukker verkeer dan normaal – alsof dat mogelijk was! – of een nieuwe omleiding. Ze stond weer voor het gebruikelijke dilemma: ging ze door de haven, via de Via Giafar, of reed ze de Via Oreto tot aan het station uit? Ze koos voor het eerste, want dat vond ze het leukst.

Bij jachthaven Cala lichtte het display van haar telefoon op met een berichtje van Manzo: *Ik ben er.* Het was drie voor zeven.

De inspecteur was met zijn telefoon in de weer. Aan het lege kopje te zien had hij zijn tiende koffie van die dag al op.

'Manzo', zei Vanina.

Hij veerde overeind.

'Chef!' zei hij en hij schudde hartelijk haar hand.

Hij leek bijna ontroerd. Of misschien was hij dat ook wel. Net als zij overigens, dat viel niet te ontkennen.

Ze gingen aan een tafeltje zitten en bespraken de afgelopen vier jaar. Maar niet alles. De belangrijkste zaken, op hoofdlijnen.

'Luister, Angelo, ik heb wat informatie nodig.'

'Tot uw dienst, commissaris.'

'Ik wil niet dat bekend wordt dat ik je hierom heb gevraagd, hè.'

Manzo keek beledigd.

'Denkt u echt dat u dat nog moet zeggen?'

Hij had gelijk.

'Rosario Calascibetta', zei Vanina.

'Wie? Die oude Tunisi?' zei Angelo verbaasd. 'Wat wilt u weten, commissaris? Sinds u hem daarheen heeft gestuurd, zit hij in de Ucciardone. Hij werkt soms wel en soms niet mee, maar hij zit in elk geval op de afdeling voor spijtoptanten. Inmiddels doet hij er niet meer toe, buiten of binnen de gevangenis. Weet u zo genoeg?'

Vanina richtte zich op die laatste zin. Dat had ze zelf ook al bedacht en daarom wist ze zo zeker dat het niets met Paolo's onderzoek te maken had. Dat was al genoeg om haar deels gerust te stellen.

'En voor zover je weet is er de laatste tijd niets gebeurd waardoor er iets veranderd is? Dingen van vroeger die boven water zijn gekomen, misschien zaken waar wij aan gewerkt hebben...'

'Niet dat ik weet', antwoordde Angelo Manzo met een geconcentreerd gezicht. 'Maar waarom vraagt u me dit, chef? Zeg nou niet dat u weer bij Georganiseerde Misdaad zit.'

'Nee zeg, alsjeblieft! Daar heb ik lang genoeg gezeten. Tunisi heeft vanmorgen een verzoek ingediend om me te spreken en ik wil me een beeld vormen van wat hij me misschien te vertellen heeft. Ik ben er al te lang uit en ik moet je bekennen dat ik geen flauw idee heb.'

Manzo dacht zwijgend na.

'Wie weet wat voor onzin hij gaat uitkramen, die ouwe schurk.'

'Waarom zeg je dat?'

'Omdat die vent alles zou doen om eerder vrij te komen.'

'Dus moet ik overal op voorbereid zijn en alles wat hij mij vertelt uiterst omzichtig benaderen. Is dat het?' vroeg Vanina, nadat ze even had nagedacht.

Manzo spreidde zijn armen. 'Ik heb geen flauw idee wat die ouwe knar u te vertellen heeft.'

Hij verzekerde haar dat hij een en ander zou natrekken op het bureau. Als hij nieuws had, zou hij haar meteen waarschuwen.

'Dank je, Angelo.'

'Het is altijd een waar genoegen om voor u te werken, chef.'

Ze was bijna bij haar auto, toen hij hijgend kwam aangesneld.

'Wat is er?' vroeg ze glimlachend.

'Zeg chef, wilt u dat ik morgen meega? Want als u wilt, neem ik een halve dag vrij en...'

'Geen sprake van, Manzo. Alvast bedankt voor het natrekken en de volgende keer dat we elkaar spreken, vertel ik je hoe het is gegaan. Punt.'

Hij keek haar aan met de onzekere blik van iemand die niet weet of hij het moet geloven of niet, maar die het wel moet slikken. Hij zei opnieuw gedag.

'Ik hoop het, chef', zei hij voordat hij ging.

'Wat?'

'Dat u vroeg of laat naar Palermo terugkomt. Een kwestie van tijd.'

Zo liep hij weg, hoopvol. En Vanina kon het niet over haar hart verkrijgen om hem teleur te stellen.

De avond in huize Calderaro was een beproeving geweest. Ze hadden het vooral over Costanza's bruiloft gehad en Vanina had wel mee moeten praten, ook al had ze daar helemaal geen zin in. Het logeerbed was hard, de kamer warm. De gedachte aan morgen vervelend.

Om twee uur 's nachts had ze een superkort berichtje van Manzo gehad: *Geen nieuws.*

De agent die haar van de receptie naar de verhoorkamers van de Ucciardone-gevangenis begeleidde, dacht dat zij het leuk zou vinden als hij haar liet merken dat hij nog goed wist wie ze was en hij somde al haar opvallendste onderzoeken op. Tot overmaat van ramp had hij de 'dapperste, wildste, gevaarlijkste' van haar acties opgediept: de schietpartij waarin ze 'een zeer gevaarlijke moordenaar in actie had omgelegd en zo een illustere magistraat van een wisse dood had gered'.

Vanina wenste bijna dat ze een rol tape bij zich had om zijn mond dicht te plakken.

En nu zat ze daar, in de verhoorkamer van die eeuwenoude gevangenis, wachtend tot Rosario Calascibetta, bijnaam Tunisi, bij haar werd gebracht voor hun gesprek. Ze had het gevoel dat ze vijf jaar terug in de tijd ging, en dat was geen fijn gevoel.

De man die voor haar verscheen, begeleid door twee dienders, was kleiner en krommer dan ze zich herinnerde. Maar de scheve grijns die halverwege zijn mond stopte, de licht geplette neus en de schele blik in de kleine en sluwe ogen waren nog hetzelfde. Tony Sperandeo als Tano Badalamenti in *I cento passi*, maar dan zo'n dertig jaar ouder.

'Commissaris Guarrasi', zei de man en hij boog zijn hoofd ter begroeting, zonder zijn ogen van haar af te wenden.

'Meneer Calascibetta. U wilde mij spreken.'

'U heeft er goed aan gedaan om meteen te komen. U weet het zelf ook: in onderzoeken is het een kwestie van dagen, van uren zelfs, voor de waarheid voorgoed verdwijnt.' Hij wapperde met zijn vingers door de lucht: 'Poef.'

Drie minuten en die verdraaide rotzak werkte nu al op haar zenuwen.

'Tunisi, probeer duidelijk en beknopt te zijn, want ik heb geen zin om mijn tijd te verdoen: als u me iets belangrijks te vertellen heeft, zeg het dan. En hang geen onzinverhaal op, want dat heb ik zo door.'

'Niet boos worden, commissaris Guarrasi. Zou ik u helemaal uit Catania laten komen om een onzinverhaal op te hangen?' zei de man en zijn glimlach werd steeds schever.

'Ik luister.'

'Weet u wat altijd het geluk van onze families is geweest, vooral vroeger, hier op Sicilië?'

Tunisi nam het woord maffia nooit in de mond, herinnerde Vanina zich. Hij gebruikte andere termen: familie, organisatie, vereniging.

'Wat?' vroeg ze en ze gaf zich over aan het toneelstukje.

'De *corna*, als je de minnaar van je vrouw vermoordde. Er waren genoeg maffia-moorden die jullie als corna-gevallen zagen. En vroeger was het nog makkelijker; toen was er bovendien een wet die zei dat je niet lang hoefde te zitten als je iemand had vermoord die het met je vrouw deed. Je kon altijd wel ergens een bedrogen echtgenoot vinden.' Hij zweeg even en keek haar aan.

'Bedankt voor deze geschiedenisles, Tunisi, maar u vertelt me weinig nieuws. En waarom zou dat corna-gedoe me moeten interesseren?'

'Weet u, commissaris, in zo'n muffe cel gaat de tijd nou niet bepaald snel, dus ben ik gaan lezen. Het laatste boek dat ik gelezen heb, was er een van Sciascia. Dat was vast een slimme kerel.'

'Tunisi, als u nog meer tijd gaat verdoen, sta ik op en vertrek. En dan verlaat u die muffe cel pas weer tussen zes plankjes, over misschien nog eens vijftien jaar, ondanks het feit dat u heeft meegewerkt.'

'Waarom doet u zo gemeen, commissaris? Ik heb me teruggetrokken uit die grote zaken en u ook. Ik aan de ene kant en u aan de andere, maar allebei eruit. En ik zei tegen mezelf dat als ik iets weet dat u kan helpen om niet op uw bek te gaan, het een zonde zou zijn om het voor mezelf te houden.'

Vanina haalde diep adem en telde tot tien, zodat ze niets beledigends zou zeggen.

'We hadden het over de corna', zei ze.

'Ik ga u een verhaaltje vertellen dat zo bizar is dat u uw oren niet gaat geloven. Er werd eens iemand vermoord die aan elke vinger een schatje had: getrouwde vrouwen, ongetrouwde meisjes, rijke vrouwen en zelfs hoeren. Iedereen kende wel iemand die hem dood wilde. Maar wie kreeg de schuld? Een neef van me. Een kerel die bij een van de bekendste families hoorde. En bij de meest gevreesde. Hij had geen enkele reden om die man dood te willen. Hij kon nog zo hard zeggen dat hij onschuldig was, al het bewijs was tegen hem. Dus wat doe je er dan aan? Wat denkt u, commissaris: wie had de macht in deze zaak, de corna-familie of de zakenfamilie?'

Vanina was verbijsterd. Waar kwam die klojo nou ineens mee aanzetten?

Ze haalde diep adem en kaatste een net zo versleutelde vraag terug. 'En de zakenfamilie heeft zich op geen enkele manier verdedigd?'

'Hoe dan, commissaris? Zij hadden geen bewijs. Misschien was het ergens verloren gegaan of, wie weet, was het zo goed verborgen dat niemand het kon vinden.'

'Had iemand het expres verborgen?'

'Of de dode had zijn spullen zo goed weggestopt dat ze jaren niet werden gevonden. En dus moest dit keer iemand van onze kant onschuldig de bak in.'

De verwijzing was klip-en-klaar. Goed, Tommaso Di Stefano was net zozeer Rosario Calascibetta's neef als zij de zus van de paus was, maar dat veranderde niets aan de kern van het verhaal.

'Tunisi, iemand van jullie kant is nooit helemaal onschuldig. Er zijn tientallen redenen om in de gevangenis te belanden', begon ze.

'Daar gaat het niet om. Moord is moord. Die persoon wist niet eens hoe hij een pistool moest vasthouden. Dus...'

'En ik denk dat de vermeende moordenaar het slachtoffer goed kende.'

'Van haver tot gort. Maar misschien was dat juist het addertje onder het gras.'

Vanina keek hem achterdochtig aan.

'Tunisi, u heeft dit verhaal toch niet ergens gelezen en besloten een loopje met me te nemen?'

'Commissaris, u moet me op mijn woord geloven. En ik ga u laten zien waarom. De familie van mijn neef en de dode man hadden veel gemeenschappelijke belangen. Het betekende wel dat de man in kwestie geen brandschone handen had, maar één ding was zeker: hij zou een grote deal nooit afwijzen, vooral niet eentje met hen. En dat deed hij ook niet. Weet u wat er gebeurde? Mijn neef werd in een vloek en een zucht veroordeeld. Appeltje-eitje. Een bliksemproces. En hup: zaak gesloten. Mijn neef ging de bak in en de corna-familie had schijt aan de deal. Maar ziet u, commissaris, als een moordenaar het niet eerder heeft gedaan, dan kun je er donder op zeggen dat hij een fout maakt. Als er toevallig, of niet toevallig, nog een dode valt, laat je die of van de aardbodem verdwijnen of het is een kwestie van tijd voordat het lijk opduikt. En als er iemand is die naar het lijk kan luisteren, zegt-ie soms meer dan een springlevend mens. Weet u hoe je naar een lijk moet luisteren, commissaris Guarrasi? Volgens mij wel.'

Als iemand van buitenaf dat gesprek had gevolgd, had hij zowel de oude maffia-spijtoptant als de commissaris die hem aanhoorde voor gek verklaard. Maar Vanina had in dat relaas ook tussen de regels door geluisterd, én de literaire verwijzing begrepen. En ze realiseerde zich dat de kaarten door zo'n verklaring opnieuw geschud werden.

'Hoor eens, Tunisi. Ik weet niet waarom u besloten heeft om mij te helpen en eerlijk gezegd wil ik het niet eens weten. Ik moet gewoon zeker weten dat u mij de waarheid vertelt en vooral dat u bereid bent me dit verhaal beter te vertellen, met namen en achternamen; anders blijft het een nutteloos verhaaltje en had ik me die tweehonderd kilometer in de auto beter kunnen besparen.'

Maar dit keer leek Rosario Calascibetta, ook wel Tunisi genoemd, bereid om echt mee te werken. Zodra ze hem liet weten dat zijn verhaal doorslaggevend kon zijn, legde het maffiakopstuk antecedenten, details en mogelijke verdachten op tafel. En namen van families.

Aan haar de keus of ze die kaarten wilde oppakken.

Toen ze de gevangenis uit liep, met een sigaret en aansteker in de aanslag, keek commissaris Guarrasi tevredener dan normaal na zo'n ontmoeting.

Haar intuïtie had er ook dit keer niet naast gezeten. En dat surreële gesprek zou bijdragen aan de serieuze, nauwkeurige informatie die Vassalli nodig had om haar theorieën als volwaardige aanwijzingen te beschouwen.

Ze liep weg bij de nog openstaande poort, waar een kleine stoet auto's doorheen reed, en wierp een laatste blik op de oude, roodstenen muur die de immense, bouwvallige kooi omsloot. Het opschrift PENITENTIAIRE INRICHTING deed haar denken aan de keer dat er een I naar beneden was gevallen en er complete chaos was ontstaan. Wanneer was dat geweest? Zij was toen al een tijd in Milaan. Ze had het gelezen in de *Repubblica*, de Palermo-editie die ze elke ochtend online las. Ze stapte de stoep af en liep naar een steegje aan de overkant, richting een van de bankjes in de schaduw langs de muur. Ze haalde haar telefoon uit haar zak en zocht naar het nummer van Tito Macchia. Ze hield haar vinger boven het groene telefoontje en keek op. En stond als aan de grond genageld.

Paolo Malfitano stapte uit een zilverkleurige BMW X5, die waarschijnlijk gepantserd was. Hij staarde naar Vanina alsof hij wilde controleren of ze het echt was, terwijl vier van zijn lijfwachten onmiddellijk uit een van de andere auto's sprongen en hem omringden. Hij zette een paar stappen naar de stoep tegenover de ingang van de gevangenis. Daar voor een bankje, in de schaduw van een boom, met haar telefoon in de ene hand en een brandende sigaret in de andere, stond de laatste persoon die hij ooit had verwacht daar te zien.

'Ik geloof mijn ogen niet! Is commissaris Guarrasi weer in dienst in Palermo?'

'Ik zou eerder zeggen op dienstreis', zei Vanina en ze liep hem tegemoet.

'In elk geval ben ik stomverbaasd', zei Paolo en hij stak zijn hand uit.

Ze hadden elkaar al meer dan drie jaar niet meer gezien of gesproken en ondertussen hadden ze allebei heel wat meegemaakt. Dat gold vooral voor hem, want zíj had besloten om bij hem weg te gaan en dat was voor hem als een donderslag bij heldere hemel geweest.

'Hebben die lui in Catania je op dienstreis naar de Ucciardone gestuurd?' vroeg hij terwijl hij op aandringen van de agenten naar de auto liep.

Vanina zag dat hij nog steeds mank liep, hoewel nauwelijks merkbaar.

'Zou ik me ooit door iemand ergens heen laten sturen?'

'Nee, zo ken ik je niet. Maar wie weet hoe het nu is? Het is jaren geleden... Misschien ben je in een vlaag van verstandsverbijstering wel de bevelen van een meerdere gaan accepteren.'

Zijn toon was licht en dat hielp wel, gezien de situatie. Een beetje humor zou het makkelijker maken om redelijk ontspannen wat te kunnen kletsen.

Ze werden de auto in gedirigeerd, die onmiddellijk wegreed.

'Hé, waar gaan we heen?' protesteerde Vanina. 'Mijn Mini staat bij de gevangenis.'

'Maak je niet druk, ik breng je zo weer terug. Zo gaat het nu. Ze staan erop dat ik nergens te lang blijf. En als ik ze hun zin niet geef, blijven ze allemaal zo gespannen als een veer, ook al is daar geen reden toe.'

'O nee, absoluut niet. Want wat is er nou helemaal aan de hand? Een paar doodsbedreigingen stellen toch niets voor.'

Paolo's neiging om alles te bagatelliseren was op het roekeloze af, maar dat was niets nieuws.

'Gezeur om niets', antwoordde hij en hij maakte een wegwerpgebaar. 'Zeg nou eens eerlijk: lijkt het je waarschijnlijk dat de huidige cosa nostra echt van plan is om me met een bom te vermoorden, zoals in de jaren negentig? Het is allemaal show, Vanina. Ze moesten een boodschap afgeven. En het rottige is nog wel dat het ze is gelukt.'

Vanina knikte zwijgend. TNT en aanslagen hoorden bij een ander tijdperk, bij een heel andere context dan die van vandaag. Alles was mogelijk, vooral bij deze lui, maar zo'n sprong terug in de tijd leek haar ook onwaarschijnlijk.

'Dat mag dan wel waar zijn, maar vergeet de andere bedreigingen niet. Met waar je nu mee bezig bent, om nog maar te zwijgen over wat er in het verleden is gebeurd, zou ik er maar niet te lichtvaardig over denken.'

Paolo reageerde niet, maar aan zijn donkere blik kon ze zien dat hij over haar woorden nadacht.

Ze keek hem aan. Een paar extra grijze haren, een wat vermoeid gezicht, een stel nieuwe rimpels die hem eigenlijk best goed stonden.

'Wat is er?' vroeg hij. 'Was je vergeten hoe ik eruitzag? Je hoeft maar de tv aan te zetten en je ziet me. En ik heb begrepen dat zelfs jij hier en daar wat nieuws oppikt.'

Nooit in een opwelling handelen. Het was geen slimme zet geweest om Giacomo Malfitano te bellen.

'Je bent afgevallen', was alles wat ze zei.

Paolo schonk haar een half glimlachje. 'Tja, wat wil je? Ik leid nou niet bepaald een ontspannen leventje.'

Hoezo, heb je dat dan ooit wel gedaan?, wilde ze vragen, maar dat deed ze natuurlijk niet.

Ze reden steeds verder bij de Borgo Vecchio vandaan in de richting van het gerechtsgebouw.

'Paolo, ik moet terug naar Catania. Waar gaan we heen?'

'Rustig maar. Ik zei het toch: ik kan niet te lang voor de gevangenis stil blijven staan. En aangezien dit de eerste keer in bijna vier jaar is dat ik je zie, wil ik er gebruik van maken. Wanneer krijg ik deze kans weer?'

Vanina wierp zwijgend een blik uit het raam. Afwezig zag ze de bomen en etalages van de Via Libertà aan zich voorbijtrekken.

'Trouwens, waarom ben je in Palermo? Ben je niet bezig met die ietwat duistere zaak?' vroeg Paolo terwijl hij zijn licht spottende glimlach weer opzette.

'Ik had een afspraak met iemand.'

'In de Ucciardone? Met wie?'

'Hoezo? Ken je alle gevangenen in de Ucciardone?'

'Zeker! Ben je dan alles over me vergeten?'

Hij maakte een grapje, glimlachte, maar zijn ogen vertelden een heel ander verhaal.

'Rosario Calascibetta', antwoordde Vanina.

Paolo fronste. 'Tunisi', zei hij peinzend en hij streek met de duim en wijsvinger van zijn rechterhand over zijn getrimde baard.

'Ik heb niet besloten om terug te keren naar Georganiseerde Misdaad, als je je dat soms afvraagt', liet ze hem alvast weten.

'Daar twijfelde ik ook niet aan. Daarom ben ik benieuwd naar wat je aan iemand als Tunisi moest vragen.'

Vanina vertelde hem het hele verhaal en Paolo luisterde met de geamuseerde blik van iemand die getuige is van een poppenspel. Hij was het wel met haar eens: om de zaak van het lijk in de goederenlift op te lossen, was het tijd om de moord op Burrano uit de mottenballen te halen.

Het kon niet anders of de moordenaar was ofwel dood, en gezien zijn leeftijd was dat goed mogelijk, ofwel deed het nu in zijn broek van angst als hij nog steeds bij zijn verstand was. En het eerste wat je leert als je op een crimineel jaagt, is dat er geen beter moment is om hem te grijpen dan wanneer hij doodsbang is.

'Angst vervaagt de grenzen van de voorzichtigheid', zei Paolo. Hij draaide zich naar haar toe. 'En laat alle schijn wegvallen', voegde hij eraan toe terwijl de auto weer richting de Borgo Vecchio reed. Met hem aan boord, tot ergernis van zijn beschermengelen.

'Zou het niet beter zijn als jij gewoon naar je kantoor terugging, waar je lijfwachten je overduidelijk heen wilden brengen?' vroeg Vanina en ze negeerde zijn toespeling.

'Nee', antwoordde hij. Kortaf, beslist. 'Waarom heb je mijn broer gebeld?' vroeg hij haar nadat het een minuut stil was geweest. Zijn stem klonk zacht en zijn ogen stonden ineens heel moe.

Omdat angst inderdaad alle schijn laat wegvallen, dacht Vanina.

'Omdat ik wilde weten hoe het met je ging', antwoordde ze.

'Kan het je dan wat schelen hoe het met mij gaat?'

Het was bijna vier jaar geleden, maar het gesprek nam een afslag naar waar het zou zijn aangekomen als ze het een week na hun breuk hadden gevoerd.

Jij bent weggegaan, jij hebt mij in de steek gelaten. Ik moest jouw beslissingen zien te slikken. Al die beschuldigingen zaten verpakt in die wrokkige vraag van hem; ze waren goed verhuld maar voor Vanina overduidelijk.

'Je hoefde me niet...' ze keek op haar horloge, 'veertig minuten in je gepantserde auto door Palermo te slepen om me naar mijn hoofd te slingeren dat ik in een moment van zwakte iets heb gedaan zonder na te denken over de gevolgen. Ik had aan Giacomo gevraagd of hij het je niet wilde vertellen.'

Ze reden langs het Piazza Sturzo. Toen ze voor de zuilen langs reden leunde Paolo naar de bestuurdersstoel.

'Aldo, stop hier alsjeblieft en laat ons uitstappen.'

'Wat doe je?' vroeg Vanina.

'Ik wil een ijsje, Vanina. Ik mag verdorie toch zelf wel beslissen wanneer ik een ijsje neem?' schreeuwde hij bijna.

'Meneer de officier...' begon Aldo, maar hij zweeg zodra hij Paolo's ogen in de achteruitkijkspiegel zag.

Vanina voelde aan dat dit niet het moment was om tegen hem in te gaan. Hij leek wel een bom die op het punt stond te ontploffen. En dat kwam niet doordat hij woedend op haar was, dat was duidelijk. Sterker nog: ze vermoedde dat deze ontmoeting een goede reden was voor Paolo om eindelijk alle spanning eruit te gooien die hij had opgebouwd. Het was pure pech dat hij haar was tegengekomen en zich nu op haar kon afreageren. Ze kende hem goed genoeg om te weten dat hij dat niet zomaar bij iedereen deed.

'Rustig maar. We gaan lekker een ijsje eten. Als ze het wagen om je lastig te vallen, dan trek ik binnen no time mijn Luger, dat weet je', grapte ze, maar het ging niet van harte. Het viel haar zwaar om ook maar schertsend naar die dag te verwijzen.

Paolo's lijfwachten keken met argusogen toe terwijl ze uit de BMW stapten om zich in de menigte voor een van de populairste ijssalons van Palermo te mengen.

'Een politiecommissaris als lijfwacht. Alleen ik heb dat voorrecht', zei Paolo terwijl ze in de rij voor de toonbank gingen staan.

Staand in een hoekje aten ze een brioche met ijs, beschermd door de menselijke barrière van ijsgekke klanten.

'Vanì', zei Paolo ineens.

'Ja', antwoordde ze en ze negeerde bewust het vertrouwelijke koosnaampje dat hij had opgerakeld.

'Waarom ben je bij me weggegaan?'

Om niet in de angst te hoeven leven je het huis te zien verlaten om nooit meer terug te komen. Omdat ik niet altijd kon hopen dat ik steeds toevallig achter je zou lopen om je te redden als je je leven riskeerde. Omdat ik op mijn veertiende geleerd heb wat het betekent om iemand van wie je houdt vermoord te zien worden en ik gaf je liever op dan die momenten opnieuw te beleven. Omdat ik ervan overtuigd was, Paolo, dat jou verlaten genoeg zou zijn om me te beschermen tegen de nachtmerrie jou te verliezen, zoals ik mijn vader had verloren.

Daarom ben ik bij je weggegaan, Paolo.

Maar ik had er geen rekening mee gehouden dat afscheid nemen niet automatisch betekent dat de band ook verbroken wordt. Al helemaal niet bij een band zo sterk als de onze. En dat het je niet beschermt tegen verdriet. Het is een zinloos offer.

Ik heb geen rekening gehouden met mijn gevoelens, Paolo.

'Het is drie jaar geleden, Paolo', antwoordde ze. 'Waarom moeten we per se over het verleden praten? We hebben ons eigen leven.'

'Drie jaar en elf maanden. En we hebben niet ons eigen leven, jij niet en ik niet. Jij niet omdat je er geen hebt opgebouwd, en ik niet omdat ik mezelf heb wijsgemaakt dat ik het met iemand kon opbouwen die niet bij mij paste. Ik ben door een hel gegaan, Vanì. En aangezien het niet gezegd is dat ik nog een lang leven voor de boeg heb...'

'Paolo!' barstte Vanina uit. 'Genoeg', zei ze zachter.

Het ijsje zag er allesbehalve lekker uit, ze zou onmogelijk nog een hap weg kunnen krijgen.

'Je hebt ondertussen nota bene een dochter gekregen!' zei ze en ze dwong zichzelf ironisch te klinken. 'En hoe weet jij nou of ik wel of niet een leven voor mezelf heb opgebouwd?'

'Dat heb je niet, Vanì. Niet in Milaan en niet in Catania. Dat weet ik. Over mij heb je gelijk: ik heb een dochter en zij is het enige positieve dat er uit die twee jaar huwelijk is voortgekomen. Klaar.'

Ze deed alsof ze van niets wist en vroeg hem niets, maar ze had het gevoel dat Paolo zijn uiterste best deed om het haar duidelijk te maken. Maar zij wilde het niet weten. Ze mocht het niet weten. Want het was duidelijk dat deze situatie binnen twee minuten een puinhoop kon worden. Ze hoefde maar even haar waakzaamheid te laten varen, maar één enkel greintje van de gevoelens te bevrijden die ze achter slot en grendel had gezet en poef! En dat mocht niet gebeuren.

Het was tijd om terug te gaan naar Catania.

Onder de ruitenwisser op de voorruit van haar Mini, die in de Via Enrico Albanese geparkeerd stond, stak een wit papiertje dat ze maar al te goed kende.

'Heb ik ook nog een boete gekregen; die stomme brioche met ijs ook', mopperde ze.

In de auto was het een graad of vijftig.

'Verdorie, het is eind september en je kunt nog steeds een pizza bakken op de motorkap!' zei ze hardop. Ze zette de airconditioning aan en vloog de auto uit.

Op de stoep liep een oude man voorbij met een bastaardhond. Hij bleef staan en keek haar aan alsof ze hem wat had gevraagd.

'Nou, hier verderop is een pizzeria.' Hij wees naar links. 'Zoveel pizza's als je maar wilt.'

Vanina lachte. En dan te bedenken dat hij nog een gehoorapparaat had ook!

Ze bedankte hem alsof ze hem echt om die informatie had gevraagd.

De man had haar weer met beide benen op de grond gezet en haar herinnerd aan de club oude mensen waar ze steeds vaker mee te maken zou krijgen, tot ze de zaak van de dubbele moord in Villa Burrano had opgelost.

Ja, want dat was de juiste benaming: de dubbele moord Burrano-Cutò. In plaats van 'de zaak van de femme fatale'.

Toen ze zich eindelijk had weten te bevrijden uit het uitgaande stadsverkeer en de Viale della Regione Siciliana bereikte, viste ze haar oortjes uit haar tas en belde ze Tito Macchia.

De Grote Baas nam na twee keer overgaan op. Vanina voelde zich een beetje schuldig. Zul je net zien dat hij echt ongerust was geweest. En zij had nog wel de tijd genomen en door Palermo getoerd in een gepantserde auto van het OM, met haar ex, degene van wie ze net tegen Macchia had gezegd dat ze hem al jaren niet meer gezien of gesproken had.

Wat nog steeds zo was, althans tot gisteren.

Nu niet meer.

Ze kon het uit alle macht proberen te negeren, maar ze zou aan maanden nog niet genoeg hebben om die ontmoeting te verwerken. Tenzij er in die maanden iets zou gebeuren... Maar wat bazelde ze nou? Alleen al bij de gedachte aan zoiets draaide haar maag zich om.

Bij Bagheria was de situatie verslechterd. Paolo's woorden gonsden al tien volle minuten na in haar oren. *En aangezien het niet gezegd is dat ik nog een lang leven voor de boeg heb...* Hoe had hij dat kunnen zeggen? En zo rustig ook, als iemand die de laatste dagen tot de vakantie aftelt.

Ze probeerde zichzelf af te leiden door een paar telefoontjes te plegen. Het ene gesprek was lang, met Spanò, die in de tussentijd een heel persoonlijk onderzoek deed naar de oude mevrouw Burrano. Waarom was ze zo machtig en werd ze zo gevreesd? Daar moesten ze achter zien te komen en de inspecteur was ermee bezig.

Het andere gesprek was kort maar luchtiger, rumoeriger zelfs, met Maria Giulia De Rosa die die dag veertig werd.

'Vanavond feest in Stazzo in het huis van mijn ouders. Niet vergeten', riep Giuli voor ze ophing.

Maar ze was het wel vergeten. Ze had niet eens de moeite genomen om uit te vinden of er ergens een cadeaulijst was. Ze was bovendien op Adriano's uitnodiging voor een filmavond ingegaan, wat haar eigenlijk veel leuker leek dan het feest, waar vast en zeker mojito's en fingerfood werden geserveerd.

Maar dat kon ze niet maken bij Giuli. Ondertussen had Adriano haar bij voorbaat al uit de penarie gehaald, met een whatsappbericht dat ze tijdens het tanken in Termini Imerese las. *Film een andere keer. Advocaat De Rosa is vanavond jarig*, met de emoticon van een taart met kaarsjes. Daaronder de winkel waar de cadeaulijst was gemaakt en een voorstel om samen iets te kopen. Hij was zo attent dat ze hem er ter plekke voor wilde knuffelen: *Doe je mee aan dit cadeau?* Ze stuurde terug dat hij een schat was.

Dat was meer dan genoeg om haar terug te brengen naar het echte leven.

Maar net voor de splitsing, met Messina naar links en Catania naar rechts, werd het echte leven weer naar de achtergrond verdrongen door de gedachte aan Paolo, die in haar hoofd zat en daar niet meer wegging. En het was een verontrustende gedachte, omdat het niet om hun geschiedenis ging, of over hun gevoelens die allesbehalve verleden tijd waren. Het ging om hem. De man die op dat moment op kantoor zat, in de weer met de papieren waarmee hij zijn doodsvonnis riskeerde. Die deze avond alleen naar huis zou gaan. Ze zag hem voor zich, zittend in de grijze leunstoel, die bij de doorgezakte bank hoorde die zij overal mee naartoe sleepte. Met de televisie aan, waar hij af en toe over de rand van zijn bril naar keek, en een stapel dossiers op zijn schoot.

Maar het was een onrealistisch beeld. Misschien bestond die stoel niet eens meer, misschien had Paolo zijn dochter nu wel op schoot. En misschien, ondanks alles, was hij niet alleen... zoals zij hem had achtergelaten.

En aangezien het niet gezegd is dat ik nog een lang leven voor de boeg heb... Wat had hij nog meer tegen haar willen zeggen, voordat zij hem had afgekapt? Dat hij het recht had te weten waarom ze hem had verlaten? Waarom ze was weggegaan? Nadat ze zijn leven had gered met .9-kaliberkogels, nadat ze eenentwintig nachten aan zijn ziekenhuisbed had gezeten, nadat ze door een hel was gegaan om de enige klootzak die de schietpartij had overleefd achter de tralies te krijgen. Daarna was ze weggegaan.

Beter gezegd: gevlucht.

En wat had het haar gebracht? Het pijnlijke antwoord kon ze niet eens aan zichzelf bekennen.

De twee verkeersborden boven de weg kwamen dichterbij: Messina links, Catania rechts. En Vanina nam de verkeerde baan. Misschien expres, misschien omdat als je het allemaal somber inziet je jezelf voor de gek houdt door te denken dat toegeven aan een verlangen kan helpen het evenwicht weer te vinden. Of misschien omdat haar ogen prikten en haar zicht vertroebeld was. En bij de eerstvolgende kruising ging ze weer verkeerd en reed ze rechtdoor, tot aan het bord Pollina-Castelbuono. Daar sloeg ze af.

14

ALS MARIA GIULIA DE ROSA IETS DEED, DEED ZE HET GOED.

De cocktailbar had niet misstaan in een nachtclub in Miami. Op de dansvloer stonden meer gekleurde kubussen dan in Rubik's studio en op elk daarvan stond iemand uitbundig te dansen en aardbei-caipiroska's te zweten. De Catania-editie van de openingsscène uit *La grande bellezza*.

Giuli zelf danste van de ene kant van de tuin naar de andere, van de gele kubus naar de groene en langs het mengpaneel. Vanina had dat gestuiter verontrustend gevonden, als het niet overduidelijk door de alcohol kwam.

Adriano en Luca kenden ongeveer de helft van de tweehonderd gasten, zij amper tien en niet eens zo goed.

De lijkschouwer en de journalist waren zonder twijfel het hipste stel. De een gekleed als een Gucci-mannequin, de ander op het eerste gezicht onverzorgd, maar met de juiste kledingstukken in de juiste stijl, een modieus getrimd baardje en subtiele parfum. Het risico dat Giuli zich op hem zou storten, beneveld door haar vierde cosmopolitan en ondanks zijn partner en zijn seksuele voorkeuren, was torenhoog.

Vanina meed de stuiterende massa en de boxen, die elk moment leken te kunnen ontploffen. Zelfs op Sicilië was het een gok om eind september een tuinfeest te organiseren. De lucht was drukkend en de enige plekken waar je een beetje beschut was, waren onder een luifel op de dansvloer, en een partytent in het midden van de tuin, ingericht met kussens en zitzakken. Hier hadden Adriano en Luca hun pr-hoofdkwartier ingericht met Zacapa-rum en Cubaanse sigaren.

Vanina zat onderuitgezakt op een zitzak een Gauloises te roken en twijfelde nog of ze de tweede sterke cocktail van die avond moest halen.

Het was niets voor haar, maar ze had het echt nodig.

De wandeling door Castelbuono – met veel nostalgische stops voor bijvoorbeeld het huis van haar grootouders van vaderskant, geen idee wie er nu woonde, en langs verschillende panettone-winkels en kastelen – was maar een korte adempauze geweest voordat ze kopje-onder was gegaan in haar neerslachtigheid. En het feest, waar ze totaal geen zin in had gehad, bleek een welkome afleiding te zijn.

Ze trok de rits omhoog van het zwarte leren jasje dat bij elke avondoutfit paste. Het enige minpunt van dat superdure kledingstuk was dat het haar holster niet echt camoufleerde. En aangezien geen haar op Vanina's hoofd ook maar overwoog om ongewapend de deur uit te gaan, niet eens als de gelegenheid het toestond, moest ze elke keer genoegen nemen met een North American-kaliber .22-revolver, die in elke tas paste en soms zelfs in haar zak.

Ze hees zich overeind op haar sandalen, zichzelf vervloekend dat ze die had aangetrokken, en liep naar de bar. Ze liet zich door Adriano Calí overhalen om een old-fashioned te bestellen. 'De verfijndste cocktail die er is.'

Ze leunde tegen de bar en nam een slok. Wauw, wat een sterk spul.

'Het helpt', antwoordde Adriano op haar protest. Hij doorzag haar beter dan ze dacht.

Ze dook de menigte in, op zoek naar Giuli. Ze trof haar midden op de dansvloer uitgelaten aan en wilde rechtsomkeert maken, maar Giuli had haar al gezien en kwam naar haar toe.

'Hé lieverd! Kom dansen!'

'Geen denken aan, Giuli.'

'Kom op, doe niet altijd zo stijf!'

'Giuli, laat me nou.'

'Heb je gezien hoeveel mensen er zijn?' vroeg Giuli tevreden.

Vanina ving een glimp op van notaris Renna junior, die haar vanuit de verte begroette door zijn glas mee te bewegen op het ritme van Enrique Iglesias. Hij was onherkenbaar.

Mensen die haar kenden, maar die zij niet kende, kwamen naar haar toe om haar gedag te zeggen. Met tegenzin moest ze een slap aftreksel van een gesprek ondergaan, schreeuwend nota bene, met mensen van wie ze de naam amper had verstaan.

Giuli ging helemaal op in het feest, maar Vanina wist weg te komen van de dansvloer.

Hoeveel handen had ze die avond wel niet geschud? Honderd? En hoeveel zou ze er met haar eisenpakket hebben geschud, als ze van iedereen de doopceel had kunnen lichten?

Haar vader zei altijd dat mensen in Palermo elkaar blind de hand schudden, want je wist nooit wiens hand het echt was. Waarschijnlijk was het in Catania niet heel anders.

Ze zou het nog maximaal een halfuur uithouden, dan zou ze doen alsof Spanò belde en de aftocht blazen.

'Commissaris Guarrasi?' klonk het vanaf de rand van de dansvloer.

Alfio Burrano dook op uit de uitzinnige menigte en liep met uitgestoken hand naar haar toe.

Verwarde haren en een overhemd dat aan zijn lijf plakte. Je moest wel een flinke dosis aantrekkingskracht hebben om er dan niet afstotelijk uit te zien. En Burrano deed het niet slecht als het ging om aantrekkingskracht.

'Wat gek om u zo te zien!' zei hij en liet de stralendste glimlach in de geschiedenis van de tandheelkunde zien.

Vanina schudde zijn hand, die gelukkig droog was. Een punt in zijn voordeel.

'Zo hoe?' vroeg ze.

'Nou, ik weet niet... op hakken, met make-up.' Hij deed zijn mond dicht toen hij haar linkerwenkbrauw omhoog zag gaan. 'Sorry dat ik zo brutaal ben, maar u ziet er goed uit.'

Ze wierp hem geen ijskoude blik toe, wat hij waarschijnlijk wel had verwacht, en dat moedigde hem aan om te blijven staan.

Ze vroeg wat hij daar deed, al was het een retorische vraag: hij was natuurlijk bevriend met Maria Giulia De Rosa. Wie niet, eigenlijk? Met het gemak van een diplomaat maakte Giuli links en rechts vrienden. En dan had je nog haar echte vrienden, maar dat was iets heel anders.

Burrano ging de dansvloer niet meer op. Hij dook de partytent in en ging op de zitzak naast die van Vanina zitten. Hij dronk uit Luca's fles Zacapa, maar sloeg de Cubaanse sigaar af.

'Ik rook alleen Antico Toscano', legde hij uit en hij stak een halve sigaar op die net zo'n uiterlijk en geur had als die Tito Macchia altijd tussen zijn lippen had bungelen.

Vanina bekeek hem geamuseerd en stelde het neptelefoontje van Spanò steeds weer een halfuur uit. Hij was sympathiek, chaotisch en een ontwapenend oppervlakkige gesprekspartner. En aantrekkelijk, dat was niet te ontkennen. De perfecte afleiding om haar op te beuren. Hij praatte, roddelde en fileerde verbaal elke arme stakker die voorbijliep, met de flair van een satirische cartoonist. En hij dronk Zacapa alsof het coca-cola was.

Na tien minuten gingen ze al over op 'je' en 'jij'.

Een lange, blonde man, een soort Viking-basketbalspeler, maakte zich los van een groep en schoot op hen af.

'Alfio! Ik vroeg me al af waar je was. Zoals gewoonlijk bevind je je in goed gezelschap.'

Hij stelde zich voor aan Vanina. 'Gigi Nicolosi. De beste vriend van deze hier.'

Alfio knikte instemmend terwijl zijn vriend bleef praten. Zijn glimlach prijkte nog altijd op zijn gezicht, maar was koeler dan daarvoor. Het waarom ontging Vanina, aangezien Nicolosi's verhaal over hoe ze samen waren opgegroeid en wat ze hadden meegemaakt oprecht leek.

Maar Burrano bleef zich half glimlachend en half in gedachten verzonken afzijdig houden, tot zijn vriend terugkeerde naar het groepje.

Nicola Renna liep langs en begroette hen, met een glimlach voor Vanina.

'Pas op, hij ziet er misschien niet zo uit maar hij legt het met iedereen aan', waarschuwde Alfio, die weer zichzelf was, haar. 'Een complimentje hier en daar en dan haalt hij zijn Morgan tevoorschijn en nodigt hij je uit om zijn miljoenen euro's kostende moderne kunstgalerie te bekijken. En hoppa!'

'Bedankt voor de waarschuwing. Ik ben tenslotte zo weerloos als wat', zei Vanina met een halve glimlach.

Alfio grijnsde geamuseerd.

'Luister, commissaris, mag ik je iets vragen?' zei hij toen na een momentje stilte.

'Zolang het niet om geclassificeerde informatie gaat.'

'Ben je getrouwd, verloofd, bezet... Of is dat geclassificeerd?'

'Supergeclassificeerd', antwoordde ze lachend. 'Maar aangezien je het zo graag wilt weten, maak ik deze keer een uitzondering en geef ik antwoord. Nee: ik heb geen echtgenoot, verloofde of vriendje.'

Dat antwoord klonk als een vrijbrief voor een weg die eigenlijk niet toegankelijk was voor verkeer. Alfio werd nog vertrouwelijker. Hij schoof zijn zitzak dichter bij de hare en veranderde van toon. Flirtte een beetje. Discreet. Superdiscreet, want het was nog altijd Vanina Guarrasi en je kon maar beter geen fouten maken; je wist immers maar nooit. Vanina besloot erin mee te gaan.

'En hoe is het met jouw vriendin? Ik heb haar nog niet gezien.'

'Wie? Valentina?'

'Hoezo? Heb je er meer dan?'

'Valentina is mijn vriendin niet.'

'Jammer. Het is een mooi meisje. Als ik jou was, zou ik het wel weten. En na die angstaanjagende ervaring die ze door jou heeft moeten doorstaan...'

Burrano keek haar bevreemd aan. 'Angstaanjagende ervaring?'

'Vind jij het opgraven van een mummie dan een prettige ervaring?'

'Nou, daar had ik prima zonder gekund, kan ik je verzekeren', zei hij met een grimas. 'Sinds dat lijk is opgedoken, is mijn leven een constante stroom van gezeik geweest. En dat niet alleen...' Hij zweeg.

Vanina spitste haar oren.

'Hoezo? Wat is er nog meer gebeurd dan?'

'Niets, hoor. Dat ouwe mens doet geen oog dicht en laat mij niet met rust. Want als ik niet zo geïnteresseerd was geweest in dat deel van de villa, waar ik volgens haar niets te zoeken heb, zou die arme vrouw nog altijd in de goederenlift zitten. Zestig jaar lang heeft ze geen voet in Sciara gezet, en nu de boel is afgezet en je er niet naar binnen mag, wil ze terug. Kan het nog gekker?'

Zo gek was het niet. Dit kon betekenen dat er nog meer aanwijzingen in de villa lagen. Of, met een beetje geluk, misschien zelfs bewijs.

'Ik moet het eerst kortsluiten met de officier, maar dan kunnen jullie met een van mijn mannen mee. Of misschien kan ik met jullie meegaan. Je tante herinnert zich misschien iets als ze daar is.'

'Dat heb ik ook gezegd, maar ze zei dat ik de pot op kon. Stel je voor dat mevrouw toestemming moet vragen aan Franco Vassalli om haar eigen huis te betreden? Vandaag leek ze bovendien bijzonder hysterisch. En als ze hysterisch is, wordt ze ook agressief. Misschien omdat ze weet dat er in de goederenlift ook een berg geld verstopt lag. Gierig en inhalig als ze is...'

'Wie heeft haar verteld dat er geld lag?' vroeg Vanina fronsend.

Alfio trok spottend zijn wenkbrauwen op.

'Als je denkt dat mijn tante genoegen neemt met wat jullie haar vertellen, onderschat je haar schromelijk. Die heeft haar eigen informanten.'

En ze gebruikte ze ook, dat was het belangrijkste.

'Dus heeft ze het in haar hoofd gehaald dat ze naar Sciara moet', vervolgde Vanina op nonchalante toon.

'Ja. En volgens haar had ik haar d'r zin moeten geven... ik kan je maar beter niet vertellen hoe, commissaris.' Hij pakte een halve sigaar uit een kistje en haalde zijn aansteker tevoorschijn.

Vanina had het idee dat hij juist zat te popelen om het haar te vertellen. Sterker nog: dat hij het gesprek precies daarheen gestuurd had.

'Alfio, je kunt niet tegen een politiecommissaris zeggen dat je liever ergens over zwijgt. Of je houdt je mond vanaf het begin of je gooit alles eruit. Want ik zeg je maar meteen: als ik erachter kom dat je me iets belangrijks niet hebt verteld, dan heb je een probleem.'

Alfio had amper kans gehad om zijn sigaar aan te steken.

'O, absoluut niet', zei hij terwijl hij zijn handen opstak. 'Ik wil niet dat een politiecommissaris met mij een appeltje te schillen heeft. Vooral jij niet. De ouwe vrouw wilde dat ik de afzetlinten loshaalde en daarna weer terugplaatste. Misschien wist ze niet dat dat strafbaar is. Dat heb ik haar uitgelegd.'

'En snapte ze het?'

'Ik denk het wel.'

Burrano ging weer over op de vrolijke toon van daarnet, die was verdwenen bij de eerste verwijzing naar het onderzoek. Met alle middelen die hij tot zijn beschikking had, en nog een glas Zacapa bovendien, probeerde hij commissaris Giovanna Guarrasi weer in de 'Vanina'-modus te krijgen. En die beviel hem nogal.

En Vanina liet hem zijn gang gaan.

De toespelingen en knipogen die Giuli haar kant op wierp, toen ze met de verjaardagstaart een rondje door de partytent maakte, hielpen zijn zaak.

De tweede old-fashioned deed de rest.

'Oké, commissaris Guarrasi, leg eens uit', zei Eliana Recupero, de ovj van de maffiabestrijding van de regio die haar binnen tien minuten toestemming had gegeven om Tunisi in de Ucciardone te bezoeken. Ze was rond de vijftig, klein van stuk, met felle ogen. 'Calascibetta belde u omdat hij in de krant had gelezen dat er een moord aan het licht was gekomen waarvoor vijftig jaar geleden een lid uit een verwante familie werd veroordeeld. En hij vond het nodig om zijn kennis te delen?'

'Dat beweerde hij.'

'En u gelooft dat?'

'Misschien niet zoals het is verteld, maar de algemene lijnen wel, mevrouw. Ik geloof dat Tunisi, Calascibetta dus, wist dat achter het lijk dat een paar dagen geleden gevonden is, hetzelfde brein moet zitten als degene die Burrano heeft vermoord. En waarschijnlijk wist hij ook dat Di Stefano niet onze hoofdverdachte is. Maar ik betwijfel of hij het uit de krant heeft.'

'En hoe denkt u dan dat hij aan die kennis komt?'

'Van Di Stefano zelf.'

Recupero keek haar vragend aan.

Spanò had de link tussen Tunisi en Di Stefano, zijn onterecht veroordeelde neef, binnen een half uur gelegd. Saveria Calascibetta, de enige dochter van de spijtoptant, was getrouwd met Vincenzo

Zinna, een eerstegraads neef van Agatina, de vrouw van Tommaso Di Stefano, en eveneens van Gaspare, degene die het beruchte waterleidingcontract had ondertekend.

Voor Vanina was het allemaal zo goed als duidelijk. Na zevenenvijftig jaar lieten de Zinna's de echte moordenaar rekenschap afleggen. En volgens Tunisi's informatie was die in de familie Burrano te vinden. De familie met het overspel.

'Het is dus niet nodig om uw collega's van Georganiseerde Misdaad erbij te betrekken', concludeerde de ovj.

'Dat denk ik niet, mevrouw. Want, kijk, op één punt heeft Calascibetta absoluut gelijk: die keer ging alles de tegengestelde kant op. Er werd een maffioso veroordeeld in plaats van een bedrogen man. Of bedrogen vrouw. Gaetano Burrano's zaken waren voor het team Georganiseerde Misdaad, en later konden ze aan de slag met degenen die hem opvolgden in de bedrijfsvoering, maar met zijn moord hadden ze niets te maken. En met de moord op Maria Cutò al helemaal niet.'

Recupero gaf haar gelijk.

Vassalli wachtte haar bij de deur op met een spervuur van vragen.

Hij had het kantoor van Eliana Recupero expres gemeden. Waarschijnlijk vreesde hij haar mening en directheid, die Vanina juist waardeerde en die zijzelf ook had.

'Wat als het allemaal doorgestoken kaart was?' voerde hij aan. 'Wat als de Zinna's dit allemaal in scène hebben gezet om hun familielid nog een veroordeling te besparen? En wat als Burrano op het laatste moment van gedachten was veranderd over dat contract? Er zat weliswaar een kopie in zijn tas maar het origineel is nooit teruggevonden. Dat is een feit. En wat als ze hem hebben vermoord uit wraak en die arme prostituee uit de weg werd geruimd omdat ze te veel wist? Hij had de auto niet gestolen, daar zijn we het over eens, maar Di Stefano had heel goed het geld dat hij naar eigen zeggen voor Burrano had opgenomen kunnen stelen om zijn gokschuld af te betalen. Heeft u daar al eens over nagedacht, commissaris Guarrasi? Is het niet beter om alles over te dragen aan Maffiabestrijding? Als zij zelf bovendien denken dat er geen enkel verband is...'

Vanina ging met een ruk rechtop zitten. 'Maffiabestrijding? Meneer Vassalli, weet u wel wat u zegt?'

Als het kon, was ze opgestaan en weggelopen, maar ze kon het niet riskeren om haar onderzoek in gevaar te brengen.

'Lijkt het u niet een beetje overdreven om de collega's van Maffiabestrijding lastig te vallen met iets van vijftig jaar geleden dat, sorry dat ik het zeg, hun aandacht duidelijk niet waard is? Geloof me, meneer: ik heb vele jaren met Maffiabestrijding samengewerkt en ik verzeker u dat ze geen tijd te verliezen hebben', zei ze kalm maar beslist. Ze had wel willen grommen.

Vassalli aarzelde. Hij opende een dossier, sloot het weer, verplaatste een pen en legde die toen weer terug. Het was duidelijk dat iets hem tegenhield, iets dat hij niet kon prijsgeven of iemand die hij niet voor de wolven kon gooien.

'Goed, commissaris Guarrasi. Ik neem nota van de getuigenis van de spijtoptant, maar om de richting in te gaan waar u heen wilt, hebben we meer nodig. Iets concreets, commissaris. Ga op zoek en als u dat gevonden heeft, gaan we verder. Anders blijft Tommaso Di Stefano voor mij de enige mogelijke verdachte.'

Duidelijker kon hij niet zijn.

Furieus als een wraakgodin verliet Vanina het parket. Ze had het liefst keihard tegen de ijzeren buis getrapt die ineens voor haar voeten lag toen ze het terrein verliet.

Die zak lucht van een Vassalli, want zo zou een nutteloze man als hij in Palermo worden genoemd, had haar in de steek gelaten om tegen windmolens te vechten. En het absurde was dat voor het eerst in haar carrière de maffia het met haar eens was. Dat was niet iets om blij mee te zijn.

Ze liep de bar op de hoek binnen en probeerde tot bedaren te komen door haar tanden te zetten in een *iris al cioccolato*: een gefrituurde beignet gevuld met chocoladecrème. Een van haar favoriete Catanese zoetigheden.

Die ochtend was haar dagelijkse routine compleet overhoopgegooid. Geen latte bij het opstaan, geen wandeling van de bar beneden haar huis naar het bureau met een croissant in een zakje en een cappuccino to go. Alleen een snelle koffie uit haar Nespresso-machine thuis, zodat ze niet als een zombie op het bureau zou aankomen.

Ze had drie uur geslapen. Vier, als ze het uur meetelde dat ze slapend op haar grijze bank had doorgebracht nadat ze Alfio Burrano naar huis had gestuurd. En hem een blauwtje had laten lopen.

Ze moest toegeven dat ze iets anders van plan was geweest toen ze hem bij haar thuis uitnodigde. En gezien alles wat eraan vooraf was gegaan, was het geen grote verrassing geweest. Maar er was iets, wat wist ze niet goed, wat hen allebei tegenhield en toen was de avond voorbij.

Met als enige nasleep een sluimerende hoofdpijn, te wijten aan de verfijnde cocktails die Adriano Calí haar had aanbevolen en aan een hoeveelheid sigaretten waar ze normaal twee dagen mee zou doen.

De bureaus van Bonazzoli en Nunnari waren bedolven onder een berg voorwerpen in gripzakjes.

Die etter van een Manenti had haar met gelijke munt terugbetaald voor alle keren dat ze hem lastig had gevallen met de meest uiteenlopende verzoeken, en haar alles gestuurd wat er in de Flaminia was gevonden.

Met een weemoedig gezicht liet Marta een zakje door haar handen gaan. Vanina kwam dichterbij en zag dat er een popje in zat. Een houten Pinokkio die uit een vintage-speelgoedwinkel leek te komen.

'Wat denk je dat er met Rita Cutò is gebeurd?' vroeg Marta met vochtige ogen.

'Ik weet het niet, Marta', zuchtte Vanina. 'En ik vrees dat we er op dit tempo nooit achter zullen komen.'

Fragapane en Spanò kwamen hun kantoor uit, dat ook vol lag met gripzakjes.

'Welkom terug, chef', zei de brigadier.

De hoofdinspecteur knikte haar alleen maar toe. Voor ze op het bureau aankwam, had Vanina hem al aan de telefoon gehad voor het laatste nieuws. Maar de resultaten van het onderzoek naar Teresa Burrano zeiden tot op dat moment maar weinig.

'Ik heb Pappalardo gesproken, mijn vriend bij de technische recherche', begon Fragapane.

'Wacht', zei Vanina. Ze draaide zich naar de andere kant van de kamer. 'Lo Faro, ga maar even koffiedrinken.'

De jongen keek op van zijn bureau. 'Eh... ik heb al koffie gehad.'

'Dan ga je wat eten; het is halftwaalf, dus dat kan prima.'

'Bedankt, maar ik eet nooit iets tussendoor.'

'Ga dan een sigaret roken... Nee,' was ze hem voor, 'niet zeggen dat je niet rookt, want dat kan me niets schelen. Ga een stukje wandelen, doe wat je wilt maar ga gewoon weg.'

Lo Faro liep als een geslagen hond om zijn bureau heen en schuifelde naar de deur. Hij durfde niet te vragen waar hij het aan te danken had dat hij zo behandeld werd, want Vanina had dat een paar avonden terug al uitvoerig gemotiveerd.

'Wat zei je, Fragapane?' hervatte Vanina het gesprek.

'Ik heb de aansteker naar mijn vriend Pappalardo gebracht, zoals u had gevraagd, zonder te zeggen van wie die was. Ik heb hem verteld dat hij ongetwijfeld ook de vingerafdrukken van mijn collega erop zou aantreffen, die de aansteker had gevonden. Hij verzekerde me dat hij het snel zou onderzoeken. Alleen zijn de afdrukken van de asbak incompleet, chef. Ze konden er niet genoeg punten uit halen. De belangrijkste ontwikkeling van vandaag is, en meneer Manenti zal u er later vandaag vast over bellen, dat ze er wel in geslaagd zijn om wat DNA van het kopje te isoleren. Vingerafdrukken alleen niet.'

Het duurde even voordat Vanina begreep waar het over ging.

'O ja. Het kopje dat onze collega's niet eens hadden aangeraakt. Goed. Wie weet kan dat op een dag nog van pas komen. Want we moeten roeien met de riemen die we hebben.'

Het was even stil. Iedereen keek elkaar aan, behalve Spanò, die onbewogen voor zich uit keek. Marta legde de pop neer en wendde zich tot Vanina.

'Dus mogen we niet meer onderzoek doen?' vroeg ze ongelovig.

'Niet naar dingen of mensen die geen duidelijk verband hebben met de dood van Maria Cutò.'

Daar dachten ze allemaal over na.

'Sorry, chef,' doorbrak Nunnari de stilte, 'misschien heb ik iets gemist, maar volgens mij hebben we nog helemaal geen duidelijke verbanden met de moord op Cutò gevonden...'

Vanina haalde haar schouders op.

'Verdorie, wat een gezeik', mopperde Fragapane, zacht maar hoorbaar.

'Ja. En volgens mij is dat nog zacht uitgedrukt', besloot Vanina.

Ze liet haar team alleen om de betekenis van die zin te overdenken en zocht haar toevlucht in haar kantoor.

Ze zette het raam open en stak een sigaret op. Kon haar het schelen dat dat niet mocht.

Ze leunde naar achteren in haar bureaustoel en draaide langzaam van rechts naar links, met haar voet op de poot.

Ze dacht na over alles wat ze tot haar beschikking had. Veel theorieën, weinig of niets concreets. Aan de theorieën voegde ze ook toe wat Alfio haar de vorige avond had verteld. Het was wel duidelijk dat hij een bloedhekel had aan de oude vrouw en dat hij ervan genoot om haar in diskrediet te brengen ten overstaan van een dienaar van de wet. Vergeleken met wat Vanina al vermoedde, stelde de informatie die hij haar had gegeven niets voor, maar dat kon hij niet weten. En ook niet vermoeden, aangezien de naam van de vrouw geen enkele keer was opgedoken tussen de verdachten voor de moord op haar man. Er was altijd maar één verdachte geweest. En ze wilden ook dat het dit keer zo zou eindigen. Maar ze konden stikken: zij was niet commissaris... hoe heette hij ook alweer? O ja, Torrisi. En ook niet die arme Patanè, die vast de nodige buikpijn had overgehouden aan die zaak.

Ze veerde overeind en pakte de telefoon. Ze tikte Patanè's nummer in, dat altijd goed in het zicht op haar bureau lag, en wachtte.

Ze drukte de peuk uit in het restje automatenkoffie dat ze een paar dagen geleden maar half had opgedronken. Bovendien kon die koffie schadelijk zijn voor haar maag. Ze was blij dat er tijdens haar afwezigheid niemand in haar kantoor was gekomen, niet eens de schoonmaakploeg.

De commissaris nam zijn mobiele telefoon natuurlijk niet op. Vanina probeerde zijn vaste nummer.

Na zes keer overgaan nam mevrouw Angelina met een hoge stem op.

'Nee, Biagio is er niet', vertelde ze duidelijk tevreden.

'Is hij er met de lunch?'

'Natuurlijk. Mijn man is met pensioen.' Volgens mij bent u dat vergeten, had ze er vast aan willen toevoegen.

Spanò klopte op de deur toen Vanina de telefoon neerlegde. Met een verontwaardigd gezicht ging hij tegenover haar zitten. Hij had Vassalli's reactie al verwacht.

'Heb je nieuws?' vroeg ze.

De hoofdinspecteur streek zijn snor glad en slaakte een zucht.

'Goed, Teresa Regalbuto is nooit armlastig geweest, ook niet als kind. Ze komt uit een ondernemersfamilie, die goed bekendstaat in de betere kringen van Catania. Vermogende mensen, hooghartig, maar financieel gezien niet veel welvarender dan vele anderen. Toen ze met Gaetano Burrano trouwde, proefde Teresa voor het eerst van echt geld. Blijkbaar, althans volgens mijn tante Maricchia, werd dit huwelijk aan haar kant van de familie nou niet direct omarmd. De Regalbuto's vonden de Burrano's maar een derderangs familie. En Gaetano was hun dochter niet waardig, die voor zover ik begreep genoeg aanbidders had. Maar Teresa was koppig en ze trouwden. Burrano was een slechte echtgenoot, maar hij gaf zijn vrouw veel geld. Ze was een van de meest geziene vrouwen in Catania. Haar salons stonden bekend als een soort besloten bijeenkomsten, waar belangrijke vriendschappen werden gesloten.'

'En had ze die status aan haar echtgenoot te danken?'

'Daar kom ik zo op. Burrano was rijk, machtig en gewetenloos. Dus zou dat in principe zo moeten zijn. Maar er is iets vreemds. Als de vrouw die status alleen had vanwege de macht van haar man, zou haar invloed na zijn dood verdwenen zijn. Haar salons zouden simpele vrouwenaangelegenheden zijn geworden en haar feesten normale, alledaagse gelegenheden. Maar dit gebeurde allemaal niet; Teresa's klim naar de positie van machtigste vrouw van Catania werd zelfs onstuitbaar. In de jaren tachtig, toen er in Catania geld in overvloed was, stonden er voor haar huis altijd een paar auto's met chauffeur en een telefoonantenne op het dak geparkeerd. Iemand, maar dat komt nog altijd uit Maricchia's koker, fluisterde dat ze het deed met meerdere hoge piefen. Mensen uit Rome... Je weet hoe het gaat; Rome spreekt altijd tot de verbeelding, vooral van mensen die er nog nooit zijn geweest.'

Vanina keek hem bewonderend aan.

'Ga je me nog vertellen waar al die informatie vandaan komt?'

'De familie Spanò heeft zo zijn bronnen.'

'Betrouwbare?'

'Ik durf er mijn hand voor in het vuur te steken, commissaris.'

'Goed gedaan, Spanò. Het zijn nog steeds allemaal theorieën, maar hoe meer we er hebben, hoe beter.'

De hoofdinspecteur knikte tevreden.

'Het was geen moeite. Maar goed, ik heb er nog een te gaan. Een spion uit vervlogen tijden. Iemand die meestal belangrijke dingen wist. Hij is de stad uit, maar ze hebben me verzekerd dat hij over een paar dagen terug is in Catania.'

Weer een paar dagen. Alsof ze alle tijd van de wereld hadden. Als je erover nadacht, was dat ook wel zo, het lijk was immers al oud. Het was alleen te hopen dat er geen nieuwe moord bij kwam die haar aandacht zou opeisen.

Commissaris Patanè belde haar terug op de vaste lijn in haar kantoor. Een halfuur later, praktisch rond lunchtijd, was hij er.

'Gister heb ik u op het bureau gebeld, maar u was er niet. Ze verbonden me door met die blonde agente... hoe heet ze ook alweer?'

'Bonazzoli.'

'Die, ja. Ik wilde u mobiel bellen. Ik heb uw nummer pasgeleden nog op een briefje geschreven, maar dat kon ik niet meer vinden. Ik heb al mijn zakken binnenstebuiten gekeerd. Niets. Kunt u het me nog een keer geven?'

Vanina gaf hem een visitekaartje.

'Als ik u een advies mag geven: bewaar het niet in uw zak.'

'Ja, prima...' zei Patanè werktuiglijk. Toen schudde hij vragend zijn hoofd. 'Waarom zegt u dat?'

Vanina glimlachte. 'Zomaar, commissaris. Ik maakte een grapje.'

De commissaris vatte hem. En lachte.

'U heeft gelijk! Maar ja, wat doe je eraan, commissaris Guarrasi, zo is mijn Angelina altijd al geweest.'

'Uw Angelina is een schat en in plaats van thuis te lunchen, bent u hier. Dus uw vrouw heeft nog gelijk ook.'

'Laten we het over serieuze dingen hebben', zei Patanè terwijl hij een notitieblokje met ruitjespapier, zo eentje voor boodschappenlijstjes, met een gescheurde voorkant en een ondergekrabbelde achterkant, uit zijn zak trok. 'Gisterochtend hebben Iero en ik zitten nadenken over wat er niet klopte toen we aan ons onderzoek naar de moord op Burrano begonnen. U weet hoe het is: twee halve geheugens zijn samen een hele; de een ziet en de ander luistert, we hebben iets op kunnen diepen. Helemaal omdat ik het dossier vers in mijn hoofd had. Ik heb alles opgeschreven om de details niet te vergeten.'

'Vertel, commissaris.'

Patanè zette zijn bril op en stak van wal: 'Eén: het verdwenen kettingkoffertje met geld. Er was op de plaats delict geen spoor van, dus we hadden het nooit kunnen weten. Als Di Stefano die had meegenomen, waarom zou hij ons er dan over hebben verteld? Of waarom zou hij het hebben verzonnen, zoals iemand zei? Twee: de bediende zei dat hij de avond van de moord commotie en stemmen had gehoord, nog voor er geschoten werd. Iero wees me erop dat we dat destijds vreemd vonden. Er moet iets in het dossier over staan, want hij was een van de eersten die we ondervroegen. Stemmen, zei hij. Goed, als alleen Di Stefano er was geweest, had hij geen commotie gehoord. Nu weten we dat Luna er die avond ook was. Het wordt dus nog ingewikkelder, omdat Di Stefano volgens de officiële versie dan eerst Luna moest vermoorden, haar in de goederenlift moest verstoppen en vervolgens Burrano moest gaan doodschieten die ondertussen rustig achter zijn bureau zat te wachten. En tot slot moest hij het pistool laten verdwijnen. Of andersom, dan had hij eerst Burrano doodgeschoten, waarna hij het meisje had vermoord en verstopt in de goederenlift. Maar dat komt niet overeen met het verhaal van de bediende, die vertelde dat hij er direct naartoe is gerend om te zien wat er aan de hand was en dat hij tegelijk met de beheerder in de studeerkamer aankwam. En er is nog iets, mevrouw: de bediende had het nooit over vrouwen die met Burrano in dat huis woonden. Dus als het waar is dat Luna daar al dagenlang was, voordat ze verdween, vertelde die kerel of niet de waarheid, misschien onder dreiging van de familie om geen schandalen te veroorzaken, of hij had haar daadwerkelijk nooit ontmoet en was daar die avond toevallig. Precies op die avond.'

De eerste keer dat Vanina met Teresa Burrano had gesproken, had de vrouw het onderwerp vermeden, maar het was behoorlijk onwaarschijnlijk dat iemand als Burrano in een huis woonde zonder personeel. Dus had Patanè gelijk: iemand had iets verzwegen.

Ze pakte het Burrano-dossier erbij en keek op de eerste bladzijden.

Patanè strekte zijn nek uit om mee te kijken.

'Dat moet hem zijn', wees hij op een zeker moment.

Daar had je de verklaring van de bediende: een half volgeschreven, smoezelige pagina waar ze in alle eerlijkheid niet veel aandacht aan had besteed, aangezien er min of meer hetzelfde op stond. Het enige andere was de verklaring dat Di Stefano gelijktijdig met hem was aangekomen. Die verklaring had volgens de rechercheurs van toen geen waarde, aangezien zij dachten dat de beheerder zich in de tussentijd van het pistool had ontdaan en het geld had verstopt.

'Demetrio Cunsolo, geboren in Catania... in 1934', las ze. 'O, maar deze man zou nog weleens in leven kunnen zijn, wat denkt u?'

Patanè hief zijn hoofd op, als door een wesp gestoken. 'Mevrouw, ik wil u er graag aan herinneren dat u nu met iemand uit 1933 praat, levend en wel. En dat mijn vriend Iero, die ons van een schat aan informatie heeft voorzien, uit 1927 komt.'

Vanina glimlachte beschaamd. 'Mijn excuses, commissaris.'

Ze riep Bonazzoli, maar vervolgens kwam Nunnari.

'Waar is Marta?' vroeg ze.

'Aan de telefoon met iemand van het surveillanceteam. Er is een vrouw vermoord op de parkeerplaats voor Hotel Nettuno.'

Vanina rolde met haar ogen.

'Wel verdraaid!' riep ze uit.

Hij leek het zich aan te trekken.

'O nee, chef, volgens mij hebben ze de moordenaar al gepakt.'

'Hoe dan?'

Op dat moment kwam Marta binnen, eerder geïrriteerd dan opgewonden.

'Vanina... O, sorry! Ik ben vergeten je te vertellen dat commissaris Patanè gisteren voor je gebeld heeft!'

'Geen probleem. Hoe zit dat met die vermoorde vrouw?'

'Dat is een heel raar verhaal', zei Marta hoofdschuddend. 'Een of andere kerel heeft zijn vrouw doodgeslagen met een krik omdat ze ruzie hadden over hoe de koffers in de kofferbak moesten. De agenten troffen hem daar aan, met het wapen nog in zijn hand, onaangedaan.'

'Dat heb ik nou nog nooit meegemaakt', merkte Patanè verbaasd op.

Vanina ontspande zich. 'Ah, oké. Ik snap niet waarom ze ons moesten bellen, maar aangezien we er nu toch bij betrokken zijn... Regel jij het maar. En neem Lo Faro mee, zo leiden we de pers af.'

'Goed, chef. Ik ga.'

'En... Marta?' riep Vanina haar terug.

'Ja?'

'Heb je het aan Macchia verteld?'

'Nee... ik bedoel, ik heb het al aan jou verteld', zei de inspecteur.

'Maar ik ben nu met iets anders bezig. Doe me een plezier: klop op zijn deur en vertel het hem.'

Marta bleef even verward staan. 'Ik?'

'Ja, Marta. Jij', zei Vanina met een glimlach. 'Hij bijt niet, hoor.'

Het meisje schoot naar de deur aan de overkant.

'Ze is vast verlegen', merkte Patanè zachtjes op.

Nunnari keek haar verloren na.

'Terug naar onze zaak', zei Vanina. Ze gaf Nunnari een vel papier met de gegevens van Burrano's bediende en droeg hem op de man te zoeken.

'Tot uw orders, chef', zei de brigadier en hij salueerde ten afscheid.

'U heeft me daar wel een team...' begon Patanè.

'De een nog overwerkter dan de ander, commissaris', was Vanina hem voor. 'Maar het zijn goede agenten. Dat lijkt misschien niet altijd zo, maar ze zijn goed.'

'Én u heeft Carmelo Spanò', zei Patanè.

'Die telt voor drie.'

Vanina hoorde Macchia's stem in de gang, een teken dat hij met Bonazzoli zijn kantoor had verlaten. Binnen twee minuten zou hij naar haar toe komen en om updates vragen over de zaak, vooral over haar onderhoud met Vassalli op het parket.

'Commissaris, ik wilde u om een gunst vragen.'

'Zeg het eens.'

'Ziet u het zitten om vanmiddag samen met mij onderzoek te doen in Villa Burrano?'

Patanè's mond viel open. Hierop had hij niet durven hopen.

'Natuurlijk, commissaris! Wat nou "zien zitten", ik zou het heel fijn vinden.'

'Ik moet daar even in alle rust weer de situatie in me kunnen opnemen.'

Op dat moment stormde Tito Macchia de kamer binnen.

'Commissaris Patanè!'

Patanè maakte aanstalten om op te staan, maar werd onmiddellijk terug de stoel in geduwd door de hand van de grote man, die naast hem ging zitten.

Vanina vertelde hem in een notendop wat ze juist niet had bereikt bij de aanklager. En ze maakte een korte opmerking over de inzet en het aanzien van Eliana Recupero, met wie ze tot haar spijt niet samen kon werken.

'Als je overstapt naar de GM, zul je zien dat je heel vaak met haar kunt samenwerken', zei Tito plagend. 'GM' stond voor de afdeling Georganiseerde Misdaad. Soms probeerde de Grote Baas haar die richting op te sturen.

Ze keek hem vuil aan en bracht hem verder op de hoogte.

De commissaris had wat tijd nodig om aan het halfduister te wennen, net zo lang als Vanina nodig had om de ramen open te zetten.

Ze liep door de eetkamer en ging linea recta naar de studeerkamer. Ze knipte het licht aan en klapte ook daar de luiken open.

Aangedaan bleef Patanè in de deuropening staan. De zaak had hem zo lang achtervolgd dat het voelde alsof hij de kamer al honderden keren had betreden.

Hij herinnerde het zich als de dag van gisteren.

Vanina dwaalde door de kamer op zoek naar inspiratie. Ze deed aan de andere kant van het vertrek een tweede deur open en bevond zich aan de voet van de trap.

'Waar is de kamer waar jullie de goederenlift hebben ontdekt?' vroeg Patanè.

Ze nam hem mee naar de kleine woonkamer boven.

'Commissaris,' begon ze, 'in het rapport van de toenmalige TR komen deze kamers niet voor. Waren ze niet gecontroleerd of was er niets relevants gevonden?'

'Ze zaten op slot. De sleutels zijn later gevonden, bij Burrano's lichaam. Iero heeft de deur geforceerd door er met zijn schouder tegenaan te duwen. We hebben alle lades en kasten opengetrokken. Maar er lag niets, commissaris. Het zijn privékamers, die niets te maken hadden met de plaats delict.'

'Denkt u nu nog steeds dat ze er niets mee te maken hebben?'

Patanè dacht daar even in stilte over na.

'Dat kan. Maar Luna's lichaam werd in de keuken gevonden, toch? Niet hier. Dus moest de goederenlift in de keuken zijn.'

'Dus volgens u is de moordenaar alleen op de begane grond geweest?'

'Volgens mij wel.'

'En wie heeft dat beeld hier dan neergezet?' antwoordde Vanina, wijzend op het borstbeeld van Burrano senior.

Daar had Patanè geen antwoord op.

Ze gingen naar de keuken beneden. Een rood-wit lint gaf het gebied aan waar de technische recherche had gewerkt.

'Zijn ze er al achter of er hier bloed op de grond lag? U weet wel, met dat toverspul dat ze nu gebruiken, wat me in mijn tijd veel tijd en moeite had bespaard.'

'Luminol', zei Vanina lachend. 'Toverspul! Nee, ze hebben geen sporen van bloed of andere lichaamssappen gevonden. Maar er is ook veel tijd verstreken, commissaris. Ze zeggen dat bloed nooit verdwijnt, vooral bloedsporen niet, maar vijftig jaar is en blijft een hoop.'

'Oké, maar wat denkt u van deze theorie: stel dat ze haar ergens anders hebben vermoord en haar toen hier hebben verborgen.'

'Ook als dat zo was, verandert dat niets aan de kern van de zaak.'

Patanè begon te hoesten van het stof. Vanina rende naar de balkondeuren en zette die open. Voor de openslaande deur zat een ijzeren hekje. De commissaris greep het hekje vast en snoof de buitenlucht diep in.

De één meter dikke muur waar de goederenlift doorheen liep, eindigde precies daar. Aan de korte zijde, op ooghoogte, zat een witgeschilderd houten luik.

'Guarrasi, heeft u een paar handschoenen?' vroeg Patanè.

Vanina haalde een latex handschoen tevoorschijn, de enige die ze in haar tas had.

De commissaris trok hem aan en deed het luik open, waarachter een technische installatie lag. Onderin zat een mechanisch apparaat met een grote hendel. Bovenin een soort elektrisch paneel uit het jaar nul, met een hendel in het midden die omlaag was gericht.

'Mevrouw, ik kan ernaast zitten, maar volgens mij bediende dit hendeltje de lift.' Met zijn vinger gebaarde hij eerst omhoog en toen naar beneden. 'En deze hendel moet het oudere mechanisme zijn, het oorspronkelijke. In die tijd had je nog maar heel weinig van zulke schakelaars en alleen een gespecialiseerd bedrijf kon ze monteren. In Catania had je er twee.'

Alfio had haar verteld dat zijn oom alle installaties in de villa elektrisch had gemaakt. Het was onwaarschijnlijk dat hij de goederenlift als enige had overslagen.

Ineens kreeg ze een ingeving.

'Commissaris!' Ze schreeuwde bijna.

Patanè schrok zich rot.

'Verdorie, mevrouw...' zei hij terwijl hij een hand naar zijn borst bracht. 'U bezorgt me zowat een hartaanval.'

'Raak die hendel niet aan, ook niet met handschoenen. Doe dat luik meteen weer dicht.'

'Wat stom van me! Met al die gevaarlijke draden had ik wel een schok kunnen krijgen.'

Maar Vanina volgde haar eigen gedachten.

'Stel dat de vrouw ergens anders is vermoord', zei ze.

'Dat zei ik toch?'

Vanina luisterde niet.

'Denk eens na, commissaris. Als Burrano met iemand in zijn studeerkamer was, wie het ook was, was Cutò zeker niet bij hem. Hoogstwaarschijnlijk was zij dan boven.'

Met samengeknepen ogen schudde Patanè zijn gehandschoende wijsvinger heen en weer, alsof hij haar gedachtegang een ritme wilde geven. 'Ze hebben haar vermoord en in de goederenlift verstopt. Toen hebben ze de deur op slot gedaan en zijn ze naar de keuken gegaan. Ze hebben de goederenlift aangezet en naar de begane grond laten zakken, toen hebben ze de voorraadkast voor de opening gezet. Daarna hebben ze het standbeeld gepakt en naar boven gebracht', zei hij verhit.

Vanina dacht even over die redenering na en schudde toen haar hoofd.

'Er klopt iets niet, commissaris.'

'Wat niet?'

'Op de avond van de moord stond het beeld nog in de studeerkamer. Weet u nog? Dat hebben we samen ontdekt.'

Patanè gaf zich niet gewonnen.

'Misschien hebben ze dat later naar boven gebracht.'

'Dat kan. Dus moest het iemand zijn die makkelijk toegang had tot de villa. En die wist hoe de goederenlift werkte.'

'Laten we eerlijk zijn, Guarrasi, we denken allebei hetzelfde. De enige die vrije toegang had tot de villa was Teresa Burrano.'

Vanina draaide zich weg van de balkondeur en liep door de kamer.

'Haar man gaat bij haar weg en vertrekt naar Napels met een andere vrouw, met wie hij bovendien een dochter heeft. Hij vertrouwt zijn hele bezit toe aan zijn maffia-gelieerde beheerder, met wie hij nota bene een grote deal sluit. Vanaf dat moment beheert Di Stefano alles, ook het substantiële inkomen dat Burrano haar elke maand geeft. Bovendien heeft haar man een testament opgemaakt waarin zij, Teresa Regalbuto, op gelijke voet wordt gezet met een prostituee en ze gedwongen wordt om na haar dood alles aan de dochter van die vrouw na te laten.'

'En hoe weet mevrouw Burrano dat?'

'Dat weet ze van Arturo Renna, haar goede vriend, en waarschijnlijk meer dan dat. Na Gaetano's dood haalt ze hem over het document te laten verdwijnen. Het is een holografisch testament, dus is het niet geregistreerd en weet niemand van het bestaan af. Zo erft zij alles.'

'En het contract?'

'Zelfde laken een pak. Ze weet dat ze zich eerst moet ontdoen van dat contract om Di Stefano erin te luizen en om ook die grote deal naar zich toe te trekken. Zo wordt alles veel makkelijker. Het is haar woord tegen dat van Di Stefano, voor iedereen. Ook voor de anderen die haar hand-en-spandiensten verlenen, zoals haar zwager en de notaris. Waar de Zinna's achter Di Stefano staan, staat de hele wereld achter Teresa Regalbuto. Ze wordt gesteund door de mensen die ertoe doen, die de dienst uitmaken.'

'Natuurlijk moet ze ook die arme Luna uit de weg ruimen. Ze vermoordt haar en verbergt haar in de goederenlift', concludeerde Patanè.

Vanina knikte.

'Er is maar één ding waar ik niet helemaal van overtuigd ben.'

'Wat dan?'

'Dat Teresa Burrano Mario Cutò nooit met een kluis vol geld zou achterlaten.'

'Ja, dat is vreemd.'

'Heel vreemd.'

'Daar moeten we goed over nadenken, anders blijft er niets over van onze hele theorie.'

'Ja, daar moeten we over nadenken. Maar op dit moment blijft er sowieso niets over van onze theorie en weet u waarom? Omdat we daar geen enkel bewijs voor hebben. En de afgelopen vijftig jaar is Teresa Regalbuto nog machtiger geworden dan toen. Ik weet niet of het duidelijk is wat ik bedoel, commissaris.'

'Heel duidelijk, mevrouw. Nu snap ik waarom ik van het onderzoek werd gehaald zodra ik aan Di Stefano's schuld begon te twijfelen. En ik begrijp ook wat u eerder aan uw baas vertelde, over dat van de aanklager vanmorgen. Daarom vroeg u me hierheen te komen: u moet bewijs vinden en u denkt dat ik u daarbij kan helpen. Ik hoop dat ik dat kan, commissaris Guarrasi. Voor u en voor mezelf.'

Vanina keek hem in de ogen. Ze had het gevoel dat ze hem honderd procent kon vertrouwen en besloot ook het laatste detail te delen, dat wat Alfio haar de vorige avond had verteld.

'Dus er moet hier iets liggen. Misschien wel het pistool. We moeten er alleen achter zien te komen waar', zei Patanè toen ze de villa verlieten.

'Maar goed, we zijn vandaag weer een stap verder gekomen', zei Vanina, die het afzetlint weer terughing.

'Wat dan?'

'De hendel van de goederenlift is van glad metaal en is afgesloten door een kunststof deksel. Weet u wat dat betekent, commissaris? Dat de vingerafdruk van de laatste persoon die eraan heeft gezeten, er misschien nog steeds op zit. Als we geluk hebben, als het gegaan is zoals wij denken, is het de afdruk van de moordenaar. En wij hebben iets met de vingerafdrukken van Burrano erop. Dat weet de ovj niet, maar we hebben het wel. En dan heb ik het nog niet eens over het DNA dat we op het kopje hebben geïsoleerd.'

Patanè keek haar aan, aanvankelijk zonder het te begrijpen. Toen glimlachte hij.

'Ik had echt een hoop tijd kunnen besparen met dat toverspul, zeeën van tijd.'

15

ADRIANO CALÍ KWAM NOOIT MET LEGE HANDEN AANZETTEN. LETTERLIJK, want hij nam altijd twee kleinigheidjes mee, cadeaus zei hijzelf: een voor zijn politievriendin en een voor de lieve vrouw die als een trotse grootmoeder voor haar zorgde. En die hem op haar beurt aanbad. Deze goede verstandhouding werd door beide kanten onderhouden met orchideeën, peperplantjes en schalen vol kraakverse koekjes, waar Adriano dol op was.

Bettina negeerde blijmoedig dat er tussen haar oogappel en de lijkschouwer niets meer dan vriendschap zou opbloeien, niet eens als de heilige Pio zich ermee zou bemoeien, die bovenaan stond op haar lijstje heiligen en al meer dan één wens in vervulling had laten gaan.

En Vanina had haar nooit uit die droom willen helpen.

Met een dvd in zijn linkerhand kwam Adriano het huis binnen. In zijn rechterhand hield hij voorzichtig een soepterrine met caponata die de buurvrouw speciaal voor hem gemaakt had. De paardengehaktballen die Vanina, op aanraden van Bettina, bij een restaurant aan de rand van het dorpje had gehaald, zouden er perfect bij passen. 'Sowieso beter dan een afhaalpizza', had Bettina geoordeeld.

'Tadaa: *Atrocious Tales of Love and Death*!' zei Adriano trots.

Vanina liet de dvd door haar handen gaan, terwijl hij de terrine in de keuken zette en zijn handen waste met afwasmiddel, omdat dat volgens hem beter ontsmette.

1979. Een foto met Marcello Mastroianni op de voorgrond, met een mandoline in zijn hand, een zwarte snor en een sigaret in zijn mond. Om hem heen close-ups van Ornella Muti, Peppino De Filippo, Michel Piccoli en Renato Pozzetto. Nee, deze film had ze nog nooit gezien. Ze had hem zelfs nog nooit online opgezocht.

'Dank je!'

Ze genoten allebei van een bord nog warme caponata en drie

paardengehaktballen elk en waren het er roerend over eens dat ze nergens anders zo lekker waren. Ze besloten de maaltijd met de zoete witte druiven die een oude man aan het eind van de straat verkocht.

Dat was nog eens wat anders dan pizza.

Toen Vanina de dvd aanzette, trilde er iets in haar zak. Een whatsappbericht. Ze keek naar het scherm. *Een uur met jou zet een hele dag in een ander licht. P.* Het nummer stond niet in haar contactenlijst, maar wel in haar geheugen.

'Een momentje, Adriano', zei ze en ze liep snel naar haar slaapkamer.

De spiegel boven de ladekast onthulde genadeloos dat haar ogen roder waren dan normaal. Twee minuten lang staarde ze naar het witte tekstballonnetje waar die P met punt in stond; ze had haar vinger in de aanslag om alles te wissen.

Maar dat kon ze niet.

'Is het die knappe kasteelheer uit Sciara?' vroeg Adriano met een knipoog toen ze met haar iPhone in de hand haar slaapkamer uit kwam.

'Uiteraard! Met getrokken sabel.'

Alfio Burrano was wel de laatste aan wie ze op dat moment moest denken.

'Kom op, Vanina, ga nou niet beweren dat er gisteravond niets was, want ik geloof je toch niet.'

'Weet je, misschien vertel ik je wel niets.'

Adriano zei niets, maar bleef haar onderzoekend aankijken, totdat de indringende, vervloekte muziek – die als een rode draad door de film liep – zijn aandacht opeiste. Hij haalde een bril uit zijn zak en ging in de film-modus.

'Kijk! Daar! Ik zei het toch?' riep hij op een gegeven moment, terwijl hij het kussen opzijgooide waar hij al een uur aan had zitten frummelen. 'Is dat niet dezelfde sfeer als op die ene avond in de villa van die vriend van je?'

Vanina stond op het punt om te reageren op dat 'die vriend van je', maar keek toen naar het scherm en hapte naar adem. Ze had een geniale inval. Ineens zag ze het.

'Inderdaad', zei ze zachtjes. Ze pakte de afstandsbediening en spoelde de scène terug. Een onbewoonde villa. Een Joodse man die in de oorlog levend was ingemetseld. Ze luisterde naar de dialoog.

'Inderdaad!' herhaalde ze, harder dit keer.

Adriano keek haar bezorgd aan.

'Wat is er?'

'Adriano, denk jij dat de vrouw uit de goederenlift van de honger en dorst is omgekomen? Ik bedoel: dat ze daar levend is opgesloten en ze haar hebben laten sterven?'

'Dood door opsluiting, bedoel je? Ja, dat kan. Waarom niet. Ik kan het alleen niet aantonen...'

'Dat maakt niet uit, Adri,' zei ze glimlachend, 'dat maakt niet uit.'

De film speelde verder, maar Vanina volgde het verhaal niet meer.

Adriano gaf haar zoveel mogelijk informatie.

'De goederenlift moet zo goed als luchtdicht zijn geweest, anders zou het lichaam niet gemummificeerd zijn. Als wat jij denkt waar is, betekent dat dat die arme vrouw op een vreselijke manier aan haar einde is gekomen. En dat het dagen duurde voor ze stierf. Van de dorst.'

Het flesje zonder dop dat ze naast het lijk hadden gevonden, kwam ineens weer bovendrijven en verscheen voor haar netvlies. Wreed. Natuurlijk, als je doodgaat van de dorst en eau de cologne de enige beschikbare vloeistof is, dan drink je zelfs dat.

Daarom was de kluis met geld daar achtergebleven: de moordenaar wist niet eens dat die daar lag. Hiermee verdween de laatste twijfel die zij en Patanè hadden gehad. En alles klopte.

Het was alleen jammer dat de commissaris op dat tijdstip allang in dromenland was. Samen met Angelina, wat nog erger was.

'Ik denk dat het als volgt gegaan is. Burrano had nooit verwacht dat zijn vrouw op de avond van Sant'Agata in Sciara zou komen opdagen. Hij kan zich natuurlijk niet met zijn minnares laten betrappen, dus verstopt hij Cutò op de plek die hem het veiligst lijkt: de goederenlift een verdieping hoger. Daar sluit hij haar op, want het zou toch niet lang duren. Hij weet alleen niet dat zijn vrouw is gekomen om hem uit de weg te ruimen. Hen allebei. Terwijl de bediende en Di Stefano, die op dat moment aankomt, al hun aandacht op Burrano richten, gaat zijn vrouw op zoek naar Cutò, die het schot heeft gehoord en aan het gillen is. Teresa bedenkt dat ze haar niet eens hoeft te doden, want ze kan er toch niet uit. Maar het huis zal binnenkort volstromen met mensen en iemand kan haar horen schreeuwen. Dan herinnert ze zich dat het eindstation van de goederenlift op de benedenverdieping ligt. Ze sluit de toegang tot de eerste verdieping af, gaat via de diensttrap naar de keuken en draait de hendel omlaag. Dan verbergt ze de opening door de kast ervoor te schuiven. De volgende dag verplaatst ze voor de zekerheid ook het standbeeld van haar schoonvader om de andere opening te verbergen. Vanaf dat moment verbiedt ze iedereen om nog een voet in de villa te zetten.'

Onder de indruk keek Macchia haar aan.

Het was niet de eerste keer dat Guarrasi's buitengewone instinct hem verraste, maar dit niveau had ze nog niet eerder laten zien. In die elf maanden, tenminste.

'Klinkt het logisch?' vroeg Vanina hem.

Tito knikte peinzend.

'Het klinkt zeker logisch. Maar we moeten het wel bewijzen.'

Hij begon in herhaling te vallen, maar het was wel de waarheid.

In een rechtvaardige wereld, waarin alles op basis van logica geschiedt, had Vanina met een officier als Recupero misschien inmiddels allang carte blanche gekregen. Gaat uw gang, commissaris, gebruik alle wapens die u tot uw beschikking heeft om degene die u van dubbele moord verdenkt achter de tralies te krijgen. Wat geeft het dat het zevenenvijftig jaar geleden gebeurd is, moord blijft moord. En in feite verjaart dat nooit. Nooit.

Vanina liet Vassalli weten dat ze de technische recherche om nader onderzoek in Villa Burrano had verzocht en hij ging daarmee akkoord.

Technisch rechercheur Pappalardo verwijderde samen met een agent het elektrische mechanisme met de hendel, om het vervolgens mee te nemen naar het laboratorium en op vingerafdrukken te testen.

Fragapane, die bij het onderzoek was geweest, had hem namens Vanina uitdrukkelijk gevraagd om het resultaat van die test te vergelijken met de aansteker.

Het kon een doorbraak zijn, maar zoals altijd kostte onderzoek tijd.

Nunnari had Demetrio Cunsolo gevonden, de bediende van Burrano. Hij was weliswaar in leven maar zat in een hospice. Een particuliere hospice, zo eentje die maar weinigen zich kunnen veroorloven. Hij was ook persoonlijk nagegaan of de man nog steeds helder was en een aantal vragen kon beantwoorden, maar de verpleging had hem kort maar krachtig geantwoord. Cunsolo had al meer dan zes maanden geen woord gezegd.

Hij had een zoon en ze hadden Nunnari zijn gegevens doorgespeeld. Salvatore Cunsolo, vijfenveertig jaar en belastingadviseur.

En nu zat meneer Salvatore Cunsolo op de afdeling Zware Misdrijven van de recherche, tegenover commissaris Giovanna Guarrasi, die hem maar vragen bleef stellen waar hij het antwoord niet op had.

Want hij wist heel weinig over het leven van zijn vader. Of beter: hij had hem heel weinig gezien. Zijn ouders waren niet eens getrouwd geweest, legde hij uit. Hij had altijd bij zijn moeder gewoond. Maar het was zijn vader die ervoor had gezorgd dat het hem nooit aan iets ontbrak, dat hij een comfortabel leven had – hoewel hij in zijn eigen huis bleef wonen, aan de voet van de Etna. Zijn zoon wist alleen dat hij voor een particuliere onderneming had gewerkt en dat hij een tijdje chauffeur was geweest. Van Demetrio's tijd als bediende in huize Burrano wist hij niets.

Tommaso Di Stefano bevestigde dat Cunsolo niet altijd in Sciara werkte. Er waren tijden dat Burrano liever alleen was in de villa, en dat waren de momenten waarop hij Cutò meenam. Dan keerde de bediende terug naar Catania en werkte hij in het huis van de echtgenote. Hij had ongetwijfeld ook andere baantjes gehad, her en der.

De oude man had nu een heel andere houding. Hij had vast begrepen dat die vastberaden politievrouw zijn enige kans op eerherstel was en deed nu alles om haar voor zich in te nemen.

Vanina probeerde zoveel mogelijk over Teresa Burrano bij hem los te peuteren, zonder hem expliciete vragen te stellen. Die waren overigens ook niet nodig: Di Stefano vertelde alles wat hij wist zonder dat zij het vroeg.

Hij vertelde over de aparte bankrekening die de vrouw na een paar jaar huwelijk had geopend en waar ze al het geld op stortte dat ze niet had uitgegeven, en dat was veel. Over haar jaloerse uitbarstingen tegen haar man telkens als hij over de schreef ging, oftewel te veel geruchten op gang bracht over zichzelf en zijn buitenechtelijke affaires, terwijl ze het zelf ook niet zo nauw nam met de echtelijke trouw. Over dat Burrano haar op het laatst steeds slechter kon verdragen, zozeer dat hij onvoorzichtig werd. En met 'onvoorzichtig' bedoelde Di Stefano 'roekeloos'.

Woorden die niet eens in Vassalli's vocabulaire leken voor te komen.

Het was zaterdag en dit keer was het zomers warm.

Gezien het trage tempo waarmee de zaak vorderde, was het niet te verwachten dat er voor maandag iets zou gebeuren, dus was misschien eindelijk het moment aangebroken om te relaxen en met Adriano en Luca naar Noto te gaan.

De avond ervoor had ze een whatsappbericht gekregen van een nummer dat wel in haar lijst stond. Een kwartier later had Alfio Burrano aangebeld via de intercom. Ze waren het dorp rond gegaan op zoek naar een café dat nog open was, maar op dat tijdstip, eind september, was daar geen sprake van in Santo Stefano. Dus waren ze naar zee gegaan. Ze hadden twee biertjes gekocht – meer konden ze beter laten, gezien de vorige keer – en waren op de zo goed als verlaten kade van de haven van Pozzillo gaan zitten, die ingeklemd zat tussen twee lavastenen kliffen.

Alfio schaamde zich voor hoe het die avond was gegaan. Hij verontschuldigde zich, wist niet wat hij moest zeggen. Hij vond haar leuk, maar er was te veel alcohol in het spel geweest, en hij had het idee gehad dat het wederzijds was. Nu begreep hij dat hij ernaast zat.

Vanina zag in dat ze een speciale behandeling genoot, ingegeven door haar autoriteit als politievrouw. Anders had die casanova uit Catania van zijn leven niet zoveel onzin zitten uitkramen, alleen omdat ze hem een blauwtje had laten lopen.

Ze hadden gepraat. Oppervlakkig, ze meden alle te persoonlijke onderwerpen, maar waagden zich ook niet in de buurt van het onderzoek. Alfio maakte onverholen duidelijk dat hij daar geen interesse in had. Hij had niet meer in Sciara geslapen en had haar bekend dat hij zijn tante al een paar dagen negeerde. Ze kon hem met geen mogelijkheid bereiken.

Hij zag eruit als een man in een crisis. Een midlifecrisis waarschijnlijk, gezien de geboortedatum die in het verbaal van de beruchte avond was opgetekend. Iemand die Abraham zag naderen en zich in allerlei bochten wrong om nog alles uit het leven te halen. En die ook nog eens afhankelijk was van een bijzonder valse oude tante die hem bij de lurven had zonder hem wat lucht te gunnen.

Om de deur niet volledig dicht te doen voor toekomstige avondjes samen, waarop ze datgene waar ze heimelijk naar verlangde zou laten gebeuren, had ze met een halve kus afscheid van hem genomen.

Toen was ze weer naar huis gegaan, ook al voelde ze zich wakkerder dan toen ze de deur uit was gegaan. Ze was in het donker in bed gaan liggen en had WhatsApp geopend. Voor de zoveelste keer.

Een uur met jou zet een hele dag in een ander licht. P.

Ze had het nummer gekopieerd en wilde het opslaan. Maar dat deed ze niet.

En nu zat ze achter het stuur van haar Mini, die met honderdvijftig over de nieuwste snelweg van Sicilië raasde. Half verlichte tunnels, hobbelig asfalt, onlogische wegversmallingen. En toen kwam het in zicht, het toppunt van al die o zo geniale dingen die ooit op het eiland waren gebouwd: de spooktolpoort die midden op de weg was neergezet en gelukkig nooit was geactiveerd. Niks geen verbreding, gewoon twee rijstroken voor zowel de Telepass-gebruikers als de kaartjestrekkers. Kort gezegd: een hel die je al zag aankomen.

Ze hield van Noto. Het was een van de weinige plekken waar ze een vakantiegevoel kreeg zonder dat ze er een vliegtuig voor hoefde te pakken. Een beetje zoals Taormina. Beide plekken had ze pas echt ontdekt sinds ze in Catania woonde.

Adriano en Luca waren pioniers geweest. Het appartement dat ze hadden gerenoveerd, hadden ze voor weinig geld gekocht, nog voor de echte toeristenboom – midden in het centrum, maar in het hoger gelegen gedeelte, vlak bij een hostel waar Vanina 's avonds altijd even naar binnen stapte om op het balkonnetje te gaan staan dat een adembenemend uitzicht op de stad bood.

Zo ook die avond. Na alle verplichte stops – eten in hun vaste restaurant met de stenen gewelven en de onnavolgbare kok, en een ijsje bij de bekendste bar van Sicilië – stapte ze het balkonnetje op en gunde ze zichzelf tien minuten absolute rust.

Het was warm, warm genoeg om de volgende dag een dagje strand met alles erop en eraan te doen.

Nadat Luca de volgende ochtend had vastgesteld dat de wind uit het oosten kwam, besloot hij dat ze naar Carratois zouden gaan. Dat was het eerste strand na het Isola delle Correnti, aan de zuidkust. Een rustiek strand, verscholen achter duinen en mediterraan struikgewas. Jaren eerder had iemand uit het noorden met een vooruitziende blik besloten er een strandclub met uitzicht op de ondergaande zon te plaatsen, met rieten parasols en een restaurant op houten palen. Buiten het seizoen, als het strand halfleeg was en de oostenwind de zee afvlakte, was het een unieke plek. Een Puerto Escondido in het Zuid-Siciliaanse landschap.

Ze waren gaan zitten om te lunchen en Adriano had het al een half uur over een artikel waarin een van zijn collega's een 'patholoog-anatoom' werd genoemd.

'Niet dat ik iets tegen patholoog-anatomen heb, helemaal niet. Maar die collega is een forensisch arts, net als ik en net als alle anderen die de lijken ontleden die jullie ons zo gul bezorgen. Het is gewoon de verkeerde term. Dat zou iemand hem eens moeten vertellen.' Hij had het net voor de zoveelste keer uitgelegd toen hij ineens met samengeknepen ogen naar de achterste rij parasols keek, die het meest afgelegen stonden. Hij leunde naar rechts en rekte zich zo ver mogelijk uit.

'Vanina', zei hij.
'Wat?'
'Is dat niet Macchia, daar achter?'
Vanina draaide zich om.
Een man van aanzienlijke omvang, met peper-en-zoutkleurige baard, Persol-zonnebril à la Mastroianni en een sigaar in de mond die voor de verandering aangestoken was.
'Dat kan niet missen', knikte ze. Ze kwam overeind om hem gedag te zeggen, met Adriano in haar kielzog. Na twee stappen bleven ze verbijsterd staan.
'Wat... maar...' stamelde Adriano. 'Is dat wie ik denk dat het is?'
Blond haar, goudbruine teint, afgetraind lichaam. In bikini zag Marta Bonazzoli eruit alsof ze zo uit een modetijdschrift kwam.
'Luister, we kunnen ze maar beter niet gedag zeggen', zei Vanina terwijl ze achter de rieten muur van het restaurant dook. Daar kon je kijken zonder gezien te worden, want zo'n primeur kon je natuurlijk niet zomaar laten schieten. Het was net alsof ze op de uitkijk stonden.
'Hoe oud is zij?' vroeg Adriano zachtjes, alsof ze hem konden horen.
'Dertig.'
'En hij?'
'Achtenveertig.'
'Niet...' zei Adriano.
Marta's geheim was onthuld. Ze had nu helemaal niets weg van dat verlegen, stille meisje dat bloosde en over haar woorden struikelde als de Grote Baas in de buurt was. En te oordelen aan hoe ze met elkaar omgingen, waren ze al langer bij elkaar. Ze knuffelden, ze zoenden, ze lagen samen op het strandbedje, wat met Tito een uitdaging moest zijn.
'Nou ja, ik vind hem wel leuk hoor', vervolgde Adriano. 'Hij is duidelijk te zwaar, dat zonder meer, maar hij is wel sexy.'
'Tito sexy?' vroeg Vanina weifelend. 'Echt?'
'Echt.' Hij zette zijn zonnebril op sterkte op en bekeek hem beter. 'Een lekkere macho', besloot hij.

'Zeg, gaan jullie lekker? Een beetje andermans privacy schenden?' onderbrak Luca hen.

'Moet je dat eens horen! Een journalist die me de les leest over privacy', antwoordde Adriano en hij gebaarde dat Luca moest opkrassen.

Ze liepen terug naar hun tafeltje en aten verder van de bruschetta's die nog op hun borden lagen. Van onder in haar tas klonk de indringende beltoon van Vanina's telefoon.

'Nee! Het is toch niet...' begon Adriano hoofdschuddend.

Vanina nam snel op.

'Zeg het eens, Spanò.'

'Chef, sorry dat ik u stoor. Er is iets ergs gebeurd.'

'Wat dan?'

'Teresa Burrano is dood. Ze heeft zich met een pistool door haar slaap geschoten.' Hij zweeg even. 'Met een Beretta kaliber 7.65.'

Vanina sloot haar ogen.

'Het wapen waarmee Burrano werd gedood?'

'Negenennegentig komma negen procent, chef. Haar vriendin heeft het lichaam een halfuur geleden gevonden, toen ze thuiskwam. Fragapane en ik zijn ter plaatse, hij had dienst en nam het telefoontje van de meldkamer aan. Maar het zou beter zijn als u...'

'Ik kom eraan', zei ze. 'Ik vertrek meteen. Ik ben in Portopalo, dus ik ben er pas over anderhalf uur.'

'Goed, chef. In de tussentijd bel ik de officier en de TR. En Bonazzoli. Belt u de Grote Baas? U weet hoe hij is, hij wil alles weten.'

Ja, dat ging ze doen. In feite hoefde ze alleen maar door de duinen te lopen om de twee spreekwoordelijke vliegen in één klap te slaan, maar waarom zou ze andermans privacy schenden?

Adriano haalde zijn iPhone uit de zak van zijn korte broek en wachtte lijdzaam op het onvermijdelijke telefoontje, terwijl Luca naar het strand ging om de spullen te verzamelen die ze daar hadden liggen.

Vanina wierp een blik op de parasol rechts en zag dat Spanò er geen gras over had laten groeien. Marta zat aan de telefoon en deelde haar headset met Macchia, die peinzend zijn baard gladstreek.

Ze belde zijn nummer en met op de achtergrond dezelfde geluiden haalde ze zijn dag overhoop.

Ze had Luca achter het stuur van de Mini gezet en probeerde nu alles op een rijtje te zetten. Ze had even gehoopt dat Vassalli geen dienst had, maar het telefoontje dat Adriano vijf minuten na het verlaten van het strand had gekregen, had die droom om zeep geholpen.

Ter hoogte van Cassibile schoot een indrukwekkende BMW GS hun voorbij en verdween daarna aan de horizon; er wapperde blond haar onder de passagiershelm uit.

Nog geen vijftig minuten later reed de auto van commissaris Guarrasi stapvoets door de stroom van burgers die de Via Etnea bevolkten, waar een nieuwe aswolk boven hing.

Vanina moest het zwaailicht pakken en op het dak zetten om scheldkanonnades van de gemiddelde zondagse wandelaar te vermijden, die zo graag gebruikmaakte van het voetgangersgebied.

Voor het huis van Burrano stond een groep mensen naar het busje van de technische recherche, dat op de binnenplaats was geparkeerd, te staren alsof het een Maria-Lichtmis voor Sant'Agata was. De kleine menigte week uiteen om de Mini, met aan boord de commissaris en de lijkschouwer, erdoor te laten. Daarachter pakte de mensenmassa zich nog dichter samen, met paraplu's tegen het zand in de hand.

Het leek de vloek van de Burrano's: telkens als ze getroffen werden door een rampzalige gebeurtenis, bracht de vulkaan zijn meest oprechte condoleances over.

In de woonkamer was een soort harem samengekomen. Clelia Santadriano zat in tranen en verslagen op de bank, naast Mioara die verbijsterd naar de muur staarde. Een lange, stevige vrouw schonk water in en gaf hun een glas. Ten slotte deelde inspecteur Bonazzoli, die tegenover hen zat, zakdoekjes uit en probeerde de feiten te reconstrueren.

In de lucht hing een brandgeur alsof iemand een barbecue in huis had aangestoken.

Spanò bewaakte de kamer ernaast met de concentratie van een

regisseur die de cruciale scène van een film opneemt.

Een studeerkamer met een monumentaal bureau in het midden, een stel fauteuils en een boekenkast vol Lalique-beeldjes waartussen enkele antieke boeken te zien waren. Op de grond een authentiek Perzisch tapijt met een hoeveelheid knopen die een sjah waardig was.

Tot Vanina's genoegen had Manenti alleen rechercheur Pappalardo en twee cameramensen ter plaatse gestuurd, die omzichtig rond het lijk liepen, wachtend tot dokter Calí het gebied vrijgaf. Ze hadden de huls en de kogel al gevonden.

Teresa Regalbuto-Burrano zat ineengezakt achter haar bureau. Haar rechterslaap was doorboord, haar hoofd was naar links gezakt en rustte in een plas bloed op het bureau, en haar rechterarm hing slap langs haar lichaam. Op het tapijt naast de stoel lag een oude Beretta M35.

Een smoezelig en stoffig kettingkoffertje met zijden bekleding, dat eruitzag alsof het uit een antiekwinkel kwam, lag op de leren onderlegger. De roestige, maar intacte veiligheidsboeien waren een surrealistisch detail.

Erin prijkte een oude doos met kaliber 7.65-munitie.

Op het bureau lagen een lege, halfopen kartonnen map met bloedspatten en een dichte map die nog smetteloos was. Een rommelige stapel papier. Een kleine asbak met drie Philip Morris-peuken, waarvan er eentje zelf was opgebrand.

Vanina liet Adriano van het lijk genieten en liep naar Spanò.

'Wie heeft haar gevonden?'

'Mevrouw Santadriano, toen ze thuiskwam voor de lunch.'

Vanina liep naar de woonkamer.

'Chef,' zei Spanò, 'heeft u het kettingkoffertje gezien?'

'Ja, dat heb ik gezien.'

'Het zou...'

'... dat van Gaetano Burrano kunnen zijn.'

Clelia Santadriano was wat rustiger geworden en zat nu rechtop op de bank, met haar handen in haar schoot. Af en toe schokten haar schouders van een stille snik.

Vanina ging op Marta's plek tegenover haar zitten.

'Bent u in staat om een paar vragen te beantwoorden?'

De vrouw knikte en haalde haar neus op.

'Hoe laat bent u vanmorgen van huis gegaan?'

'Om halftien. Er was een plantententoonstelling in een villa in Mascalucia. Teresa zou ook meegaan, maar ze besloot op het laatste moment thuis te blijven.'

'Vond u dat vreemd?'

'Nou... nee. Niet echt. Teresa is... was onvoorspelbaar. Ze had altijd duizenden telefoontjes te plegen en ontving er net zoveel. Belletjes, bezoek. In de drie maanden dat ik hier ben, heb ik de halve stad leren kennen.'

'U bent veel jonger dan mevrouw Burrano. Kennen jullie elkaar al lang?'

'Nee. Pas een paar jaar.'

'En waren jullie erg hecht?'

'Ja', antwoordde Clelia met een zucht.

'Puur uit nieuwsgierigheid: hoe is jullie vriendschap ontstaan?'

'Gewoon, toevallig...'

'En nu woont u hier?'

'Nee, ik heb hier de hele zomer gelogeerd en toen ben ik nog wat langer gebleven. Ik ben ook maar alleen... Maar waarom stelt u mij al die vragen?'

'Nou, mevrouw Santadriano, uw vriendin heeft zichzelf zojuist van het leven beroofd door zichzelf door het hoofd te schieten. U zult het met me eens zijn dat dit geen natuurlijke dood is.'

De vrouw begon met gesloten ogen haar hoofd te schudden en er blonken tranen in haar wimpers.

'Ik kan het gewoon niet bevatten!' zei ze snikkend.

Vanina realiseerde zich dat ze te direct was geweest. Ze wachtte tot Marta de vrouw opnieuw gekalmeerd had. Die was stukken beter in het bijstaan van wanhopige zielen.

'Er is u niets ongewoons opgevallen? Vreemd gedrag, tekenen van depressie?'

De vrouw aarzelde even. Toen zei ze: 'Sinds het lijk van... die vrouw is ontdekt, was ze gespannen. Ze was constant bang dat jullie haar nog meer slecht nieuws over dat huis kwamen brengen. Teresa haatte die villa... Maar dat is begrijpelijk, toch?'

'Had ze u verteld waarom?' vroeg Vanina.

'Nee, commissaris. Ik heb er wel voorzichtig naar gevraagd, maar ze zei dat het een te lang verhaal was. Dat ik niet zou begrijpen. Ik denk dat ze de dood van haar man nooit verwerkt heeft. Teresa had een moeilijk karakter. Veel mensen begrepen haar niet, in de eerste plaats haar neef. De afgelopen dagen maakten ze vaak ruzie...' De tranen begonnen weer vrijelijk te stromen. 'Sorry, commissaris, maar het was zo verschrikkelijk! Ze beantwoordde de intercom niet en toen ik de portier zover kreeg om me binnen te laten... trof ik haar zo aan!'

Vanina liet haar met rust.

De portier, die natuurlijk Agata heette, had nog wat meer informatie. Om tien uur, voordat ze naar de mis ging, had ze mevrouw Teresa de krant gebracht. Ze had rustig geleken. Nou ja, zo rustig als mevrouw Teresa Burrano kon zijn, uiteraard. Ze was een halfuur gebleven. Toen ze weer naar beneden was gegaan, had mevrouw aan de telefoon gezeten met de krant al opengeslagen voor zich. Strijdlustig, zoals altijd.

Mioara leek in shock. Ze huilde, ze lachte en bracht toen haar handen in een moedeloos gebaar naar haar gezicht.

'Vanmorgen was mijn mevrouw in orde! Ze was boos zoals altijd, maar in orde!'

En je kon haar geen ongelijk geven.

'Toen ik thuiskwam, was de politie er al. Signora Clelia was flauwgevallen! En de lunch in de keuken helemaal aangebrand!' Dat laatste herhaalde ze drie keer, steeds zachter, alsof dat het belangrijkste was.

Officier van justitie Vassalli arriveerde, bleef niet langer dan nodig en ging weer. Adriano had het lichaam verplaatst en wachtte op de mensen van het mortuarium.

'Ingangswond', zei hij wijzend naar de rechterslaap van de vrouw. 'Uitgangswond.' En hij wees naar de linkerkant. 'Bij de ingangswond zit geen brandwond en de stervormige rand ontbreekt, wat betekent dat het geen contactschot was. En ze is nog warm, de hypostase heeft pas net ingezet, dus het moet gebeurd zijn vlak voordat de vriendin thuiskwam.'

Rechercheur Pappalardo was samen met de twee forensisch fotografen aan het werk bij het bureau.

'Pappalardo', riep Vanina. Hij schoot overeind. 'Pappalardo! Pas op, dat is vragen om spit. En dit lijkt me niet het juiste moment daarvoor.'

'U heeft gelijk, commissaris!'

'Luister, Pappalardo, dit kettingkoffertje en dat pistool moeten we helemaal binnenstebuiten keren, ja? Ze zijn nog ouder dan Methusalem, maar fundamenteel voor ons onderzoek.'

De inspecteur knikte.

'Vingerafdrukken, sporen. En we moeten eventueel restmateriaal verzamelen, met bijzondere aandacht voor mogelijke stukjes papiergeld.'

Ze draaide zich naar Adriano die over het lichaam heen gebogen stond.

'En ik heb het DNA van de vrouw nodig.'

Adriano keek haar niet-begrijpend aan, hij was verzonken in zijn gedachten.

'Adri?'

'Wat? Ja, begrepen. DNA...'

'En dat moeten we zeker vergelijken met dat wat we op het kopje in Villa Burrano hebben gevonden', raadde Pappalardo.

'Goed zo. Zie je? Wij begrijpen elkaar.'

'Zeg dat liever niet te hard, anders hoort meneer Manenti het nog!'

Vanina en Fragapane, die naast hem stond, grijnsden.

Vanina nam het tafereel nog een keer in zich op.

'Wat denkt u, commissaris?' zei Spanò, vragend naar de bekende weg.

'Hetzelfde als jij, Spanò. Dat het kettingkoffertje en het pistool meer zeggen dan een schriftelijke bekentenis... Die wel een stuk eenvoudiger was geweest.'

'Een schuldbekentenis, dus. Wie weet. Misschien heeft al ons gejaag haar wel gebroken. Was ze bang dat we de waarheid zouden ontdekken en kon ze het niet verdragen haar leven te eindigen met een veroordeling voor moord. Dan is zelfmoord beter. En deze onverwachte wending... Nu hoeven we alleen nog maar de andere puzzelstukjes in elkaar te passen.'

'Goed, ik ga naar Santo Stefano. Jullie wachten hier totdat iedereen klaar is en dan gaan jullie genieten van wat er nog overblijft van deze zondag.'

Ze liep naar de woonkamer en Marta kwam haar meteen tegemoet.

'Bizar hè! Het klopt dus echt dat de ogenschijnlijk sterkste mensen op het eind het zwakst blijken te zijn. Wie had dit ooit verwacht van mevrouw Burrano?'

'Ja, inderdaad, lieve Marta. Mensen blijven ons verrassen,' zei Vanina met een glimlach, 'ten goede en ten kwade.' Met haar blik op Marta's paardenstaart gericht, liep ze naar haar toe. Ze haalde er een stukje wier uit dat eruitzag als een bruine grasspriet. 'Wist je dat je enkels onder het zand zitten?'

Marta keek haar verdwaasd aan.

'Goed, ik ga het zout van me afspoelen', zei Vanina met een laatste, licht sardonische glimlach. Ze liep naar Clelia Santadriano. 'U en het meisje kunnen beter niet hier slapen, vannacht. Kunt u ergens terecht?'

'Ik heb andere vriendinnen, hier in Catania', verzekerde Clelia haar. 'Vriendinnen van Teresa', voegde ze er met een dun stemmetje aan toe.

Agata stapte naar voren. 'Mioara slaapt bij mij.'

'Goed.' Vanina stak een sigaret op en was klaar om te gaan. Ze bleef ineens stokstijf staan toen er een gedachte in haar opkwam.

'Spanò!'

'Ja, chef.'

'Hebben we Alfio Burrano al op de hoogte gebracht?'

'Ik heb hem tig keer gebeld, chef. Ik krijg hem niet te pakken.'

Vanina haalde zuchtend haar sigaret uit haar mond en pakte haar telefoon. Ze zocht Alfio's nummer in haar telefoonboek en belde hem op. Eén keer, twee keer.

'Waar hangt-ie in hemelsnaam uit!' mopperde ze.

Spanò deed alsof hij de vertrouwelijke toon niet hoorde.

'Geen zorgen, chef, ik blijf het proberen.'

Vanina's aandacht werd getrokken door commotie uit de naastgelegen kamer. Mioara en Agata waren niet meer in de woonkamer. Ze volgde de stemmen en kwam in een keuken die was ingericht met meubels die minimaal uit de jaren zestig stamden, en dat was al een optimistische schatting. De overledene hield niet zomaar de hand op de knip, ze klemde hem er strak omheen.

'Wat is er aan de hand?' vroeg ze op besliste toon. Het leek wel een kippenhok, zo erg kakelden die twee. En de verbrande stank hing zwaar in het vertrek.

'Ze heeft zich in haar hoofd gehaald dat ze eerst de keuken moet opruimen voordat ze met mij meegaat', zei de portier.

'Mevrouw wil geen vieze keuken, nooit. Mevrouw maakt op zondag lekkere dingen, dan als ik terug ben, zegt ze: Mioara, maak keuken meteen schoon. Ik denk dat ze nu vieze keuken ziet en alle verbrande lekkere dingen.'

Vanina ving Agata's hulpeloze blik op en liet haar gezag gelden.

'Mioara, met al die mensen nu in huis kun je niets schoonmaken. Gooi het verbrande eten weg en ga met deze vrouw mee om uit te rusten, want je bent van streek. Begrepen?'

Het meisje knikte bedeesd. 'Begrepen, commissaris', zei ze, en terwijl ze teruggingen zei ze: 'Mijn mevrouw zei: commissaris Guarrasi heeft kwaliteiten. Ik weet niet wat kwaliteiten zijn, maar ik denk mevrouw had gelijk.'

'Kijk nou eens! En tegen wie zei ze dat, Mioara? Tegen jou?'

'Nee! Mevrouw zei het tegen meneer Alfio en een keer aan de telefoon maar ik weet niet met wie ze praatte.'

Op de binnenplaats kwam Vanina de mensen van het mortuarium tegen.

Ze belde Adriano. 'Wil je een lift?'

'Nee, ik rij mee naar het ziekenhuis. Hoe eerder ik begin, hoe eerder ik klaar ben.'

'Oké, werk ze dan.'

'Als ik iets te melden heb, bel ik je.'

Ze stapte in de Mini op de binnenplaats en reed eindelijk weg bij het huis van de Burrano's, waar drie keer zoveel mensen buiten stonden als eerst. Je kon er donder op zeggen dat de journalisten vooraan stonden.

Spanò had gezegd dat hij Alfio weer zou bellen, maar Vanina had zo haar eigen plan. Het enige familielid van de overledene moest op de hoogte gebracht worden. Hij mocht dan niet al te dol op haar zijn, maar ze was nog altijd zijn enige familie. En aangezien ze de laatste tijd bovendien vriendschappelijk met elkaar omgingen, ontving hij zulk nieuws misschien liever van haar dan van de hoofdinspecteur.

Of niet. Uiteindelijk was ook Spanò geen vreemde voor hem.

Dit keer ging de telefoon niet eindeloos over, maar kreeg ze de voicemail. Ze liet een bericht voor hem achter waarin ze hem vroeg haar terug te bellen, ongeacht het tijdstip. Waarschijnlijk had Spanò hetzelfde gedaan. Alfio kon zelf kiezen met wie hij contact zou opnemen.

Het was bijna donker toen ze in Santo Stefano aankwam. Terwijl ze de buitentrap op liep, dacht ze na over wat ze ging klaarmaken voor het eten. Vanina had niets substantieels meer gegeten sinds de lunch, die eerst onderbroken was door de ontdekking op het strand en toen halsoverkop was afgebroken door het werktelefoontje. Spaghetti met knoflook en olijfolie was precies wat ze nodig had.

Zoals gewoonlijk schoot Bettina haar te hulp.

'Als jij nou eens lekker gaat douchen en dan hierheen komt om mij gezelschap te houden, want ik kan het niet aan om vanavond alleen te eten.'

Typisch Bettina. Ze draaide het zo dat het Vanina was die haar een plezier deed door haar met haar gezelschap te eren, terwijl zíj juist het vriendelijke gebaar maakte. Zo voorkwam ze dat Vanina haar bedankte of zich schuldig voelde. En Vanina was haar dubbel zo dankbaar.

Ze speelde het spel mee en deed wat Bettina had voorgesteld. Die had in de tussentijd de knoflook voor de spaghetti al uit zo'n lange streng gehaald waarvan alleen zij wist hoe ze die helemaal op zou krijgen. 'Ik doe er ook *capuliato* in, en een beetje geraspte *caciocavallo*, dat maakt het helemaal af.'

Een halfuur later zat Vanina bij haar buurvrouw aan tafel, te genieten van het gezelschap en de capuliato, een saus van fijngesneden zongedroogde tomaten met olie en verschillende kruiden. Ja, want één ding was zeker: Bettina wist haar altijd op te beuren met haar kookkunsten. Sterker nog: Vanina kalmeerde erdoor. Het maakte dat ze zich thuis voelde en dat gevoel had ze al heel lang niet meer gehad.

'Je stond vandaag met een foto in de krant', vertelde de buurvrouw.

Vanina landde weer met beide benen op de grond.

'Wat?'

'In de *Gazzetta Siciliana*. Een artikel waar maar geen eind aan kwam. Luisa had er ruim een halfuur voor nodig om het ons voor te lezen. Dus nu is bekend wie de vrouw was die vijftig jaar geleden is vermoord?'

'Dat stond er?' vroeg Vanina.

'Ja. En daarna een heel verhaal, dat ze een... een bijzonder leven geleid had. En dat de moordenaar waarschijnlijk dezelfde was als die van de heer Burrano en dat misschien degene die de heer Burrano had vermoord, niet dezelfde was als die in de gevangenis heeft gezeten...'

'Wacht even! Ho, stop... stond dat er allemaal?'

Bettina stond op en pakte de krant.

Een foto van commissaris Guarrasi met haar team, Villa Burrano, de garage van Casa Valentino. Verwijzingen naar het misdrijf in de nacht van Sant'Agata, met details, nooit gevonden wapens, toespelingen op een moordenaar die al bijna zestig jaar vrij rondliep, woorden van solidariteit voor de man die een dure prijs had betaald voor iets wat hij niet had gedaan. Een perfecte collage. En het was niet moeilijk om te bedenken wie al die informatie had doorgespeeld aan de redactie. Tunisi's gezicht verscheen op haar netvlies.

Dit was misschien wel de aanleiding voor Teresa's daad. Zo'n artikel in de krant van Catania betekende dat er iemand was die geen respect meer had voor haar heerschappij. Dat er iemand was die machtiger was dan zij. Dat vroeg of laat de agente met de kwaliteiten bij haar uit zou komen.

Toch had Vanina kunnen zweren dat iemand als Teresa Regalbuto tot het laatste moment zou vechten. Zelfmoord plegen kon misschien een manier zijn om alles tot het eind onder controle te houden, maar door het mogelijke moordwapen te gebruiken zag het er eerder uit als een onvoorwaardelijke overgave. En dat leek niets voor haar.

De buurvrouw zag haar frons en probeerde het goed te maken.

'En daarom zou ik ook maar een lekker bord pasta eten!' zei ze en ze ging er eens goed voor zitten. 'Want weet je, goed eten is belangrijk, vooral als je alleen bent. Ik kook altijd. Ik dek de tafel met alles erop en eraan, en als ik het met iemand kan delen, mooi, en zo niet, ook goed. Goed voor jezelf zorgen, noem ik dat.'

Vanina glimlachte naar haar en dacht over die instelling na, tot ze ineens iets ontwaarde dat uit de toon viel, iets dat niet klopte. In haar hoofd spoelde ze de band terug tot aan haar gedachten over het artikel. En ze hoorde het. Alsof Freddie Mercury een hoge noot in haar oor had gekweeld.

'Verrek!' riep ze.

Bettina keek haar verbaasd en ontstemd aan. Zij hield niet van zulke grove taal.

En gelijk had ze. Maar op dat moment niet. Op dat moment overheerste de adrenaline, die lak had aan goede manieren.

'Bettina, u bent een genie.'

'Maar waarom, wat heb ik gezegd?' Vanina hoorde haar al niet meer.

Kom op, Adriano, neem je telefoon op!

'Ik wist dat jij het was!' zei de lijkschouwer direct.

'Ik moet je iets belangrijks vragen. En je moet meteen antwoord geven. Kun je erachter komen of Teresa Burrano...'

'Zichzelf heeft neergeschoten?' was Adriano haar voor.

'Ik kom naar je toe.'

Mioara's gejammer bleef maar door haar hoofd spoken. *Verbrande lunch, verbrande lunch.*

Bettina had gelijk: voor jezelf koken is goed voor jezelf zorgen. Een vrouw die op het punt staat zelfmoord te plegen, zet geen rollade in de oven om daarna rustig aan haar bureau te gaan zitten, een pistool te pakken en zichzelf door het hoofd te schieten.

Adriano verwelkomde haar in zijn 'kliniek', zoals hij het noemde.

'Ik raakte aan het twijfelen vanwege haar handen. Zie je hoe misvormd ze zijn? De vrouw leed aan een ernstige vorm van artrose. In zulke gevallen is het al moeilijk om een tandenborstel vast te houden, laat staan de trekker over te halen.'

Hij pakte de bleke hand die langs het lichaam lag en tilde hem op tot onder Vanina's neus.

Van alle stinkende plekken waar haar werk haar naartoe leidde, was de autopsieruimte altijd de ergste. Het was niet alleen vanwege de geur, die niet veel misselijkmakender kon. Het was de dood, die de muren, onderzoekstafels en instrumenten binnendrong. Die de lucht bedierf. De met bloed besmeurde shirts, altijd donker, altijd doorboord. De gewelddadige dood. Die haar vak rechtvaardigde, waarmee ze de kost verdiende.

'En verder', vervolgde Adriano, 'is er nog de ingangswond. Er zit geen brandwond en er zijn geen rooksporen. Maar wel een roetkring, veroorzaakt door de onverbrande resten waar je er veel van hebt bij zo'n oud pistool. En weet je wat dat betekent?'

'Nee, maar daar kom ik vast snel genoeg achter.'

'Dat het schot op meer dan twintig centimeter afstand werd afgevuurd. Oordeel jij nu maar op basis van deze elementen of het mogelijk is dat de vrouw zelf het schot gelost heeft.'

Vanina dacht zwijgend na.

Voor Teresa Burrano zou het al moeilijk zijn geweest om een trekker over te halen terwijl de loop ergens op rustte, laat staan om op haar slaap te richten op twintig, dertig centimeter afstand, met een pistool dat zou terugslaan in haar hand. Het was praktisch onmogelijk. En als ze er al op wonderbaarlijke wijze in was geslaagd om zoiets voor elkaar te krijgen, dan zou het wapen niet zo dicht bij haar zijn terechtgekomen.

'De doodsoorzaak lijkt me duidelijk', concludeerde Adriano. 'Maar nu moet je wegwezen, want ik moet het hier afronden en ik wil ook nog een paar uur slapen. Morgenochtend krijg je de rest.'

Maar voor Vanina was de nacht nog maar net begonnen.

Na tien keer overgaan nam Vassalli op.

'Commissaris Guarrasi', zei hij zwak.

Hij luisterde zonder iets te zeggen terwijl zijn ademhaling steeds zwaarder klonk.

'Verdomme', was alles wat hij zei.

'We moeten op zoek naar een moordenaar, meneer Vassalli. En we hebben hem al een flinke voorsprong gegeven.'

Voor een keer waren ze het eens.

16

ALFIO STAPTE UIT DE AUTO TERWIJL CHADI HET HEK WEER SLOOT.

Hij stuurde hem meteen weg naar het bijgebouw en ging het huis binnen. Sinds de nacht van het lijk had hij niet meer in Sciara geslapen.

Hij schonk zichzelf een ruime hoeveelheid whisky in, een speciale turfgestookte whisky die hij van een vriend had gekregen, en liet zich in een stoel vallen. Onthutst.

Hij probeerde de gedachte aan wat hij had gedaan weg te duwen. Hij had weg moeten blijven, de zaak moeten laten bekoelen, niet moeten ingaan op die provocaties. En dus moeten voorkomen dat hij de domste fout van zijn leven maakte. Want vroeg of laat zou hij de prijs betalen voor wat hij had gedaan. Als je voor zoiets zwicht, moet je ook beseffen dat je aan handen en voeten gebonden bent en dat het niet makkelijk zal zijn om het gevoel van je af te schudden dat je je geweten hebt verraden. Hij had in zijn leven genoeg lichtzinnige dingen gedaan, onvergeeflijke soms, maar hij had een geweten en dat had hij nog nooit verraden. Tot die vervloekte zondag.

Neerslachtigheid, een plotseling onzekere toekomst, al zijn vooruitzichten ondersteboven: die dingen kunnen een man uitputten. Afmatten. Hij had die aanhoudende provocaties niet meer kunnen negeren, de verleiding om zich over te geven aan zijn verlangen en er voor eens en altijd korte metten mee te maken was te groot geweest. En hij was gezwicht.

Hij zag dat zijn telefoon nog steeds aan de lader lag op het bijzettafeltje, waar hij hem die ochtend had laten liggen toen hij zijn verdoemenis tegemoet was gerend.

Een stortvloed aan whatsappberichten en twee voicemails. Hij besloot daarmee te beginnen.

Vanina Guarrasi's stem die hem zei haar terug te bellen 'ongeacht het tijdstip' deed geen wonderen voor zijn slechte mentale toestand. Tot de vorige avond had hij er heel wat voor overgehad om door haar gebeld te worden. En wie weet, als het op dat tijdstip was gebeurd, had hij zichzelf misschien niet zo tot wanhoop gedreven. Maar nu was zij de laatste die hij wilde spreken.

Tot slot Carmelo Spanò's bericht. Dat moest hij wel beantwoorden.

Spanò zat in Vanina's kantoor op haar te wachten.

'Inspecteur, leg eens uit... Hoe komt het toch dat je altijd binnen tien minuten beschikbaar bent?'

Spanò streek over zijn snor.

'Moet ik daar antwoord op geven?'

'Niet als je dat vervelend vindt.'

Hij dacht erover na.

'En hoe komt het dat u altijd beschikbaar bent?' kaatste hij terug.

'Ik snap het', zei Vanina kortaf.

Spanò frummelde met een pennenbakje.

'Omdat ik niets te doen heb', begon hij. 'En omdat ik ga nadenken als ik niets omhanden heb, en als ik nadenk word ik boos. En als ik boos word, sta ik vroeg of laat bij iemand voor de deur en sla ik hem op zijn bek. En dan laat die klootzak me daar de rest van mijn leven voor boeten. Dus zet me alstublieft aan het werk.'

Vanina liet zich in haar stoel vallen en haalde een sigaret tevoorschijn.

'We zijn immers alleen. Je vindt het toch niet vervelend, Spanò?'

'Ik? Helemaal niet. Sterker nog, mag ik...' Hij stak zijn hand uit naar het pakje Gauloises.

'We moeten helemaal opnieuw beginnen', begon Vanina. 'Sporen veiligstellen, vingerafdrukken, alles... We moeten Santadriano, de portier en Mioara horen. We weten dat de vrouw met iemand heeft gebeld. Iemand als mevrouw Burrano heeft vast ook een mobiele telefoon. We moeten de gegevens opvragen en uitzoeken met wie ze gebeld heeft. Het pistool en het kettingkoffertje maakten het plaatje zo compleet dat we er met open ogen in trapten. De moordenaar heeft er niet aan gedacht de sporen te verwijderen van de lunch die de vrouw aan het bereiden was, dat was zijn eerste fout. En hij wist niet, of herinnerde zich niet, dat Burrano door haar zware artrose niet in staat was om een trekker over te halen. En tot slot heeft hij haar van meer dan twintig centimeter afstand neergeschoten. En dat was zijn laatste fout, de belangrijkste.'

Spanò's telefoon rinkelde. Hij deed zijn uiterste best om de telefoon uit de zak van zijn te strakke spijkerbroek te halen.

'Hèhè, eindelijk! Het is Alfio.'

'Vertel niet te veel, Spanò.'

'Natuurlijk niet!'

Spanò schraapte zijn keel en nam op. Vanina leunde op haar ellebogen en luisterde mee. Met een serieus gezicht hing Spanò even later op.

'Arme kerel. Hij schrok zich een ongeluk. Hij bleef maar zeggen dat hij het niet kon geloven.'

'Net als wij.'

Vanina stond op en pakte haar jas, die achter haar stoel aan de muur hing.

'We gaan.'

'Waarheen?'

'Denk je dat ik je om tien uur 's avonds naar het bureau heb laten komen om wat ideeën uit te wisselen?'

Verbaasd volgde Spanò haar. Buiten liep hij meteen naar de parkeerplaats voor de dienstauto's.

'Spanò! Waar ga je heen?' riep Vanina.

Hij bleef voor de ingang staan.

'Dat weet ik nog steeds niet.'

'We nemen je Vespa.'

Spanò kwam terug. 'Maar waar moeten we dan heen, chef?'

'We gaan lekker de bloemetjes buitenzetten en ons klotewerk vergeten.'

Spanò keek haar bevreemd aan.

'Waar moeten we volgens jou heen, Spanò? Naar het huis van Burrano, natuurlijk. Jij en ik alleen, zonder mensen die ons in de weg lopen, en met onze ogen wijdopen. Met de Vespa zijn we sneller.'

Een witte Vespa Primavera 125, uit de jaren zeventig. De mooiste die je kon hebben. Vanina was er jaloers op.

Wel jammer van die foeilelijke bak die Spanò achterop had en waar hij nu een helm uit haalde, een soort roze pothelm met een sticker van een cosmeticamerk erop.

'Een oude helm van mijn vrouw', zei hij verontschuldigend. 'Exvrouw', corrigeerde hij zichzelf.

Vanina vroeg niets.

Dat waardeerde Spanò. Want wat had hij dan moeten antwoorden? Dat hij als een sukkel die lelijke koffer op zijn scooter had gemonteerd zodat hij dat nostalgische erfstuk altijd mee kon nemen, in de ijdele hoop dat zijn vrouw op een dag een ritje zou willen maken en overweldigd door herinneringen op haar schreden zou terugkeren?

De voordeur zat dicht.

Vanina belde via de intercom naar de portier. Mioara kwam haar met de sleutels in de hand tegemoet, haar gezicht stond bezorgd.

'Wilt u dat ik met u meega?'

'Nee, Mioara, dat is niet nodig.'

Het meisje staarde hen na toen ze de trap op liepen en ging toen hoofdschuddend terug naar de portier.

De brandgeur was door het hele huis getrokken.

'Waar beginnen we, chef?' vroeg Spanò.

'In de keuken.' Waar alles was gebleven zoals het was, inclusief de onaangeroerde rollade. Mioara had haar orders dus opgevolgd.

Op tafel stond nog altijd de braadpan met olie en wijn waarin de vrouw het vlees moest hebben aangebraden. Daarnaast lag een schrift met recepten, geschreven in een net, ouderwets handschrift.

Op de eerste pagina stond een naam. Agata Maria Burrano. Haar schoonmoeder, waarschijnlijk.

'Ze was echt een zondagse lunch met alles erop en eraan aan het bereiden', zei Spanò met zijn neus boven een pan.

'Weet je wat me nou zo boos maakt, inspecteur? Dat ik me twee volle uren in de luren heb laten leggen door een smerige moordenaar.'

Spanò knikte. Hij wist het, en of hij het wist.

Vanina ging terug naar de studeerkamer. Ze deed het licht aan en keek de kamer rond.

Spanò kwam ook en liep naar het bureau, terwijl hij zijn handschoenen aantrok.

'De vrouw zat al toen de moordenaar haar neerschoot. Ze is dan ook op de tafel ineengezakt', zei hij.

'Er zijn twee mogelijkheden. Eén: de moordenaar is zelf het huis binnengekomen, zonder in te breken. Hij verraste haar van achteren en schoot haar neer. Toen heeft hij het kettingkoffertje, de kogels en het pistool zo neergelegd dat er geen twijfel zou bestaan over de "voorbedachten rade" van deze zelfmoord. Maar...' Vanina haalde diep adem, twijfelde. 'Maar ik heb het gevoel dat het niet zo is gegaan. Volgens mij kende de vrouw haar moordenaar.'

'Dus de tweede mogelijkheid is dat ze hem heeft binnengelaten en in de studeerkamer ontving.' Spanò keek naar de asbak. 'En dat ze ook nog een sigaret heeft opgestoken.'

'Dat geeft ook aan dat ze hem goed kende, anders had ze hem wel in de woonkamer ontvangen. Om nog maar te zwijgen over het feit dat de kerel, of de vrouw, wist waar het kettingkoffertje én het pistool lagen. En hij was er zeker van dat wij door die spullen de bevestiging zouden krijgen dat Teresa Burrano haar man en Cutò had vermoord.'

'Kortom, hij heeft ons bespeeld', concludeerde Spanò.

Vanina boog zich over de bloederige map en vroeg hem die op te tillen. Hij was leeg.

'Doe die daaronder eens een stukje open, Spanò.'

De inspecteur sloeg de tweede map open. Die had het formaat van een schrift, maar was behoorlijk vervormd door alles wat erin zat.

'Het lijken wel bonnetjes.'

Hij pakte er eentje om te lezen wat erop stond, maar dat ging niet.

'Mijn bril!' zei hij. Die had hij niet bij zich.

Hij schoof de blaadjes naar Vanina toe, die dichterbij kwam.

'Het zijn afschriften. Van...' Ze las. 'Maandelijkse betalingen, voor zover ik kan zien.'

‘Betalingen? Gewoon in het algemeen?’

Vanina knikte bedachtzaam en fronste haar wenkbrauwen.

‘Spanò, geef me eens iets waarmee ik deze blaadjes kan aanraken.’

Spanò haalde nog een paar handschoenen uit zijn zak en gaf ze aan.

Vanina pakte de hele stapel betalingsbewijzen en begon ze een voor een te lezen. Het waren iedere keer verschillende getallen, maar de naam van de ontvanger was steeds dezelfde. Op de eerste tien dan. Toen waren er achttien bonnetjes met een andere naam, met wederom steeds andere getallen, en daarna nog eens twintig bonnetjes met weer een andere naam erop. Het waren allemaal getallen met drie nullen.

Ze opende de middelste la van het bureau. Er lagen alleen lege vellen en schrijfbenodigdheden in. Ze boog zich over de ladekast aan de linkerkant. De bovenste, de enige met een slot, stond een beetje open, met de sleutel omgedraaid.

Er lag een agenda in. Ze sloeg hem open. Die stond vol namen, achternamen en telefoonnummers. Half Sicilië stond erin.

‘Spanò, morgen moeten we de TR deze lade laten controleren, om te zien of het pistool hier werd bewaard. De moordenaar heeft het misschien gepakt toen de vrouw de lade opendeed. En ze moeten controleren of er nog andere vingerafdrukken dan die van Burrano op de lege map zitten.’

‘Vindt u het niet raar dat die leeg is? Die andere barst bijna uit zijn voegen en deze is leeg.’

‘Daar moeten we over nadenken. Net als dat we moeten achterhalen wat dit voor betalingsbewijzen zijn. Dus wij nemen de andere map mee. Nu, voordat zij hem morgen inpakken als het hier een chaos is. En laten we ook de agenda meepakken.’

Ze haalde haar katoenen tasje uit haar tas, waar van alles in zat behalve de boeken waar hij voor was gemaakt, en gaf het aan Spanò. ‘We zijn met de Vespa’, zei ze.

‘Commissaris,’ zei Spanò, terwijl hij de map in het tasje stopte, ‘ik heb wel een voorgevoel over die afschriften.’

‘Ik ook, inspecteur. Ik ook...’

En het was zo'n akelig voorgevoel, zo eentje dat alles overhoop zou gooien als het klopte.

Daarom zeiden ze het maar liever niet hardop.

De lucht was behoorlijk afgekoeld toen ze terugreden, en dat was ook normaal. Catania was geen Milaan, waar je 's avonds op een Vespa al een winterjas aan moest, maar het was wel herfst. Het feit dat ze slechts twaalf uur eerder languit op het strand had gelegen, betekende niet dat de temperatuur niet plotseling kon kelderen.

Ze reden langs het Piazza Spirito Santo en stopten bij de kiosk op de hoek.

De naastgelegen pub was nog druk in bedrijf, net als alle zaken in de wijk. Alleen Nino's trattoria, precies daarachter, was sinds jaar en dag op zondag gesloten.

'Dat is het mooie aan Catania', begon Spanò. 'Dat het leeft. Ook om middernacht. Ook midden in de week. Maar dat kunt u niet weten, want u zit in Santo Stefano!'

'En dus...? Is Santo Stefano niet bijna Catania?'

'Santo Stefano is Santo Stefano. En zeg nooit tegen uw dorpsgenoten dat ze uit Catania komen! Dat vatten ze op als een belediging.'

Vanina bestelde mandarijnlimonade met citroen en Spanò een koffiemousse.

'Die gewoonte om 's avonds laat nog naar een kiosk te gaan, hoe je er ook aan toe bent, is echt iets typisch Catanees. Wij waren net nog aan het werk, die mensen daar hebben een kroegentocht achter de rug, en nu zitten we hier allemaal aan de tonic, mandarijnlimonade en muntlikeur. En natuurlijk aan die Nutella-milkshake met stukjes Tomarchio-cake van drieduizend calorieën.'

'Mooi toch? Zulke kiosken hebben we in Catania al sinds mensenheugenis. Eerst waren het stalletjes waar ze water en *zammù* verkochten.'

'Nee, nee! Wíj hadden water en zammù. De anijs kwam van de Arabieren en die zaten in Palermo', zei Vanina. 'Maar je hebt gelijk, Spanò. In Catania is altijd wat te doen. Misschien geeft die vulkaan, die nooit slaapt, jullie wel speciale energie...'

'Hoezo "jullie", u niet dan?'

'Dat weet ik niet. Misschien. Of misschien blijft het niet aan mij plakken, omdat ik een Palermitaanse bolster heb. Want ik voel me altijd Palermitaans, inspecteur. En een Palermitaan is ervan overtuigd dat hij niet kan aarden in Catania, ook al klopt dat in werkelijkheid niet altijd.'

Spanò glimlachte naar haar. 'Volgens mij kunt u heel goed aarden hier in Catania. Gewoon een kwestie van die bolster verzachten.'

Ze rookten een sigaret, allebei in hun eigen gedachten verzonken, die op dat moment wel dezelfde richting op gingen.

'Weet je, Spanò? We staan op een steenworp afstand van Casa Valentino. Vroeger had je hier vast alleen maar bordelen.'

'Het is San Berillo, chef. Het stikte hier van de bordelen en dat bleef nog jaren zo. Het werd nog erger, want de regering controleerde op een gegeven moment niet meer. Beetje bij beetje werd het historisch centrum 's avonds onbegaanbaar. In de jaren tachtig vlogen de kogels je hier om de oren. Daarna is de wijk opgeknapt en begon het nachtleven, met de jongeren, de kroegen...'

'Zo was het ook in Palermo, in Kalsa. Maar bij ons gaat het langzamer, wij hebben meer tijd nodig.' Ze liet de sigaret in haar bekertje vallen en blies de laatste rook uit haar mond. 'Misschien komt het doordat wij geen vulkaan hebben, wat denk jij?'

Spanò glimlachte. 'Jullie roken genoeg', zei hij terwijl hij op de Vespa stapte en haar de middelbareschoolhelm gaf. Hij kwam overduidelijk uit de jaren tachtig, maar er stond ook een handgeschreven datum in, met een naam. Rosy. Zo moest Spanò's vrouw hebben geheten.

'Dit is het laatste stukje van de rosse buurt dat nog over is: het oude San Berillo', wees Spanò toen ze door de Via di Prima reden, een lange straat waarop een stel rommelige zijstraatjes uitkwamen, met een bevolking van allerlei pluimage en ook transgenders, prostituees en ga zo maar door. Toen verbeterde de wijk langzaam maar zeker: ze zagen een gloednieuw luxe hotel, een oude bioscoop, wat pizzeria's. Ze passeerden het centraal station en reden vervolgens weer terug richting de Via di Sangiuliano. Daar had je de andere ingang van die rommelige zijstraatjes, met de Via delle Finanze vooraan. Aan de linkerkant het plein, met de kazerne van de carabinieri. En het politiebureau.

'Ga naar bed, commissaris, want vanaf morgen moeten we keihard aan de slag om die eikel te pakken', zei Spanò op vaderlijke toon.

'Dat geldt ook voor jou', zei Vanina terwijl ze toekeek hoe hij naar de gesloten deur liep.

'Ik leg dit op kantoor en ga dan naar huis.'

'Welterusten, Spanò.'

Ze stapte in haar auto, reed om het plein heen en toen naar huis. Ze zette muziek op, de eerste de beste cd die ze in het dashboardkastje vond. Jacob Gurevitsch, *Lovers in Paris*. Paolo.

Waar kwam die cd vandaan?

Het was zo druk op de weg dat het wel middag leek. Catania, dacht ze. Zou het echt door de vulkaan komen?

Ze zette de muziek uit en stak een sigaret op.

De volgende dag arriveerde commissaris Guarrasi om acht uur op het bureau. Spanò en Fragapane waren al aan het werk en zaten smoezend de afschriften door te nemen die ze in de map van het slachtoffer hadden aangetroffen.

Rechercheur Pappalardo was op de hoogte gebracht en zou binnenkort met een team terugkeren naar de plaats delict, om verder onderzoek te doen. Manenti zou met hen meegaan.

Vanina wilde er het liefst bij zijn.

Ze liep langs het kantoor van Bonazzoli en Nunnari. Ze zag dat ze druk stonden te praten.

De brigadier ging in de houding staan, Marta kwam naar haar toe.

'Bonazzoli, je bent zo rood als een kreeft. Hoelang heb je wel niet liggen zonnen?'

Verward raakte de inspecteur haar gezicht aan.

'Jongens, laten we opschieten en het werk verdelen. We hebben een nieuwe moord, plus het onderzoek naar de moord op Cutò, dat weleens de eindfase in kan gaan. En Vassalli vraagt de rechter om toestemming om de zaak-Burrano te herzien.'

Ze knikten allebei.

'Nunnari, haal de telefoongegevens van de vrouw op en controleer alle oproepen die gisterochtend zijn ontvangen en uitgegaan. En haal Di Stefano hierheen.'

'Sir, yes sir!'

'Doe je dat bewust of gebeurt het spontaan?' vroeg ze hem.

Hij werd rood.

'Sorry, commissaris. Ik dacht dat u het ook leuk vond...'

'Kom op. Aan het werk, Full Metal Jacket.'

Nunnari glimlachte en liep naar het kantoor ernaast.

'Marta, jij gaat met mij mee naar het huis van Regalbuto en daar ondervragen we de drie vrouwen opnieuw. Weten we waar mevrouw Santadriano is?'

'Bij een vriendin, volgens mij. Ze heeft me haar mobiele nummer gegeven. Ik bel haar meteen.'

'Doe dat. O, en onthoud: laat het me weten zodra Macchia er is.' Ze maakte aanstalten om te gaan. 'Let op, je voorhoofd begint te vervellen', waarschuwde Vanina glimlachend.

Onzeker keek Marta haar na.

Ze liep langs Spanò. 'Nieuws, inspecteur?'

'Nou, commissaris, volgens mij is het wat wij al dachten.'

'Woekerleningen?'

'Ik denk van wel. Dat zou veel verklaren, allereerst het feit dat de vrouw gevreesd werd maar dat tegelijkertijd iedereen haar te vriend wilde houden. En ook de constante toename van haar vermogen, die is te regelmatig om alleen aan het rendement van het familiebedrijf toe te schrijven. Er is vast een soort register waarin de vrouw bedragen en namen noteerde, maar dat lag niet in de lade. Ik heb nog niets gedaan met de nummers in de agenda.'

'Laat dat maar, dat is iets wat Lo Faro wel kan doen. Zo houden we hem bezig en houdt hij op met de vermoorde onschuld uit te hangen. Jij belt Alfio Burrano en vraagt hem naar alles wat hij weet over de zaken van zijn tante en over de mensen met wie ze het meest contact had. Hoewel het me onwaarschijnlijk lijkt dat hij meer weet dan wij hebben kunnen ontdekken. Ik geloof niet dat zijn tante hem erg hoog had zitten.'

Fragapane kwam binnen met een document in zijn hand.

'Commissaris, het resultaat van het technisch onderzoek naar de vingerafdrukken op de hendelaandrijving van de goederenlift is binnen. Ze lijken de tand des tijds goed te hebben doorstaan, door de plastic dop en doordat er weinig zuurstof was. Ze komen op bijna vijftien punten overeen met die op de aansteker, dus...'

'Dus zijn ze van Teresa Regalbuto.'

Marta verscheen in de deuropening.

'Chef, hoofdcommissaris Macchia is er.'

Vanina keek haar met een halve glimlach aan.

'Ik had geen betere wachtpost kunnen kiezen.'

Terwijl Marta zich stond af te vragen wat ze daarmee bedoelde, beende Vanina met grote passen door de gang naar het bomvolle kantoor van Macchia. Ze kwam Lo Faro tegen, die net op dat moment naar buiten kwam.

'De hoofdcommissaris heeft me gevraagd of ik koffie voor hem wilde halen', legde hij direct uit.

'Rustig maar, Lo Faro. Wat mij betreft mag je koffie halen voor het hele bureau, als je dat leuk vindt. Als je nu maar gewoon teruggaat naar je kantoor en aan de slag gaat, want we hebben haast. Vraag maar aan Spanò wat je moet doen. En maak je klaar, want we gaan zo weg.'

De ogen van de agent lichtten op. 'Ik ga meteen!'

'Lo Faro!' Vanina riep hem terug.

Hij gleed uit toen hij zich omdraaide. Vanina keek hem boos aan. Hoe onhandig kon hij zijn?

'Voordat je iets, maar dan ook iets, aan dat vriendinnetje van je vertelt, kom je naar mij en besluiten we samen wat je zegt en hoe je dat zegt. Ik geef je hier een kans. Zorg dat je die niet verspeelt, anders word je permanent verbannen naar de centrale voor je je ook maar kunt afvragen hoe je daar bent beland.'

Lo Faro knikte heftig.

Tito zat al achter zijn bureau, met een gedoofde sigaar in zijn mond en een koffiekopje voor zijn neus, waar vast geen automatenkoffie in zat. Hij was flink gebruind; zelfs na een maand op de

Malediven zou Vanina niet zo'n kleurtje hebben. Om nog maar te zwijgen over Marta's teint, dat was minstens een jaar Malediven.

'Dagje strand gehad?' vroeg ze zodra het kantoor wat leger was.

'Geweldig dagje strand', beaamde hij. 'Wat heb je voor me?' Hij veranderde van onderwerp en herstelde de rangorde.

Ze vertelde hem het nieuws en hoe meer ze vertelde, hoe dieper zijn fronsrimpel werd.

'Een zooitje dus.'

'Dat hangt ervan af. Nu weten we zeker dat Teresa Burrano Maria Cutò heeft vermoord. En als het DNA op het kopje dat bevestigt, dan is het aannemelijk dat het ging zoals ik denk dat het ging. Wat haar moord betreft: als mijn vermoedens en die van Spanò kloppen, verstrekte de vrouw woekerleningen aan veel mensen. Ik wed dat er tussen deze mensen niemand is die haar niet dood wilde hebben. Als het pistool en het kettingkoffertje er niet waren geweest, verzeker ik u dat het verband tussen deze moord en de twee oudere veel zwakker zou zijn. Dat wist de moordenaar. En hij wist ook waar hij het koffertje en het pistool kon vinden.'

'We kijken wat er uit dit nieuwe onderzoek van de TR komt. Ik zit tot over mijn oren in de laatste fase van een onderzoek naar een reeks afpersingen, maar ik wil hoe dan ook op de hoogte gehouden worden.'

'Uiteraard, chef. U hoort nog van mij of van een van mijn agenten...' zei ze en ze stond op. Ze glimlachte naar hem.

Tito keek haar aan, speelde met de sigaar in zijn mond en glimlachte terug.

Commissaris Patanè zigzagde gehaast over de stoep van de Via Umberto. Een blik op de voorpagina van de krant en meteen was de cafeïnevrije koffie die landmeter Bellia hem had aangeboden weer omhooggekomen. Verrek, wat een sensationeel nieuws! Teresa Regalbuto die zelfmoord pleegt. Natuurlijk had hij zijn mobiele telefoon niet bij zich, noch Guarrasi's nummer en evenmin zijn autosleutels. En graag had hij nu vleugels aan zijn voeten gehad, of was hij gewoon dertig jaar jonger geweest om binnen twee minuten thuis te zijn.

'Biagio! Wat is er?' zei Angelina, die net een emmer vol water weg-zette. 'Lieve hemel, je bent helemaal buiten adem!'

'Verdorie!' mopperde Patanè terwijl hij alle sleutelbakjes omkeerde.

'Wat zoek je?'

'De autosleutels... Hebbes! Waar is mijn telefoon...' Hij trok een laatje open. 'Hoe komt het dat vandaag alles is verdwenen?'

'Wat zoek je?' herhaalde Angelina geërgerd.

'Guarrasi's visitekaartje.'

De vrouw zette de dweil neer alsof ze een vlag in de grond plantte.

'Waarom? Wat moet je ermee?'

'Angelina, probeer het gewoon te accepteren en pak dat briefje, anders sta ik niet voor mezelf in...' Hij hoopte dat het vooruitzicht van een ruzie genoeg was om haar tot bedaren te brengen. Het was toch te gek voor woorden dat hij op zijn drieëntachtigste nog altijd haar jaloerse buien moest ondergaan.

'Ik heb het verscheurd. Als je die mooie agente zo nodig moet bellen, bel je haar maar op het bureau.'

Niets aan te doen. Zo was ze en zo zou ze blijven.

Hij liep naar de telefoon en draaide het nummer van het politiebureau.

Nunnari riep Vanina, die net de trap af liep, gevolgd door Bonazzoli, Fragapane, en als hekkensluiter Lo Faro.

'Wat is er, Nunnari?'

'Commissaris Biagio Patanè aan de telefoon.'

Vanina rolde met haar ogen, eerder geamuseerd dan geïrriteerd. Patanè was haar nummer weer kwijt.

'Zeg dat ik hem over vijf minuten terugbel.'

Ze stapte in de dienstauto, met Marta achter het stuur, en belde hem terug.

'Goedemorgen, commissaris. Ik denk dat u de krant al heeft gelezen.'

'Waanzin!' zei Patanè geschokt. 'Commissaris,' zei hij toen, 'weet u zeker dat de vrouw zichzelf heeft neergeschoten?'

Het had geen zin. Ze konden haar voor de gek houden, Spanò en zelfs Macchia, maar commissaris Patanè hield je gewoon niet voor de gek. En dan te bedenken dat hij niet eens wist dat het hetzelfde pistool was geweest, want die informatie hadden de journalisten niet gekregen.

De commissaris wilde de details weten. Hij en zijn gepijnigde geweten hadden het nodig om te horen dat de zaak-Burrano op het punt stond definitief afgestoft te worden. Maar Vanina begreep dat ze nu, gezien de mate waarop ze hem erbij had betrokken, niet kon verwachten dat hij daar genoegen mee zou nemen.

Ze zei dat hij die middag naar haar kantoor moest komen.

De drie vrouwen stonden op een rij in het portiershokje, de een nog verbijsterder dan de ander. Ze hadden weer al die spullen uit het busje van de technische recherche zien komen, met de man die er ook de vorige avond was geweest, en een nerveuze kerel die links en rechts bevelen uitdeelde en hen compleet genegeerd had. Ze begrepen niet wat er nu weer aan de hand was.

Toen ze het portiershokje binnenstapten, voelde Vanina zich een beetje als Maigret. Er was altijd een vrouwelijke portier in Simenons detectives, met een huis vol kinderen en katten.

In Catania kwam dat wat minder vaak voor: over het algemeen was het een mannenberoep, portier zijn. Het was natuurlijk geen regel, maar in feite was het wel zo. Agata was daar omdat ze de plek van haar man had ingenomen, toen ze weduwe werd.

Vanina sommeerde Mioara mee te gaan naar het appartement van mevrouw Burrano.

De ingang werd al geblokkeerd door een forensisch fotograaf, die daar onder toeziend oog van Fragapane aan het werk was.

Vanina droeg het Roemeense meisje over aan haar inspecteurs, zodat zij hun alle plekken kon aanwijzen waar 'haar mevrouw' een kasboek had kunnen bewaren of verbergen, zoals zij en Spanò vermoedden. De plekken die ze kende, welteverstaan, wat er volgens de commissaris niet veel konden zijn.

'Hé, Guarrasi!' begroette Manenti haar. 'We hebben er eentje gemist, hahaha!'

Vanina had hem graag de complete collectie Lalique-beeldjes van mevrouw Burrano in het gezicht gesmeten, maar daarmee zou ze het werk dat rechercheur Pappalardo opnieuw zo zorgvuldig deed tenietdoen.

'Wat hebben jullie in de gang aangetroffen?' vroeg ze, zijn opmerking negerend.

'Een afdruk. Al is het goed mogelijk dat die, gezien hoe het gisteravond is gegaan, uiteindelijk van Spanò's schoen zal blijken te zijn, maar uit voorzorg doen we het nodige onderzoek.'

De Lalique-collectie plus de porseleinen vaas uit Capodimonte, een en al stekels. Alsof het ervoor gemaakt was.

'Is er nieuws over het pistool?'

'Tuurlijk! Je weet toch dat die gasten van vuurwapenonderzoek nooit slapen, al helemaal niet als de commissaris een paar hulzen opraapt en die vergelijkt met eentje van zestig jaar oud.'

'Manenti, het is voor ons allebei beter als je stopt met ouwehoeren en begint mee te werken.'

Hij zuchtte. 'Wat voor nieuws zou ik dan moeten hebben? Ik laat het je later weten. Maar misschien wil je wel weten dat rechercheur Pappalardo vanmorgen de handen van de vrouw getest heeft. Uiteraard geen spoor van antimonium, barium of lood.'

'Er werkt dus wel iemand 's nachts', zei Vanina sarcastisch. Ze liep naar de mannen die rondom het bureau in de weer waren, terwijl Manenti naar de gang ging.

Pappalardo kwam overeind.

'Commissaris, ik wilde u vertellen dat ik vanmorgen, voordat ik hierheen kwam, het kettingkoffertje deels onderzocht heb. De buitenkant was stoffig, bedekt met een soort roet, met sporen van vulkanisch zand. Dat kan helpen te achterhalen waar hij was verborgen. Het pistool heeft er bijna zeker in gezeten.'

'Goed zo, Pappalardo. Probeer zoveel mogelijk te achterhalen.'

De mannen en Mioara waren in de kamer ernaast, in de slaapkamer van mevrouw Burrano.

Lo Faro was op een houten ladder geklommen en volgde braaf Mioara's aanwijzingen op, terwijl Fragapane in een la rommelde.

‘Meer rechts. Nee, meer links. Nu midden, recht vooruit met hand zoeken en dan doos.’

Met een schoenendoos in zijn handen kwam de bezwete agent de ladder af. Hij zat vol foto’s, ansichtkaarten, allemaal heel oud. De derde miskleun in een half uur.

Mioara was de ladder al aan het verschuiven.

‘Nu hier naar boven’, beval ze.

Vanina bleef tien minuten staan kijken naar het hilarische tafereel en zag agent Lo Faro wel vier keer de ladder op en af gaan, telkens met allerlei prullaria. Fragapane bemoeide zich met zijn eigen zaken, hij haalde spullen uit de lades en stopte ze weer netjes terug.

‘Fragapane,’ zei ze, ‘eigenlijk zou jij hier de bevelen moeten uitdelen, en Lo Faro niet laten rondcommanderen door Mioara!’

‘Dat kleine meidje is nogal verwarrend, commissaris. Maar ik heb wel door dat er elke meter een verstopplekje zit in dit huis. Dit kan weleens nachtwerk worden.’

‘Blijf zoeken. Op de raarste plekken, alsjeblieft.’

Vanina nam Mioara mee naar de keuken. Ze spoorde het meisje aan om tot in detail te vertellen wat ze de vorige ochtend allemaal had gedaan, beginnend met de voorbereidingen voor de lunch van de arme vrouw, die zoveel had klaargemaakt. Afspraak met Roemeense vriendinnen, lunch met Roemeense vriendinnen, lift terug in de auto van een Roemeense vriendin. Toen was ze thuisgekomen. En op dat punt barstte ze in tranen uit. Vanina was bang dat ze een week in shock zou zijn als ze de waarheid hoorde, maar die moest verteld.

Ze liep met haar mee naar beneden, naar de portier, waar Marta in de tussentijd de andere twee vrouwen tot in detail naar hun vorige ochtend vroeg. Aan hun wit weggetrokken gezichten te zien had de inspecteur het al verteld.

Agata was naar de mis geweest met haar nicht, naar de Collegiata-kerk, daarna had ze een schaal cannoli gekocht en was ze naar huis gegaan om lunch te maken voor haar kinderen. Toen was mevrouw Clelia thuisgekomen en de rest wisten ze al. Agata was niet dol geweest op de vrouw, maar respecteerde haar wel. En ze had geen redenen om haar uit de weg te ruimen.

Vanina vroeg wie de andere bewoners waren en wat ze deden.

Allemaal mensen die niets te maken hadden met het slachtoffer. Alleen de man die op de eerste verdieping woonde, een hoogleraar geschiedenis aan de universiteit, had haar een tijd geleden het hof proberen te maken. Maar die arme drommel was er slecht aan toe, er werd gezegd dat hij al met één been in het graf stond.

Verder niets. Een gezin met kleine kinderen, een echtpaar van middelbare leeftijd, een weduwe die samenwoonde met haar dertigjarige zoon.

Clelia Santadriano vertelde dat ze de lift had aangenomen die een vriendin van Teresa hun beiden had aangeboden, en dat ze naar die plantententoonstelling was gegaan in een adellijke villa. Ze had drie rondjes door de villa gelopen, een bonsai-olijfboom en twee versierde papier-maché kettingen gekocht die gemaakt waren door een streekgenote, een actrice die zich op de kunst had gestort en nu haar creaties aan de man bracht. Toen haar vriendin twee uur later nog altijd heerlijk onder een palmboom zat te kletsen met vier andere dames, had Clelia besloten een taxi te bellen en was ze naar huis gegaan. De rest was bekend. Die nacht had ze bij een kennis geslapen, maar nu had ze een kamer genomen in het Hotel Royal. En totdat de zaak was opgelost, zou ze daar verblijven. Daarna zou ze waarschijnlijk terug naar huis gaan, naar Napels.

Ze vroeg haar naar de mensen met wie de vrouw omging, waar ze hen ontving, hoe ze hen behandelde.

Er kwamen veel mensen bij Teresa over de vloer, mannen en vrouwen. De eerste categorie ontving ze in de kleine huiskamer, waar ze haar en de inspecteur de laatste keer ook had ontvangen, de tweede meestal in de grote salon. Ze ging alleen naar haar studeerkamer als ze iets moest doen aan haar bureau en ja, het gebeurde weleens dat er iemand met haar meeging. Teresa liet nooit het achterste van haar tong zien, ook niet bij de mensen die het dichtst bij haar stonden.

'Had ze ook hechtere vriendschappen?' vroeg Vanina.

'Behalve mij en Arturo niet.'

'Arturo Renna?'

'Ja, de notaris. Met hem heeft ze een bijzondere relatie... Ik bedoel, die hadden ze. De afgelopen dagen, sinds dat verhaal over dat lijk in de villa bekend is geworden, heeft hij haar geen moment alleen gelaten.'

'En heeft de notaris dit nieuws al meegekregen? Ik bedoel, eerder dan vanmorgen in de krant?'

'Ja, ik heb hem gisteravond gebeld. Hij was er kapot van. Hij kon het niet geloven, net als ik. Ondanks het feit dat er een verklaring was...' Ze keek op. 'Commissaris, gaat u nu op zoek naar de moordenaar?'

'Uiteraard, mevrouw Santadriano. En ik verzeker u dat we niemand zullen ontzien.'

Vanina wendde zich ook tot de andere twee vrouwen.

'Ik moet jullie vragen om beschikbaar te blijven. En altijd bereikbaar.'

Agata en Mioara knikten, ze waren doordrongen van de noodzaak.

Clelia Santadriano keek haar zwijgend aan. Vanina zag dat ze bijzonder mooie groene ogen had. Het was echt een mooie vrouw.

Ze ging weer naar boven. De technische recherche was nog steeds bezig, terwijl Fragapane op zijn knieën naast het bed van het slachtoffer zat en onder het matras voelde. Lo Faro liep door het huis met zijn kin omhoog en zijn telefoon aan zijn oor.

'We hebben iets gevonden, commissaris. Het lag achter in de la van het nachtkastje, bij de oplader.'

Een verchroomd klaptelefoontje. Vergeleken met die van Patanè was het een technisch hoogstandje. Vanina pakte het aan om naar Nunnari te brengen.

Ze liet de twee mannen bij Bonazzoli en op haar weg naar buiten drukte ze Fragapane op het hart om zijn vriend Pappalardo achter de vodden te zitten. Hij was de enige bij de technische recherche die een beetje snel werkte.

Zowel het sluiten van de oude zaak als het oplossen van de nieuwe hing van dit onderzoek af. En als er één ding was waar commissaris Guarrasi niet tegen kon, was het van iemand afhankelijk zijn, vooral van iemand als Manenti.

Ze besloot om terug naar het bureau te lopen en de dienstauto bij de woning te laten. Ze moest alles op een rijtje zetten. Er zat haar iets dwars in al deze gebeurtenissen. Ze wist dat er iets was, maar niet precies wat. In theorie was het in die fase niet vreemd om lichte twijfels te hebben, als daar tenminste niet het gevoel bij kwam dat iemand haar een bepaalde richting op probeerde te duwen. En dat gevoel had ze de vorige avond ook gehad, toen ze had gezegd dat er niemand in het huis van mevrouw Burrano mocht slapen en dat Mioara niets mocht aanraken in de keuken. Alsof ze het appartement had afgezet, ook al was dat formeel niet het geval geweest. Als ze honderd procent overtuigd was geweest van de zelfmoord, ook in haar onderbewustzijn, dan had die voorzorgsmaatregel niet nodig geleken. Maar hij was juist spontaan in haar opgekomen.

Net als dat het spontaan in haar was opgekomen om er nog even goed over na te denken.

Ze stopte bij een bar aan de Via Etnea en bestelde haar tweede cappuccino van die ochtend.

Leunend aan de bar nipte ze van de koffie en bekeek ze de twee oude posters aan de muur. De typische reclameposters uit de jaren vijftig met aanstellerige vrouwen en mannen met hun haar strak in de brillantine. Het tijdperk van Burrano en Cutò.

De periode die haar maar niet met rust liet. De bewijzen van de oude moord verschenen op haar netvlies alsof er schijnwerpers op stonden. Die hadden ze haar op een presenteerblaadje willen aanreiken. Als ze de overeenkomst tussen de vingerafdruk van de vrouw en die op de goederenlift niet had gehad, zou ze aan alle theorieën zijn gaan twijfelen.

Alfio Burrano kwam net de deur van het bureau uit gelopen. Toen hij haar zag aankomen, glimlachte hij.

Vanina herinnerde zich dat hij haar de vorige avond twee berichtjes had gestuurd, waar ze niet op had gereageerd.

'Carmelo heeft het me verteld', zei Alfio. 'Ik heb geprobeerd te helpen met wat ik wist, maar dat is niet veel. Je weet wat voor type mijn tante was en dat we elkaar niet echt spraken. Maar dit einde verdiende ze niet. Wie zou dat wel willen?'

'Niemand verdient het om op die manier aan zijn einde te komen, Alfio. Het is mijn taak erachter te komen wie haar dat einde heeft toegebracht en waarom. En dat moet ik nu gaan doen, sorry. Als je nog iets te binnen schiet, al is het iets onbenulligs, laat het ons weten.'

'Oké.' Alfio knikte.

'O, en zorg er alsjeblieft voor dat je niet weer uren onbereikbaar bent, zoals gisteren.'

'Ik had mijn telefoon in Sciara laten liggen en heb de hele dag zonder gezeten... Dat overkomt me normaal nooit.'

Ze nam afscheid en ging het bureau binnen.

Spanò was bij Nunnari en ze keken samen naar de telefoongegevens.

Vanina overhandigde hun het mobieltje, waar Nunnari al van op de hoogte was.

'Mevrouw heeft slechts één telefoontje gepleegd, om dertien over tien, naar Alfio. Ze wilde dat hij direct naar haar huis kwam. Ze was woedend vanwege het artikel in de *Gazzetta Siciliana*, maar Alfio is niet gegaan. Hij zegt dat hij er schoon genoeg van had om steeds maar te moeten komen opdraven.'

Spanò stond op en liet Vanina op zijn stoel plaatsnemen.

'De andere telefoontjes zijn korter en zijn allemaal inkomende gesprekken', zei Nunnari. Hij draaide het computerscherm naar Vanina toe. 'Eén van een vast nummer, dat van Renna's notariskantoor, en dat duurde vijf minuten. De andere twee komen van een mobiel nummer. Een hele korte en de andere wat langer. We proberen te achterhalen van wie het nummer is; het komt de voorgaande dagen ook vaak terug. Het nummer van Renna's kantoor is nog zo'n nummer dat vaak voorkomt.'

'Dat is logisch, Santadriano heeft me al bevestigd dat Renna en het slachtoffer een bijzondere vriendschap hadden.'

'Wat mijn tante Maricchia al zei', kwam Spanò tussenbeide.

'Die er nooit naast zit.'

Nunnari keek hen verward aan.

‘Heb je Di Stefano opgeroepen?’ vroeg Vanina, die van onderwerp veranderde.

‘Ja, hij is onderweg.’

Spanò trommelde peinzend met zijn vingers op zijn wang. ‘Denkt u dat hij er iets mee te maken heeft?’

‘Misschien heeft hij uit wraak gehandeld’, zei Nunnari.

‘We controleren of hij een alibi heeft, maar het lijkt me stug dat hij het was, Nunnari. De Zinna’s voerden hun wraak al namens hem uit. Calascibetta’s getuigenis was de eerste stap. En toen het krantenartikel van gisteren, wie weet wie daarachter zat. Vast en zeker iemand die meer troeven had dan mevrouw Burrano, en er zijn maar weinig mensen die dat hebben. Nee, volgens mij zou Di Stefano dat risico niet lopen.’

‘Waarom willen we hem dan horen?’

‘Omdat we nu weten dat Teresa Regalbuto Cutò vermoord heeft en omdat we de zaak-Burrano heropend hebben. We moeten niet vergeten dat we op twee verschillende fronten aan het werk zijn. We moeten ervoor zorgen dat we die niet door elkaar halen.’

Spanò vertelde haar dat hij onderzoek deed naar de namen van de bonnetjes uit de map.

‘Er zit een grote naam bij, mevrouw. En de bedragen zijn ook groter. Een zeer bekende handelaar, die blijkbaar niets te maken heeft met de zaken van de Burrano’s.’

‘Dit ondersteunt onze theorie nog meer. Laten we hopen dat we een grootboek vinden. Spanò, laat Arturo Renna komen.’

‘Ik bel hem meteen.’

Vanina trok zich terug in haar kantoor.

De verslagen van de lijkschouwer en de technische recherche over vorige vondsten lagen op haar bureau. Ze las ze nog een keer om haar geheugen op te frissen, maar er stond niets nieuws in.

Haar telefoon trilde en voor de derde keer zag ze Giuli’s nummer op het scherm.

‘Ik weet toch dat ik geen rust zal hebben als ik je blijf negeren’, zei ze toen ze opnam.

‘Sorry, maar weet je, ik heb je superveel berichten gestuurd en tig keer gebeld. Dus je gaat naar Noto met die twee zonder mij dat te laten weten?'

Vanina rolde met haar ogen.

'Maar was jij je niet volledig aan het onderdompelen in de wereld van extravagante feestjes?'

'Ja, maar misschien had ik het wel leuk gevonden om mee te gaan.'

'Dat zou geen goed idee zijn, Giuli, geloof me.'

'Hoe kom je erbij! Een weekend daar is toch altijd heerlijk.'

'Absoluut! Alleen was het gezelschap niet geschikt, geloof me. En je weet heel goed waarom. Hé, ik moet ophangen, want ik kom om in het werk...'

'Ik las al zoiets. Wat zegt Alfio?'

Vanina fronste. Die ondertoon vond ze maar niets, te 'want jullie zijn zo close'.

'Inspecteur Spanò heeft hem vanmorgen gesproken.' Natuurlijk vertelde ze haar niet dat de zaak in de tussentijd van zelfmoord naar moord was gepromoveerd. Dat zou ze toch al gauw genoeg te weten komen.

'O, ja, Spanò', zei Giuli. 'De kleine snorremans met wie je gisteravond laat aan de pimpel was op het Piazza Spirito Santo? Lekker ding, hoor! Hij is kortgeleden ook nog gescheiden.'

Vanina bleef even stil en zei toen: 'Heb je er nooit over gedacht om bij de politie te gaan? Je zou je vaardigheden in dienst van de gemeenschap kunnen stellen. Het is nog niet te laat', zei ze sarcastisch.

'Kom op, ik maakte maar een grapje! Ik reed langs en zag je zitten. Ik dacht dat je met Alfio zou zijn maar je was met snorremans.'

'Ik was gisteravond nog tot laat aan het werk, als je het zo nodig wilt weten. En ik snap niet waarom ik met Alfio had moeten zijn. En wat weet jij dan over Spanò's zaken?'

'Zijn vrouw is met een van mijn collega's. Een grote jongen, een jurist civiel recht.'

Ze wist alles, dat roddelblaadje.

'Ik moet echt aan het werk, Giuli. Wilde je wat vertellen?'

'Alleen dit: de volgende keer dat je naar Noto gaat, ga ik mee.'

Vanina moest het haar beloven.

Spanò kwam net binnengelopen toen zij terugdacht aan de roze helm, waar hij aan gehecht moest zijn.

'Sorry, chef.'

'Kom binnen, Spanò.'

De inspecteur ging tegenover haar zitten. Vanina bekeek hem met meer aandacht dan gebruikelijk. Gekleurd overhemd, laaghangende spijkerbroek, het was overduidelijk dat hij zich er niet op zijn gemak in voelde.

Dat was dus het gezicht dat hij tot moes wilde slaan: van die grote jurist civiel recht.

'Ik heb Renna gebeld. Hij komt aan het begin van de middag. Ik werd niet blij van wat hij vroeg.'

'En dat is...?'

'Hij vroeg of we de neef van het slachtoffer al hadden ondervraagd.'

'Alfio Burrano?'

'En dat zei hij op zo'n toon alsof hij impliceerde dat... nou ja, dat hij de dader kon zijn.'

'Heeft hij verder nog wat gezegd?'

'Nee. Hij zei alleen dat hij na de lunch direct zou komen.'

Vanina keek op haar horloge; het was kwart voor twee, de tijd was voorbijgevlogen.

'Laten we eens zien wat die notaris ons te zeggen heeft.'

'Ja, alleen over Alfio... er zit me iets dwars.'

'Wat dan, inspecteur?'

'Weet u nog dat hij gister niet te bereiken was? Hij zegt dat hij zijn telefoon in Sciara had laten liggen. Dat was het eerste wat hij zei, zonder dat ik ernaar had gevraagd.'

Hij had het ook tegen haar gezegd.

'*Excusatio non petita accusatio manifesta.* Een ongevraagd excuus is een schuldbekentenis?'

Spanò keek haar verrast aan.

'Oké. U zegt dat Alfio... dat meneer Burrano zichzelf indekt?' vroeg hij.

'Dat zeg ik niet, maar...'

'Maar u verdenkt hem.'

De telefoon op kantoor ging.

'Guarrasi', antwoordde ze.

'Macchia. Heb je tijd om samen te lunchen? Ik moet met je praten.'

Een vreemd verzoek. In elf maanden tijd hadden zij en Tito zegge en schrijve drie keer buiten kantoor gepraat en steeds per toeval. Ze rekende uit dat Renna niet voor drieën zou komen.

'Ik heb een uur de tijd', antwoordde ze.

'Prima. Tot zo.'

Vanina legde de hoorn op de haak, stond op en deed haar sigaretten en haar iPhone in haar jaszakken.

'Ik moet met de Grote Baas gaan lunchen. Als Renna er eerder is, breng hem dan hier en wacht totdat ik terug ben.'

Bij Da Nino was het minder druk dan normaal. Zo was het altijd op maandag. Macchia liep naar de tweede kamer en koos de meest afgelegen hoek. Hij claimde een tafeltje voor vier door zijn immense jas over de rug van een lege stoel te hangen en zijn telefoon, sleutels en sigarendoosje op het tafelkleed te deponeren.

Hij bestelde water, bruisend graag, niet van dat slappe platte water, en wachtte op het brood en het bakje olijven.

'Ik wil het over twee dingen met je hebben; ze zijn totaal verschillend maar even belangrijk', stak hij van wal.

Vanina bestudeerde zijn gezicht op zoek naar eventuele negatieve signalen. Niet dat ze die verwachtte, maar je wist maar nooit.

'Ja?'

'We beginnen met het eerste, het belangrijkste. De collega's van Georganiseerde Misdaad onderzoeken momenteel de banden tussen de families uit Catania en Palermo. Belangrijk werk dat we samen met Maffiabestrijding doen. Vaker wel dan niet komen er onderzoeken bovendrijven die door jou zijn uitgevoerd, die zij weer aan andere onderzoeken kunnen linken.'

Nino onderbrak hun gesprek.

'Wat mag het zijn?'

Macchia hoefde er niet over na te denken. 'Vlees.'

Hij koos binnen twee minuten.

Vanina hield het bij een bord pasta. Ook omdat het gesprek haar een knoop in haar maag bezorgde.

'Dus...?' vroeg ze zodra ze weer alleen waren.

'Dus, kort gezegd, zou het perfect zijn als jij Georganiseerde Misdaad leidde. Giustolisi is absoluut goed in zijn werk en zou je uitstekend kunnen helpen, maar jij... Vanina, het lijkt me zonde om je hier te houden om gewone moorden op te lossen. Dat is net zoiets als Maradona in de verdediging opstellen!'

'Tito, bedankt voor deze vleiende vergelijking, afkomstig van een Napolitaan nog wel, maar je weet heel goed dat mijn terugkeer naar de GM uitgesloten is. Ik heb er jaren geleden voor gekozen om te vertrekken en daar heb ik geen spijt van. Ik zit prima waar ik zit. En jacht maken op gewone moordenaars vereist dezelfde capaciteiten, kan ik je verzekeren.'

'Ik kleineer je werk niet en onderschat het belang van je team niet. Ik zeg alleen maar dat er genoeg capabele mensen zijn die op jouw plek kunnen zitten, terwijl er niet veel mensen zijn die kunnen wat jij kunt, wat jij hebt geleerd. Ik had het er pas nog over met Eliana Recupero; ze was erg van je onder de indruk en heeft je cv bekeken.' Hij gooide het gewoon op tafel, als een extra troefkaart.

'Ik zeg je één ding, Tito. Dat wat ik kan is niets meer of minder dan wat al mijn collega's kunnen. En dat wat ik geleerd heb, kan iedereen leren die zin heeft om dag in, dag uit die smerige wereld in te duiken om er zoveel mogelijk rotte appels uit te halen. In de wetenschap dat het weleens je ondergang kan worden. Het probleem is niet wát ik weet, maar hóé ik het weet, waarom ik het weet en wanneer ik het geleerd heb. En daarom heb ik ervoor gekozen om te vertrekken en elke dag weer realiseer ik me dat ik de beste keuze heb gemaakt. Een laffe keuze misschien, maar de beste.'

Tito zweeg.

'Ik heb altijd gedacht dat het niet waar was wat ze over je zeggen, dat je je vader hebt gewroken en dat je het er toen bij hebt gelaten, zonder verdere risico's te lopen. En ik geloof het nog steeds niet.'

'Dat is jouw fout', antwoordde ze.

'Prima. Ik heb je afwijzing ontvangen. Ik moest het proberen, Vanina. Maar mocht je van gedachten veranderen... weet dan dat ik je carte blanche kan geven.'

Vanina beëindigde het gesprek met een knik, precies toen Nino en een jongen een hoeveelheid worstjes op tafel zetten waar het hele team van zou kunnen eten.

'Die vleesliefhebber in jou neemt het er wel van, hè?' merkte Vanina grijnzend op.

Tito hield haar blik vast en plooide zijn lippen in een dubbelzinnige glimlach.

'En dat is het tweede waar we over moeten praten.'

Bonazzoli was teruggekomen naar het bureau nadat ze de drie vrouwen hun verklaringen had laten ondertekenen. Fragapane en Lo Faro waren nog aan het spitten in de lades met linnengoed, schoenenrekken en voorraadkasten, met hier en daar een bovenkast. Die zouden binnenkort ook terugkomen, moe en met lege handen.

Toen ze voor Marta's kantoor langs liep en haar gespannen in de deuropening zag staan, had Vanina naar haar geglimlacht. Vanuit haar ooghoek had ze Marta een vragende blik op Tito zien werpen. Die even daarvoor amper om het onderwerp heen had gedraaid: ik weet dat je er was, want ik heb je gezien, net als jij mij gezien hebt; kom maar op met die grappen, maar bezorg me geen problemen, beter nog, misschien kun je me helpen. Met haar. Want het probleem was zij, gek genoeg.

Vijf minuten nadat Vanina en Tito terug waren, kwamen de twee notarissen, Arturo en Nicola Renna. De een liep fier, bijna krijgshaftig het bureau binnen en de ander snotterend als een bezetene.

Spanò bracht ze naar Vanina's kantoor en zij wees hun de stoelen tegenover haar.

Aan zijn opeengeklemde kaken te zien was notaris Renna nog net zo hooghartig als de vorige keer en bovendien geïrriteerd omdat hij naar het bureau moest komen.

Vanina kwam meteen ter zake.

'Notaris, wat was uw relatie met mevrouw Teresa Regalbuto?'

‘We waren vrienden.’

‘En dat zijn jullie altijd geweest?’

‘Bijna altijd.’

‘Altijd alleen vrienden?’

De notaris keek haar strak aan.

‘Wat doet dat er nu nog toe?’

‘Geef antwoord alstublieft.’

‘Nee’, antwoordde hij met een ongeduldige zucht.

‘Was u meer dan vrienden in de tijd dat haar man werd vermoord?’

‘Wat... Maar wat heeft dit met Teresa’s dood te maken?’ Hij klonk steeds bozer. ‘Ik dacht dat ik hier was omdat mijn vriendin vermoord is en ik u kon helpen om haar dood te kaderen, niet om feiten op te rakelen uit het verleden die...’

‘Notaris, door de moord op uw vriendin is ook het onderzoek naar de moord op haar man heropend. Ik verzoek u dan ook om uw commentaar achterwege te laten.’

‘Kom, papa,’ kwam de zoon tussenbeide, ‘werk mee. Teresa zou je dankbaar zijn.’

De notaris leek zich te laten vermurwen.

‘We zijn heel lang meer dan vrienden geweest’, antwoordde hij.

‘Heeft u ooit het vermoeden gehad dat Teresa achter de moord op haar man zou kunnen zitten?’

Renna wierp haar een felle blik toe maar hij hield zich in.

‘Natuurlijk niet.’

‘Heeft u haar geholpen te bewijzen dat Tommaso Di Stefano de dader was?’

‘Hoezo, is Tommaso Di Stefano de dader dan niet?’

‘Op dit moment moet de dader nog worden opgespoord, net als zevenenvijftig jaar geleden. De zaak is heropend.’

De notaris reageerde er niet op.

Vanina pakte Burrano’s holografische testament erbij.

‘Heeft u ooit een kopie van dit document ontvangen?’

Arturo Renna zette een leesbril op en bestudeerde het testament.

‘Nee.’

‘Heeft u dit kettingkoffertje ooit gezien?’ vroeg Vanina en ze toonde een foto die de avond ervoor genomen was.

De notaris keek er even naar en wendde toen zijn blik af.

‘Het is een oud koffertje, met veiligheidshandboeien. Iemand die veel met contant geld in aanraking kwam, zag dit soort koffertjes vaak.’

‘Heeft u dit ooit in handen van Teresa Regalbuto gezien?’

‘Nee, het lijkt me niet gepast voor een vrouw. Het was niet Teresa’s stijl, God hebbe haar ziel.’

Vanina ging rechtop zitten en leunde met haar ellebogen op tafel.

‘Notaris, heeft u enig idee wie Teresa Regalbuto dood zou willen?’

Arturo Renna werd feller.

‘Helaas wel, ja’, antwoordde hij.

Spanò leunde naast Vanina op de tafel. Vanina vouwde haar handen samen.

‘Wie zou dat dan zijn?’

‘Alfio Burrano.’

Vanina vertrok geen spier.

‘Waarom denkt u dat?’

Renna senior knikte naar zijn zoon en die opende een leren map en haalde er een envelop uit.

‘Omdat Teresa eergisteren een testament bij het notariskantoor van mijn zoon heeft afgegeven, waarin ze haar neef alleen het wijnbedrijf nalaat en het kleine deel van de villa in Sciara dat hij al bezit. Verder sluit ze hem uit van de erfenis, van het aanzienlijkste deel dus.’

Vanina en Spanò wisselden een verraste blik uit.

‘En is meneer Burrano op de hoogte van de laatste wensen van zijn tante?’

‘Die had ze een paar dagen geleden bekendgemaakt, voordat ze het testament opstelde. Hij nam het uiteraard niet goed op. Hij slingerde allerhande beledigingen naar haar hoofd en bedreigde haar zelfs. Dat heeft haar minachting voor deze nietsnut alleen maar versterkt. Ik denk niet dat ze hem heeft verteld dat het testament was gedeponeerd. Of misschien heeft ze dat wel gedaan en heeft dat geleid tot zijn moorddadige woede.’

Vanina trok een grimas.

'Het lijkt me stug dat de moord in een plotselinge vlaag van moorddadige woede gepleegd is, notaris. Want de moordenaar zorgde ervoor dat wij al het bewijs vonden dat we zochten om de vrouw de moord op haar man ten laste te leggen, evenals die op Maria Cutò. Als een soort schuldbekentenis.'

Even wist de notaris geen woord uit te brengen. Zijn zoon haalde luidruchtig zijn neus op.

'Teresa beschuldigd van de moord op Maria Cutò? Maar... dat kan niet', zei Arturo.

'Helaas is het zo, notaris. We hebben bewijs.'

'En hoe... zou ze haar dan hebben vermoord? Ook met een pistool?'

'Nee. We geloven dat ze haar levend heeft begraven in de goederenlift waar meneer Burrano haar waarschijnlijk had verborgen.'

Arturo Renna staarde haar aan. Hij zag bleek en klemde zijn kaken steeds strakker op elkaar.

Vanina hield zijn blik vast.

'En vertel eens, notaris, wie wordt de nieuwe erfgenaam van het Burrano-bezit?'

Nicola Renna verstijfde. 'Maar ik weet niet of...'

Zijn vader legde hem met een knik het zwijgen op.

'Ik zal het u zeggen: Clelia Santadriano.'

Vanina was verbijsterd, Spanò kon zijn verbaasde uitroep nog maar net binnenhouden.

'En is mevrouw Santadriano op de hoogte van deze erfenis?' vroeg Vanina.

'Absoluut niet. Niet voordat het testament wordt gelezen. Teresa wilde niet dat ze het wist...' Dat was alles wat Arturo Renna te zeggen had, maar het leek te kloppen.

Vanina deelde Renna junior mee dat ze de officier van justitie zou vragen om een bevel voor het testament.

Nadat hij ze had uitgelaten, kwam Spanò terug en ging hij tegenover Vanina zitten, die inmiddels een sigaret had opgestoken en bij het raam stond.

‘Commissaris, ik ben bang dat we Alfio opnieuw moeten horen.’

‘Laten we eerst proberen uit te vinden of hij een alibi heeft.’

‘Juist. Eén ding klopt alleen niet. Wie had Alfio moeten vertellen waar het koffertje en het pistool lagen?’

‘Inderdaad’, zei Vanina terwijl ze uit het raam keek. Dat was precies wat haar het meest dwarszat.

Alfio had, net als zij, kunnen bedenken dat Teresa Burrano de plaats delict op wilde om iets in de villa te zoeken. En als het kettingkoffertje in de villa verstopt lag, was hij de enige die ernaar had kunnen zoeken.

Maar dat wist Spanò niet.

Stipt om halfzes kwam commissaris Patanè het bureau binnen. Eerder was Guarrasi niet beschikbaar. Hij ging de twee trappen op en stapte de gang in. Hij liep door de gang en groette iedereen die hem herkende. Of iedereen die hij had leren kennen tijdens die talloze bezoekjes van de afgelopen dagen waardoor hij zich twintig jaar jonger voelde. Fragapane zag hem en haastte zich naar hem toe.

Hij was er bijna toen hij tot zijn grote teleurstelling werd ingehaald door hoofdcommissaris Macchia, die net naar zijn kamer terugkeerde.

‘Commissaris Patanè! Volgens mij moeten we u maar weer in dienst nemen.’

‘Graag! Helaas ben ik nu... kom ik nu voor...’

‘Voor commissaris Guarrasi’, zei Macchia met een geamuseerde blik.

Patanè voelde zich slecht op zijn gemak. Macchia was een vriendelijke kerel, dat zeker, maar ook al had hij zijn zoon kunnen zijn, hij stond nog altijd boven hem. En hij nam hem openlijk in de maling. Op een beleefde manier, natuurlijk, maar toch voelde hij zich voor schut staan. Misschien deed hij dat ook gewoon, voor schut staan. Zoals hij de hele tijd achter Guarrasi aan liep. Sommigen dachten misschien dat hij op zijn leeftijd een oogje had op die vastberaden politievrouw, die hem zo aan zichzelf deed denken.

‘Commissaris.’ Vanina haalde hem uit zijn overpeinzingen toen ze de deur van haar kantoor opendeed. Ze had hem door de ruit al zien staan.

'Hier ben ik.'

'Wat doet u daar?'

'Niets... Ik zei hoofdcommissaris Macchia gedag.'

Ze liet hem binnen en bood hem direct een Gauloises aan en chocolaatjes.

Gerustgesteld maakte Patanè er twee soldaat. Toen kon hij zich niet meer bedwingen en gooide alle nieuwsgierige vragen eruit die hem al de hele dag hadden geplaagd.

Vanina was van plan geweest om hem alleen over de oude zaak te vertellen en hem niet te betrekken in de nieuwere zaak, die hem uiteindelijk niets aanging. Maar aangezien de twee onderzoeken zo sterk met elkaar verbonden waren, kon je niet over het ene praten zonder het andere aan te halen.

'Er is iets wat me al sinds vanmorgen dwarszit. Misschien heeft u het u ook afgevraagd. Dat weet ik eigenlijk wel zeker.'

'Wat dan, commissaris?'

'Ik dacht: hebben ze dat koffertje en het pistool misschien niet gewoon gebruikt om ons sneller tot deze conclusie te brengen? Zodat we niet al te diep zouden graven?'

Het was een ongecensureerde lezing van de twijfel die haar ook had dwarsgezeten. Ook al was het resultaat van Burrano's vingerafdruk pas daarna bekend geworden.

Daar wees ze hem op.

'Ja, inderdaad. Maar dat bewijst alleen maar dat de vrouw de goederenlift heeft laten zakken met dat arme mens erin. Nergens staat dat zij degene was die haar man heeft uitgeschakeld. Maar goed, als het in scène zetten van de zelfmoord had gewerkt, was het voor ons nu een uitgemaakte zaak geweest, als de brave marionetten die we zijn. Volgt u me nog?'

Ze volgde hem zeker nog, uitstekend zelfs.

'Commissaris, maar hoe komt het dat u mij altijd voorbijholt?'

Patanè lachte tevreden.

'Hoe komt u erbij! Ik ben het gewoon zo gewend om tot vervelens toe over alles te redeneren, redeneren en redeneren. Dat is het belangrijkste: redeneren. Je kunt alle wetboeken van strafrecht ter wereld uit je hoofd leren, maar als je niet kunt redeneren, heb je er niets aan.'

Het leek een beetje op de preek die Gian Maria Volonté, in de rol van gepensioneerde professor, afstak tegen een zeer jonge Ricky Tognazzi, de politieagent in de film *A Simple Story*, naar het boek *Een duidelijke zaak* van Sciascia. Redeneren.

'Jullie jonge mensen zijn zo gericht op dat toverspul en daardoor zijn jullie compleet afhankelijk van de technische recherche...' Hiermee had hij haar definitief gevloerd. En had hij het verdiend om meer te weten over de moord op Teresa Regalbuto. Dus nu redeneerde hij ook daarover en hij gaf aan dat Alfio Burrano's positie hem erg wankel leek.

'Natuurlijk hangt alles af van waar die vermaledijde pistool en aktetas verstopt waren. Vergeet niet dat mevrouw Burrano na al die tijd de villa weer in wilde...'

Vanina kon niet doen alsof haar neus bloedde. Patanè was op de hoogte van de informatie die ze in vertrouwen had vergaard op een dronken avond met – het deed haar pijn het ook maar te denken – haar mogelijke volgende verdachte.

'Maar één ding is ook waar,' vervolgde Patanè, 'Alfio Burrano moest wel oerstom zijn geweest om u te vertellen over die politieafzetting. Hij vestigde zo juist uw aandacht op iets waar hij wat aan had kunnen hebben.'

En daar had zij ook al aan gedacht. Zie je? Ze kon wel redeneren.

Alfio keek Spanò verward aan.

'Maar waarom wil je dat allemaal weten, Carmelo?'

Vanina was net binnengekomen en was tegen de muur gaan staan. Ze bekeek hem van top tot teen. *Eens zien of je me voor het lapje hebt gehouden, Alfio Burrano.*

'Alfio, je hoeft me alleen maar antwoord te geven. Vertel over je ochtend, vanaf het telefoontje van je tante en verder.'

'Nou... ik was in Sciara. Toen ben ik weggegaan.'

'En heb je je telefoon laten liggen', voegde Spanò toe.

'Aan de oplader. Ik had haast... ik had van alles te doen...'

'Alleen? Heb je de Tunesiër niet meegenomen?'

'Nee, Chadi is op zondag vrij.'

'Waar ben je geweest?'

'Dat weet ik niet meer... Ik heb dingen gekocht. Ik had geen eten in Sciara.'

'Heb je de bonnetjes nog?'

Alfio keek hem bevreemd aan.

'De bonnetjes? Nee, in dat soort zaken krijg je geen bonnetje. Maar waarom wil je die bonnetjes, Carmelo? Voor de belasting?'

Spanò wierp een blik op Vanina, die in stilte luisterde. Alfio heeft nog geen idee volgens mij, probeerde hij haar te vertellen.

Als hij schuldig is, dan verdient hij een Oscar, dacht Vanina.

Maar hoe goed kende zij Alfio Burrano nou? Misschien was hij wel echt een acteur. Hij speelde de rol van casanova met verve en zij kon het weten. Maar dat zei niks. De gemiddelde Siciliaanse man heeft dat in zijn genen.

'Vergeet de belasting, Alfio. Zou iemand zich kunnen herinneren dat hij jou gezien heeft, bijvoorbeeld rond halfeen 's middags?' vroeg Spanò, die de rust zelve leek, maar vanbinnen kookte.

Alfio aarzelde. 'Dat weet ik niet...'

Spanò keek hem zwijgend aan.

'Om halfeen', herhaalde Alfio zachtjes, alsof hij het niet wilde geloven. 'Is dat niet het tijdstip waarop mijn tante is neergeschoten?'

Er kwam geen reactie.

'Maar... beschuldigen jullie me er nu van dat ik mijn tante heb vermoord?' vroeg hij. Nu had zijn gezicht dezelfde kleur als de muur. 'Ik geloof mijn oren niet... Waarom?' Hij wendde zich tot Vanina, die hem aan bleef kijken. Bleef bestuderen, om precies te zijn.

'We beschuldigen je niet, Alfio. We proberen alleen uit te zoeken of je kunt bewijzen dat jij het niet kunt zijn.'

'Een alibi? Is dat wat jullie willen?'

'Een alibi', bevestigde Spanò.

Alfio keek in gedachten verzonken voor zich uit. Toen schudde hij zijn hoofd en sloot hij zijn ogen.

'Nee, dat heb ik niet.'

Vanina en Spanò keken elkaar verslagen aan.

'Weet je wat dat betekent, Alfio?' zei Vanina.

De man keek op en zei niets. Zijn ogen waren roodomrand.

'Dat we negentig procent zeker genoodzaakt zijn om een onderzoek naar je te starten, met de informatie die we nu hebben. Je krijgt een officiële bekendmaking dat er een onderzoek naar je loopt en als er iets anders naar voren komt...'

'Ik snap het', kapte Alfio haar af.

Hij zat een paar minuten met gebogen hoofd in zijn stoel. De stilte werd alleen doorbroken door het tikken van de klok, die aangaf dat het acht uur 's avonds was.

'Mag ik naar huis?' vroeg hij.

Vanina knikte.

Hij draaide zich om en liep naar de deur, met gebogen schouders en langzame tred, vergezeld door Spanò.

Vlak bij de deur draaide hij zich om en kwam hij voor Vanina te staan.

'Jij denkt toch niet dat ik het was?'

Ze gaf geen antwoord.

'Ga naar huis, Alfio. En probeer je zoveel mogelijk te herinneren.'

Burrano draaide zich weer om en liep de deur uit.

'En als ik je advies mag geven,' zei Vanina achter hem, 'ga niet terug naar Sciara.'

Alfio knikte en liep weg.

Die avond leek Santo Stefano nog meer een oase van rust dan normaal. Ze had een halfuur aan de telefoon gezeten met Vassalli, die de volgende dag de rechter toestemming zou vragen om het testament in te zien.

Verkleumd had ze zich opgekruld op de grijze bank. Het huis was mooi, maar niet geïsoleerd. Warm in de zomer en koud in de winter. Ze was compleet afhankelijk van de airconditioning, die gelukkig modern was.

Ze had geen tijd gehad om naar Da Sebastiano te gaan en Bettina was uit met de weduwen en nog niet thuis.

Ze sleepte zichzelf naar de keuken en zette een pannetje melk op. Ze pakte de koekjes die ze op de terugweg bij een bakker had gekocht en maakte het avondeten klaar dat ze op de bank zou eten, met een willekeurig gekozen film uit haar collectie. Ze had ze allemaal gezien maar keek ze graag nog een keer.

Die avond had ze geen zin om over haar werk te piekeren. Ze had er al meer dan twaalf uur te veel over 'geredeneerd' en nu wilde ze gewoon afleiding.

Ze pakte een cultfilm die in Catania was opgenomen. *Il bell'Antonio.* Ze maakte een foto van het dvd-hoesje en stuurde die naar Adriano, die meteen reageerde met een emoticon.

Antonio Magnano (Marcello Mastroianni) was net getrouwd met Barbara Puglisi (Claudia Cardinale) toen er een bericht verscheen op Vanina's telefoon. Aarzelend pakte ze haar telefoon, bang dat het Alfio was. Het was gemeen om te zeggen, en om te denken, maar het was niet bepaald ideaal als haar nummer opdook in de belgegevens van een verdachte.

Maar het was Alfio niet. Het was het nummer dat ze niet had opgeslagen en dat elke keer als een stomp in haar maag was.

Dit keer geen hartverscheurende sentimentele zinnen. Alleen *Wat ben je aan het doen? P.*

Ze reageerde met de foto die ze net naar Adriano had gestuurd. Ze zag hem typen en stoppen, weer typen, weer stoppen. En tot slot: *Je bent niets veranderd. En ik mis je. Welterusten. P.* De rest van de film zag ze in een waas.

17

VASSALLI WAS DIT KEER SNEL KLAAR.

Het testament van Teresa Regalbuto was ingenomen en Alfio Burrano stond bovenaan het verdachtenlijstje. Als hij geen betrouwbaar alibi verstrekte, zou zijn positie verslechteren, zonder dat Vanina of Spanò er iets aan konden doen.

Commissaris Patanè stak zijn mening, die overigens grotendeels overeenkwam met die van Guarrasi, niet onder stoelen of banken.

'Commissaris, ik wil niet pessimistisch doen, maar ik heb het idee dat er nu hetzelfde gebeurt als toen met Di Stefano.'

Vanina had het gevoel dat Alfio haar niet de hele waarheid had verteld. Hij leek terughoudend, alsof hij wel nuttige informatie had om de verdenkingen mee weg te nemen, maar om de een of andere ongrijpbare reden wilde hij, of erger nog, kón hij het niet zeggen. Aan zijn telefoon hadden ze ook niets, want het bleek dat die inderdaad de hele tijd contact had gemaakt met de mast bij Sciara. Dat vond Vanina ook vreemd. Want als Alfio een alibi had willen creëren, had hij alleen maar hoeven zeggen dat hij in Sciara was gebleven en dan hadden zijn telefoongegevens dat gestaafd. In plaats daarvan had hij gezegd dat hij niet thuis was geweest, dat hij op pad was geweest. Het idee was niet eens bij hem opgekomen.

Naïever dan dat kon een moordenaar niet zijn.

Ondertussen ging het onderzoek naar de andere sporen ook verder.

Lo Faro verscheen met Burrano's agenda uit de lade in de deuropening, en vroeg of hij binnen mocht komen.

'Inspecteur Spanò heeft me gevraagd om deze telefoonnummers na te gaan. Ik ben aan de slag gegaan, alleen... het zijn geen telefoonnummers.'

Vanina keek hem verward aan.

'Hoe bedoel je? Wat zijn het dan?'

'Dat weet ik niet. Het netnummer van Catania staat er, 095, maar daarna is elk nummer anders dan het andere, sommige met vijf cijfers en sommige met zes. Het zijn sowieso geen telefoonnummers, commissaris. En dan is er nog iets: sommige namen worden twee keer herhaald, met veel bladzijden ertussen, maar de nummers zijn wel anders.'

Ze bracht hem met haar blik tot zwijgen en trok de agenda uit zijn handen. Ze bladerde erdoorheen, en nog een keer, steeds sneller.

'Goed gedaan, Lo Faro', zei ze met een blik waardoor de agent pardoes in de zevende hemel belandde.

Ze pakte de telefoon en belde naar Spanò's kantoortelefoon. Hij kwam meteen.

'We hebben het klantenregister van Teresa Regalbuto gevonden', verkondigde ze.

Spanò pakte de agenda en keek naar Lo Faro. Hij snapte het niet.

'Slim vermomd als telefoonnummers staan hier de bedragen die de vrouw uit heeft geleend aan de personen die ernaast staan.'

Ongelovig keek Spanò naar de eerste pagina.

'Wel verdraaid!' merkte hij op.

'Goed, aangezien alle lof Lo Faro toekomt, heeft hij de eer om de namen van alle klanten te onderzoeken.'

Lo Faro kauwde steeds verwoeder op zijn kauwgom. Het was een rotklus, maar de agent was niet van plan te protesteren.

Marta Bonazzoli moest van commissaris Guarrasi gaan kijken wat de drie vrouwen uit het huis van Burrano aan het doen waren. Met name Clelia Santadriano, die nog niet op de hoogte was van het enorme fortuin dat ze binnenkort zou erven, moest in de gaten worden gehouden. Zij was de enige die een gat van een paar minuten in haar alibi had, dat verder was bevestigd door de vriendin met wie ze de tentoonstelling had bezocht.

De vrouw was gebroken van verdriet.

'Heeft Teresa de vrouw uit de goederenlift... vermoord?' vroeg ze aan Vanina.

De vrouw barstte in tranen uit toen ze het antwoord hoorde.

'Ik kan het niet geloven... Teresa... Juist Teresa...' fluisterde ze.

Ze vertelde hoe ze elkaar hadden leren kennen. Twee jaar eerder had ze een kledingwinkeltje in het centrum van Napels gehad. Aan de Via Chiaia, weet u wel? Een speciaalzaak, waar ze bijzondere items verkocht. Duur spul uiteraard. Het was zo'n winkel die tijdens een crisis als eerste over de kop gaat. En het liep sowieso al een tijdje niet zo best. Op een dag kwam er een oude vrouw uit Catania binnen en kocht een voorraad sjaals. Om haar vriendinnen cadeau te doen, zei ze. Ze was blijven plakken, het ene gesprek leidde tot het andere en uiteindelijk gingen ze samen lunchen. Zo was haar vriendschap met Teresa Regalbuto ontstaan. En kwam ze regelmatig naar Catania. Steeds vaker, vooral sinds de winkel failliet was en de vrouw erop stond dat ze kwam logeren.

Het was een mooi verhaal, maar het paste niet in het beeld dat Vanina van Teresa Regalbuto had. Al was het maar vanwege de voorraad sjaals die waren gekocht om aan vriendinnen cadeau te doen. Want één ding was zeker: tot op dat moment was er niemand geweest die mevrouw Burrano niet als gierige ijskoningin had omschreven, als een ongekende opportunist.

Wat Clelia Santadriano betrof: ergens in haar achterhoofd had ze het idee dat de vrouw een gelukzoeker was, die haar tijd opofferde en haar dagen sleet met een ouwe heks om maar de erfenis op te kunnen strijken.

En Vanina hield niet van twijfels.

Ze pakte de gegevens van de vrouw erbij en reikte naar de telefoon, vastbesloten om de politie in Napels aan de tand te voelen. Maar ze kreeg een beter idee.

Zodra ze Macchia hoorde binnenkomen, stond ze op en ging hem tegemoet.

Commissaris Guarrasi parkeerde de auto voor de zij-ingang van Villa Burrano en liep naar het hek. Ze observeerde de achtergevel van de villa, zonder specifieke reden. Eigenlijk had ook die omweg naar Sciara geen officiële reden.

Chadi verscheen uit het niets achter het hek, hij ging op in de schaduwen van het dikke gebladerte.

Vanina wachtte tot hij het hek opende.

De Tunesiër keek haar scheef aan, alsof meneer Alfio's tegenslagen haar schuld waren.

'Luister, Chadi', zei ze. 'Wil je Alfio helpen? Vertel het me dan als je iets weet dat hij misschien wil verbergen. Vreemde activiteiten, illegale zaken? Alleen jij en ik zijn hier, niemand kan ons horen.'

'Meneer is goed mens. Eerlijke zaken doet hij, met iedereen. Maar hij van vrouwen houden, veel vrouwen. Maar is normaal voor man, toch?'

Hij leek het de normaalste zaak van de wereld te vinden.

Ze controleerde de politielinten en zag dat die nog intact waren. Ze liep om het huis heen, totdat ze weer aan Alfio's kant was. Ze zag dat het huis door drie camera's werd bewaakt.

'Chadi, zijn die echt?' Veel mensen hingen het huis vol met nepcamera's, in de overtuiging dat het potentiële dieven afschrikte.

'Natuurlijk, echte!'

'En wie bekijkt de beelden?'

'Niemand. Meneer Alfio kijkt op telefoon en ik op tv, als ik 's nachts geluid horen.'

'En kun je de beelden van de afgelopen dagen terughalen?'

De jongen aarzelde. 'Ja...'

'Dan wil ik die van zondagochtend zien.'

'Maar meneer Alfio niet weet dat...'

'Luister, Chadi. Meneer Alfio zit tot over zijn oren in de problemen, dus als je het beste met hem voorhebt, probeer dan te helpen, anders kom ik hier met een rechterlijk bevel en dan ben je nog niet jarig.'

Ze hoopte dat ze hem genoeg had laten schrikken.

Hij keek haar aan, nog steeds weifelend, en liet haar toen binnen in zijn hokje.

Het was alsof ze een kebabzaak binnenliepen, een van de weinige gerechten die Vanina echt niet lekker vond. Hoewel er een raam openstond, hing er een zware lucht vol ondefinieerbare kruiden, afkomstig uit een pan die op het kookplaatje stond te pruttelen.

Chadi liep naar een tafeltje waar een oude pc op stond. Hij opende het cameraprogramma.

Vanina vroeg hem om de beelden van zondagochtend van de centrale camera te laden, die gericht was op de ingang van Alfio's appartement. Ze volgde de hele scène: hij kwam naar buiten, bleef staan, liep toen snel naar het hek, ging toen weer naar het huis, bleef halverwege een seconde staan en stapte uiteindelijk in de auto. Er was iets, maar ze wist niet precies wat.

'Spoel eens een stukje terug', zei ze.

Een beetje angstig deed de jongen wat ze vroeg.

Weggaan, stilstaan... Daar had je het eerste rare; het leek alsof Alfio iemand had gezien bij het hek. Snel lopen. Terug... Weer wat raars. Toen hij stopte, had hij zich omgedraaid en zijn arm opgestoken alsof hij iemand wilde tegenhouden.

'Stop hier,' beval ze, 'een seconde terugspoelen.'

En toen zag ze het. Een arm die het beeld binnendrong.

Ze keek er aandachtig naar. Het enige detail dat ze kon zien was een schittering op de rechterpols.

Ze moest hoognodig een praatje maken met Alfio.

Vanina ging terug naar het bureau en riep Nunnari bij zich.

'Hebben we Burrano's telefoongegevens?' vroeg ze.

'Uiteraard, chef.'

'Heb je gekeken wie hem die ochtend gebeld heeft?'

'Vanzelfsprekend!' Hij pakte een vel papier van het bureau. 'En ook wie de avond ervoor gebeld heeft. Helaas zat er niets bij, commissaris. Op de oproepen van zijn tante na werd Burrano slechts twee keer gebeld. Eén keer door Valentina Vozza en één keer door Gigi Nicolosi.'

Zijn vriend en het meisje dat misschien wel of niet zijn vriendin was en rondtoerde in het Chianti-gebied.

'Alfio, voor de laatste keer: hou je iets voor me achter?'

Burrano leek een schaduw van zichzelf, hij zag er bleek en slonzig uit. Hij keek haar weifelend aan, schudde toen zijn hoofd.

'Nee, niets.'

'Alles is beter dan beschuldigd worden van moord, dat snap je toch?'

Hij keek haar aan maar antwoordde niet.

Vanina verloor haar geduld. Ze pakte haar telefoon en duwde het beeld van zijn eigen camera onder zijn neus.

'Met wie praatte je?'

Alfio schrok. Dat had hij niet verwacht.

'Niemand... iemand die naar de weg vroeg.'

'Bij jouw huis?'

'Het hek was open.'

'En jij loopt diegene tegemoet, loopt dan terug, draait je om, gebaart dat de ander moet blijven staan en dan ren je ineens de auto in en verdwijn je uit beeld?'

Het bleef stil.

'Besef je wel dat ik je probeer te helpen, Alfio?'

Hij steunde met zijn ellebogen op de tafel en leunde naar voren.

'Vanina, je moet me geloven, ik heb er niets mee te maken.'

'Het maakt niets uit of ik je geloof, snap je dat niet? En ook niet of Spanò je gelooft.'

'Meer kan ik niet zeggen, Vanina... Ik kan het niet...' Voor Vanina waren die woorden duidelijk.

Vanina wilde net gaan lunchen toen haar telefoon ging.

'Commissaris, met Pappalardo.'

'Hé, Pappalardo.'

'Ik wilde u vast vertellen wat we hebben gevonden op de spullen die we gisterochtend in beslag hebben genomen. Meneer Manenti schrijft het verslag en...'

'Ik snap het. Vertel maar.'

'Om te beginnen het wapen. De huls die we naast Regalbuto hebben gevonden, komt precies overeen met die van de moord op Burrano. Dus het is hetzelfde wapen. Op het pistool zaten twee vingerafdrukken en die waren van het slachtoffer. Ze zaten op twee ietwat onwaarschijnlijke plekken. Op de map die openlag zaten allerlei afdrukken, allemaal van het slachtoffer. En nu het belangrijkste: het kettingkoffertje...' De rechercheur haalde diep adem en ging toen verder. 'Dat zat onder de vingerafdrukken, van minstens drie verschillende mensen, waaronder het slachtoffer. Het pistool heeft erin gezeten, er zaten sporen van in een hoek. Op de stof, vlak naast de opening, heb ik een bloedvlek aangetroffen. En ik zag dat er tussen de boeien en de opening een scherpe punt zit. Als je het koffertje op de juiste manier vasthoudt, levert dat geen problemen op, maar als je het niet weet en het koffertje zomaar vastgrijpt, of als je het haastig opent, raak je vrijwel zeker gewond. We hebben het kunnen analyseren en er DNA uit gehaald.'

Vanina dacht in stilte na. Ze stak een sigaret op.

'En dat is natuurlijk niet van Teresa Regalbuto.'

'Nee. Maar er is meer, iets wat me haast bij toeval opviel.'

'Pappalardo, zit je me nou te stangen met die halve informatie?' zei Vanina ongeduldig.

'Nee, nee! Ik probeerde alles gewoon gestructureerd te vertellen...'

'Wat is er nog meer?'

'Dat het DNA bijna honderd procent overeenkomt met het DNA van het kopje dat u op Burrano's bureau heeft aangetroffen. Er zijn kleine verschillen, maar volgens mij komt dat doordat het oude monster erg vervuild was en het moeilijk was om het DNA te isoleren.'

En dat had Vanina nooit verwacht.

Officier van justitie Vassalli had vijf minuten nodig om alle informatie die Vanina hem in één keer had gegeven opnieuw aan elkaar te linken.

'Dus als ik het goed begrijp hebben we geen idee wie Gaetano Burrano kan hebben vermoord, maar we weten wel dat het misschien dezelfde persoon is als die zijn vrouw heeft gedood?'

'We weten dat de twee sporen van dezelfde persoon zijn.'

De officier dacht even na.

'Laten we DNA afnemen bij Di Stefano', besloot hij.

Als ze had gekund, had Vanina met haar ogen gerold.

'Meneer, ik herinner u eraan dat Di Stefano een alibi heeft. Zondag is hij de hele ochtend in Zafferana Etnea geweest, bij een buurtbijeenkomst over de Ottobrata, het culinaire festival.'

'Ja, dat is waar. Maar misschien heeft hij iemand ingehuurd.'

'Iemand die Teresa Regalbuto zo goed kende dat ze hem binnenliet en in haar studeerkamer ontving? En die vele jaren geleden op de koffie is geweest in Villa Burrano?'

Daar had Vassalli niet van terug.

'En Alfio Burrano? Misschien heeft hij een kopje gebruikt en het daar bij toeval neergezet.'

'Ik betwijfel of Alfio Burrano ooit de keuken van de villa heeft gebruikt. Maar als u het nodig vindt om DNA bij hem af te nemen, ga vooral uw gang.'

'Ja, dat lijkt me een goed idee. Hou me op de hoogte, commissaris. En neem bij iedereen bij wie u dat nodig vindt een DNA-test af.'

Nu er recht gedaan moest worden aan Teresa Regalbuto-Burrano, met de pers erbovenop en tv-shows die alles breed uitmaten, had hij ineens ontzettende haast. En moest iedereen dus een DNA-test.

In gedachten verzonken verliet Vanina het kantoor van de officier van justitie.

'Commissaris Guarrasi!'

Ze draaide zich met een ruk om. Eliana Recupero stond midden in de gang, met in haar kielzog een man beladen met mappen.

Ze liep naar haar toe. 'Goedemorgen, officier Recupero.'

'Waar komt u vandaan?'

'Uit het kantoor van officier Vassalli. En u?'

Recupero gebaarde de man dat hij de mappen op haar kamer moest leggen.

'Uit de gevangenis van Bicocca. Mooie plek, hè?'

Vanina glimlachte. 'Een paradijs!'

'Hoe gaat het met uw zaken? Iedereen heeft het erover.'

Vanina trok een grimas. 'Ik weet het.'

'Zeg, een paar dagen geleden sprak ik uw chef...'

'Ja, hij vertelde het', kapte Vanina haar af.

Recupero keek haar zwijgend aan.

'Zullen we koffie gaan drinken, voordat ik me opsluit met de papieren die me bloed, zweet en tranen hebben gekost?'

Vanina nam de uitnodiging aan.

Ze gingen in de bar op de hoek zitten, waar Eliana Recupero ineens een mega-ontbijt bestelde. 'Af en toe moet je jezelf verwennen.'

Vanina worstelde kort met haar geweten voor ze concludeerde dat het onbeleefd was om haar alleen te laten eten.

'Ik compenseer het gewoon met een beetje extra beweging, dat is de enige redding voor iemand die zijn dagen zittend doorbrengt', vond Recupero. Ze was zo iemand die in haar lunchpauze naar de sportschool ging. En haar slanke postuur was het resultaat.

Vanina vergat liever dat de auto haar enige bron van beweging was, met uitzondering van die paar keer per week dat ze hem liet staan omdat ze hem onmogelijk kwijt kon in het gebied rondom de Via Etnea. Bureau, dienstauto, verhoren bij mensen thuis, dienstauto, trattoria, bureau, auto, naar huis. Af en toe een aperitivo, wat het alleen maar erger maakte.

Recupero was nieuwsgierig naar de ontwikkelingen in de zaak-Burrano-Cutò-Regalbuto en Vanina bracht haar op de hoogte. Ze vertelde haar ook over haar laatste gesprek met Vassalli. Recupero's commentaar was voor haar een bevestiging dat ze zonder uitstel verder moest gaan in de richting die volgens haar de juiste was.

Over wat ze met Macchia had besproken, repte Recupero met geen woord. En daar was Vanina haar dankbaar voor.

Spanò had een woekerpraktijk ontdekt die al eeuwen aan de gang was.

Hij had een stuk of tien mensen gehoord, die hij gekozen had op basis van hoeveel geld ze leenden. Hoe hoger het bedrag, hoe groter de kans dat de inspecteur ze wilde spreken.

Lo Faro had een lijst met namen opgesteld en deelde ze op in verschillende categorieën op grond van Spanò's methode. Op chronologische volgorde – hier en daar in een hoek bovenaan de pagina stond ook het jaartal genoteerd – en op bedrag, van laag tot hoog.

Er zat een duidelijk verband tussen de cijfers die verstopt zaten in het netnummer en de cijfers die het oorspronkelijk geleende bedrag aangaven. Het laatste getal gaf het aantal termijnen aan.

Er ontbraken veel betalingsbewijzen.

'Ik wed dat die in die lege map zaten', speculeerde Vanina. 'Hier kunnen we maar één ding uit afleiden, Spanò: dat de moordenaar die moest laten verdwijnen om te voorkomen dat we zijn naam tussen de debiteuren zouden aantreffen.'

Nu hoefden ze alleen maar de schuldige te vinden tussen al die honderdzesenvijftig mensen die de afgelopen tien jaar bij mevrouw geld geleend hadden. Dat was als zoeken naar een naald in een hooiberg.

Vanina ging er inmiddels van uit dat Alfio buitenspel stond, zelfs al zou Vassalli's terughoudendheid pas verdwijnen als hij het DNA-resultaat in handen had. In de tussentijd ging het bericht over Alfio als mogelijke dader als een lopend vuurtje door Catania.

Vanina was echter nog altijd geïntrigeerd door de stoïcijnse gelatenheid waarmee Alfio weigerde om te vertellen wat hem, dat wist ze negenennegentig komma negen procent zeker, vanaf het begin al had kunnen vrijpleiten.

Vanina had net haar telefoongesprek met Maria Giulia De Rosa beëindigd. Ze pakte haar sigaretten en mobieltje, klaar om naar haar toe te gaan.

Die avond wilde ze haar zinnen verzetten en zich een beetje ontspannen. Bovendien had ze geen zin om alleen thuis te zijn met het risico dat ze zichzelf verloor in een van die cryptische berichten die ze steeds vaker kreeg en die van een nummer kwamen dat ze nog altijd niet had opgeslagen.

Marta Bonazzoli klopte op de deur.

'Chef, er is hier een meisje dat per se met je wil praten.'

'Een meisje? Waarom dan?'

'Dat weet ik niet, dat wil ze niet zeggen.'

'Weet je zeker dat ze niet zo'n vasthoudende misdaadverslaggever is?'

'Dat denk ik niet, anders had ze dat wel gezegd. Bovendien weten de journalisten dat ze van jou niet veel hoeven te verwachten, dus vallen ze Ti... de Grote Baas altijd lastig.'

'Laat haar maar binnen', zei Vanina en ze liet zich weer in haar bureaustoel zakken.

Het meisje had blond haar, blauwe ogen, was een meter tachtig lang en ging gekleed in een nauwsluitend joggingpak van ribbelstof. Ze was een jaar of achttien.

'Elena Nicolosi', stelde ze zichzelf voor.

'Commissaris Giovanna Guarrasi.'

Vanina gebaarde naar een stoel.

'Ik ben hier omdat ik iets over Alfio Burrano te vertellen heb', zei het meisje zonder omhaal.

Vanina's blik viel direct op haar rechterpols, waar allerlei glimmende armbanden omheen zaten.

'Ga je gang.'

'Ik weet zeker dat hij zijn tante niet heeft vermoord.'

'Aha. En hoe weet je dat?'

'Dat weet ik, want toen het gebeurde...' Ze aarzelde even en keek toen vastberaden op. 'Toen was Alfio bij mij.'

Vanina keek haar aan.

'Hoe oud ben je, Elena?' vroeg ze.

Het meisje wendde haar blik even af, maar keek direct weer trots op.

'Achttien.'

'En wat hebben jij en Alfio Burrano gedaan?'

'Seks gehad.'

Vanina kon haar ongeloof maar met moeite verbergen. Niet zozeer om wat er gebeurd was, want dat vermoedde ze na twee tellen al, maar vanwege het schaamteloze gemak waarmee ze het zei.

'Bent u verbaasd, commissaris? Alfio is een aantrekkelijke man, ook voor iemand van mijn leeftijd. En op dit gebied heeft hij, zeg maar, zeer veel ervaring... Maar dat wist u waarschijnlijk al.'

Vanina negeerde die opmerking en keek met een ijskoude blik naar het meisje. Het was niet erg aangenaam om te ontdekken dat ze onder

Alfio Burrano's minnaressen werd geschaard, zonder legitieme reden.

Op dat moment arriveerde Fragapane, die met een document in de deuropening bleef staan.

'Oeps, sorry, chef. Ik wist niet dat er iemand was...'

Vanina gebaarde dat hij naar binnen kon gaan. Fragapane gaf haar een verslag dat de technische recherche net had gestuurd en trok zich onmiddellijk terug, maar niet voordat hij een korte blik op het meisje geworpen had.

Snel las Vanina het rapport en legde het weg.

'Elena, je weet dat er een proces-verbaal wordt opgemaakt van wat je hier binnen zegt?'

'Wat betekent dat?'

'Dat het wordt opgeschreven en dat je die verklaring moet ondertekenen.'

'Geen probleem.'

'Weet meneer Burrano dat je hier bent?'

'Nee, hij heeft me verboden om iets te zeggen. Hij is bang. Voor mijn vader, dat is zijn beste vriend. En... voor u. Maar ik vind het niet fair dat hij het risico loopt om de gevangenis in te gaan voor een moord die hij niet heeft gepleegd, alleen omdat hij niet wil bekennen dat hij met mij naar bed is gegaan.'

Elena was Gigi Nicolosi's dochter. Nu was alles duidelijk.

'Bang voor mij?' vroeg Vanina. 'Waarom? Nu heeft hij een alibi. Hij kan rustig gaan slapen vannacht. En wat de rest betreft, daar ga ik niet over.'

Elena plooide haar lippen in een scheve glimlach.

'Waar moet ik tekenen?' vroeg ze voortvarend.

Vanina riep Marta, die meteen kwam.

'Inspecteur Bonazzoli zal je gedetailleerde getuigenis afnemen en optekenen', zei Vanina. Ze stond op uit de stoel en haalde haar jas van de leuning.

Ze wachtte tot de inspecteur op haar plek zat en schoof toen het verslag van de technische recherche onder Marta's neus. Aan haar de keuze wat ze ermee konden doen.

Ze zei de twee vrouwen gedag en ging toen eindelijk naar buiten.

18

VANINA WERD NOOIT OM HALFZES WAKKER. ALS ZE AL OP DAT TIJDSTIP wakker was, was de kans groot dat ze überhaupt niet was gaan slapen. En dat kwam dan doordat haar hoofd zelfs in de diepste slaapfase nooit was gestopt met werken en die fase kon niet langer dan een paar uur geduurd hebben, zo gaar en ontregeld als ze zich de hele tijd voelde. Dat gebeurde alleen onder één voorwaarde: als ze aanvoelde dat de oplossing voor het grijpen lag, maar haar vinger er net niet op kon leggen. En dus had ze het gevoel dat ze tekortschoot.

Het had geen zin om in bed te blijven liggen in de hoop weer in slaap te vallen. Ze kon beter opstaan en zich nuttig maken.

Ze keek op haar telefoonscherm, dat alleen op dat tijdstip zo leeg kon zijn. Achter haar app-pictogrammen piepte de zee bij Addaura tevoorschijn.

Het was een automatisme dat er de afgelopen dagen in geslopen was en waar ze heel graag vanaf wilde. Daar moest ze zich echt toe zetten, en het hielp niet dat ze 's avonds steeds een reeks berichten kreeg die getriggerd waren door de ontmoeting in Palermo.

In huis begon de vochtigheid voelbaar te worden. Verkleumd trok ze een overhemd aan over haar pyjama en ze liep naar de Nespresso-machine. Ze zette een dubbele ristretto, genoeg cafeïne om haar de dag door te slepen. Ze stak een sigaret op en rookte die op het balkon bij de keuken, met uitzicht op de citrusbomen.

Om halfzeven trok ze de voordeur achter zich dicht.

Bettina was al druk in de weer en liep gewapend met een tuinslang tussen haar planten, gevolgd door twee piepkleine katjes die Vanina nog nooit had gezien.

'Vannina! Wat is er gebeurd? Hebben ze iemand vermoord?' vroeg ze bezorgd. De kittens verstopten zich achter een varen.

Vanina glimlachte. 'Nee, u hoeft zich geen zorgen te maken, Bettina. Er zijn nog geen nieuwe lijken opgedoken.'

'Heb je al ontbeten?'

'Dat doe ik in de bar. Ik heb wel koffie op.'

Bettina schudde haar hoofd.

'Het is niet goed om altijd maar in de bar te ontbijten. Een goed glas melk en een stuk huisgemaakte taart thuis is veel beter.'

De katjes kropen uit het bloembed tevoorschijn.

'Waar komen die twee vandaan?' vroeg Vanina terwijl ze langzaam op haar hurken ging zitten om ze te aaien.

'Pff, breek me de bek niet open. Het waren er vier, in een doos achtergelaten bij Luisa's huis. En gelukkig heeft een van ons vieren nog een goed gehoor, anders weet ik niet wat er met deze ukkies was gebeurd.'

Vanina liep via de buitentrap de poort uit en liet de buurvrouw achter in haar vredige wereld. De Mini stond daar op haar te wachten, nog nat van de dauw.

Voor de eerste keer in minstens drie maanden was het koud in de auto.

Het mooie van zo vroeg vertrekken was dat er nog weinig auto's op de toegangswegen naar Catania zouden zijn, al zou dat niet lang duren. Dan kon je niet meer aan de ochtendfiles ontkomen, waar je ook reed, want er was geen enkele toegangsweg in de stad die niet langs een of twee scholen ging. Dat betekende dubbele rijen auto's, kuddes luidruchtige kinderen en verhitte ouders, met de onvermijdelijke tussenkomst van klaar-overs die de genadeslag zouden geven door al het doorgaande verkeer plat te leggen.

Vanina koos haar favoriete route. Vanaf de ring nam ze de weg richting Ognina en sloeg ze net op tijd af naar de boulevard om de zon aan de horizon te zien opkomen.

Ze stopte bij de eerste open bar die ze tegenkwam en at haar ontbijt terwijl ze genoot van de zon die langzaam uit de zee oprees, een ongekende ervaring voor iemand die geboren en getogen was aan de westkust.

De bar was vol stamgasten die staand hun ochtendkoffie dronken.

Ze moest aan Federico Calderaro denken: waar hij ook was, om halfzes 's morgens ging hij naar buiten, ook in de vrieskou, op zoek naar een plek waar iemand koffie voor hem wilde zetten.

Automatisch dacht ze daardoor ook aan haar moeder. Bevangen door nostalgie, wat niets voor haar was maar wat wel paste bij die sentimentele uitstapjes naar het verleden van de afgelopen dagen, stuurde ze haar een kort berichtje om haar goedemorgen te wensen.

Toen ze weer in de auto zat, zag ze Marta Bonazzoli voorbijrennen, in hardloopkleren met oortjes in en een hartslagmeter om. Ze benijdde haar. Het zou niet eens bij haar opkomen om 's ochtends vroeg op te staan om kilometers te gaan hardlopen.

Bij Tito Macchia nog minder, dacht ze glimlachend.

Salvatore Cunsolo, de zoon van de oude bediende van Villa Burrano, verscheen halverwege de ochtend op het bureau en vroeg naar commissaris Guarrasi.

Zijn gezicht stond bezorgd.

'Commissaris, eergisteren vroeg u of ik me iets over mijn vaders verleden kon herinneren', begon hij terwijl hij de as van de Etna van zijn jas veegde.

Instinctief wierp Vanina een blik op de reling van het balkon om te controleren of de asregen niet opnieuw was begonnen.

'Op dat moment kon ik niets bedenken. Maar toen herinnerde ik me iets. Ik was een jaar of dertien en was bij hem thuis, in de bergen. Dat gebeurde zelden, maar ik vond het er heerlijk. Op een middag had ik het idee opgevat om de steenoven te openen, die altijd dichtzat en nooit gebruikt werd. Ik ging net zo lang door tot het lukte. Er lag een grote zak in, zo'n juten. Ik deed hem open en haalde er een kettingkoffertje uit. Ik weet nog dat ik het een vreemd ding vond, vanwege die handboeien. Toen kwam mijn vader binnen. Hij trok hem uit mijn handen en zei dat ik er voorzichtig mee moest zijn, omdat het onze levensverzekering was. Ik begreep niet wat hij bedoelde, maar hij zei dat dat niet hoefde. Sterker nog: ik moest het van hem vergeten, want hij zou er wel voor zorgen dat het wat opleverde. En ik gehoorzaamde. De tijd verstreek en ik dacht er niet meer echt aan. Vanmorgen vroeg ging ik naar het huis van mijn vader, waar ik al meer dan een week niet was geweest, om te kijken of alles in orde was. De deur zat niet goed dicht, alsof hij geforceerd was, en het hele huis lag overhoop. Alles stond open, kasten, ladekastjes, alles. Zelfs de oven. Er was niets weg, mevrouw, behalve...'

'Het koffertje', vulde Vanina aan.

De man knikte.

'Omdat ik in de krant heb gelezen dat de misdaad die u onderzoekt iets te maken heeft met een koffertje en omdat u me al die vragen stelde over mijn vaders verleden, dacht ik: één en één is twee...'

Vanina haalde de foto van het kettingkoffertje dat naast de oude vrouw was gevonden uit het dossier en legde die voor hem neer. 'Is het deze?'

Er ging een schok door de man heen.

'Dat is hem, commissaris, ik weet het zeker.'

'Meneer Cunsolo, kijk er goed naar, want wat u hier verklaart kan van invloed zijn op het onderzoek naar twee moorden.'

Hij boog zich naar de foto toe en keek er nog eens naar.

'Dit is hem.'

Vanina sloeg het dossier dicht en pakte de telefoon.

'Spanò, kom hierheen.'

Cunsolo keek haar bezorgd aan. 'Sorry, commissaris, ik weet niet of het toegestaan is... maar zou ik mogen weten wat erin zat?'

'De Beretta M35 waarmee de heer Gaetano Burrano werd gedood.'

Toen Spanò binnenkwam, was Salvatore Cunsolo nog steeds niet van de schrik bekomen.

De inspecteur streek over zijn snor.

'Dus Demetrio Cunsolo zou Burrano's moordenaar kunnen zijn?'

Vanina blies de rook uit het raam.

'Nee, inspecteur.'

'Hoezo niet?' Commissaris Patanè, die zich in de tussentijd naar het bureau had gehaast nadat Vanina hem had gebeld en die Angelina voor de tweede keer midden in de lunch in de steek had gelaten, deed zijn mond open om wat te zeggen maar Vanina was hem voor.

'Denk er maar over na, Spanò. Als Cunsolo de moordenaar was geweest, dan zou hij niet zo zorgvuldig de twee belangrijkste bewijsstukken hebben bewaard en ze vooral niet als levensverzekeringen hebben beschouwd. Nee, inspecteur. Cunsolo gebruikte dat koffertje om iemand te chanteren. En die iemand kan alleen maar Burrano's moordenaar zijn.'

Spanò zweeg.

'En u denkt dat diezelfde persoon de oude vrouw heeft vermoord?'

Patanè snoof. Hij kon zich niet vinden in deze theorie.

'Het enige wat we weten,' zei hij, 'is dat Regalbuto's moordenaar vijftig jaar geleden koffie heeft gedronken met Gaetano Burrano. Dat hij hem daarna heeft vermoord, is een aanname. Maar het vertelt ons wel dat het iemand is die minimaal zo oud is als ik. En die Cunsolo goed kende.'

Vanina's telefoon ging.

'Ja, meneer Cunsolo... Prima.'

Vanina sprong overeind.

'Kom, Spanò. We roepen Bonazzoli en dan gaan we.'

Patanè stond ook op en volgde hen met een verlangende blik. Als een kind dat in een etalage naar een speeltje kijkt waarvan hij weet dat hij het niet mag hebben.

Vanina maakte een afweging. Uiteindelijk was de commissaris ook een getuige. Hij speelde voor het andere team, het team van degenen die zochten, en was voortijdig buitenspel gezet, maar hij was nog altijd een getuige. En het onderzoek begon weer van voren af aan, dus...

'Commissaris Patanè, u rijdt met Bonazzoli en mij mee.'

Patanè begreep het niet meteen. Toen haalde hij diep adem en lachte voor de zoveelste keer zijn prachtige gebit bloot, dat waarschijnlijk een kunstgebit was.

Ze stapten in de dienstjeep en reden achter Salvatore Cunsolo aan. Ze kwamen langs Trecastagni, Pedara en Nicolosi. Ze reden door een maanlandschap met ontelbare asheuvels langs de weg. De thermometer op het dashboard gaf 12 graden aan.

Vanina begon een beetje spijt te krijgen van haar impulsieve beslissing om Patanè mee te nemen. Wat als hij zich beroerd zou voelen door die temperatuurdaling of een longontsteking kreeg? Wie ging het dan aan Angelina vertellen?

'Waar woont die vent? Is het niet gevaarlijk om nog hoger te gaan, nu de Etna zo aan het roken is?' zei Marta.

'De uitbarstingen zijn aan de andere kant, dus deze kant is veilig. Anders hadden we daar nu niet eens kunnen komen. Maar goed, we zouden er bijna moeten zijn', reageerde Patanè.

Vanina draaide zich om en keek hem aan, met een vraagteken op haar voorhoofd. Maak er maar twee van.

'Ik heb het proces-verbaal gelezen van de vorige keer dat jullie Cunsolo's zoon hebben ondervraagd en ik heb een goed idee van waar zijn vader woonde', legde Patanè uit.

'We zijn bijna bij de Silvestri-kraters', meldde Bonazzoli.

'De Silvestri-kraters! Ken jij soms alle afgelegen plekken?' zei Vanina spottend.

'Ze liggen in de buurt van de Rifugio Sapienza, dat is geen afgelegen plek', zei Marta.

'Ik bedoelde: romantische plekken. Beter?'

Marta keek haar scheef aan.

Vanina glimlachte. 'Ik wilde je niet beledigen, hoor. Ik ben eerder jaloers.'

Cunsolo's auto sloeg een zijweg in waarlangs allemaal eiken en lariksen stonden.

'Waar gaan we in vredesnaam heen?' mopperde Vanina toen ze een krot zag dat tot aan het zwarte rotsdak verscholen lag.

Ze stopten op een open plek voor een lavastenen gebouw met een schuin dak.

'Dit huis is twee keer omringd geweest door lava, maar gelukkig is het op een kleine heuvel gebouwd en daarom nooit beschadigd geraakt', zei Cunsolo toen hij de deur opendeed, die duidelijk geforceerd was.

Ze kwamen een soort woonkamer binnen, ingericht met antiek, rustiek meubilair. Het was er een complete chaos. Kasten, ladekasten, boekenkasten, alles stond open en de inhoud ervan lag verspreid over de vloer.

Vanina stuurde Spanò en Marta naar de andere kamers om te controleren of die hetzelfde lot hadden ondergaan.

'De oven is deze kant op', wees Cunsolo en hij ging hun voor.

Een gemetselde keuken met hier en daar wat moderne delen. Oude apparatuur maar van topkwaliteit. Een hoek werd in beslag genomen door een steenoven.

'Kijk, ziet u, commissaris? Het koffertje was hier opgeborgen.'

'Verborgen', zei Vanina zacht en ze bukte om beter in de oven te kijken.

Ze deed de zaklamp van haar iPhone aan. Ze zag roet, wat restjes honderd jaar oude sintels en as aan de zijkanten. In het midden een rechthoekige lege plek.

'Uw vader gebruikte de oven vast nooit', constateerde ze.

'Ik heb hem nooit aan gezien, nee. Maar goed, wat moest hij ermee? Mijn vader kon niet koken. Toen hij dit huis kocht, zat de oven er al in en hij heeft hem gewoon gehouden.'

Vanina keek om zich heen. Ook hier was alles overhoopgehaald. Haar blik viel op een juten zak met zwarte vegen die op de grond was gegooid. Ze knielde zonder hem aan te raken.

'Meneer Cunsolo, u vertelde me dat het koffertje in een zak zat. Was het deze?'

Cunsolo bukte.

'Ja, dat denk ik wel.'

Gehurkt leunde Vanina met haar elleboog op haar knie en ze bekeek de vloer. Met twee vingers tilde ze de zak op en draaide hem om. Op de rand naast de opening zag ze een donkere vlek. Bloed, en niet eens zo oud.

'Spanò!' riep ze.

De inspecteur kwam uit de kamer ernaast.

'Bel de TR en laat ze deze zak ophalen.'

Bonazzoli verscheen met een kartonnen map, een soort archiefmap.

'Chef, kijk eens wat ik heb gevonden?'

Vanina kwam overeind en Marta stak haar de map toe.

Er zaten allerlei soorten papieren in, door de jaren heen verzameld door Demetrio Cunsolo. Arbeidsovereenkomsten, facturen, de koopovereenkomst van het huis, van auto's. Ze gingen helemaal terug tot aan de jaren zestig. En ze bewezen allemaal één ding: de voormalig bediende van Villa Burrano zwom in het geld.

'Kijk hier', zei Marta terwijl ze een Engels document pakte. Een verblijfsvergunning afgegeven aan Demetrio Cunsolo door de Verenigde Staten in juli 1959.

'Hij heeft in Amerika gewoond.'

'Vanaf 1959', benadrukte Patanè.

'We nemen het mee naar het bureau en kijken er goed naar. Er kan hier best eens iets interessants uit komen', zei Vanina.

Ze liep terug naar de oven, richtte haar zaklamp erop en stak haar hoofd erin. In de verste hoek lag een envelop tegen de wand. Ze strekte haar arm helemaal uit, maar om de envelop te pakken moest ze tot aan haar middel de oven in. Patanè keek geschrokken toe.

'Doe voorzichtig, commissaris!'

Op de envelop stond hetzelfde adres als op de documenten die ze in Burrano's auto hadden gevonden, alleen was deze vergrijsd en vervaald. Met een bloederige vingerafdruk op de hoek.

Vanina lette erop dat ze de afdruk niet aanraakte. Ze deed de envelop open, haalde de inhoud eruit en legde hem op de oven.

Ze vouwde het eerste document open.

'Verrek!' riep Patanè uit. Hij had zijn bril meteen op zijn neus gezet zodat hij over haar schouder mee kon lezen.

Ze wisselden een blik.

'Ziet u het ook, commissaris?'

Ze bekeken de andere twee documenten nog, maar nu wisten ze al wat ze daarin zouden aantreffen.

De Grote Baas had zich in Vanina's kantoor geïnstalleerd en schommelde in haar stoel terwijl hij op een sigaar kauwde. Vanina zat aan de andere kant van het bureau, samen met Marta, die de map op haar schoot had liggen. Commissaris Patanè was door Macchia gevraagd te blijven en stond een beetje afzijdig tegen de muur geleund.

'Dus nu hebben we alle documenten die we nodig hebben om Di Stefano definitief vrij te spreken. Plus verschillende aanwijzingen die ons naar een moordenaar leiden. De vraag is hoe ze in Cunsolo's handen terecht zijn gekomen', zei Tito.

Vanina keek hem aan maar zei niets.

'Guarrasi, doe nou niet alsof je neus bloedt. Volgens mij heb je allang een idee.'

'Laten we zeggen dat ik heb geprobeerd me een beeld te vormen van hoe het kan zijn gegaan. Een beeld, Tito, laat dat duidelijk zijn, want het zijn nu slechts theorieën die ik niet kan bewijzen. Verhaaltjes.'

'Ik ben altijd dol op verhaaltjes.'

Vanina haalde diep adem. 'Prima. Het kan als volgt gegaan zijn: Demetrio Cunsolo werkt in Sciara, maar is in dienst van Teresa Burrano, die hem als een van haar vertrouwelingen beschouwt. Daarom stuurt haar man hem de villa uit als hij daar met Cutò is. Op de avond van Sant'Agata doet de vrouw Cunsolo een financieel voorstel dat hij niet kan weigeren en koopt zo zijn medeplichtigheid. De bediende komt vroeg aan in de villa. Het is zijn taak om te wachten tot de misdaad is gepleegd en om dan, in ruil voor een ruime beloning, de moordenaar te helpen het bewijs te laten verdwijnen. Als hij Di Stefano hoort aankomen, loopt hij Burrano's kantoor in en dan begint het toneelspel. Naast het koffertje en het pistool geeft de moordenaar de bediende ook drie documenten die hij moet laten verdwijnen. Cunsolo is niet op zijn achterhoofd gevallen: hij begrijpt dat wat hij in handen heeft zijn leven kan veranderen, en ook dat hij daarmee de mensen bij de lurven kan houden die hem tot dan toe altijd als een simpele bediende hebben behandeld. Loyaal, betrouwbaar, maar nog altijd een bediende. Dus in plaats van het bewijs te laten verdwijnen, bewaart hij het zorgvuldig en verandert het in een onuitputtelijke bron van geld. Een levensverzekering.'

Tito en Marta hadden met ingehouden adem naar haar geluisterd, terwijl Patanè voortdurend knikte.

'Het is inderdaad moeilijk te bewijzen,' zei de Grote Baas wederom, 'maar volgens mij zit er een kern van logica in de theorie die heel dicht in de buurt zou kunnen komen van hoe het echt is gegaan. De aanwijzingen over de moordenaar lijken me wel concreet op dit moment. We rapporteren aan Vassalli en gaan aan de slag. Daarna buigen we ons over de zaak-Regalbuto.'

Vanina gaf geen commentaar.

Ze had al eens de fout gemaakt om zich naar het laffe, rustige tempo van de officier van justitie te voegen. Het resultaat was de moord op Teresa Regalbuto. Want als ze haar wel meteen in de gaten hadden gehouden en afgetapt, zoals zij had gewild, dan zou de oude vrouw misschien nu nog geleefd hebben en op het punt staan aangeklaagd te worden, samen met haar trouwe moordkameraad.

De zaak-Regalbuto was onlosmakelijk verbonden met de zaak-Burrano. Je kon onmogelijk over de ene zaak praten zonder de andere ter sprake te brengen, nu nog meer dan eerst. En ze liepen misschien het risico de zaak-Burrano te verknallen als ze de zaak-Regalbuto op het verkeerde moment afrondden.

Want één ding was zeker: Cunsolo's kettingkoffertje was vlak voor de in scène gezette zelfmoord gestolen, met precies dat doel. Door iemand die wist hoe de vork in de steel zat. En logischerwijs kon dat maar één iemand zijn. Hij weer. Maar welk motief kon hij dit keer hebben gehad?

Eliana Recupero belde haar nog geen drie uur later.

'Als u iemand stuurt om het koffertje op te halen, heb ik wat extra vracht voor u.'

Vanina had Marta gestuurd en nu lag die vracht op haar tafel, in de vorm van twee mappen met daarin de belangrijkste informatie uit de stukken waar ze om had verzocht.

De waterleidingen die door het terrein van Gaetano Burrano liepen, waren door twee bedrijven aangelegd: Idros Srl, een nieuw bedrijf, en Tus Srl, een bouwbedrijf waar al sinds de jaren vijftig een maffialuchtje aan zat. Start van de werkzaamheden: 23 april 1959. Een miljardendeal waarvan de winst was beland in de zakken van de landeigenaar, Teresa Regalbuto, en in die van de enige aandeelhouder van Idros. Tus had zich vervolgens teruggetrokken, maar slechts op papier, en daarover verschaften Recupero's bronnen meer dan genoeg zekerheid.

Als Teresa Regalbuto het land niet had geërfd, zoals het geval was geweest als Gaetano die miljarden winst met Di Stefano had gedeeld in de schaduw van de Zinna's, had Idros Srl nooit bestaan.

En Demetrio Cunsolo had drie documenten die de hele gang van zaken konden veranderen. Het contract getekend door Burrano en Gaspare Zinna voor de bouw van het waterleidingnet; een volmacht van Burrano aan Tommaso Di Stefano om hem te vertegenwoordigen in zijn afwezigheid; en tot slot de troef, waardoor de dader levenslang achter de tralies had kunnen verdwijnen, als Cunsolo niet had besloten er een slaatje uit te slaan: Gaetano Burrano's holografisch testament.

Vanina's dag eindigde in het kantoor van officier Vassalli, die hun afspraak steeds met een halfuur had verplaatst vanwege een andere zaak die hij overzag en die de carabinieri onder hun hoede hadden.

'Mijn excuses, commissaris, maar het gaat om een bijna opgeloste zaak waaraan alleen nog een klein puzzelstukje ontbreekt', zei de officier, terwijl hij zich in de stoel liet vallen en haar een glas van het blikje citroenfrisdrank aanbood dat hij inschonk.

Vanina weigerde het drankje beleefd en concentreerde zich op het verhaal dat ze wilde afsteken. Ze probeerde kort en bondig te zijn, om geen 'puzzelstukje' te missen terwijl ze aan de officier uitlegde waarom Gaetano op 5 februari 1959 vermoord was door notaris Arturo Renna, met Teresa Regalbuto als medeplichtige, die haar steentje had bijgedragen door Maria Cutò te elimineren. Waarmee ze hadden gedacht het laatste obstakel uit de weg te hebben geruimd om al hun plannen te kunnen realiseren.

Maar ze hadden geen rekening gehouden met Demetrio Cunsolo en zijn ongebreidelde ambitie.

Wat Vanina nu nodig had was om alle beschikbare middelen te mogen gebruiken om voor eens en voor altijd een moordenaar te pakken die waarschijnlijk twee misdaden had begaan. Waarvan eentje heel recentelijk.

Vassalli dronk de frisdrank die hij net had ingeschonken tot de laatste druppel op. Hij verplaatste twee documenten, trok zijn jasje drie keer recht, steunde evenzoveel keer met zijn ellebogen op tafel om ze vervolgens weer weg te halen. Tot slot leunde hij achterover. Hij was gezwicht.

Hij zou de rechtbank vragen om Arturo Renna in staat van beschuldiging te stellen en een bevel te regelen, waardoor Vanina toestemming had om alle aanwijzingen van schuld te onderzoeken door middel van sporenonderzoeken, doorzoekingen en ga zo maar door. En zijn DNA natuurlijk.

De open plek voor het huis werd volledig in beslag genomen door een wit gevaarte dat blonk alsof iemand hem voor een bruiloft had gehuurd. Vanina had hem al herkend voordat ze de hoek om was geslagen en er bijna met de voorbumper van haar Mini tegenop was gebotst.

Zodra hij haar zag uitstappen, sprong Alfio Burrano uit zijn auto en ging hij voor het ijzeren hek staan. Hij stond daar stokstijf op de eerste trede als een lid van de Zwitserse garde.

'Op de plaats rust, Burrano', zei Vanina terwijl ze haar sleutels uit het binnenzakje van haar tas haalde.

'Hoi Vanina', zei hij.

'Hoi Alfio.'

'Ik heb je vandaag proberen te bellen, maar je nam niet op. Daarna leek je telefoon uit te staan en dus...'

Ze had niet eens gekeken hoeveel oproepen ze had gemist. Mensen die dringende zaken met haar te bespreken hadden, kenden het nummer van het bureau, ook familieleden. Inclusief Bettina.

'Ik heb vandaag niet eens tijd gehad om mijn moeder te antwoorden. En later was mijn telefoon leeg.'

'Ah, gelukkig maar. Je probeerde me dus niet te ontwijken.'

'Gelukkig maar voor wie?'

Alfio reageerde niet.

'Had je me iets te zeggen?' moedigde ze hem aan.

'Ja. Sinds mijn, eh, situatie is opgelost, hebben we elkaar niet meer gesproken. En ik wilde je alles uitleggen.'

'Luister, Alfio, het was een lange dag, ik ben doodop en ik wil gewoon naar huis, wat eten en slapen. Als het kan tot morgenochtend. Dus als je me lastig wilt vallen met gesprekken die ook maar een beetje inspanning vereisen, waarschuw ik je vast dat dat niet gaat gebeuren.'

'Ik wil je alleen mijn versie geven van iets... waarvan ik niet weet in welke bewoordingen het je is verteld.'

Vanina slaakte een zucht.

'Kom maar binnen dan.'

Alfio glimlachte opgelucht. Hij nam het tasje van Da Sebastiano van haar over.

In Bettina's tuin stonden al een kattenbak en een kattenhuis en lagen er meer balletjes dan op een golfbaan. Bettina zwaaide door het raam naar hen en keek hen na tot aan de deur van het bijgebouw. De avondtemperatuur was te laag voor haar om buiten te zijn en toen ze had gezien dat Vanina gezelschap had, had het haar waarschijnlijk niet gepast geleken om naar buiten te komen.

Maar ze had iets voor haar in de keuken achtergelaten. Vanina gluurde onder de folie. Een *ciambellone*. De volgende ochtend kon ze goed ontbijten met een stuk ricottataart.

Hoe kwam het toch dat Bettina nooit iets vergat?

Alfio was ongemakkelijk in het midden van de kamer blijven staan en keek nu naar de ingelijste foto op de plank.

'Is dat je vader?' vroeg hij toen ze naar hem toe liep.

'Ja, dat is mijn vader.'

Hij vroeg niet verder – een teken dat hij heel goed wist wie inspecteur Giovanni Guarrasi was en wat hij had gedaan.

'Je lijkt op hem.'

'Dank je.'

Alfio draaide zich naar de grijze bank, weifelend of hij moest gaan zitten of niet. Vanina verloste hem van zijn verlegenheid en ging als eerste zitten.

'Luister, ik moet je uitleggen waarom ik je niet wilde vertellen dat ik een alibi had voor zondagochtend.'

'Dat hoeft niet.'

'Jawel', drong hij aan.

'Oké, Alfio, maar ik waarschuw je: zodra ze haar mond opendeed, had ik door dat Elena Nicolosi de dochter is van je vriend Gigi. Het enige wat ik moest weten was dat ze meerderjarig was, ook met het oog op wat ze ging doen. De rest gaat me niets aan. Dat zijn jouw zaken. En die van Elena, die me allesbehalve een hulpeloos en wanhopig meisje leek.'

Wat kon Alfio verder nog zeggen? Alleen dat hij zich schaamde en dat hij bang was geweest, dom genoeg. Want ze was pas twee weken meerderjarig en ze draaiden al maanden om elkaar heen. Hij had geprobeerd de verleiding te weerstaan, maar afgelopen zondag was hij gezwicht. En dat was de eerste en laatste keer geweest.

'Je hebt nu twee opties: of je gaat aan mijn ongedekte tafel zitten en eet samen met mij van de buffelmozzarella en rauwe ham, of je komt met je kont van mijn bank, gaat weg en laat me rustig eten.'

Alfio ging voor de eerste. De tafel bleek in twee minuten gedekt, er waren twee overheerlijke buffelmozzarella's, en Sebastiano's ham was de lekkerste die je kon krijgen in Catania en omstreken. Jammer alleen dat ze niet een flesje wijn bij hem had gekocht.

Hij vertrok opgelucht en probeerde niet eens een beetje te doen alsof de avond niet puur vriendschappelijk was geweest.

19

Arturo Renna gaf niemand de kans om juridische stappen tegen hem te nemen.

Hij stond ineens ongevraagd voor het kantoor van commissaris Guarrasi en bekende schuld. Hij bekende dat hij op de avond van 5 februari 1959 de heer Gaetano Burrano in zijn villa had opgezocht, als een soort beleefdheidsbezoek. Dat hij had geprobeerd hem te overtuigen om het testament te verscheuren dat hij hem had gestuurd, en om de contracten niet te tekenen waarmee Burrano echter al getekend en wel voor zijn neus heen en weer had staan zwaaien. Hij bekende dat hij hem had gedood met een 'schone' Beretta M35, in een complot met Teresa Regalbuto, zijn medeplichtige en geliefde. En dat hij het slachtoffer de drie miljoen lire die in het kettingkoffertje zat, had ontvreemd. Op de directe vraag of hij Demetrio Cunsolo al dan niet betrokken had bij de moord, antwoordde de notaris bevestigend dat hij de bediende had betaald om alles te laten verdwijnen. En ja, door die fout had die man hem zijn hele leven kunnen chanteren én had hij Cunsolo banen in al zijn bedrijven moeten geven. Hij zei dat het inderdaad zo was gegaan als Vanina zich had voorgesteld, inclusief de koffie.

Op de vraag 'Wat heeft u ertoe aangezet te bekennen?' antwoordde Renna dat hij er niet langer aan twijfelde dat ze op het punt stond alles te ontdekken. En dat het dus waardiger was om te bekennen.

'Wat Maria Cutò betreft: kunt u bevestigen dat ze is overleden doordat mevrouw Teresa Regalbuto haar levend heeft opgesloten in de goederenlift?'

Renna sloeg zijn ogen neer. 'Nee, dat kan ik niet bevestigen', mompelde hij. 'Het staat u vrij om me niet te geloven, maar ik wist niet dat Luna die avond in Gaetano's huis was en ook niet wat Teresa haar had aangedaan. Als ik het had geweten... had ik het niet laten gebeuren.'

Hij bekende dat hij, en niemand anders, de trekker had overgehaald en Gaetano Burrano had neergeschoten. Dat zei hij met opgeheven hoofd terwijl hij haar recht in de ogen keek.

Daarna zweeg hij. Hij sloeg zijn ogen neer en haalde diep adem. Hij ging weer verder.

'Ik heb Teresa Regalbuto vermoord', zei hij. 'Ik heb haar vermoord omdat ze me dreigde aan te geven om te voorkomen dat ze veroordeeld zou worden voor moord. En omdat ik haar goed genoeg kende om te weten dat ze dat echt zou doen. Ze was een cynische en hebzuchtige vrouw, in staat om haar bloedeigen neef te onterven ten gunste van een onbekende. Ik heb de zelfmoord in scène gezet, met het pistool en het kettingkoffertje dat we hadden laten terughalen door iemand te betalen om Demetrio Cunsolo's huis overhoop te halen. Zij bewaarde vervolgens het kettingkoffertje.'

'Wat hoopte u daarmee te bereiken?'

'Dat jullie Teresa van de moord op haar man zouden beschuldigen, en van die op Luna en dus niet meer naar de werkelijke dader zouden zoeken. Ik had ergens al verwacht dat u er vroeg of laat achter zou komen, commissaris Guarrasi. Het was een kwestie van tijd', zei hij vlak.

Vanina dacht aan de woorden van Clelia Santadriano. *Teresa's meest dierbare vriend.*

Dingen blijken toch vaak anders te zijn dan ze lijken.

Nicola Renna kwam hijgend aan op het bureau toen Spanò en Fragapane al bezig waren om zijn vaders bekentenis officieel vast te leggen.

'Hij gaat toch niet de gevangenis in?' vroeg hij bezorgd aan Vanina.

'Op zijn leeftijd niet, nee. Waarschijnlijk wordt hem huisarrest opgelegd. En wordt hij veroordeeld voor tweemaal moord met voorbedachten rade.'

Renna junior schudde melodramatisch zijn hoofd. 'Mijn eigen vader! Snapt u het nou?' Hij snoof.

De rest van de dag kwamen alle puzzelstukjes op de juiste plek, die grotendeels overeenkwam met wat ze al hadden bedacht.

Vanina zocht commissaris Patanè zelfs thuis op om het nieuws te vertellen.

'Weet u, commissaris, aan de ene kant ben ik blij dat ik die rottige zaak eindelijk kan sluiten. Maar aan de andere kant vind ik het jammer dat ik niet meer naar het bureau hoef en kan doen alsof ik nog steeds in dienst ben.'

Ze verzekerde hem dat er vroeg of laat vast weer een oude moordzaak voorbij zou komen. En dat hij dan weer aan de slag kon.

'Bovendien zijn we inmiddels vrienden, toch? En ik, een jonge commissaris die afhankelijk is van dat toverspul, kan vast wel weer een keer een les redeneren gebruiken, nietwaar?'

'U bent nergens van afhankelijk. En u kunt beter redeneren dan ik. Want ik heb nota bene een blunder begaan. Ik was ervan overtuigd dat Renna Regalbuto niet kon hebben gedood. Iedereen zei altijd dat ze onafscheidelijk waren, oude geliefden, en ik was gaan geloven dat dat klopte. En ik zat ernaast. Ziet u wel?'

De Grote Baas werd belaagd door journalisten, die Vanina meed als de pest.

Op de terugweg van een persconferentie, een paar dagen na Arturo Renna's bekentenis die hij volgens de krant 'had afgelegd doordat hij in het nauw was gedreven door het hoge tempo waarmee commissaris Giovanna Guarrasi de zaak oploste', klopte hij op de deur van Vanina, die op haar stoel zat die weer wiebelde en alle verslagen herlas.

'Lekker hoor, een beetje de ster uithangen bij die journalisten!' zei hij met een plagerige, halve grijns. Het was algemeen bekend dat Macchia nooit zou overwegen om afstand te doen van zijn rol als officiële woordvoerder en om niet meer pontificaal met zijn gezicht op het journaal te komen. 'Kom je even mee? Ik moet je iets geven.'

Vanina hoopte dat hij niet weer over de afdeling Maffiabestrijding zou beginnen. Ze was duidelijk geweest, tegen hem en tegen Eliana Recupero die hem steunde. Ze vonden het idioot dat ze zo'n felbegeerde functie had geweigerd.

Ze volgde hem naar zijn kamer.

'Weet je nog, dat onderzoek dat je me vroeg te doen naar de erfgenaam van mevrouw Burrano?'

'Zeker.'

Hij pakte een uitgedraaide mail.

'Dit is alles wat we te weten zijn gekomen.'

Vanina scande de pagina snel, met Tito's blik op haar gericht.

'Gelezen?' vroeg hij.

Gelezen. En ze wilde het opnieuw lezen. Want ze kon het niet geloven.

'Clelia Santadriano werd op vierjarige leeftijd geadopteerd uit het internaat van Santa Cecilia in Napels, waar ze was achtergelaten', zei Tito, die de tekst uit zijn hoofd kende.

Ze had een blanco strafblad, geen openstaande schulden, maar een verre van florissante financiële situatie.

Vanina las de informatie opnieuw. Ze kon het amper geloven. Maar het klonk logisch. De vrouw die naar haar winkel was gekomen en haar had opgenomen in haar leven. En vervolgens had benoemd tot erfgename. Waarom, uit een soort verlaat berouw? Of had ze Alfio zo laag zitten dat ze zelfs hiertoe in staat was geweest? Of het was toeval. Clelia Santadriano was de dochter van iemand anders en was misschien echt in de steek gelaten. En geen wees. De vrouw had in elk geval geen idee. De opperste verbazing die ze toonde toen ze over de erfenis hoorde was daar het bewijs van. Ze voelde zich haast schuldig naar Alfio, die ze toen meteen had willen bellen omdat de villa hem toekwam, dat stond buiten kijf.

Alfonsina keek rustig uit het raam van haar woonkamer.

'Commissaris Guarrasi.'

'Hoe is het, mevrouw Fresta?'

'Hoe moet het zijn? Het is afwachten wat er met Maria's huis gebeurt... We hopen dat we er op de een of andere manier kunnen blijven.'

Vanina ging tegenover haar zitten.

'Notaris Renna, wie had dat gedacht!' zei Alfonsina hoofdschuddend. 'Hij leek zo'n goed mens. Natuurlijk was hij een beetje heetgebakerd, maar dat is nauwelijks een slechte eigenschap te noemen. En bovendien had hij een speciale voorkeur voor Luna. Hij was een van de laatste mannen die ze afwees. Hij bleef komen tot het huis gesloten werd.'

Terugdenkend aan Renna's bekentenis, had Vanina het gevoel dat de zaak niet helemaal was afgerond zoals ze zich had voorgesteld. Misschien kwam dat vanwege haar trots, aangezien de zaak was opgelost door een bekentenis en niet door haar intuïtie als rechercheur, maar ze was niet zo tevreden als ze had gedacht. En toch was er geen twijfel mogelijk.

Het onderzoek had bevestigd dat het bloedspoor voor het grootste deel overeenkwam met Arturo Renna's DNA. Het koffertje zat onder de vingerafdrukken, van hem en van Teresa Regalbuto.

'Alfonsina, ik moet u een vraag stellen die u misschien vreemd gaat vinden.'

'Vraag maar raak, commissaris.'

'Weet u nog hoe het internaat in Napels heette waar Maria Rita naartoe had gebracht?'

De oude vrouw leek verstrikt te raken in haar gedachten.

'Alfonsina?' vroeg ze.

'Ik weet het niet meer... maar ik heb het wel geweten.'

Ze sloot haar ogen, dacht na en schudde toen haar hoofd.

'Nee.'

'Zou het Santa Cecilia kunnen zijn?'

'Dat kan natuurlijk, maar ik weet het niet meer...'

Waarom zou ze het ook nog moeten weten? Rita was verdwenen, Luna was dood: zo stonden de zaken ervoor. Welke waarheid er ook naar buiten zou komen, en Vanina was vastbesloten om die te vinden, voor die vrouw zou het allemaal niet nadelig uitpakken. Maar als het niet zo was gegaan, dan zou het laatste hoofdstuk van haar leven niet door nog een teleurstelling getekend worden.

Want als je niets verwacht, kun je ook niet teleurgesteld worden.

Vanina besloot dat ze de dingen beter zo kon laten.

Agent Lo Faro klopte op de deur en kwam naar binnen.

'Pardon, commissaris.'

'Wat is er, Lo Faro?'

Hij gaf haar Regalbuto's neptelefoonboekje.

'Wat moeten we doen met alle namen die we hebben gevonden, nu de zaak is opgelost?'

'Niks natuurlijk, Lo Faro, wat moet je er verder mee?'

'Laat ik het dan bij u of geef ik het aan inspecteur Spanò?'

'Laat maar hier.'

De jongen deed wat ze vroeg en ging weer.

Vanina pakte de agenda en bladerde erdoorheen.

Het was zonder meer een briljante methode: het leken echt telefoonnummers.

Ze kwam bij de laatste pagina en sloeg hem om. Het leek alsof er in de kaft een sneetje was gemaakt. Ze duwde de inkeping een beetje open en zag dat er een briefje in zat. Ze trok het eruit en las een naam en een telefoonnummer dat geen telefoonnummer was. Het voelde als een klap in haar gezicht.

Ze riep direct Spanò.

'Jij, Nunnari, Marta en Fragapane, in mijn kantoor. Nu.'

Binnen een halve minuut stonden ze voor haar bureau.

'Chef... wat is er?'

'Fragapane, haal het testament van mevrouw Burrano, breng het naar de TR en vraag aan Pappalardo om de vingerafdrukken te vergelijken met die op de lege map die we hem hebben gegeven. En zeg dat hij me daarna moet bellen. Marta, jij onderzoekt een financiële situatie. Bankrekeningen en zo...' Ze gaf de inspecteur een briefje met een naam erop en Marta keek haar vreemd aan.

'Nunnari, jij gaat naar de officier en wacht tot Vassalli datgene heeft ontvangen wat hij van de TR moet krijgen, als iedereen tenminste doet wat ik zeg. Spanò, jij komt met mij mee.'

'Vanina, wat is er aan de hand?' vroeg Marta. Vanina liep opgewonden op haar af. 'Ga naar die Tito van je en vertel hem dat we hooguit over een paar uur Teresa Regalbuto's moordenaar achter de tralies hebben. De echte moordenaar', fluisterde ze.

'Hoe bedoel je, Teresa Regalbuto's echte moordenaar?'

Maar Vanina was al op de trap.

Een deel van een spiraalbodem, zo eentje met springveren, dat met een spijker aan de muur hangt, kan als een kunstwerk worden beschouwd. Net als een Ikea-achtig kastje dat op een kubus is gezet, wat trouwens nog erger is, want die kastjes hebben tenminste nog iets moois. Installaties. Dingen waar het Tate Modern in Londen of het MOMA in New York mee vol staan. Dan sta je voor een schilderij van Picasso en sluit je de moderne kunst weer in je hart. Zo zag Vanina het. In het MOMA sloeg ze de eerste vier verdiepingen expres over en ging ze linea recta naar de vijfde. Die waar Picasso hing dus, en andere kunstenaars zoals hij.

Nicola Renna's kunstgalerie was op de begane grond van zijn notariskantoor gevestigd. Er waren installaties in alle soorten en maten, afgewisseld met enkele schilderijen.

Zijn secretaresse had hen daarheen gestuurd, toen Vanina kenbaar had gemaakt wie ze was en wat de ernst van haar bedoelingen was.

Met een meetlint en notitieboekje in zijn handen liep de notaris van het ene naar het andere kunstwerk en telde daarbij hardop zijn stappen.

'Commissaris! Waar heb ik uw bezoek aan te danken? Mijn vader zit boven in zijn studeerkamer. Totdat hij zijn huis weer uit mag, natuurlijk.'

Vanina negeerde de opmerking over zijn vader.

'Prachtige werken, hè, meneer Renna?'

'Uniek, zou ik zeggen! Ik organiseer een tentoonstelling voor vrienden, een vernissage om de nieuwste aanwinst te vieren.' Hij draaide zich om naar een beeld in lego-poppetjesstijl. 'Als u ook wilt komen...'

'Mooi en duur', vervolgde Vanina, die hem negeerde.

De notaris antwoordde niet meteen.

'Nou ja, goedkoop kun je ze niet noemen, maar u kent het wel, toch? Als het om smaak gaat...'

Vanina negeerde hem. 'Vooral als je ook andere interesses hebt, die eveneens duur zijn, zoals belangrijke oldtimers. Morgans bijvoorbeeld.'

Notaris Renna senior kwam tussen de installaties aangelopen, zijn blik gericht op zijn zoon. Die zijn tong was verloren.

'Je denkt dat je het kunt, dat je bergen geld hebt, en je gaat kunst verzamelen, vervolgens auto's en nog meer kunstwerken. Dan merk je dat je het niet meer redt, maar ineens dient zich een onverwachte kans aan...' Vanina draaide zich om en keek naar de Picasso die aan de muur hing met een spotje erboven, 'en die kun je niet laten lopen. Je hebt meteen geld nodig, alleen verstrekt de bank maar tot een bepaald bedrag krediet, ook aan een gevestigde professional. Dus kun je nog maar één ding doen. Ze is een vriendin, zeg je tegen jezelf, die ouwe heks zal zich tegenover mij wel gedragen. De zoon van haar oude geliefde. Alleen dan zijn het ineens twee kansen...' ze draaide zich naar de andere kant, naar een Matisse, 'en de vorige keer ging het zo makkelijk.'

De twee notarissen keken haar woedend aan.

'Tot die ouwe heks op een dag besluit dat het tijd is om te innen, mét rente, die maar een derde van het startkapitaal bedraagt, omdat je de zoon van haar oude geliefde bent. Je krijgt weliswaar een speciale behandeling, maar hebt geen enkele mogelijkheid om haar terug te betalen, want wat je verdient gaat rechtstreeks naar het behoud van je kunst en de auto's. Zo word je wel wanhopig, toch, notaris Renna? En dus, als je toevallig je vader met die ouwe heks hoort praten over een kettingkoffertje en een pistool die naar je vader kunnen leiden en hem erbij kunnen lappen, zie je een unieke kans. Je hoeft er alleen maar op zondag heen te gaan, want je weet dat de vrouw dan alleen is, en te doen alsof je om meer tijd vraagt, de zielenpoot uithangen. En dan zeg je dat je vader je heeft opgedragen een zeker koffertje te halen, ze weet wel welke het is, dat ze niet meer in huis wil hebben. Er lopen daar te veel agenten in en uit. En je gaat weg en laat de deur op een kier staan. Je laadt het pistool dat je in het koffertje aantreft. Je gaat het huis weer in en de oude vrouw zit daar nog steeds naar haar betalingsbewijzen te kijken. En je schiet haar neer. Dan veeg je je vingerafdrukken weg, zet je de zelfmoord in scène en ook die halve bekentenis. Je weet dat het spel op deze manier is uitgespeeld. Dan pak je alle betalingsbewijzen, in de overtuiging dat je zo alles vernietigt wat naar jou kan leiden. Maar je maakt een fout en dat heb je niet door, want jij kan er niets aan doen dat je de geur van de rollade die in het appartement hangt niet geroken hebt. De laatste dagen is je reukvermogen tijdelijk aangetast en je merkt dat ene detail niet op, waardoor bij ons de eerste alarmbellen gaan rinkelen.'

Ze wendde zich tot notaris senior.

'En wat kan een vader doen, als hij te laat doorheeft dat zijn zoon elk moment in de gevangenis kan belanden? Dat de vrouw met wie hij een leven lang verwikkeld was in louche zaakjes en de ergste misdaden, buiten zijn weten om winst heeft gemaakt ten koste van de enige persoon die iets voor hem betekende? Een kind weet tegenwoordig nog dat vader en zoon bijna hetzelfde DNA hebben. Dat overweldigende bewijs, dat door iedereen opgehemeld wordt, maar waar, helaas voor u, niet iedereen genoegen mee neemt.'

De oude notaris wankelde. Met gebogen hoofd en gesloten ogen liet hij zich op een stoel tegen de muur vallen.

Nicola keek even op. Verbijsterd. Hij sperde zijn ogen open. 'Papa! Kunstwerk nummer 12! Je bent op werk nummer 12 gaan zitten!'

20

MARIA GIULIA DE ROSA HAD HET ONTELBARE KEREN GEZEGD. 'DE VOLgende keer dat je naar Noto gaat, ga ik mee.' Inmiddels stond Vanina al een uur op haar te wachten.

Adriano en Luca waren er al en genoten van de eerste herfstdagen in de stad die ze geadopteerd hadden. Zoals gewoonlijk hadden ze iedereen die ze tegenkwamen uitgenodigd om hun passie voor barok te delen, waardoor nu alle B&B's in het centrum bezet waren, die in dat seizoen meestal grotendeels leegstonden. Ze vluchtten met zijn allen naar het zuiden en advocaat De Rosa kon natuurlijk niet ontbreken.

Alfio Burrano had zich sinds Giuli's feest behendig bij dat kringetje aangesloten. Het risico dat hij dat weekend ook in Noto zou opduiken, onaangekondigd misschien, was groot. En Vanina wist niet zeker of dat een goed idee was. Ze gingen nu op een ontspannen, vriendschappelijke manier met elkaar om, ook al waren ze zich er allebei van bewust dat ze elkaar niet om die reden hadden opgezocht. Maar door al die misdaden, gênante momenten en meisjes die van geen ophouden wisten, was de verleiding waar ze allebei aan hadden willen toegeven, op een lager pitje gezet. En waarschijnlijk was dat pitje nu gewoon uit, want de man begon ineens romantische gevoelens te tonen waar zij niets mee kon.

Helaas.

Ze strekte zich uit op de bank en stak een sigaret op. Ze drukte op het knopje aan de zijkant van haar iPhone en het scherm lichtte op. De foto van de zee bij Addaura, met de tijd en de datum erboven en geen nieuwe meldingen.

Twee avonden terug had ze nog zo'n tekstballonnetje van 'P.' gekregen, maar daarna niet meer. En hoewel ze zich probeerde wijs te maken dat ze die ook niet wilde ontvangen, keek ze elke keer met het hart in de keel op haar telefoon.

Het nummer had ze, maar ze had het nog steeds niet opgeslagen.

De intercom ging.

'Hèhè, daar is ze dan eindelijk!' zei Vanina. Ze stond op van de bank en drukte haar sigaret uit.

Ze beantwoordde de intercom niet eens. Ze pakte de trolley en de tas, waar ze ook haar strandlaken en bikini in had gedaan, want ook al was het oktober, op Sicilië wist je het maar nooit, en ze liep snel naar buiten.

Ze kwam langs Bettina die bezig was met het kattenhuis en groette haar.

'Veel plezier dit weekend en rust een beetje uit!' riep de vrouw, terwijl ze de buitentrap af liep en de poort ontgrendelde.

Vanina zwaaide de poortdeur open en stond op het punt iets te zeggen over het feit dat Giuli een uur te laat was... Maar ze zei niets.

Verbijsterd keek ze hem aan.

Paolo Malfitano. Alleen.

Zonder lijfwachten.

Dankwoord

COMMISSARIS GIOVANNA GUARRASI BEDENKEN WAS VOOR MIJ DE LEUKste en tegelijkertijd moeilijkste literaire ervaring tot nu toe. In m'n eentje had ik dat nooit gekund. Ik ben iedereen die mij bij dit epische avontuur heeft willen helpen ontzettend dankbaar.

Maria Paola Romeo, mijn fantastische agente die met rotsvaste overtuiging in Vanina geloofde en ervoor zorgde dat het boek werkelijkheid werd. Stefano Tettamanti voor zijn steun. Paolo Repetti en Severino Cesari (die ik heel graag had willen ontmoeten), die de deuren van uitgeverij Einaudi hebben geopend voor commissaris Guarrasi. Francesco Colombo, die als eerste enthousiast was over Vanina, en Rosella Postorino, Roberta Pellegrini en het hele team dat aan het boek heeft gewerkt.

Rosalba Recupido, die ik kon raadplegen op juridisch gebied en die voor mij onmisbaar was. Antonio Salvago, de recherche van Catania, en in het bijzonder Nello Cassisi, die geduldig de meest eigenaardige vragen beantwoordde. Giuseppe Siano voor zijn advies op technisch-forensisch gebied. Alessandro Dell'Erba en Veronica Arcifa, want forensische geneeskunde is nooit mijn sterkste kant geweest. Sebastiano La Ciura en Patrizia Speranza, mijn vaste notarissen.

Roberto en Claudia, die mijn denkbeeldige personages hun toren hebben laten betreden. Nuccio en Monica, die Vanina hebben verwelkomd in hun huisje mét hangmat. Al mijn vrienden en collega's (schrijvers en oogartsen) die mijn werk vol enthousiasme steunen en me continu vragen wanneer er weer een nieuw boek uitkomt.

Mijn geweldige familie, met mijn vader voorop, die altijd met de juiste oplossing komt.

En last but not least mijn man Maurizio, want samen bevaren we de oceanen.

VERANTWOORDING

Het citaat van Georges Simenon is afkomstig uit: Georges Simenon, *Maigret in de verdediging*. Vertaling K.H. Romijn. Utrecht: A.W. Bruna Uitgevers, 1986.

Colofon

Oorspronkelijke titel: *Sabbia nera*
© 2019 First published in Italy by Enaudi in arrangement with Grandi & Associati

© 2024 Nederlandse vertaling Rianne Aarts, Annemart Pilon en Uitgeverij Marmer BV

Nederlands letterenfonds
dutch foundation for literature

Deze vertaling is tot stand gekomen met een projectsubsidie van het Nederlands Letterenfonds

Vertaling: Rianne Aarts en Annemart Pilon
Omslagontwerp: Riesenkind
Omslagbeeld: Andrew Mayovskyy / iStock.com
Zetwerk: Mat-Zet bv, Huizen
Druk: Wilco

Eerste druk juni 2024

ISBN 978 94 6068 639 9
E-ISBN 978 94 6068 655 9
NUR 302, 331

Niets uit deze uitgave mag verveelvoudigd en/of openbaar gemaakt worden door middel van druk, fotokopie, microfilm, of op welke wijze dan ook, zonder voorafgaande schriftelijke toestemming van Uitgeverij Marmer BV.

uitgeverij M marmer

Uitgeverij Marmer BV
Noorderstraat 55
3742 BB Baarn
+31 649881429
www.uitgeverijmarmer.nl
info@uitgeverijmarmer.nl